DIAN FOSSEY
Die Forscherin

SUSANNA LEONARD

DIAN

Die Forscherin

FOSSEY

Sie rettete bedrohte Tiere.
Und bezahlte einen hohen Preis.

Roman

LÜBBE

Dieser Titel ist auch als Hörbuch und E-Book erschienen

Die Bastei Lübbe AG verfolgt eine nachhaltige Buchproduktion. Wir verwenden Papiere aus nachhaltiger Forstwirtschaft und verzichten darauf, Bücher einzeln in Folie zu verpacken. Wir stellen unsere Bücher in Deutschland und Europa (EU) her und arbeiten mit den Druckereien kontinuierlich an einer positiven Ökobilanz.

FSC
www.fsc.org
MIX
Papier aus verantwortungsvollen Quellen
FSC® C014496

Originalausgabe

Die Veröffentlichung dieses Werkes erfolgt auf Vermittlung der literarischen Agentur Peter Molden, Köln.

Umschlaggestaltung: Christin Wilhelm, www.grafic4u.de unter Verwendung von Illustrationen von © shutterstock: Iakov Kalinin | M.Photos | Dennis van de Water | Vasya Kobelev | Dewin ID | Karel Bartik | Stefan Neumann; © Arcangel: Rekha Arcangel
Satz: hanseatenSatz-bremen, Bremen
Gesetzt aus der Adobe Garamond Pro
Druck und Einband: GGP Media GmbH, Pößneck

Printed in Germany
ISBN 978-3-404-18798-0

5 4 3 2 1

Sie finden uns im Internet unter luebbe.de
Bitte beachten Sie auch: lesejury.de

I wanna live, I wanna give
I've been a miner for a heart of gold
It's these expressions I never give
That keeps me searching for a heart of gold
I crossed the ocean for a heart of gold
And I'm getting old

Neil Young

Personen

Dian Fossey	Ergotherapeutin, Naturforscherin
Digit	ihr Liebling unter den Berggorillas
Louis Leakey	Paläoanthropologe und Primatenforscher
George Fossey	Dians Vater
Kitty Price	Dians Mutter
Richard Price	Dians Stiefvater
Alexie Forrester	Dians Verlobter
Mary White Henry	Dians Freundin in Louisville
Gaynee Henry	Marys Mutter
Pater Raymond	Priestermönch
Pater François	Dians Französischlehrer
Rosamond Carr	Dians Freundin in Ruanda
Alyette de Munck	Dians Freundin in Ruanda
Sanweckwe	Dians Fährtenleser
Alan Root	Naturfilmer
Joan Root	seine Frau, Tierfotografin
John Alexander	Safari-Scout
Vatiri	Dians Assistent
Manual	Dians Koch
Wayne McGuire	einer ihrer letzten Studenten
Nick Coy	Dians Patient
Fred Coy	Arzt, Nicks Vater
George Long	Dians Vermieter

Zeittafel und Glossar befinden sich am Ende des Buches.

Prolog

Wiedersehen

Virungaberge, Ruanda, Juni 1983

Endlich zurück, endlich wieder zuhause. Schwer atmend, aber hochzufrieden folgte sie den Trägern den steilen Pfad hinauf. Jawohl, diese Welt hier, das war ihr Zuhause! Der Regenwald, die verschlungenen Pfade durchs Unterholz, die Vulkankegel ringsum, die von Dunst halb verhüllten Berghänge – hierher gehörte sie!

Obwohl ihr Knöchel und ihre Knie schmerzten, stieg ihre Stimmung mit jedem Höhenmeter. Sie packte ihren Wanderstab – ihren Fimbo – mit beiden Fäusten, stieß ihn fester in den schlammigen Pfad, sog die Luft aus der Sauerstoffbrille tiefer ein, hielt entschlossener Schritt mit den Trägern an der Kolonnenspitze. Wie hatte sie sich während ihrer Zeit in New York nach diesem Bergwald gesehnt! Wie hatte sie diesen modrigen Duft vermisst, die feuchte Luft, die Nebelschwaden über den Waldhängen! Jetzt war sie zurück, jetzt war alles gut.

Obwohl sie wusste, dass die Berggorillas ihre Streifzüge nur selten bis in die Niederungen ausdehnten, suchten ihre Blicke den Boden unablässig nach Abdrücken der Fingerknöchel und Fußballen der Tiere ab. Und im weitausladenden Geäst der Kosobäume, die den Pfad streckenweise wie ein Tunnelgewölbe umhüllten und verdunkelten, musste sie wieder und wieder nach Tagnestern ihrer tierischen Freunde Ausschau halten. Sie konnte nicht anders, ihre Vorfreude war einfach zu groß.

Drei Kongopapageien flatterten krähend aus dem gelb glänzenden Blütenvorhang eines haushohen Hypericumgestrüpps und verschwanden hangaufwärts im Nebel. »Ich bin wieder da, ihr Rotschädel!«, rief sie ihnen trotz ihrer Kurzatmigkeit hinterher. »Eure Dian ist wieder da!« Der Fährtenleser an der Spitze der Kolonne drehte sich nach ihr um, wobei er besorgt die Brauen hochzog. Doch als ihre Blicke sich trafen, glätteten sich seine Züge. Er winkte und lächelte scheu.

Der Pfad wurde flacher und breiter, der Waldrand wich zu beiden Seiten zurück, so dass sie ein Stück Himmel sehen konnte, als sie den Kopf in den Nacken legte. Ein riesiger Greif kreiste dort oben unter den Wolkenlücken, ein Kronenadler. »Gott im Himmel, wie schön«, seufzte sie.

Und stolperte.

»Vorsicht, Nyirmachabelli!« Der Träger hinter ihr packte ihren Oberarm und hielt sie fest.

»Ich stürz' schon nicht«, sagte sie keuchend, wischte die schwarze Hand von ihrem Arm und guckte vorwurfsvoll auf den Wurzelstrunk herab, der sie beinahe zu Fall gebracht hätte. »Keine Sorge, Mann!« Sie ließ sich nicht anmerken, wie sehr es sie rührte, von diesem fremden Träger mit ihrem ruandischen Namen angesprochen zu werden: Nyirmachabelli, *die Frau, die einsam im Wald lebt* – so hatten die Einheimischen sie getauft.

Sie drückte die Noppen ihres Sauerstoffschlauches zurück in die Nasenlöcher, holte tiefer Luft. Etwas aus der Übung war sie tatsächlich, das stimmte schon, dabei hatte sie in den Universitätsgebäuden die Aufzüge gemieden und die Treppen benutzt, wann immer ihre Schmerzen es zuließen. Aber gut – ein erloschener Vulkan war kein Hochhaus und Ruanda nicht der Bundesstaat New York. Viel zu lange war sie da gewesen, in Ithaca, fast drei Jahre. Keinen Tag länger hätte sie es dort ausgehalten.

Nebelschwaden wogten über den Wipfeln, ein kühler Windstoß fuhr durchs Laub, ihr Atem flog, ihr Herz raste, der Schweiß tropfte ihr von Wangen und Stirn. Wurde denn die Luft schon dünner? Eine Lichtung öffnete sich. Sie hielt an, denn das Buschwerk und die Bäume des Regenwaldes verschwammen vor ihren Augen zu einer grünen Wand, und ihre Knie fühlten sich an, wie mit warmer Butter gefüllt.

Sie stützte sich auf ihren Fimbo, blinzelte in den Himmel und schnappte mit weit geöffnetem Mund nach Luft. Vor und hinter ihr ebbten Palaver und Gelächter ab, von der Kolonnenspitze traf sie ein besorgter Blick des Fährtenlesers.

Dian, die sich keine Blöße geben wollte, winkte ab und spähte zum Visoke hinauf. Dreitausendsiebenhundert Meter hoch war der erloschene Vulkan; vierhundert Meter unterhalb seines Gipfels lag die Forschungsstation, lag ihr Zuhause, lag Karisoke. Mehr als die Hälfte des Aufstiegs war geschafft, noch höchstens zwei Stunden.

Nur zwei Stunden noch bis nach Karisoke! Nur zwei Stunden noch bis zu den Gorillas! Ein Hochgefühl durchströmte und überwältigte sie, so dass sie laut auflachte.

Der Fährtenleser merkte dennoch, dass sie eine Verschnaufpause brauchte. Er gab den Trägern ein Zeichen, woraufhin die Männer ihre Körbe, Kisten und Bündel von den Köpfen nahmen und sie in Gras und Unterholz absetzten. Die Träger – überwiegend Bahutu, nur wenige halbwüchsige Watussi – begannen wieder zu palavern. Schnell löste sich die Kolonne auf: Einige Männer ließen sich rechts und links des Pfades nieder, andere verschwanden im Gehölz. Sanweckwe, der Fährtenleser, packte Pfeife und Tabaksbeutel aus.

Dian setzte sich auf eine ihrer Bücherkisten und prüfte schnüffelnd die Nasennoppen ihres Sauerstoffschlauches – die Luft war gar nicht dünner geworden, die Sauerstoffflasche war nur leer!

Sie zog den Nasenschlauch über den Kopf und winkte den Träger mit der Ersatzflasche heran. Während er sich an ihrem Rucksack zu schaffen machte, um die Flaschen auszutauschen, kramte sie ihre Zigaretten aus der Jackentasche. Sanweckwe gab ihr Feuer und begann dann, seine Pfeife zu stopfen. Allein schon, diesen schönen schwarzen Mann unten auf dem Parkplatz aus dem Jeep steigen zu sehen hatte in ihr das Gefühl geweckt, endlich wieder nach Hause zu kommen.

Rauchend und hustend spähte sie zum Kegel des Visokes hinauf. Irgendwo dort oben räkelten sie sich in ihren Tagnestern, ihre geliebten Gorillas, spielten mit ihren Jungen, weideten in einem Brennnesselfeld oder pflückten Knospen aus dem Vernoniagestrüpp.

Ob sie mich vermisst haben?, fragte sich Dian im Stillen. Natürlich haben sie mich vermisst!

Sie wandte sich um und blickte nach Südwesten, wo der Gipfel des viertausendfünfhundert Meter hohen Karisimbi aus dem Nebel ragte. Majestätisch sah er aus mit seinem wuchtigen Kegel und mit seinem im Licht der Morgensonne glitzernden Osthang, als würde er den Himmel stützen.

Den ruandischen Bezeichnungen für diese beiden erloschenen Vulkangipfel – Visoke und Karisimbi – hatte Dian damals den Namen ihrer Forschungsstation abgelauscht: *Karisoke. Ihrer* Forschungsstation!

Grimmige Genugtuung mischte sich in ihre Euphorie, während sie wieder zum Visoke blickte. Dort oben – in jener flachen Senke unterhalb seines Gipfels, noch knapp zwei Stunden entfernt, an den Ufern eines Gebirgsflüsschens –

dort oben lag Karisoke. *Ihr* Karisoke. Sie hatte die Station aufgebaut – mit ihrer Kraft, ihrem Schweiß, ihren Schmerzen, ihrem Herzblut.

Sie inhalierte tief, legte den Kopf in den Nacken und blies den Rauch in den Himmel. Die Männer um sie herum scherzten, tranken Wasser, plauderten.

Am 24. September 1967 hatte sie den ersten Spatenstich getan. Vor sechzehn Jahren. Niemals würde sie diesen Tag vergessen. Geh nicht dort hinauf, hatte man ihr geraten, dort oben gibt es keine Gorillas. Dian war trotzdem hinaufgestiegen. Und war sie Gorillas begegnet?

Die Antwort kannte inzwischen die ganze Welt.

Sie nahm einen letzten Zug von ihrer Zigarette und stieß zusammen mit dem Rauch ein raues Lachen aus, so dass die Träger ringsum ihr Palaver erneut für einen Augenblick unterbrachen und sie verwundert beäugten. Dian warf die Kippe in den Matsch, wo sie zischend erlosch. Die ganze Welt kannte inzwischen sie, die Gorillaforscherin Dian Fossey, kannte sogar die Namen ihrer wichtigsten Gorillafreunde.

Sie stand auf, hustete ein paar Mal, spuckte auf die Kippe und rückte sich dann die Sauerstoffbrille unter der Nase zurecht. Jetzt spürte sie den kühlen Strom des Gases wieder und atmete es tief ein. Hustenreiz quälte sie, Schwindel machte ihr die Knie weich und den Kopf leer. Obwohl sie wieder husten musste, nickte sie grinsend in die Runde der Männer; sie grinste und atmete, bis ihr Kopf klarer wurde und der Boden unter ihren Sohlen nicht mehr wankte. Sanweckwe gab das Zeichen zum Aufbruch und rief nach den Trägern, die sich noch im Wald aufhielten.

Während die Männer sich sammelten, wanderte Dians Blick bereits zum Visoke voraus. Sie dachte an den Augusttag vor drei Jahren zurück, als sie ihre Forschungsstation einem anderen überlassen und zum Parkplatz hinabsteigen musste. Damals hatte Cindy noch gelebt, ihre Hündin. Hier, auf dieser Lichtung, hatte sie einer Ratte das Genick durchgebissen. Und sie, Dian, hatte still in sich hineingeweint. Vom ersten Schritt aus ihrer Hütte bis zu dem Augenblick, als unten jemand die Tür des Jeeps hinter ihr zuschlug.

Man hatte sie loswerden wollen damals, schon klar. Ihre Studenten, die ruandische Regierung, die Parkwächter, der amerikanische Botschafter, alle. Und die Wilderer sowieso. Ein für alle Mal loswerden wollen hatte man sie!

Nun gut, man war sie losgeworden. Für fast drei Jahre. Das reichte – ihr jedenfalls –, nun war sie wieder da. Sie rief Sanweckwes Namen und deutete ungeduldig zur anderen Seite der Lichtung, wo der Pfad bergauf in den Regenwald mündete.

Die etwa dreißig Träger setzten sich aus Grashalmen geflochtene Schutzpolster ins Haar, hievten Kisten, Bündel und Körbe auf die Köpfe und griffen nach ihren Fimbos, die sie zuvor ins Gras geworfen und an Stämme gelehnt hatten. Weiter ging es.

Die wenigen Watussi – manche Europäer nannten sie Tutsi – trugen Sandalen aus Plastik oder löchrige Turnschuhe; die kleinen, drahtigen Bahutu stapften barfuß in den Pfad hinein. Sie gehörten einem Stamm von Halbpygmäen an und somit zur niedersten Kaste in Ruanda.

Bald umfing das düstere Zwielicht des Regenwaldes Dian und die Männer erneut. Unter den bemoosten und weit ausladenden Ästen der Kosobäume verlief der Pfad wie durch endlose Höhlen, kaum Licht fand den Weg durch Laub und Geäst. Es fühlte sich an, als wäre plötzlich die Nacht angebrochen.

Trotz der Schmerzen in Knie und Knöchel und obwohl ihr

Atem schon wieder keuchend flog, genoss Dian den Aufstieg durch die feuchte, dämmrige Wildnis. Die war ihr vertrauter als Hörsäle, Treppenhäuser und Büroräume, und lieber quälte sie sich in dieser zauberhaften Landschaft den Berghang hinauf, als dass sie über Zimmerfluchten von Universitätsgebäuden und Wohnheimen hetzte, die in grelles Neonlicht getaucht waren. Sie genoss es auch, das Schmatzen und Gurgeln des Schlammes unter ihren Stiefelsohlen zu hören, das Rascheln des Laubes, das Geschrei der aufgescheuchten Vögel und das ferne Donnergrollen eines Unwetters, das sich mit Blitzen, Platzregen und Hagelschlag über einem der acht Gipfel der Virungas entlud; wahrscheinlich über dem Mount Mukabara im angrenzenden Uganda.

Sehr gut, dachte sie, so muss es sein, so fühlt es sich rund und gut an. Ich habe es geschafft, ich habe es wirklich geschafft zurückzukehren! Sie werden sich noch wundern, die, die mich für immer loswerden wollten.

Und dann geschah es, und zwar so unverhofft, dass sie im ersten Moment ihren Sinnen nicht traute. Zunächst war es nur ein Hauch von Moschus, der sich in den modrig-feuchten und manchmal harzigen Geruch von Schlamm, Moos und Baumrinde mischte, dann ein bleibender Duft nach Stall und Fell, und so intensiv und vertraut, dass sie stehen blieb, den Sauerstoffschlauch aus dem Gesicht wischte und mit halb geschlossenen Augen langsam durch die Nase einatmete. Irgendwo in Marschrichtung vor der Kolonnenspitze brachen Zweige, wippten Äste und raschelte Laub, bevor plötzlich schrilles Geschrei die Luft erfüllte.

Gorillas!

Die Männer standen auf einmal wie festgefroren unter dem dichten Blätterdach, starrten aus ängstlich geweiteten Augen in die grünbraune Wand des Regenwaldes und lauschten. Dian aber schloss die Augen und lächelte. Ich bin wieder da, dachte sie, und ihr seid auch wieder da. Und wie zur Bestätigung ertönte dumpfes rhythmisches Getrommel – einer ihrer tierischen Freunde schlug sich auf die Brust, ein Silberrücken vermutlich.

Dian öffnete die Augen, stieß ihren Fimbo in den Schlamm, stapfte an den Trägern vorbei, die vor ihr marschiert waren, und überholte auch den reglos verharrenden Sanweckwe an der Kolonnenspitze. Sie ließ den Fährtensucher hinter sich, nahm die nächste Serpentine beinahe im Laufschritt, lief keuchend und hustend weiter und immer weiter.

Bis sie die glänzenden schwarzledernen Gesichter im dunkelgrünen Laub und Moos des Gehölzes sah. Eine ganze Linie heller Augenpaare unter hohen wulstigen Brauen entdeckte sie, klar und wachsam. Sie blickten ihr entgegen, beobachteten sie, versuchten, sie einzuordnen – als Feindin oder Freundin.

Dian blieb stehen, ließ den Stab zur Seite ins Unterholz kippen, stieß ein paar Grunzlaute aus und schlug sich mit der Faust auf die Brust. Dann bewegte sie sich langsam auf die von großen Augen und deren aufmerksamen Blicken gespickte Blätterwand zu.

»Da seid ihr ja«, murmelte sie, grunzte und brummte, »da seid ihr ja endlich wieder.«

Im dichten Hypericumgestrüpp zitterten Laub und gelbe Blüten. Äste wurden zur Seite gebogen und drei große, schwarzpelzige Gestalten schälten sich aus der dunkelgrünen Wand des Waldes. Berggorillas. Sie kamen auf sie zu.

Der massigste und größte von ihnen ging nahezu aufrecht, hielt sich kaum im Gehölz über seinem wuchtigen Schädel fest. Sie erkannte ihn an den Nasenlöchern und den Falten, die sie umgaben: der Silberrücken der Gruppe 5. Der jüngere

Affenmann und die alte Affenfrau überholten ihn und waren vor ihm bei ihr. Sie schnüffelten an ihr, berührten sie, grunzten freundlich.

Sie erkennen mich wieder, dachte Dian, während ihr Tränen über die Wangen liefen. Sie erkennen mich wieder, wie man eine alte Freundin wiedererkennt.

Dieser Augenblick wischte auch den letzten Zweifel aus ihrem Gemüt: Es war richtig gewesen zurückzukehren. Alles andere hätte sie ihr Leben lang bereut.

Der Silberrücken drängte die anderen beiden Gorillas zur Seite und zog Dian an seine breite, haarige Brust. Er grunzte, schnaufte und brummte, während er sie umarmte und sein pelziges Kinn an ihrer Schläfe rieb.

Sie hätte schreien können vor Glück.

I

Sehnsucht nach Afrika

1

Das Ende I

Karisoke, Ruanda, 24. Dezember 1985

Dian tippte und rauchte, tippte und murmelte, tippte und hustete. Der Rabe auf der Schreibmaschinenwalze beäugte sie mit zur Seite geneigtem Kopf. Manchmal, wenn zwischen zwei Abschnitten ihr flüchtiger Blick ihn streifte, kam es ihr vor, als würde er über sie nachdenken; oder als versuchte er, die Sätze zu verstehen, die sie sich selbst halb laut in die Maschine diktierte. Hin und wieder schüttelte er sein Gefieder, wobei er jedes Mal einen klackenden Laut ausstieß. Das hörte sich ein wenig resigniert an, ganz so, als hätte der Vogel es aufgegeben, sie verstehen zu wollen.

All das registrierte sie nur beiläufig, während sie schrieb. Auch, dass die Stimmen der Männer draußen lauter und ausgelassener klangen als gewöhnlich oder dass es nach Feuer roch, merkte sie kaum; dabei wehte der Abendwind bereits Rauch durchs offene Fenster in die Hütte. Erst als draußen jemand in Gelächter ausbrach, unterbrach Dian ihre Arbeit und lehnte sich zurück. Erstaunt stellte sie fest, dass bereits die Nacht auf Karisoke fiel. Sie drückte die Zigarette im Aschenbecher aus, griff nach dem Whiskyglas, sah zur dunklen Fensteröffnung hin und lauschte, während sie daran nippte. Gerieten ihre Leute allmählich in Feierlaune?

Sie hörte einen der Studenten ein amerikanisches Weihnachtslied anstimmen, woraufhin ein Afrikaner nach dem anderen mit einfiel – oder es jedenfalls versuchte. Einige kannten ein paar Brocken des englischen Textes, andere sangen auf Suaheli, und manche hatten wohl schon so viel Bananenbier intus, dass sie nur noch krakeelen konnten. Der Chor hörte sich schief und chaotisch an, und als dann noch eine Trommel dazwischenfuhr, löste sich der Gesang schnell in lautes Gelächter auf.

Dian knipste eine zweite Lampe an und wollte weitertippen, doch jetzt drang die Radiomusik aus dem offenen Schlafzimmer in ihr Bewusstsein. Nicht direkt ein Weihnachtslied, dafür Neil Youngs Stimme: *Ich will leben, ich will geben. Ich war ein Bergmann auf der Suche nach einem Herzen aus Gold.* Ein Lied aus den frühen Siebzigern.

Da ist er noch jung gewesen, der gute Neil, dachte Dian, und ich noch nicht halb so alt, wie ich mich heute fühle.

Seufzend nahm sie die Hände von der Tastatur und schaute hinüber zur anderen Seite ihres Arbeitsbereichs, wo zwischen Kamin und Schlafzimmertür über einem niedrigen Bücherschrank das schwarz gerahmte Großporträt eines Gorillas hing. *Digit – unvergessen, geliebt und vermisst,* stand quer über den unteren Rand geschrieben. In ihrer Handschrift.

Sie zündete sich eine Zigarette an und lehnte sich erneut zurück, während sie den Rauch gegen die Schreibmaschine blies. Der Geierrabe auf der Walze schimpfte krächzend, blieb aber sitzen. Draußen in der Voliere krächzte in trauter Zwiesprache das Papageienpaar.

Dian schaute wieder zum Fenster hin. Außen auf der Fensterbank hatte sich ein allabendlicher Gast eingefunden: Ronald, die zutraulichste der Riesenhamsterratten, die unter den Hütten von Karisoke lebten. Er hockte auf den Hinterläufen und stopfte sich das alte Brot ins Maul, das Dian ihm vor der Schreibarbeit hingestreut hatte. »Guten Abend, Mr. President«, sagte sie. »Nicht, dass Sie sich noch in die Pfoten beißen vor lauter Gier.« Das Tier hob die Schnauze und schnüffelte in den Zigarettenrauch, den Dian zum Fenster hin geblasen hatte.

In der Ferne trompetete ein Elefant. Schon konnte Dian den Widerschein des Lagerfeuers in der Krone des uralten Kosobaumes flackern sehen, der zweihundert Schritte entfernt am Kochplatz stand. Gitarrenakkorde wehten durch den Abend. So melancholisch, wie sie klangen, konnte es eigentlich nur Wayne McGuire sein, der da draußen am Feuer in die Saiten griff.

Youngs Musik hörte sich nicht wesentlich fröhlicher, doch entschieden schöner an. Um sie besser hören zu können, stand Dian auf und ging zum Schlafzimmer, wo das Transistorradio neben ihrem Bett stand. Rauchend lehnte sie im Türrahmen und lauschte, während sie durch das offene Schlafzimmerfenster in die Dunkelheit über dem Gorillafriedhof hinausschaute. Leise sang sie mit: »Es sind Empfindungen, für die ich keine Worte hab', die treiben mich, ein Herz aus Gold zu suchen ...«

Wie an beinahe jedem Abend glitt irgendwann die Silhouette der Eule über die Gräber und wie an beinahe jedem Abend kreischte die Nervensäge Kima ihr hinterher, Dians Hausaffe. Und aus dem Kofferradio jammerte Neil Young: *Ich hab den Ozean für ein Herz aus Gold überquert und nun werd' ich alt.* Dian ging zurück zu ihrem Arbeitspult, beugte sich über die Tastatur und schrieb weiter.

Der Rabe auf der Schreibmaschinenwalze neigte den Kopf, als würde er nun doch wieder ihrer Stimme lauschen. Die Gesten und Laute der Berggorillas verstand sie nach all den Jahren, doch würde sie jemals verstehen, was hinter der gefiederten Stirn Gorbatschows vor sich ging? Wegen des weißen Flecks im Kopfgefieder, hatte Dian ihn nach dem Generalsekretär der sowjetischen KP benannt; dabei wusste sie bis zur Stunde nicht, ob er ein Männchen oder ein Weibchen war.

Die Zigarette zwischen den Lippen murmelte sie die abschließenden Sätze ihres Tagesberichts und hämmerte sie in die Maschine. Sie schlug gegen den Walzenhebel, die Walze rasselte nach links, der Rabe spreizte die Schwingen, hüpfte hoch und landete wieder auf ihr, während Dian die letzte Zeile schrieb.

»Fertig!« Mit einer herrischen Handbewegung scheuchte sie den schwarzen Hausgenossen von der Walze und drehte die Papierbögen aus der Maschine. »Jetzt kann es von mir aus Weihnachten werden.« Gorbatschow krächzte beleidigt, flatterte eine Runde um den Weihnachtsbaum und ließ sich auf den Aktenordnern nieder, die ganz oben auf dem niedrigen Bücherschrank neben der Schlafzimmertür standen. Dian wollte ihren Bericht und die Durchschläge abheften und wedelte mit den Papieren. »Weg da!« Der schimpfende Vogel spreizte die Schwingen, um zum Fensterbrett zu flattern, wobei er sich so kraftvoll am ersten Aktenordner abstieß, dass der umstürzte und alle anderen mit ihm. Einige Ordner fielen auf den Boden und rissen Bücher und Fotomappen mit sich.

»Verdammter Geier!« Dian bückte sich nach Ordnern, Büchern, Mappen und herausgerutschten Fotos. »Idiotisches Vieh!« Fluchend klaubte sie den Berichtsordner aus dem Durcheinander, öffnete ihn auf den Knien und heftete ihre Blätter ab. Dann machte sie sich daran, die zerstreut auf dem Holzboden liegenden Papiere und Fotos zusammenzuschieben.

Draußen hörte sie die Trommeln wilder und lauter tönen, auch die Gitarrenakkorde klangen mittlerweile rhythmischer und wurden nun in einer Dur-Tonart geschlagen. McGuire geriet allmählich in Fahrt, wie es sich anhörte. Eine Rassel und eine Umuduri hatten sich in das eigenwillige Weihnachtskonzert gemischt, und über allem schwebte auf einmal eine glockenhelle Frauenstimme.

»Ich muss allmählich raus ans Lagerfeuer.« Dian schielte zum Couchtisch mit den Geschenken, die sie am Vorabend eingepackt hatte. »Die Kindsköpfe wollen endlich Weihnachten feiern.« Auf der Fensterbank fauchte die Riesenhamsterratte den Raben an, der ihr das Brot wegpickte. Der schwarze Vogel fauchte zurück und schlug sie mit ein paar Schnabelhieben in die Flucht.

Dian stellte Ordner und Fotoalben wieder auf die Kommode und zog eine leere Zigarrenkiste aus dem Bücherregal und an ihre Knie, um die losen Fotos hineinzulegen, die aus den Alben gerutscht waren. Lauter altes Zeug, das sie aussortiert hatte, um es zu verbrennen. Doch schon das dritte Bild hielt ihren Blick fest.

»Der große weiße Jäger«, sagte sie lächelnd, während sie auf ihre Fersen sank und den attraktiven Mann mit Tropenhelm und in Safarikleidung betrachtete. »Der schöne John Alexander.« Nicht zu einem einzigen Kuss hatte sie ihn verführen können! »Was mag wohl aus dir geworden sein, du Dummkopf?« Wenigstens war es ihr damals, vor zweiundzwanzig Jahren, gelungen, ihn zum Aufstieg auf jenen Vulkangipfel zu überreden, wo sie dann den ersten Berggorilla ihres Lebens zu sehen bekommen hatte.

»Lang ist's her.« Seufzend legte sie das Foto in die Kiste, doch bereits das nächste rief gleich eine ganze Kaskade von Erinnerungen in ihr wach – Louis Leakey, der Professor, dem sie ihr Leben mit den Gorillas verdankte, dem sie alles zu verdanken hatte, was sie geworden war.

Dian hielt sein Porträt in den Lampenschein: ein zerfurchtes Gesicht mit Feuer im Blick und entschlossen vorgeschobenem Kinn. Sie hatte es selbst aufgenommen, während eines gemeinsamen Urlaubs drei oder vier Jahre vor Louis' Tod. Damals hatte der alt gewordene Primatenforscher mächtig um sie geworben. »Verrückter Kerl.« Mit einem wehmütigen Lächeln ließ sie das Bild in die Kiste fallen.

Auf einmal fiel ihr wieder ein, wie sie vor einiger Zeit in einem Anfall verzweifelter Wut und Einsamkeit die Fotos sämtlicher Männer aus dem Album verbannt hatte, die ihr Leben geprägt, die ihr Herz berührt hatten. Und keinen hatte es bei ihr gehalten.

Auch diesen großen Kerl mit den kantigen Zügen nicht, dessen Foto sie jetzt hochhob: Forrester, der hartnäckige rhodesische Farmer, der nur schwer davon abzubringen gewesen war, sie zu heiraten. War das nicht in einem anderen Leben gewesen? Natürlich! Weg mit dem Bild, und das von dem französischen Arzt gleich hinterher! Ein gerissener Charmeur, ohne Talent zur Treue. Zum Glück hatte sich die Beziehung zu ihm auf ein paar romantische Nachtstunden beschränkt.

Warum um alles in der Welt hatte sie diese Fotografien nicht verbrannt, sondern zurück ins Album gesteckt? »Dreimal darfst du raten«, sagte sie mit ironischem Unterton zu sich selbst, denn sie wusste genau, dass sie an jenem Abend vor zwei Jahren, als Einsamkeit und Verzweiflung sie überwältigten, entschieden zu tief in die Whiskyflasche geschaut hatte.

Das nächste Porträt genauso flott in die Zigarrenkiste zu werfen wollte Dian partout nicht gelingen. Im Gegenteil: Sie musste sich auf den Knien aufrichten, um es möglichst nahe an die Lampe halten zu können, musste es aufmerksam anschauen, so aufmerksam, wie sie sonst nur Landkarten studierte oder Briefe von ihren Geldgebern aus den Vereinigten Staaten.

Das Bild zeigte einen Mann mit klaren Augen und nachdenklichen Zügen, der milde lächelte und sich ein Offiziersbarett der Royal Navy tief in die Stirn gezogen hatte: Major Robert Campbell. Dians Herz fühlte sich plötzlich an wie ein warmer Bleiklumpen.

»Wie konntest du nur«, flüsterte sie, »wie konntest du mich nur verlassen.« Die Tränen stiegen ihr hoch, kamen jedoch nur bis zur Kehle. Sie küsste das Bild, ließ sich zurück auf die Fersen sinken und legte es behutsam auf die anderen. Um Bob war es schade, wirklich schade. Drei Jahre hatte sie mit ihm verbracht, die drei glücklichsten Jahre ihres Lebens.

»Vorbei!«, sagte sie mit rauer Stimme. »Danke dem Universum für die Zeit mit ihm und vergiss ihn endlich.«

Sie wollte die letzten Fotos von der Bastmatte aufklauben, doch Schritte vor der Hüttentür ließen sie aufhorchen; es klopfte. »Was gibt's denn?«

Die Tür wurde aufgezogen und Wayne McGuire schaute herein. »Hier liegt was auf der Stufe.« Er deutete hinter sich.

»Okay. Wahrscheinlich ein Weihnachtsgeschenk.

Er blinzelte zu ihrem Weihnachtsbaum. »Den haben Sie aber schön geschmückt, Dr. Fossey.«

Sie nickte. »Sonst noch was?«

»Die Frauen aus dem Dorf sind auch schon da.« Scheu blinzelte der Student und Doktorand zu ihr herein. Seine Augen hinter den dicken Brillengläsern wirkten unnatürlich groß. »Sogar Mrs. Carr ist zur Weihnachtsfeier heraufgestiegen.«

Dian musterte ihn von seinen dreckigen Stiefelspitzen bis zum Scheitel seiner ungekämmten Locken; und sie musterte ihn ziemlich kühl. Seine alte Gitarre in der Rechten stand McGuire auf der Schwelle, unschlüssig wie ein Bettler, krumm wie ein Fragezeichen. Meistens ging er Dian auf die Nerven.

Genau genommen ging er ihr nur dann nicht auf die Nerven, wenn er im Regenwald unterwegs war, um Daten für seine Doktorarbeit zu sammeln, Gorillas zu zählen und die Fallen der Wilderer zu zerstören. Sie wusste, wie sehr er sie verabscheute. McGuire war eine Mimose und Dian eine strenge und unduldsame Lehrerin.

Sie zog die Brauen hoch. »Ja, und?« Vorbei an McGuires Stiefeln schlüpfte Kima in die Hütte. Er sprang auf den Esstisch und schnappte sich die Banane, die Dian dort für ihn bereitgelegt hatte.

McGuire räusperte sich. »Die Leute werden ungeduldig, Dr. Fossey.« Er trat von einem Fuß auf den anderen. »Außerdem haben sie Hunger. Sanweckwe lässt fragen, ob wir nicht endlich loslegen können.«

»Die Weihnachtsfeier beginnt, wenn ich es sage.« Dian wandte sich ab und beugte sich wieder über Zigarrenkiste und Fotos. »Ihr werdet gefälligst warten, bis ich hinaus ans Feuer komme.« Wortlos drückte McGuire die Tür zu. Auf der Fensterbank krächzte der Rabe.

Missmutig nahm Dian die Fotos hoch. Aus irgendeinem Grund verdarb es ihr regelmäßig die Laune, mehr als zwei Worte mit McGuire wechseln zu müssen. Und aus irgendeinem Grund verirrten sich regelmäßig Studenten aus den USA oder aus Großbritannien zu ihr in die ruandischen Vulkanberge, die zu nichts zu gebrauchen waren. Oder zu fast nichts. Lauter Träumer oder Bücherwürmer oder verhinderte Hippies.

Nun gut, McGuire hatte sie wenigstens beibringen können, wie man eine Gorillaspur von einem Stiefelabdruck unterscheidet. Und die Fallen der Wilderer zerstören konnte er inzwischen auch.

Sie schob die drei letzten Fotos auseinander, die sie noch in der Hand hielt. Das von Alan Root, einem hervorragenden

Tierfilmer und liebenswerten Mann legte sie mit einem anerkennenden Nicken in die Zigarrenkiste. Vielleicht doch nicht verbrennen? Denn was hatte sie ihm nicht alles zu verdanken! Im Grunde ging sogar die Begegnung mit Bob auf sein Konto.

Das Bild ihres Stiefvaters ließ sie neben die Kiste fallen. Weg damit, nur nicht anschauen! Am besten noch heute Abend verbrennen!

Und schließlich das Foto eines jungen Mannes in der weißen Kluft eines Oberbootsmannes der US-Marine. *George Fossey* stand in Druckbuchstaben am unteren Rand geschrieben. Der erste Mann, der Dian verlassen hatte. Ihr Vater.

Für einen Moment senkte sie den Kopf, schloss die Augen und drückte das Foto an ihre Stirn. Im Essbereich hörte sie den Affen vom Tisch springen, spürte, wie er an ihr hochkletterte und sich auf ihrer Schulter an ihrem Kopf rieb.

Sie legte das Foto ihres Vaters zu den anderen in die Zigarrenkiste, stellte die Kiste zurück auf das Schränkchen und steckte, während sie aufstand, das Foto ihres Stiefvaters in die Gesäßtasche. Einen Moment stand sie still und verzerrte das Gesicht, denn ihre Knie taten weh. Seit Monaten lebte sie mit diesen Schmerzen, ach was – seit Jahren! Meistens ließ Dian sich nichts anmerken, doch manchmal stachen sie so heftig und unverhofft zu, dass sie stehen bleiben und aufstöhnen musste.

Ihr Blick fiel auf das Bild über dem Bücherschränkchen, das wunderschöne Porträtfoto ihres Gorillafreundes, das Bob Campbell kurz vor seinem endgültigen Abschied geschossen hatte. Oft, wenn sie es bewusst betrachtete, so wie jetzt, überwältigte es sie aufs Neue, wie gut Bob Digits Gesicht getroffen hatte! Ein überaus zufriedenes Gesicht – groß und schwarz und friedlich. Und ein wenig melancholisch.

Geliebter Digit!, dachte sie. Dir begegnet zu sein dafür hat sich alles gelohnt. Einfach alles.

Wenig später, am Schreibmaschinenpult, leerte sie das Whiskyglas auf einen Zug und zündete sich eine Zigarette an. Danach legte sie die Weihnachtsgeschenke für ihre Leute in den bereitstehenden Korb und schaute, die Hand schon am Lampenschalter, zum Raben hin, der noch immer Brotkrumen von der Fensterbank aufpickte. Auf Dians Blick hin flatterte Gorbatschow ins Schlafzimmer hinein, wo zwischen Ofenrohr und Lesepult seine Sitzstange über dem Brennholz hing.

Dian klemmte die Zigarette zwischen die Lippen, setzte den Geschenkkorb auf ihre Hüfte, löschte das Licht und ging hinaus in die Nacht. Kima blieb die ganze Zeit auf ihrer Schulter hocken. So oft die kleine Meerkatze auch einen Grund zum Kreischen und Meckern finden mochte – Zigarettenrauch störte sie nicht im Geringsten.

Kaum hatte Dian die Tür hinter sich geschlossen, stieß ihr Fuß gegen ein Stück Holz. Sie stutzte, schaute auf die kurze Treppe hinunter, konnte wegen der Dunkelheit jedoch nur Umrisse des heimlich abgelegten Geschenkes erkennen, das schon McGuire aufgefallen war. Ein Weihnachtsgeschenk, das nicht in Geschenkpapier gewickelt war? Ungewöhnlich.

Dian stellte den Korb ab und ging in die Hocke, um es zu untersuchen. Eine hölzerne Schlange! Sie hob sie hoch, tastete ihre Form ab, hielt sie in Richtung Feuerschein und begriff endlich: ein Sumu, ein magischer Fetisch!

Die abergläubischen Einheimischen hielten es mit Zauberei, und jemandem so ein Sumu vor die Tür zu legen, galt als besonders krasse Form schwarzer Magie. »Schwachsinn«, schimpfte Dian. Jemand hatte sie verflucht. »Was für ein dämlicher Schwachsinn!« Jemand wünschte ihr den Tod. »Berauschende Neuigkeit.«

Sie spuckte aus, ließ die hölzerne Schlange fallen und

nahm den Korb hoch. Natürlich hatte sie Feinde in Ruanda; und hier, im Vulkanpark sowieso. Viele und erbitterte Feinde. Doch wie kindisch, einer amerikanischen Frau mit Magie Angst einjagen zu wollen, einer Frau, die bekannt war für ihre Unerschrockenheit und ihre Schießkünste.

»Lächerlich!«, zischte sie, während sie über den Kiesweg stapfte, der von ihrem Mausoleum – so nannte Dian ihre Hütte – zum Feuerplatz führte. »Kommt doch, wenn ihr euch traut!« Sie schritt an Kosobäumen und der mittleren Hütte vorbei, dem Flammenschein und dem fröhlichen Gesang entgegen. Noch ein paar leise Flüche, dann löste sich die Beklemmung in Wohlgefallen auf, die sie angesichts des Sumus befallen hatte.

»Fröhliche Weihnachten!«, brüllte sie schon auf halbem Weg zum Lagerfeuer. Die Musik ebbte ab und viele aufgekratzte Stimmen erwiderten ihren Gruß. Gut drei Dutzend Menschen standen oder saßen rund um das Feuer, fast ausschließlich Einheimische: Fährtenleser, Wildhüter, Träger, Assistenten, Köche. Einige hatten ihre Frauen mitgebracht. »Bescherung!«, rief Dian und ging auf eine der vier Weißen zu und küsste sie zur Begrüßung. »Wie schön, dass du dich aufgemacht hast und zu mir auf den Berg gestiegen bist, Rose!«

Rosamond Carr, ihre beste Freundin, umarmte sie. »Gesegnete Weihnachten, Nyirmachabelli, wie geht es dir?« Die kleine zierliche Frau mit dem weißen Haar fragte das leise und mit einer seltenen Mischung aus Ironie und Sorge in der Stimme.

»Geht schon.«

Rose musterte sie ein wenig skeptisch und machte große Augen, als sie dann in den vollen Geschenkkorb schaute. »Meine Güte, Dian! Wie viel Mühe du dir wieder gemacht hast!«

Die weißhaarige Belgierin wohnte am Fuße der ruandischen Virunga-Vulkane. Sie gehörte zu den vier Menschen, die dafür verantwortlich waren, dass Dian und die Berggorillas einander gefunden hatten. Die anderen Weißen, drei Studenten in den Zwanzigern, begrüßten Dian eher scheu. McGuire stimmte hingebungsvoll seine Gitarre und vermied es so, sie anschauen zu müssen.

Dian ging ans Feuer, warf das Foto ihres Stiefvaters hinein und stellte den Korb dann auf den großen, aus Stämmen zusammengenagelten Tisch, auf dem Fleisch, Früchte und Kartoffeln sich häuften. »Ich bin euer Christkind!«, rief sie. »Und jetzt halte ich Bescherung!«

Jedes Geschenk nahm sie einzeln aus dem Korb und verkündete laut den jeweils darauf geschriebenen Namen. Unter dem Jubel aller kam einer nach dem anderen zu ihr und nahm seine liebevoll verpackte Weihnachtsgabe entgegen, zuletzt die Studenten.

Glücksgefühle perlten Dian durch die Brust, als sie in die Runde spähte und die leuchtenden Augen in den schwarzen und weißen Gesichtern der Beschenkten sah. Ihrem treuen Fährtenleser Sanweckwe hatte sie eine neue Tabakpfeife aus Cambridge mitgebracht; ihr langjähriger Assistent Vatiri fummelte bereits die Klingen aus seinem neuen Schweizer Taschenmesser; andere freuten sich über Feuerzeuge, Comichefte, Haarbürsten, Tabak oder Spielzeugautos.

Sogar über McGuires breites Jungengesicht huschte ein Strahlen, während er sein Geschenk auspackte: eine Prachtflasche Kölnisch Wasser; Dian fand, dass er schlecht roch.

Im Grunde hatte sie all diese Männer und Frauen gern. Jedenfalls die meisten von ihnen; oder wenigstens den überwiegenden Teil. Nun gut, auf einige hätte sie lieber verzichtet. Doch konnte sie nicht sogar an McGuire liebenswerte Seiten entdecken, wenn sie sich ein bisschen Mühe gab?

Schon möglich, dachte sie.

Einer nach dem anderen bedankte sich bei Dian, bevor die Männer wieder zu ihren Instrumenten griffen. Die Trommel dröhnte, McGuire schlug die Saiten, und Vatiri blies in eine Elfenbeintrompete. Ein gewaltiger Tusch hallte durch die Nacht, woraufhin Sanweckwe mit einem großen Geschenk vor sie trat und es ihr überreichte. Unter vielstimmigem Getuschel und neugierigen Blicken schälte Dian die Schachtel aus dem bunten Papier und zog eine lange, wasserdichte Jacke aus dunklem Wachstuch und mit Daunenfutter heraus.

»Heiliger Strohsack!«, rief sie und scheuchte Kima von ihrer Schulter. »Darin kann ich ja nächtelang im nassen Unterholz kauern und unsere Gorillafreunde beobachten« Unter dem Applaus der anderen schlüpfte sie in die Jacke. »Und wie gut sie passt! Danke, ich danke euch allen! Und bevor ihr mir verhungert, hängt endlich Fleisch über das Feuer.«

Die Studentin, Rose und die beiden Bahutus, die Dian zum Kochen angestellt hatte, bereiteten das Fleisch zum Grillen vor. Sanweckwe schenkte Bananenbier aus, und die Musiker langten wieder nach ihren Instrumenten, um ein Weihnachtslied anzustimmen. Viele sangen mit, einige klatschten rhythmisch in die Hände, die ersten Frauen und Männer begannen zu tanzen.

Dian nahm das letzte noch unvergebene Geschenk aus dem Korb und hielt eine Fackel so lange ins Feuer, bis sie sich entzündete. Die Flamme hoch über den Kopf erhoben, machte sie sich auf den Rückweg zum Mausoleum. »Bin gleich wieder bei euch!« Niemand fragte sie, wohin sie wollte, alle wussten es.

Vor ihrer Eingangstür verharrte sie einen Atemzug lang und blinzelte zur Treppe, neben der sie die hölzerne Schlange mehr ahnte als sah. Sie stieß einen leisen Fluch aus, woraufhin in der Voliere die Papageien zu zetern begannen, und bog auf den Pfad ab, der hinter die Hütte und zum Gorillafriedhof führte. Dort stand sie eine Zeitlang zwischen den viel zu vielen Grabhügeln, bevor sie vor einem in die Hocke ging und die Fackel an seiner Schmalseite in den weichen Boden rammte. »Ich weiß, du machst dir nichts aus Weihnachten«, sagte sie laut, »ich hab dir trotzdem ein Geschenk mitgebracht«

An dem Pfahl, der an der oberen schmalen Grabseite aus der Erde ragte, war ein weiß gestrichenes Holzschild angenagelt; Dian hatte es erst Anfang Oktober erneuert. Im Fackelschein waren der Name des Toten und sein Todestag darauf gut zu lesen:

DIGIT, † 31. Dezember 1977

Im Schein der Fackel packte sie auch das Geschenk aus, das sie ihm mitgebracht hatte: ein gerahmtes und in Zellophan gewickeltes Foto eines Gorillababys. »Ein Weibchen deiner ehemaligen Gruppe hat es vor zwei Wochen zur Welt gebracht.« Durch das Zellophan hindurch klappte sie den Ständer des Rahmens auf und stellte das Bild auf das Grab. »Ein Männchen, ich habe ihn Silvester genannt.«

Sie stand auf, denn die Knie taten ihr weh. In Gedanken versunken schaute sie mal auf Digits Grabschild, mal auf das Foto des Gorillababys hinab. »Ich hoffe, dir gefällt das Geschenk genauso gut wie mir.«

Während der Nachtwind vom Lagerfeuer her Musik und Gesang zum Gorillafriedhof herüberwehte, stiegen die Bilder der Erinnerung in ihr hoch: Digit als verspieltes schwarzes Wollknäuel, Digit als starker Schwarzrücken inmitten seiner Gruppe, Digit, wie er es wagte, seine schwarze, kräftige, ledrige Hand nach ihren weißen schmalen Fingern auszustrecken und sie zu berühren. Und schließlich Digit als blutender, verstümmelter Torso.

»Digit«, sagte Dian, während ihr die Tränen über die Wangen liefen, »mein Freund Digit. Es war ein langer Weg zu dir, doch er hat sich gelohnt.«

2

Indianerin

Louisville, September 1955

Die Frau war groß, noch größer als Dad sogar, und den hielt Nick für einen richtig großen Mann. Sie hatte eine auffällige Nase und zu Zöpfen geflochtenes langes Haar. Dieses Haar war von gleicher Farbe wie frisch gefallene Kastanien, wenn sie morgens im taubedeckten Gras von der Sonne beschienen werden. Nick hatte sie nur kurz gesehen, denn Dad wollte unbedingt erst einmal allein mit der Frau sprechen, also musste er auf der Holzbank vor der Tür warten. Natürlich lauschte er am Schlüsselloch.

Dad schilderte der Frau mit dem Kastanienhaar, wie es passiert war. Wie er, der arme kleine Nick, die Treppe hinunter gestolpert und gegen die scharfe Kante der offenen Eisentür geknallt war, durch die man hindurchmusste, wenn man im Keller Marmelade oder Bier oder Kartoffeln holen wollte.

Er zog die Schultern hoch und verzerrte das Gesicht, denn er spürte wieder den schrecklichen Schmerz in der Achselhöhle, als Dad auf der anderen Seite des Schlüssellochs der Frau von dem Unfall erzählte. Wie der Hieb einer breiten Schwertklinge hatte es sich angefühlt, als ihm die Türkante in die Achselhöhle gefahren war, wie der Stoß mit einem Spaten.

Er jedenfalls zweifelte nicht daran, dass Treffer durch Schwerter und Spaten fast genauso weh taten.

Auch dass er, der arme kleine Nick, den Arm seitdem kaum noch bewegen, ihn nicht einmal wirklich spüren konnte, erzählte Dad der Frau mit dem Kastanienhaar. Weil nämlich die verdammte scharfe Kante der verdammten eisernen Kellertür einen Nerv in seiner Achselhöhle durchtrennt hatte.

Nick wusste, was ein Nerv war – selbstverständlich! –, denn Dad war schließlich Arzt und hatte ihm schon den ganzen Körper des Menschen samt allen Einzelteilen erklärt. Und noch genauer wusste er, wie weh das tat, wenn so ein Nerv durchtrennt wurde; schließlich hatte er das erst vor ein paar Wochen am eigenen Leib erlebt.

Er stutzte, denn von einem Augenblick auf den anderen verstand er kein Wort mehr von dem, was sein Dad hinter der Tür redete. Er mochte lauschen, wie er wollte, er hörte nur noch, *dass* sein Dad redete. Oder eigentlich flüsterte er nur noch. Wahrscheinlich erzählte er der Frau mit dem Kastanienhaar jetzt das, weswegen er hier draußen vor der Tür warten und heimlich lauschen musste. Wahrscheinlich erzählte er ihr, dass er, der arme kleine Nick, seinen Arm nie wieder würde bewegen können.

Er kämpfte mit den Tränen, nahm das Ohr vom Schlüsselloch und schaute hinab auf die Schlinge – der Arm hing darin wie ein fremdes Ding aus Haut, Fleisch und Knochen, das zu weiß Gott wem gehörte, nie und nimmer jedoch zu ihm, dem armen kleinen Nick, sonst würde er ihn doch spüren, oder? Der Nerv war schuld, oder besser: der durchtrennte Nerv. Oder nein: Die verdammte Tür war schuld.

Die Frau drinnen bei Dad sagte nicht viel, stellte nur hin und wieder Fragen – Wie alt ist Ihr Sohn? Kann er schon lesen und schreiben? Hat er vor dem Unfall Baseball gespielt?

Oder Tennis oder gar Football? Solche Sachen fragte sie, und Dad erklärte ihr, dass er, der arme kleine Nick, selbstverständlich Baseball spielte, und dass er ein sehr guter Schwimmer war.

Die Stimme der Frau mit dem Kastanienhaar klang wie die eines großen schüchternen Mädchens, hell und weich, dabei war sie nicht viel jünger als Mom. Eine wirklich schöne Stimme, fand Nick – von Anfang an hörte er sie gern.

War sie eine Ärztin? Oder eine Krankenschwester? Sie hatte ein wenig ausgesehen wie eine Indianerin, als sie eben die Tür geöffnet hatte, um Dad hereinzulassen. Und Nick konnte sich gut vorstellen, dass sie wirklich eine Indianerin war, hoffte es sogar; vielleicht war sie sogar eine Medizinfrau, die zaubern konnte. Bestimmt konnte sie zaubern, so hübsch wie sie war. Ganz bestimmt konnte sie auch den verdammten Nerv wieder heil zaubern.

Auf der anderen Seite des Schlüssellochs redeten sie nun gar nichts mehr, flüsterten auch nicht, dafür hörte Nick Schritte da drinnen. Er huschte zur Bank und setzte sich so kerzengerade hin, als hätte er die ganz Zeit geduldig gewartet. Und keinesfalls gelauscht.

Die Tür öffnete sich und Nick hörte seinen Dad sagen: »In Ordnung, Miss Fossey, dann hole ich ihn gleich nach der Visite wieder ab, so in einer Stunde etwa.«

»Eine Stunde reicht uns fürs Erste, Dr. Coy.«

Und als Dad aus der Tür getreten war, sagte er zu Nick: »Das ist Miss Fossey, Nicki. Sei schön brav und tu, was sie sagt, denn sie hat vielleicht eine Idee, wie man einen lahmen Arm wieder in Bewegung bringen könnte.«

Nick rutschte von der Bank. »Wirklich?« Und dann stand er vor ihr und guckte zu ihrem Gesicht hinauf. Heilige Maria und Joseph, wie groß sie war!

»Ich glaube schon«, sagte die Frau mit dem Kastanienhaar, »wir werden sehen.«

Ihre Nase war tatsächlich die Nase einer Indianerin – groß, schmal und leicht gebogen wie der Schnabel eines Adlers. Und nur eine Indianerin konnte solche Augen haben: dunkelbraun, mandelförmig, gütig. Und wie ernst sie guckte! Und wie hübsch ihr Indianerinnengesicht aussah! Nick war jetzt sicher, dass sie zaubern konnte.

Dad winkte und ging. Sein weißer Arztkittel flatterte hinter ihm her, denn wie immer hatte er es eilig, zu den Kindern auf seiner Krankenstation zu kommen. Die Frau mit dem Kastanienhaar streckte Nick ihre linke Hand entgegen, denn seine rechte hing ja in der Schlinge. »Du heißt Nick?«

Er nickte. »Und du?«

»Dian.« Sie zog ihn in ihr Behandlungszimmer und schloss die Tür. »Du bist sechs Jahre alt und gerade in die Schule gekommen, wie dein Vater mir erzählt hat.«

»Ja. Und ich werde meinen Arm nie wieder bewegen können, stimmt's?«

»Wer sagt das denn?« Die Frau namens Dian wies auf einen Drehhocker neben einem niedrigen Tisch.

»Vielleicht Dad?« Nick rutschte auf den Hocker, wobei sein Blick die vielen bunten Sachen darauf streifte: Kugeln, Bälle, Stäbe mit Drahtfedern, gefärbte Federn und eine Art Miniklavier. »Das hat er doch sicher zu dir gesagt. Gib's zu.«

»Nein.« Behutsam nahm sie ihm den leblosen Arm aus der Schlinge. »Wenn er das glauben würde, hätte er dich doch nicht zu mir gebracht.«

»Was hat er dann gesagt? Ich habe ihn doch flüstern hören.«

»So, wie er dich kennt, wirst du keine Ruhe geben, bis du wieder einen Baseballschläger schwingen kannst.« Sie nahm seine beiden Hände und drückte sie.

»Das hat er gesagt?«

»Ja. Drück mal, so fest du kannst.«

Nick tat sein Bestes. »Und du wirst dafür sorgen, dass ich wieder Baseball spielen und schwimmen kann?«

»Du selbst wirst dafür sorgen, und ich werde dir dabei helfen. Doch wir brauchen Zeit. Vielleicht viel Zeit.« Sie ließ seine Hände los und schaute ihn voller Bewunderung an. »Deine linke Hand ist ganz schön stark.«

»Ich weiß. Wo kommst du her, Dian? Ich habe dich noch nie hier in der Krüppelanstalt gesehen.«

»Aus Atherton, Kalifornien, ich bin erst seit gestern in Louisville. Heute ist mein erster Tag hier im Kosair Crippled Children's Hospital. ›Krüppelanstalt‹ klingt hässlich.«

»Kalifornien? Von so weit her? Gab's keinen Job dort für dich?«

»Ich wollte mal weg.« Sie zog ihm Pullover und Hemd aus. »Weg von meiner Stadt, weg von meinen Eltern. Ich wollte mal was anderes sehen, etwas Neues erleben.«

»Und dann gleich bis nach Kentucky?« Nun war er es, der sie voller Bewunderung anschaute. »Ich werde nie von zuhause weggehen«, sagte er, während sie seine Schultern und Oberarme abtastete. »Nicht einmal von Louisville werde ich weggehen.«

»In deinem Alter kann kein Mensch wissen, wo es ihn einmal hin verschlägt. Nicht einmal ich weiß, wo ich eines schönen Tages noch landen werde.« Mit den Fingerspitzen fuhr sie ihm behutsam über die Haut seiner rechten Schulter bis hinab auf seinen rechten Oberarm. Das gefiel Nick. »Sag ›jetzt‹, sobald du meine Finger nicht mehr spürst.«

»Jetzt! Soll das heißen, dass du gar nicht lange in Louisville bleiben wirst?«

»Wenn ich kein Haus finde, bin ich nächste Woche schon

nicht mehr hier.« Nun strich sie von verschiedenen Stellen aus über die Schulter zum Oberarm hin, was sich schön anfühlte. »Erst einmal arbeite ich drei Tage nur zur Probe hier. Sag' ›jetzt‹, sobald du etwas spürst.«

»Jetzt!« Wie weich ihre Stimme klang, wie liebevoll sie ihn berührte! Fast wie Mom. »Und wo willst du hingehen, wenn du kein Haus in Louisville findest? Jetzt.«

»Wer weiß?« Aus dem Augenwinkel sah er, wie sie mit den Schultern zuckte. »Vielleicht nach Afrika?«

»So weit weg?« Nick erschrak. »Du machst Witze!«

»Witze nicht direkt, doch ein richtiger Plan ist es auch nicht. Ich träume nur manchmal von Afrika. Oder nein: Ich träume oft von Afrika. Ich habe schon davon geträumt, als ich so alt war wie du.«

»Was willst du bloß in Afrika?«

»Dort leben wunderschöne wilde Tiere. Löwen, Elefanten, Gorillas, Giraffen. Das weißt du doch, oder?«

»Klar weiß ich das, aber die kannst du dir doch im Zoo anschauen, wenn du unbedingt willst. Jetzt!«

»Da gibt es keine wilden Tiere, dort gibt es nur arme Kreaturen, die man in Käfige eingesperrt hat.« Nahe seiner Achsel zeichnete sie mit dem Finger einen Ring um seinen Oberarm. »Ich liebe Tiere, weißt du? Freie Tiere.« Sie drückte auf den Ring. »Bis hierher ist noch Gefühl in deinem Muskel. Und ein kleines bisschen Kraft auch.«

»Wirklich?« Er schaute zu ihr hoch. Heilige Maria und Joseph, was für ein schönes Indianergesicht sie hatte! »Warum hast du dir dann keinen Job gesucht, in dem du mit Tieren zu tun hast statt mit verkrüppelten Kindern?«

»Mit *kranken* Kindern, Nick. Krankheiten kann man heilen, Verkrüppelungen eher nicht. Um kranke Kinder zu heilen, bin ich nach Louisville gekommen.«

»Kinder mit kranken Armen wie mich. Gut, dass du gekommen bist. Gerade spüre ich deine Finger nicht mehr. Gut, dass du keinen Job mit Tieren gesucht hast.«

»Du wirst es nicht glauben – ich wollte eigentlich Tierärztin werden. Schau auf meine Hand.« Dian war mit ihren Fingern zwei Daumenbreiten nach unten gerutscht. »Nächsten Monat um die Zeit will ich hören, dass du bis hierher wieder etwas spürst. Falls ich dann noch hier bin.«

»Da *musst* du noch hier sein. Warum bist du keine Tierärztin geworden?«

»Hat nicht geklappt.« Sie fasste nach seinen Knien und drehte ihn samt Hocker zum Tisch hin. »Zu schlechte Noten. Strenge dich also ein bisschen an in der Schule, Nick, damit es dir mal nicht genauso geht.«

»Schule ist Bullshit.«

»Rede keinen Blödsinn. Nimm die blaue Feder da in die linke Hand.« Nick gehorchte, und Dian drehte ihm die rechte Hand nach oben, legte eine rote Feder hinein und schob ihre Hand unter seine. »Nun heb die linke Hand mit der Feder und stell dir vor, du würdest dasselbe mit der rechten Hand tun.« Er tat, was sie wollte, und beobachtete, wie sie jedes Mal, wenn er die linke hob, seine rechte Hand stützte und anhob.

»Willst du meine Freundin sein?«

»Du kennst mich doch gar nicht, Nick.« Sie sagte das beinahe ernst, lächelte nur ein klein wenig dabei.

»Ich höre doch deine liebe Stimme und sehe deine guten Augen.«

»Das reicht dir, um mein Freund sein zu wollen?«

»Das reicht mir.«

»Schließ die Augen und stell dir vor, wie du die rote Feder hochhebst, los.« Nick kniff die Lider zu. Hand und Feder konnte er sehen wie auf einem Foto, doch der lahme Arm bewegte sich auch in seiner Vorstellung nicht. Er spürte, wie die Tränen in ihm hochstiegen, und fühlte, wie Dian seinen Arm hob. »Ich kann ein ganz schrecklicher Mensch sein, Nick«, hörte er sie sagen, »launisch und barsch.«

»Glaub ich nicht. Du siehst aus wie eine richtig starke Indianerin und du bist so schön.«

»Waas?!« Diesmal lachte sie, und als er die Augen aufschlug, sah er, dass ihr Gesicht rot geworden war.

»Ich will dein Freund sein, Dian. Bitte, bitte.«

»Also gut, dann probieren wir es.« Sie nahm ihm die Federn aus den Händen und legte stattdessen zwei bunte Tischtennisbälle hinein. »Ich werde also versuchen, deine Freundin zu sein. Und jetzt das gleiche Spiel noch mal, nur mit den Bällen.« Eine Zeitlang hob er Tischtennisbälle mit der Linken und stellte sich vor, wie er es auch mit der Rechten tat. Ein klein wenig klappte es jetzt.

Zuletzt schob sie ihm das Miniklavier hin und er musste mit den Daumen und den Zeigefingern Tasten drücken, um dem Ding Töne zu entlocken. Das schaffte er natürlich nur mit der linken Hand. Immerhin gelang es ihm aber, sich mit geschlossenen Augen vorzustellen, wie sein rechter Daumen und sein rechter Zeigefinger das Miniklavier zum Klingen brachte.

Später, als sie ihm in seine Kleidung geholfen und ihn zur Tür geführt hatte, strich sie ihm über das Haar. »Morgen machen wir weiter. Du schaffst das, Nick.«

»Aber nur, wenn du hierbleibst, Dian. Ich werde beten, dass du ein Haus in Louisville findest.«

»Meinst du wirklich, das nützt was?«

»Was denkst du denn?!«

»Gut, ich bin gespannt.« Wieder strich sie ihm übers Haar, was ihm sehr gefiel.

»Weißt du, was?« Nick nahm seinen ganzen Mut zusammen, als die schöne Indianerin namens Dian zur Klinke griff, um die Tür zu öffnen. »Wenn ich meinen Arm wieder spüre und wieder Baseball spielen kann, dann gehen wir zusammen schwimmen.

»Einverstanden.«

»Und wenn ich mal groß bin, heirate ich dich.«

Sie neigte den Kopf auf die Schulter, machte ihre freundlichen braunen Augen ganz schmal und schaute ihn nachdenklich an. »Da hast du dir aber etwas vorgenommen, mein Lieber.« Lächelnd schüttelte sie den Kopf und öffnete die Tür. »Frag mich noch mal, wenn du groß geworden bist.«

3

Glenmary

Louisville, September 1955

Die Türglocke läutete und Georgie sah stirnrunzelnd von seiner Zeitung auf. Er machte gerade Pause, stärkte sich mit Bier und Schinkensandwich und erwartete an diesem Abend eigentlich keinen Besuch. Doch hatte er vorhin nicht auch schon Motorenlärm irgendwo auf der Farm gehört? Motorenlärm, der ihm nicht vertraut war?

»Wer zum Teufel verirrt sich um diese Zeit nach Glenmary?«, brummte er mit vollem Mund, während er sich aus seinem Lehnstuhl stemmte. Er spülte den Bissen, an dem er noch kaute, mit einem Schluck Bier herunter und ging zur Haustür; die Bierflasche nahm er mit. Georgie trug seinen guten alten Blaumann, denn er war vorhin erst aus dem Stall gekommen, vom Melken.

Bevor er öffnete, stellte er die Bierflasche auf den Garderobenschrank. Wusste man denn, wer vor der Tür stand? Einen Moment später stellte er verblüfft fest, dass es eine fremde Frau war – jung, braune Augen, offenes Gesicht, feine Züge und zu Zöpfen geflochtenes langes Haar, kastanienbraun. Hübsch. Ein bisschen arg groß vielleicht und ein bisschen wenig Busen.

»Ma'am?«

»Dian Fossey.« Sie streckte ihm die Rechte hin. »Wir haben gestern wegen des Hauses telefoniert, das sie inseriert haben.«

»Ach so?« Er erinnerte sich dunkel und drückte ihr die Hand, wobei er sich zu erinnern versuchte, ob sie ihren Besuch verabredet hatten. »George Long. Und Sie wollen also …?«

»Ich will mir das Haus anschauen, ja, und mieten, wenn es mir gefällt.«

Misstrauisch musterte er sie. »Sie sind allein?« Sie nickte und plötzlich kam sie ihm ein wenig scheu vor. »Ach so? Keinen Mann?« Er kratzte sich am Kopf. »Ich suche eigentlich ein Paar als Mieter, habe ich Ihnen das nicht schon gestern am Telefon gesagt? An eine unverheiratete Frau vermiete ich nicht.«

»Warum denn nicht?«

»Hören Sie mal, Ma'am! Sie sehen doch, wie abgelegen wir hier wohnen.« Hatte die junge Lady denn keine Augen im Kopf? »Was glauben Sie, was sich hier draußen alles 'rumtreibt.«

»Ich hab's gern ein bisschen abgelegen, Mr. Long? Deswegen habe ich doch angerufen – weil im Inserat steht, dass Ihre Farm außerhalb der Stadtgrenze liegt. Ich war übrigens bereits drüben bei dem alten Haus. Von außen gefällt es mir schon mal wirklich gut.«

»Freut mich, doch wie gesagt: Ich suche ein Ehepaar als Mieter. Eine Frau ohne Mann kommt für mich nicht in Frage.«

»Am Waldrand neben dem Haus habe ich eine Waschbärin mit zwei Jungen gesehen, niedlich.«

»Drecksviecher! Kippen den Müllkübel um und verstreuen mir den Müll übers ganze Gelände. Doch wenn's nur die wären. Hab schon Kojoten auf der Weide gehabt, und einmal sogar ein ganzes Rudel Wildsäue im Acker. Ziemlich gefährlich hier, wie gesagt.«

»Das ist ja wunderbar! Darf ich die Zimmer sehen?«

Georgie traute seinen Augen nicht: Die Lady strahlte wie ein Mädchen, das gerade von ihrem Märchenprinzen zum Silvesterball eingeladen worden war. »Haben Sie Tomaten auf den Ohren, Miss Fossey?« So langsam riss ihm nun doch der Geduldsfaden. »Ich vermiete nicht an Frauen, die alleinstehen. Zu gefährlich hier draußen.«

»Sie sind doch auch noch da, Mr. Long.« Sie zeigte auf die Damenschuhe vor der Tür. »Und ihre Frau.«

»Hören Sie – das alte Gesindehaus steht fast eine halbe Meile entfernt von meinem! Wenn da einer …«

»Höchstens eine viertel Meile.«

»… kommt und Sie …, na ja, wenn Sie verstehen, was ich meine. Ich würde Sie nicht einmal schreien hören. Nein, nein.« Georgie fuchtelte mit dem Zeigefinger.

»Um mich muss sich keiner Sorgen machen, ich kann mich wehren. Übrigens habe ich gelesen, dass Ihre Farm ›Glenmary‹ heißt – an einem Ort mit einem so schönen Namen würde ich wirklich gern wohnen.« Georgie verdrehte die Augen – sie gab nicht nach, sie gab einfach nicht nach! »Ich habe gesehen, dass Sie fast hundert Angusrinder auf der Weide stehen haben …«

»Und ich habe gesagt ›nein‹, und dabei bleibt's!« Georgie hielt es an der Zeit, energisch zu werden.

»… und auf der Koppel neben dem Haus weiden wunderschöne Appaloosas. Ich reite für mein Leben gern!«

»Verdammt, mein Bier wird warm!« Während er seine Flasche von der Kommode nahm, suchte er nach Worten. »Zum letzten Mal: Sie sind allein, und an unverheiratete Frauen …«

»Ich brauche keinen Mann, um in der Einöde leben zu können. Ich habe keine Angst und komme ganz gut allein zurecht. Wissen Sie was, Mr. Long? Ich mache Ihnen ein Angebot: Sie vermieten mir das Haus, und ich nehme Ihnen die Pflege der Pferde ab. Was halten Sie davon?«

»Nichts. Außerdem wird meine Frau eifersüchtig, wenn ich an eine unverheiratete Frau vermiete.« Die Lady hatte wirklich ungewöhnlich schöne Augen.

»Und wenn mal eine Kuh oder eine Katze krank ist, kann ich mich darum kümmern. Ich habe nämlich Tiermedizin studiert.«

»Sie machen *mich* noch ganz krank!« Georgie warf den Kopf in den Nacken und raufte sich den Grauschopf. »Hier treibt sich Lumpenpack rum, wie oft soll ich Ihnen das noch sagen!«

»Ich habe ein Gewehr. Wenn Sie wüssten, wie gut ich schießen kann. Bitte schließen Sie mir das Haus auf, Mr. Long, bitte, bitte.«

Gütiger Himmel, diese Augen, wie sollte einer da nicht schwach werden. »Zum allerletzten Mal, Miss ...« Und wie reizend sie lächelte, und dann diese zarte schmeichelnde Stimme! »Hören Sie mir zu, Miss ...« Georgie setzte die Flasche an und nahm einen kräftigen Schluck. »Also gut, ich zeige Ihnen das Haus, aber danach verschwinden Sie, verstanden?«

Er stieg in seinen Toyota Pick-up und sie fuhr in ihrem Wagen, einem alten Saab, hinter ihm her zur Westsseite von Glenmary, wo Wald und Weiden begannen. Er schloss das uralte Haus auf, in dem früher ein Trucker mit seiner Familie gelebt hatte, danach ein Jäger mit Frau und Kind und ganz früher Viehhirten. Die junge Lady ging durch die Zimmer, guckte nach jedem ein bisschen glücklicher und sagte am Schluss, als sie vor der Veranda standen: »Was soll das Haus denn kosten, Mr. Long? Was zahle ich im Monat?«

»Gar nichts. Weil ich's nämlich nicht an Sie vermiete.«

»Warum haben Sie es mir dann gezeigt?«

»Weil Sie mich ganz wirr im Kopf gemacht haben mit ihrer hartnäckigen Bettelei!«

»Sie werden es nicht bereuen, wenn Sie mir dieses Haus vermieten.« Die junge Lady entdeckte irgendwas drüben am Waldrand und machte sich auf den Weg dorthin. »Bitte, Mr. Long! Es gefällt mir unheimlich gut hier«, rief sie im Fortgehen. »Bitte, bitte.«

»Hat Ihnen schon mal jemand gesagt, dass Sie ein verdammter Sturkopf sind, Miss?« Fast wäre Georgie wieder schwach geworden, doch dann sah er, wie sie vor einem Haselnussstrauch am Waldrand in die Hocke ging, die Hand ausstreckte und vor sich hin murmelte. Und wieder glaubte er, seinen Augen nicht trauen zu können: Ein großer schwarzer Hund schob sich aus Farn und Gebüsch und leckte ihr die Hand, während sie ihm das Nackenfell kraulte.

»Heilige Scheiße!« Georgie schlug die Hände über dem Kopf zusammen. »Sind Sie wahnsinnig, Ma'am?! Das ist einer dieser streunenden Köter, die hier die ganze Gegend unsicher machen!« Er bückte sich nach einem Knüppel und schaukelte zu ihr. »Weg von dem verdammten Köter, der schnappt doch gleich zu! Was, wenn der die Tollwut hat?!«

Der Hund ergriff die Flucht und die eigensinnige Lady sagte: »Der war vollkommen gesund. Und schön war er auch.« Sie breitete flehend die Arme aus und setzte eine bettelnde Klein-Mädchen-Miene auf: »Bitte lassen Sie mich hier wohnen, Mr. Long.«

Brüsk wandte er sich ab »Kommt überhaupt nicht in Frage!« Georgie schaukelte zu seinem Pick-up, stieg ein und fuhr ohne die aufdringliche Lady zurück zu seinem Haupthaus.

*

Am Morgen des nächsten Tages klingelte früh das Telefon, da war seine Frau schon beim Einkaufen und Georgie hatte sich noch nicht einmal Kaffee gemacht. Murrend schlurfte er zum Telefontisch. Später fragte er sich, welcher Teufel ihn geritten haben mochte, als er den Hörer abnahm.

»Dr. Coy vom Kosair Crippled Children's Hospital«, meldete sich eine Männerstimme, die ihm irgendwie bekannt vorkam. »Guten Morgen, Mr. Long.«

»Was für'n Hospital?«

»Kosair, die Klinik für Kinder mit Kinderlähmung. Bestimmt erinnern Sie sich an mich. Sie müssen Miss Fossey unbedingt das Haus vermieten.«

»Was muss ich?« Jetzt erst erkannte Georgie die Stimme des Orthopäden, der ihm im vorletzten Sommer seinen Knöchel zusammengeflickt hatte. »Ach Sie sind es, Dr. Coy! Wie geht's denn so?«

»Schlecht, denn Miss Fossey hat kein Dach über dem Kopf. Und das braucht sie um jeden Preis, sonst kann sie nicht bei uns arbeiten.«

»Was geht mich die Frau an?«

»Ziemlich viel, denn unsere kranken Kinder brauchen sie. Und Louisville braucht Menschen wie Miss Fossey. Ich appelliere an ihre Pflicht als Bürger dieser immer größer werdenden Stadt, Mr. Long! Wenn Sie ihr das Haus nicht vermieten, wird sie nicht bei uns bleiben und wir brauchen Miss Fossey unbedingt. Sie ist ein Teil der Zukunft von Louisville.«

Georgie fand, dass der Doc ein bisschen dick auftrug. »Es wird sich doch jemand finden, der dieser jungen Lady ein Zimmer vermietet.« Georgie verdrehte die Augen.

»Miss Fossey will nicht irgendein Zimmer, Miss Fossey will Ihr altes Gesindehaus in Glenmary.«

»Sie ist allein, Doc! Ich mach' mich ja schuldig, wenn ich diesem schutzlosen Mädel …«

»Sie müssen unbedingt an sie vermieten, sonst verlieren wir sie. Und gute Ergotherapeutinnen sind dünn gesät. Miss Fossey hat drei Tage zur Probe bei uns gearbeitet, und alle Kinder lieben sie bereits. Bitte geben Sie sich einen Ruck.«

»Weiß nicht recht.« Georgie zögerte und brummte ein bisschen was in seinen Bart. »Sie ist halt allein, Doc, und ich …«

»Nicht mehr lange, Mr. Long, sie wird gewiss bald heiraten. Haben Sie nicht gesehen, wie hübsch sie ist? Ich werde mich persönlich dafür einsetzen, dass Miss Fossey Familien mit heiratsfähigen Söhnen kennenlernt. Außerdem ist sie klug und tatkräftig und …«

Der Doktor redete und redete und redete. Und irgendwann – war es der Kaffeedurst? – musste Georgie dringend pinkeln? Oder fühlte er sich einfach nur zermürbt? –, irgendwann sagte Georgie: »Ist ja gut, Doc, ist ja gut. Sagen Sie ihr, sie soll in Gottes Namen morgen Abend mit der ersten Miete vorbeikommen und den Vertrag unterschreiben.«

4

Sehnsucht nach Afrika

Louisville, Oktober 1959

Vier Jahre später, an einem Herbstabend, saß Dian mit grübelnder Miene an dem alten Schreibtisch, den Georgie Long ihr geschenkt hatte – vor sich einen leeren Briefbogen und in der Rechten den noch zugeschraubten Füllfederhalter. Der Briefbogen war die einzige freie Fläche auf dem riesigen alten Schreibtisch, denn ein wahres Gebirge aus Papier umgab ihn: Bücherstapel, Landkarten, Kontoauszüge, Visitenkarten, Prospekte, Zeitungsausschnitte, Fotos.

Sich mit diesem Durcheinander zu befassen wäre Dian entschieden leichter gefallen, als den noch weißen Briefbogen mit Worten zu füllen. Jedes Stück Papier auf dem Schreibtisch nämlich drehte sich um Afrika, auf das leere Blatt hingegen musste sie einen Brief schreiben, den sie schon seit Tagen vor sich herschob.

Dian hielt es für ihre Pflicht, mindestens alle drei Monate an ihre Eltern zu schreiben. Eine lästige Pflicht, denn was verband sie schon mit diesen beiden Menschen? Ihre Mutter hatte sie geboren, ihr Stiefvater hatte die Mutter geheiratet – das war alles; abgesehen von zu vielen unangenehmen Erinnerungen.

»Du liebst deine Eltern nicht besonders, was?«, hatte ihre

Freundin Mary White Henry erst vor ein paar Tagen gesagt, als sie nach dem Kino noch zum Tanzen in einer Bar gewesen waren und über ihre Familien gesprochen hatten. Die Antwort hatte Dian ihr erspart, denn Mary war eine gläubige Katholikin, und ihre Eltern zu lieben und zu ehren betrachtete sie nicht nur als ihre Pflicht, sondern als ein Gebot Gottes.

Doch Mary lag richtig mit ihrer Vermutung. Oder fast richtig, denn davon, dass Dian ihren Stiefvater nicht besonders liebte, konnte keine Rede sein – sie hasste ihn.

Doch was nützte aller Widerwille? Der Brief musste geschrieben werden. Und diesmal nicht nur, weil es die verdammte Pflicht einer Tochter war, ihren Eltern im fernen Kalifornien einigermaßen regelmäßig Bericht zu erstatten, diesmal, weil sie etwas brauchte von den Prices – wie sie ihre Eltern Dritten gegenüber gewöhnlich nannte –, und zwar dringend.

Das machte es Dian nicht leichter, das leere Blatt mit Worten zu bedecken, denn sie war stolz, schon seit Jahren allein zurechtzukommen. Seit sie ihre Ausbildung abgeschlossen hatte und auf eigenen Füßen stand, hatte sie es vermieden, die Prices um etwas zu bitten. Nun aber musste es sein, also schraubte sie die Verschlusskappe vom Füllfederhalter ab, atmete tief ein und aus, beugte sich vor und – schaute zum Fenster hinaus.

Die Abendsonne beschien das bunte Laub der Eichen und Buchen am Waldrand und entlang des Koppelzaunes. Zwei Bussarde kreisten über der Weide, unter ihnen grasten Georgies Rinder und seine scheckigen Appaloosas, und direkt vor Dians Fenster, auf dem Geländer der Veranda, putzte der Kater sein schwarzes Fell.

»Fang an«, mahnte Dian sich selbst. »Fang endlich an und schreib.« Sie beugte sich über das leere Blatt Papier und schrieb:

Liebe Mutter, lieber Vater.

Bevor ich in zwei Stunden zu den Henrys aufbreche – Mary hat mich zum Essen eingeladen –, will ich endlich diesen längst fälligen Brief an Euch schreiben.

Um es vorwegzusagen: Mir geht es blendend. Noch immer bereue ich keinen einzigen Tag der vier Jahre, die ich nun im Kosair Kinderhospital arbeite und auf Georgie Longs Farm wohne. Dort zu arbeiten und hier zu wohnen – besser hätte ich es nicht treffen können.

Jetzt im Herbst ist Glenmary noch schöner als zu den anderen Jahreszeiten. Die Weiden schimmern noch immer in hellem Grün, doch sie sind umgeben von Eichen und Buchen, deren Kronen in strahlenden Gelb- und glühenden Rottönen leuchten, so kräftig leuchten, dass ich schwören könnte, sie stünden in Flammen. Jeden Morgen nach dem Aufwachen laufe ich ans Fenster und bin geblendet von so viel Schönheit.

Und dann die Tiere: die Hirsche am Waldrand (und manchmal auch in meinem Garten), die Pferde auf der Koppel, die Waschbären auf der Veranda, das täglich vorbeihuschende Opossum und Georgies vor Kraft strotzende Rinder – ich bin umzingelt von geliebten Tieren und genieße es. Könnt Ihr Euch vorstellen, wie glücklich ich mich hier fühle?

Und denkt nur: Meine Stallkatzen haben Junge geworfen! Abends, wenn ich aus Kosair nach Hause komme, verbringe ich erst einmal eine halbe Stunde damit, die alten zu füttern und die jungen zu streicheln.

Georgies Hofhunde begrüßen mich jeden Abend, noch bevor ich aus dem Auto gestiegen bin. Inzwischen fressen sie mir aus der Hand und behandeln mich, als würde ich schon immer auf Glenmary leben, als wäre ich eine von ihnen.

Seit einiger Zeit kommt mit dem schwarzen Wildhund auch ein weißer Schäferhund den Hügel herunter bis vor meine Ve-

randa und bettelt um ein Abendessen. Ihr kennt mich ja: Ich wäre die Letzte, die ihm diese milde Gabe verweigern könnte …

Dian lehnte sich zurück und schaute in den herrlichen Herbstabend hinaus. Sie hätte immer so weiterschreiben können, seitenlang alles Mögliche berichten: von den Kindern im Hospital, von gemeinsamen Wanderungen mit Georgie und seiner Familie, von Nick Coy, mit dem sie am letzten Samstag schwimmen gewesen war, von den Männern, die ihr schöne Augen machten. All das und noch mehr hätte sie berichten können, nur um hinauszuschieben, was sie eigentlich schreiben wollte, ja, schreiben musste. Doch wie sollte sie ihre Bitte formulieren? Wie sollte sie es anstellen, auf das Thema Geld zu sprechen zu kommen? Es fiel ihr ungeheuer schwer.

Warum eigentlich? Ihr Stiefvater – und nur er würde über ihre Bitte entscheiden! – war ein erfolgreicher Unternehmer und hatte Geld in Hülle und Fülle. »Was zum Teufel hemmt mich so, ihn um etwas zu bitten?«, fragte sie sich laut. »Schuldet er mir nicht mehr als nur Geld? Dabei will ich nicht einmal Geld von ihm.«

Dian legte den Füllfederhalter weg, wühlte unter Büchern und zwischen Prospekten nach ihren Zigaretten, fand sie neben ihrer Pistole und zündete sich eine an. »Dein Stolz«, antwortete sie sich selbst nach dem ersten Zug. »Es verletzt deinen Stolz, einen Mann um etwas zu bitten, der dich so abscheulich behandelt hat wie Price.«

Sie ließ ihren Blick wieder über das Chaos auf ihrem Schreibtisch wandern: von den aufgeschlagenen Werken über Elefanten- und Affenforschung zur Afrikakarte und den Reiseführern von Tansania und Belgisch-Kongo, von Safariprospekten und Fotos des Kilimandscharos bis hin zu den Reisereportagen, die sie aus dem *Courier Journal* ausgeschnitten hatte.

Fotos und Reportagen stammten von einem ehemaligen Freund, der für das *Courier-Journal* geschrieben hatte. Seine Visitenkarte benutzte sie inzwischen nur noch als Lesezeichen. Dabei hatten sie einander ewige Liebe geschworen. Und wollten gemeinsam den schwarzen Kontinent bereisen, um über ihn zu schreiben.

Doch dann, von einem Tag auf den anderen, war der geliebte Afrikareporter nach Florida gegangen.

Geblieben war die Sehnsucht nach Afrika.

Sie zog den Aschenbecher unter der Afrikakarte hervor, blätterte in ihren Kontoauszügen, überflog die Preisangaben in den Safariprospekten und ging noch einmal die Kostenaufstellung durch, die sie in den vergangenen Nächten wieder und wieder überarbeitet hatte.

Wie könnte sie es anstellen, ihre Bitte aufzuschreiben, ohne mit der Tür ins Haus zu fallen? Tief inhalierte sie den Rauch. Vielleicht über Mary? Natürlich! Dian klatschte sich auf die Stirn. Was lag denn näher, als von Marys Plänen zu schreiben und dann auf ihre Bitte zu sprechen zu kommen?

Erleichtert schrieb sie weiter:

Es gibt so vieles hier, was mich zufrieden, ja glücklich stimmt. Nick Coy zum Beispiel (ich habe Euch oft von ihm berichtet): Nächsten Sonntag – an seinem zehnten Geburtstag – spielt er zum ersten Mal seit vier Jahren wieder Baseball in seinem Schulteam. Was für eine wundervolle Bestätigung für meine Arbeit! Findet Ihr nicht auch?

Oder Georgie und seine Frau, die mir die Gesundheit ihrer Tiere anvertrauen, als wäre ich eine echte Tierärztin. Letzten Monat, als wir gemeinsam Kartoffeln geerntet haben, sagte Georgie, er könne sich noch heute weiß Gott wohin beißen, wenn er daran denkt, dass er mir um ein Haar sein Haus verweigert hätte.

Und vor allem Mary White Henry und ihre Familie! Wie viele interessante Menschen habe ich nicht im Hotel Henry kennengelernt! Ärzte, Journalisten, Schriftsteller, Nonnen, Priester und neulich einen Farmer aus Rhodesien, einen Freund der Familie namens Forrester. Und nun stellt Euch vor: Mary will zu ihm nach Afrika fliegen, um mit seinen Söhnen auf Safari zu gehen. Vier Wochen will sie mit den Forresters die Savanne durchstreifen …

Dian drückte die Zigarette aus, begann auf dem Füllfederhalter herumzukauen und dachte an Mary White Henry. Was für ein Glück, ihr begegnet zu sein! Sie arbeitete als Sekretärin im Kosair Kinderhospital und war die Tochter eines vor wenigen Jahren verstorbenen Chirurgen, den man in ganz Louisville kannte und verehrte.

Mary White Henry reichte der ungewöhnlich hochgewachsenen Dian nur bis zur Schulter, was jeder deutlich sehen konnte, der Augen im Kopf hatte. Außerdem war sie hübscher als Dian und hatte mehr Verehrer, was keineswegs jeder sehen konnte, wovon Dian aber überzeugt war. Marys fröhliches und temperamentvolles Wesen hatte Dian von Anfang an fasziniert. Im Gegensatz zu vielen anderen Kolleginnen hatte sie Dians verschlossene und wortkarge Art einfach akzeptiert und sich ihr niemals aufgedrängt. Gerade das hatte Dian angezogen, und so waren sie Freundinnen geworden.

Sie beugte sich über den Brief und schrieb weiter, schrieb nun die entscheidenden Sätze:

… und vier Wochen lang wilde Tiere beobachten und fotografieren. Im nächsten Frühjahr soll es losgehen. Und wisst Ihr was? Sie hat mich gebeten, sie zu begleiten! Ist das nicht großartig? Ich freue mich so!

»Gut gemacht«, lobte Dian sich selbst, während sie Kontoauszüge und Kostenaufstellung näher zu sich zog und noch einmal die Zahlen überflog. »Und nun zum Punkt.«

So eine Reise kostet natürlich viel Geld, fast 5000 Dollar. Ich war schon auf der Bank, und stellt euch vor: Die würde mir einen Kredit zu einem sehr günstigen Zinssatz geben, so günstig, dass ich die Summe in nur vier Jahren abzahlen könnte. Die Bank stellt allerdings eine Bedingung: Jemand muss für den Kredit bürgen.

Liebe Mutter, lieber Vater, ich habe Euch noch nie um Hilfe gebeten, seit ich auf eigenen Füßen stehe. Jetzt aber tue ich es: Bitte übernehmt die Bürgschaft für meinen 5000-Dollar-Kredit. Ihr würdet mir damit helfen, mir meinen größten Traum zu erfüllen: Auf den Kontinent meiner Sehnsucht zu reisen, endlich Afrika zu sehen.

Sie schrieb noch ein paar belanglose Sätze über dies und das, fügte Grüße an Onkel Bert und Tante Flossie an, unterzeichnete und las dann den Brief noch einmal durch.

Erleichtert blies sie die Wangen auf, als sie fertig war. »Geschafft!« Sorgfältig beschriftete sie das Kuvert. »Du hast dich überwunden, sei stolz auf dich.« Auf dem Weg zum *Hotel Henry* hielt sie an einem Briefkasten und warf den Brief ein.

5

Käfig

San Francisco, Sommer 1936

Vom Meer her bläst mir warmer Wind ins Gesicht. Er zieht an meinen Zöpfen und zupft an meinem Kleid. Er streichelt meine Wangen, meine Ohren, meine Stirn, und ich muss kichern, denn das fühlt sich schön an.

Möwen kreischen über uns, Menschen stehen um uns herum, ganz viele Menschen, meist Frauen und Kinder. Alle schauen zu den Hafenbecken hinüber, alle warten sie, alle recken sie die Hälse, manche winken schon. Auch Mom und ich warten und schauen zu den Hafenbecken hinüber. Moms blondes Haar flattert im Wind.

Viele Schiffe liegen im Hafen. Einige sind groß, manche riesig. Sieben der riesigen Schiffe liegen dicht beieinander, ganz genau sieben – so weit kann ich schon zählen. Sieben riesige Schiffe von der Farbe, die der Himmel manchmal hat, kurz bevor es zu regnen beginnt.

Das sind Kriegsschiffe, sagt Mom. Vorn an der Spitze stehen Zahlen in der Farbe von Wolken. Am Bug, heißt das, sagt Mom. Das Schiff, das Daddy zurück nach Hause gebracht hat, trägt die Zahlen 2 und 4 an der Spitze, also am Bug; die kann ich schon lesen.

Lange Reihen von Männern in weißen Anzügen und mit

weißen Mützen steigen über schmale Stege von den Schiffen. Sie halten sich an Geländern fest, machen kleine Schritte, und ihre dunklen Halstücher flattern im Wind. Viele Männer sind das, viel mehr als ich zählen kann, und von weitem sehen sie alle gleich aus.

Einer ist Daddy, sagt Mom.

Ich recke den Hals, gucke ganz genau hin, aber noch kann ich meinen Daddy nicht erkennen, doch mein Herz klopft schon wie verrückt. Es ist lange her, dass er mich zum Abschied umarmt und geküsst hat. An Ostern ist das gewesen – lang, lang her.

Mom hält jetzt meine Hand so fest, dass es fast ein bisschen weh tut. Ihre Finger sind feucht und kalt. Sie steht auf den Schuhspitzen, guckt ganz genau hin zur großen Schar der Männer in Weiß, beißt sich in die Faust. So, wie sie dasteht und guckt, kommt es mir vor, als würde auch ihr Herz klopfen wie verrückt. Ganz sicher bin ich nicht, ich wünsch' es mir aber.

Ich soll niemandem erzählen, dass sie Besuch gehabt hat, hat sie gesagt, auch Daddy nicht. Ich soll einfach nicht daran denken, hat sie gesagt, ich soll es am besten vergessen, denn wahrscheinlich habe ich es sowieso nur geträumt, hat sie gesagt.

Die Männer in Weiß sind jetzt ganz nah. Viele laufen an uns vorbei, laufen schnell in die offenen Arme von Frauen, die auf sie warten oder rennen zu Kindern, die ihre Arme ausstrecken und ihnen entgegenlaufen. Sie nehmen die Kinder hoch, wirbeln sie durch die Luft, küssen und drücken sie.

Und dann erkenne ich unter all den Gesichtern der Männer in Weiß das Gesicht meines Daddys. Mein Herz macht einen Sprung, ich will hin zu ihm, will schneller hin zu ihm, als ich laufen kann. »Daddy!«, schreie ich. Ich reiße mich von Moms Hand los, renne ihm entgegen, springe in seine ausgestreckten Arme. »Daddy, mein Daddy!«

Er wirbelt mich durch die Luft. »Meine süße Prinzessin!« Er drückt mich und küsst mich. »Meine kleine Dian!« Er schaut mich an, seine blauen Augen leuchten. »Mein Ein und Alles«, flüstert er, und seine Augen werden nass.

Dann trägt er mich zu Mom, setzt mich neben ihr ab und umarmt sie. Ich schaue hoch zu Daddy und Mom, schaue mir an, wie sie sich küssen, schaue genau hin, doch es ist alles in Ordnung. Oder?

Sie küssen sich lange. Daddy gurrt wie eine Taube, knurrt wie ein hungriger Hund und seine Hände finden keine Ruhe auf Moms Schultern und Rücken und Po. Ich muss kichern, weil es mir vorkommt, als wolle er sie aufessen, so wild küsst er sie.

Mom hält ganz still, steht sehr gerade, knurrt nicht und gurrt nicht. Sie lächelt aber ein bisschen und ihre Hände stemmen sich gegen Daddys Schultern. Aber es ist in Ordnung so, oder?

Als sie genug geküsst haben, flüstert Daddy ihr ins Ohr. Ich kann nicht hören, was er sagt – was Mom sagt, hör' ich schon: Du riechst nach Whisky, George.

Na, klar, Kitty! Was denkst du denn? Er packt mich unter den Armen, hebt mich über seinen Kopf und setzt mich auf seine Schultern. Wir haben gefeiert an Bord! Endlich wieder zuhause, das muss man doch feiern!

Wir gehen zum Auto, ich reite auf Daddys Schultern, reite endlich einmal wieder auf den Schultern meines Daddys! Das ist schön. Ich fahre, sagt Mom.

Lass mich fahren, Kitty, sagt Daddy. Ich bin schon viel zu lange nicht mehr Auto gefahren.

Bleib' bloß weg vom Steuer, George! Du bist betrunken. Mom steigt auf der Fahrerseite ein.

Wir fahren nach Hause, ich sitze auf Daddys Schoß. Wo warst du so lange, Daddy?

In der großen weiten Welt, zuerst in Asien, dann in Afrika, zuletzt in Europa.

Afrika? Europa? So klingen in den Märchen die Namen von Ländern und Städten.

Das war auch märchenhaft, sagt Daddy, besonders Afrika ist wunderschön wie ein Märchenland. Und dann erzählt er von Städten in Afrika, die Lagos, Kapstadt und Johannisburg heißen, und von Flüssen, die Kongo, Sambesi und Niger heißen. Ich lausche und lausche, und Daddy erzählt und erzählt.

Mom sagt kein Wort, während der ganzen Autofahrt nicht. Ich mache mir Sorgen.

Am Abend kommen Freunde und Onkel Bert und Tante Flossie. Wir essen zusammen, Tante Flossie hat Brathühnchen und Pudding mitgebracht. Ich trinke Coca-Cola, die Großen trinken Wein und Bier und Whisky. Wir singen und lachen, nur Mom lacht nicht. Mom guckt auch nicht so, wie man gucken sollte, wenn man sich freut. Ich mache mir wirklich Sorgen.

Daddy bringt mich ins Bett, liest mir aus meinem Bilderbuch über Alice im Wunderland vor, bis mir die Augen zufallen. Dann drückt er mich und küsst mich.

Ich habe Mom gefragt, wann ich endlich ein Brüderchen kriege, flüstere ich ihm ins Ohr. Mom sagt, sie weiß es nicht. Weißt du es denn, Daddy?

Vielleicht schon bald? Daddy lacht leise. Das weiß nur der liebe Gott im Himmel.

Es wird stiller drüben bei den Großen. Ich höre, wie die Freunde gehen, ich spüre, wie ich falle und falle – bis nach

Afrika hinunter. In meinem Traum sieht Afrika aus wie das Wunderland unter dem Haus des weißen Kaninchens, in das Alice gefallen ist, und die Tiere dort wie der Märzhase, die Grinsekatze und der Flamingo aus meinem Bilderbuch.

Mitten in der Nacht wache ich auf, weil Mom sehr laut schimpft. Ich liege ganz steif und höre, wie eine Tür knallt und wie ein Glas zerspringt. Da muss ich weinen, so laut weinen, wie Mom geschrien hat. Und ich muss nach Daddy rufen.

Tante Flossie kommt ins Zimmer und erzählt mir die Geschichte eines kleinen Hundes, der sich verlaufen hat und den eine schwarze Katze findet und ihn zurück zu seiner Mom und seinem Dad bringt. Und die Hundefamilie ist wieder zusammen und sehr froh darüber.

Am nächsten Tag nach dem Frühstück gehen wir in den Zoo. Ich rede die ganze Zeit, Daddy redet nur, wenn ich ihn etwas frage. Mom redet gar nichts. Mom und Daddy gucken, als hätten sie Zahnschmerzen. Ich mache mir Sorgen.

Auch bei den lustigen Affen und den bunten Papageien, die sprechen können, reden sie nicht miteinander. Ihre Gesichter erinnern mich an ein Gesicht aus Alice im Wunderland – an das Gesicht der Herzkönigin, die so gern Köpfe abgeschlagen hätte. Wenigstens bringt Daddy einen bunten Papagei dazu, *Daddy hat Dian lieb* zu sagen.

Ich mache mir trotzdem Sorgen. Daddy merkt es und setzt mich auf seine Schultern.

Vor dem Käfig eines sehr großen Affen bleibt er stehen. Der Affe sieht müde aus und Daddy schaut ihn lange an. Mom will weitergehen, doch Daddy schaut und schaut, und der große Affe schaut müde zurück, und Daddy schüttelt schließlich den Kopf.

Armes Vieh, sagt er, ich weiß, wie du dich fühlst.

Er packt die Gitterstäbe. Ich weiß, was du denkst, ich will hier raus, denkst du. Er rüttelte an den Gitterstäben und ruft laut: Ich will hier raus!

Ich muss lachen.

Der große Affe dreht sich um und macht gar nichts. Mom zerrt mich von Daddys Schultern und schaut sich um, als hätte sie Angst vor den anderen Leuten. Du bist ja besoffen, zischt sie Daddy ins Ohr und zieht mich weg von ihm und dem Affen.

Am Abend liege ich im Bett und kann nicht schlafen, weil sie streiten. Ob Daddy erfahren hat, dass Mom Besuch gehabt hat? Ich mache mir wirklich Sorgen.

Mom schimpft schon wieder und bald schimpft auch Daddy. Sie streiten, sie schreien, sie schlagen mit den Türen.

Lieber Gott, bete ich, mach, dass sie sich morgen wieder lieb haben.

6

Hotel Henry

Louisville, Oktober 1959

Die drei Henry-Frauen betrieben natürlich kein Hotel, doch die vielen Bekannten, Freunde und Verwandten, die bei ihnen ein und aus gingen, nannten ihr Haus so: Hotel Henry. Es war ein prächtiges, im Kolonialstil gebautes Haus, das ein Stück von der Straße zurückgesetzt unter Eichen in einem parkähnlichen Garten stand. Auch an diesem milden Oktoberabend war Dian nicht der einzige Gast dort – mehr als zehn Frauen und Männer hatten sich neben den Henry-Frauen im großen Salon des *Hotels Henry* versammelt. Nicht alle kannte Dian.

»Ehrlich gesagt, ich hatte schon Sorge, du schaffst es nicht, über deinen Schatten zu springen«, raunte Mary White Henry ihr ins Ohr, nachdem Dian ihr bei der Begrüßung von ihrem so lang vor sich hergeschobenen Bittbrief an die Prices erzählt hatte. »Ich gratuliere dir!« Mary umarmte Dian. »Und mir auch, denn jetzt kann ich wohl tatsächlich mit meiner liebsten Freundin nach Afrika fliegen.«

Sie stellte Dian ihren neuen Freund vor, einen hochgewachsenen, schwarzhaarigen Jungen in hellem Anzug. Er hatte einen laschen Händedruck, sagte höflich guten Abend und wirkte alles in allem ein wenig schüchtern.

Auch Marys Mutter Gaynee schloss Dian in die Arme.

»Schön, dass du gekommen bist, Kind.« Und dann lauter und an zwei Männer in dunklem Habit gewandt: »Die beiden Gentlemen hier kennst du noch nicht. Darf ich sie dir vorstellen?«

Sie machte Dian mit einem gewissen Pater François bekannt, einem französischen Musiker, den die Abtei Gethsemane nach Louisville berufen hatte, um ihren Mönchen den Gregorianischen Gesang beizubringen. Und mit Pater Raymond, einem irischen Priester und Philosophen aus Boston, der ebenfalls zum Orden der Trappisten der Gethsemane-Abtei gehörte und kürzlich ein Buch veröffentlicht hatte. »Dian kümmert sich als Ergotherapeutin um die armen Kinder in Kosair«, erklärte Gaynee den beiden Geistlichen.

»Was für eine edle Aufgabe!«, rief der Priestermönch, während er Dian die Hand drückte. »Und welch erfreulicher Anblick!« Charmant lächelnd musterte er sie. »Gut, dich kennenzulernen, Dian. Gott segne dich und deine Arbeit.«

Der irische Pater hatte dichte Locken, kastanienbraun wie Dians geflochtenes Haar. Unter allen Anwesenden stach er durch seine kräftige Stimme, sein lautes Lachen und seine große und attraktive Erscheinung heraus. Die ehrliche Wertschätzung, die er ihr entgegenbrachte, versetzte Dian in Hochstimmung. Sie mochte ihn auf Anhieb und genoss es, dass er ihre Hand schier nicht mehr loslassen wollte.

»Unsere Dian ist mehr als nur ein Gast unter diesem Dach«, sagte Marys ältere Schwester Betty. »Sie kommt bereits seit vier Jahren in unser Haus, und manchmal habe ich den Eindruck, dass sie öfter mit Mom spricht als Mary und ich. Inzwischen nennen wir sie untereinander schon ›Mutters andere Tochter‹.«

Es gab kein Gesicht im Raum, auf dem in diesem Moment nicht ein Lächeln aufleuchtete, und Dian wurde es ganz warm ums Herz. »Das ist ja wunderbar!«, rief Pater Raymond und lachte sein dröhnendes Lachen. Er legte den Arm um Marys Mutter und zog die zierliche Frau an sich. »Das tut auch Gaynee gut, nach all den Prüfungen, die Gott ihr auferlegt hat.«

Jeder im Raum wusste, was er meinte: Gaynee hatte nicht nur ihren Ehemann verloren, sondern in früheren Jahren auch zwei Kinder. Warum war sie dennoch so heiter? Warum sah man dennoch keine Spur von Verbitterung in ihren Zügen? Fragen, die Dian sich oft stellte und auf die sie bislang nur diese Antwort gefunden hatte: weil der Glaube ihr Halt gab.

Gaynee Henry hatte schlohweißes Haar und pergamentartige, durchscheinende Haut. Sie trug ein elfenbeinfarbenes, knöchellanges und weit geschnittenes Kleid, das Dian an das Gewand einer mittelalterlichen Edelfrau erinnerte. In ihrem Blick lag eine heitere Güte, und ihre Haltung, Gesten und Worte strahlten eine Wärme aus, die Dian zuvor noch bei keinem Menschen empfunden hatte.

Das Gefühl, in der Gegenwart dieser Frau durchatmen zu können, hatte sie gleich bei der ersten Begegnung bezaubert. Manchmal zog es Dian mit geradezu magischer Kraft ins *Hotel Henry*, nur, um in Gaynees Nähe zu sein. Im Grunde verkörperte sie genau die Art von Mutter, die sich Dian immer gewünscht hatte.

Mary und ihre ältere Schwester holten Wein und Bier aus dem Keller, und in der Küche trugen die beiden schwarzen Hausmädchen das Büfett auf. Als Gaynee sah, dass die Vorbereitungen für das Essen abgeschlossen waren, klatschte sie in die Hände und rief, während die Gespräche allmählich verstummten: »Lasst uns den Rosenkranz beten.«

Niemand wunderte sich, denn jeder – auch Dian – wusste, dass im *Hotel Henry* gewöhnlich das Rosenkranzgebet dem Abendessen vorausging. Pater McPherson, ein Trappist der Gethsemane-Abtei, bei dem Dian Klavierunterricht nahm, pumpte seinen Dudelsack auf und begann, die Melodie von *Großer Gott, wir loben dich* zu blasen, woraufhin Marys Mutter als Erste zu singen anfing und alle anderen nach und nach mit einstimmten. Auch die schwarzen Hausmädchen, auch Dian, die das alte Kirchenlied inzwischen auswendig kannte. Pater Raymond, der irische Mönch, sang am lautesten.

Die Henry-Frauen nahmen ihren katholischen Glauben sehr ernst, und die meisten ihrer Freunde und Bekannten gehörten ebenfalls der römischen Kirche an. Dian, die weder Mitglied einer Kirche noch religiös erzogen war, hatte sich an die Gespräche über Gott und den Glauben und an die christlichen Rituale im *Hotel Henry* gewöhnt, schätzte sie sogar.

Während sie die gläubigen Frauen und ihre frommen Gepflogenheiten anfangs mit der staunenden Neugier einer Außenstehenden beobachtet hatte, fühlte sie sich mittlerweile in die Familie Henry aufgenommen und nahm wie selbstverständlich an ihren Gebetsstunden, religiösen Feiern und Liederabenden teil. Beides gab ihr ein Gefühl von Geborgenheit, das sie zuvor nie kennengelernt hatte.

Schon während des Liedes verteilte Mary Rosenkränze, denn nicht jeder hatte seine kleine Perlenkette dabei, auch nicht ihr neuer Freund. Noch während der letzte Ton des Dudelsacks verklang, bekreuzigten sich alle und sprachen dann miteinander das Apostolische Glaubensbekenntnis: »Ich glaube an Gott, den Vater, den Allmächtigen, den Schöpfer des Himmels und der Erde. Ich glaube an Jesus Christus …«

Das Glaubensbekenntnis konnte Dian ebenfalls längst auswendig, genau wie die folgenden Gebete: das Vaterunser bei der ersten großen Perle, das Ave Maria bei den folgenden drei kleinen Perlen, das Ehre sei dem Vater vor der zweiten großen Perle, und so fort. Die uralten heiligen Worte gingen ihr mit der gleichen Leichtigkeit über die Lippen, wie die modernen

Mittlerweile hatte Pater Raymond mit dem Teller voller Sandwiches und seinem zweiten Krug Bier im Salon Platz genommen. Seine laute Stimme beherrschte bald das gesamte Untergeschoss. Nach und nach löste sich die Menschentraube um Dian und den Franzosen auf, und die Leute gingen in den Salon, um dem Iren zuzuhören.

»Wahrscheinlich hält er gleich eine seiner ausufernden Reden«, flüsterte Mary White, »dafür ist er berüchtigt. Genug Bier hat er ja getrunken.« Sie grinste verschmitzt. »Pater Raymond war im Sommer in Rhodesien und hat Fotos mitgebracht.« Sie zwinkerte Dian zu und nahm sie bei der Hand. »Auch von den Forrester-Söhnen.« Dian grinste scheu und ließ sich von ihr in den Salon ziehen, wo ihr Klavierlehrer Pater McPherson vor dem Kamin kniete und in den brennenden Holzstoß blies, den er kurz zuvor entzündet hatte.

»Was für ein Glück ist es doch, zur katholischen Kirche zu gehören!«, rief Pater Raymond. »Hört mir zu: Im Sommer habe ich Mittelamerika bereist und in Guatemala die Messe mit hunderten jungen Leuten gefeiert. Vor zwei Wochen war ich in Rhodesien, wo ich den Großvater unseres Freundes Forrester beerdigt und seine Viehherden gesegnet habe, und letzte Woche besuchte ich Wien und habe im Hause einer befreundeten Familie nächtelang über Gott und die Welt philosophiert. Egal, wo ich hinkomme: Europa, Asien, Afrika – überall auf der Welt, finde ich Brüder und Schwestern, die mich aufnehmen. Ist das nicht wunderbar?«

Oft, während er sprach, schaute er Dian an. Vielleicht, weil er sie noch nicht kannte? Oder weil er sie besonders sympathisch fand? Gleichgültig – Dian, die an seinen Lippen hing, fand es angenehm; es schmeichelte ihr sogar.

»›Brüder und Schwestern‹, sage ich«, fuhr Pater Raymond fort, »denn so nennt man Männer und Frauen, die denselben Vater haben: einen Vater im Himmel. Haben wir es nicht vorhin bekannt? ›Ich glaube an Gott den Vater‹? Und gebetet haben wir es auch: ›Unser Vater im Himmel, geheiligt werde dein Name‹. Und unser Herr Jesus Christus, so überliefert es uns das Johannesevangelium, ruft uns Kindern ein und desselben Vaters zu: ›Er selbst, der Vater hat euch lieb.‹«

Der Gedanke gefiel Dian, denn sie war ohne Geschwister aufgewachsen. Und zugleich machte der Gedanke sie wehmütig, denn Väter hatte sie zwar gleich zwei, doch was waren das für Väter! Ein bitterer Geschmack kroch ihr auf die Zunge.

»Im vorigen Jahr hat die Menschheit nach dem Mond gegriffen!«, erklärte Pater Raymond. »Ihr erinnert euch: Die Russen haben eine desinfizierte Raumkapsel hinaufgeschossen, und da liegt sie nun im Mondstaub herum.« Pater Raymond lachte laut und nahm einen Schluck Bier. »Hier in Amerika gab es lange Gesichter, weil die Russen mal wieder schneller gewesen sind. Doch ich sage euch was, das wird euch die langen Gesichter vertreiben: Gott, der in den unendlichen Weiten der Milchstraße wohnt, Gott dessen Geist auch noch den letzten Steinbrocken des Universums erfüllt, dieser unfassbare Gott hat nach der Erde gegriffen! Und was hat er herabgeschickt? Eine lächerliche desinfizierte Raumkapsel? Nein! Seinen Sohn Jesus Christus hat er geschickt. Und warum? Damit wir begreifen, dass er unser Vater ist! Wir sind ja so schwer von Begriff, wisst ihr? So begriffsstutzig sind wir, dass Gott seinen Sohn Jesus Christus für uns am Kreuz sterben ließ, damit wir Schwachköpfe es endlich kapieren: Er ist unser aller Vater! Er hat uns lieb!«

So redete er und predigte, als wäre das *Hotel Henry* eine Kirche und Gaynees kleines Gastmahl eine Sonntagsmesse. Mary White gähnte manchmal verstohlen, und ihr Freund spielte mit seiner Armbanduhr, doch die meisten anderen lauschten ganz ergriffen. Auch Dian, denn die Worte des Paters gingen ihr durch und durch, am Schluss bekam sie sogar eine Gänsehaut. Sie verstand selbst nicht, was mit ihr geschah.

Irgendwann, nachdem der Priestermönch den Bierkrug kurz abgestellt und noch ein kleines Dankgebet gesprochen hatte, begegnete ihr Blick dem Gaynees. Die Witwe lächelte wohlwollend und nickte ihr zu. Dian wusste genau, was sie dachte: *Willkommen in der weltweiten Bruder- und Schwesternschaft der katholischen Kirche.* Erst vor wenigen Tagen hatte Dian sie gefragt, wie man Mitglied dieser Kirche wird.

Um sich Wein nachzuschenken, ging sie in die Küche, wo sie am Büfett mit Pater François ins Gespräch kam. Er hatte der Schilderung ihrer Arbeit so aufmerksam zugehört, dass es Dian leichtfiel, ihre Scheu zu überwinden und ihn anzusprechen. »Könnten Sie sich vorstellen, mir Französischunterricht zu geben, Pater?« Hocherfreut sagte er zu, und da Dian sowieso zweimal in der Woche zum Klavierunterricht ins Kloster kam, konnten sie gleich einen Termin vereinbaren.

Im Kaminzimmer später zwinkerte Mary White Henry ihr zu und wandte sich dann an Pater Raymond. »Erzähle uns von deiner Reise nach Rhodesien«, forderte sie den Mönch auf. »Dian und ich wollen im Frühjahr nämlich auch nach Afrika fliegen und die Forresters besuchen.« Pater Raymond ließ sich nicht lange bitten und erzählte. Dabei gab er Fotografien in die Runde, die er in Rhodesien geknipst hatte.

»Das sind die Söhne der Forresters«, sagte Gaynee während sie ein Bild an Dian weiterreichte und sie dabei bedeutungsvoll anschaute. »Alle drei sind über eins neunzig groß.« Natürlich wusste sie, dass Dian sich nach einem Mann sehnte und dass ein kleiner für sie, die einen Meter fünfundachtzig groß war, nicht in Frage kam.

Dian betrachtete das Farbfoto, schaute in die Gesichter der

drei hochgewachsenen Brüder. Der mittlere und größte, ein athletisch gebauter Hüne mit rundem Gesicht und dichten schwarzen Locken grinste ihr wie ein kleiner Junge entgegen, und zugleich strahlte seine Haltung entschlossene und furchtlose Männlichkeit aus. Dian fühlte sich wie elektrisiert. »Wie heißt der hier?«, fragte sie Gaynee und deutete auf den Mann.

»Alexie.«

»Das ist der Mann für mich!«, entfuhr es Dian, und sofort richteten sich die Blicke aller auf sie.

Pater Raymond war der Erste, der seine Sprache wiederfand. »Eine Frau, ein Wort!« Er lachte dröhnend. »Das muss ich Alexie erzählen, wenn ich demnächst auf Lesereise in Rhodesien bin!« Er winkte zu Mary hin. »Gib mir einen Fotoapparat, damit ich Bilder von diesem hübschen Weib schießen kann! Alexie wird natürlich wissen wollen, wie die Frau aussieht, die ihn heiratet.«

Alle lachten, und Mary klatschte begeistert in die Hände, während sie aufstand. »Ist das nicht die perfekte Vorbereitung auf unsere gemeinsame Afrikareise, Dian?«

7
Nacht

San Francisco, Sommer 1937

Ich wache auf, es ist Nacht. Durch die angelehnte Tür fällt ein wenig Licht ins Kinderzimmer. Ein Mann in weißem Matrosenanzug steht vor meinem Bett. Ich erschrecke nicht, denn ich sehe ja auf den ersten Blick, wer der Mann ist.

Daddy?, flüstere ich.

Er antwortet nicht. Steht und guckt und steht und guckt und rührt sich nicht. Wankt nur ein bisschen.

Warum schläfst du nicht, Daddy? Ich strecke die Arme nach ihm aus. Warum hast du noch keinen Schlafanzug an?

Er beugt sich zu mir herunter. Sein Gesicht ist ein dunkler Schatten, denn das wenige Licht aus dem Flur fällt auf seinen Rücken. Er setzt sich zu mir aufs Bett, schließt mich in seine Arme und hält mich fest, ganz fest.

Daddy riecht nach Whisky. Er hält mich so fest, dass ich beinahe keine Luft mehr kriege.

Was ist mit dir, Daddy?

Nichts, sagte er, gar nichts ist, meine kleine Dian, überhaupt nichts. Er atmet tief und seufzt. Außer, dass ich dich lieb hab.

Er küsst mich – auf die Stirn, auf die Wangen, auf die Nase. Dann drückt er mich noch einmal, lässt mich los und steht auf. Und ich bin froh, aber auch ein wenig erschrocken. Oder warum klopft mein Herz schneller als sonst?

Daddy steht auf und wankt zur Tür. Dort dreht er sich noch einmal um und hebt seine Hand. Er hebt sie so langsam, als wäre sie heute Nacht besonders schwer. Dann winkt er, geht aus dem Kinderzimmer und schließt die Tür. Es ist wieder dunkel.

Ich schließe die Augen und will weiterschlafen, aber das geht nicht, denn mein Herz klopft zu sehr, in meinem Kopf wirbeln zu viele Bilder herum. Ich höre eine Tür knarren und ins Schloss fallen. Die Wohnungstür. Kurz darauf höre ich, wie draußen unter dem Fenster jemand die Haustüre zuwirft.

Ich springe aus dem Bett und renne zum Fenster. Weil ich nur die Lichter in den oberen Stockwerken des Hauses gegenüber erkennen kann, schiebe ich einen Hocker ans Fenster, klettere hinauf und schaue auf die nächtliche Straße hinunter.

Ein Mann in weißem Matrosenanzug und mit einem Seesack auf dem Rücken wankt schräg über die große Straße. Autos bremsen und hupen, doch der Mann schaut weder nach links noch nach rechts, sondern geht immer weiter und immer schräger, als würde er die Autos weder hören noch sehen. Will er denn überfahren werden? Ich halte den Atem an.

Endlich erreicht er den Bürgersteig der anderen Straßenseite, stolpert, setzt den Seesack ab, zündet sich eine Zigarette an. Ich nehme die Hände vom Mund, hole tief Luft. Der Mann hievt den Seesack wieder auf den Rücken und geht weiter, weiter und immer weiter, dreht sich nicht ein einziges Mal um.

Ich sehe das alles ganz genau. Ich sehe, wie er geht und geht und bald nur noch ein heller Fleck an den Hausfassaden ist. Ich sehe, wie schließlich die Nacht ihn verschluckt.

Am nächsten Morgen bleibt Daddys Platz am Frühstückstisch leer.

Wo ist Daddy? Mom steht am Herd und antwortet nicht. Wo ist Daddy? Mom kommt mit der Pfanne an den Tisch und schiebt mir ein Spiegelei auf den Teller. Sie guckt, als habe sie meine Frage nicht gehört, als wolle sie sowieso nichts hören heute Morgen. Ihre Bewegungen sind seltsam eckig, und alles, was sie tut, tut sie viel schneller als sonst: Salz über mein Spiegelei streuen, mir den Schinken aus der Pfanne auf den Teller schieben, Saft einschenken, Toastbrot neben den Teller legen.

Wo ist Daddy?

Iss.

Wo ist Daddy?

Ich frage und frage und nun ganz laut: WO! ist! Daddy!?

Wahrscheinlich liegt er besoffen in irgendeiner Gefängniszelle.

Daddy ist im Gefängnis? Das glaub' ich nicht. Ist sein Schiff wieder nach Europa gefahren?

Iss jetzt.

Ist er wieder nach Afrika gefahren?

Lass uns nicht mehr von ihm reden.

Wann kommt Daddy wieder nach Hause?

Hörst du nicht, was ich sage? Wir reden nicht mehr von ihm!

Mom stellte die Pfanne zurück auf den Herd und streicht ihren Rock glatt. Wir reden nicht mehr von ihm, und wir denken nicht mehr an ihn. Verstanden? Sie schlägt sich ein Ei in die Pfanne. Und jetzt iss endlich.

8

Pflügen

Kentucky, November 1959

Die Antwort aus Atherton kam erst Ende November, kurz vor Wintereinbruch. Da hatte Dian die Hoffnung schon beinahe aufgegeben. Der Tag, an dem der heißersehnte Brief ihrer Eltern sie dann doch noch erreichte, fing ziemlich gefährlich an.

In den Hügeln zwischen Fort Knox und den Ufern des Ohios steuerte Dr. Coy den Kleinbus des Kosair Kinder Hospitals einen unbefestigten Waldweg hinauf. Zwischen Eichen und Buchen schaukelte das Fahrzeug an halb zerfallenen Baracken vorbei. Sturmböen rissen das letzte Herbstlaub aus den Baumkronen, und Schwärme gelber Blätter segelten rechts und links des Weges ins Unterholz.

Dian deutete auf einen von Balken abgestützten Höhleneingang im Waldhang. »Das alte Bergwerk.« Sie saß neben Fred Coy und hatte eine Landkarte der Gegend auf ihrem Schoß ausgebreitet. »Weit kann es nicht mehr sein. Von dem Hügelkamm dort oben aus müsste man das Anwesen eigentlich sehen.«

Dian sprach von einer kleinen Farm, die ihnen Dorfbewohner ein paar Meilen weiter östlich beschrieben hatten. Der Arzt des Dorfes wusste von gehbehinderten Kindern, die dort lebten, und hatte den Verdacht geäußert, dass sie womöglich an Kinderlähmung erkrankt seien.

»Tatsächlich!«, rief Coy, als sie den Kamm erreichten. »Da drüben ist es.« Er deutete zu einer Lichtung, auf der ein Blockhaus und ein paar Hütten standen. »Sieht bewohnt aus.«

Über dem Torbogen wehte die Flagge der Vereinigten Staaten, zwischen den Gebäuden weideten Rinder, Ziegen und Schafe und über dem Giebel des größten Hauses drehte sich ein Windrad. Auf dem großen Hof stand ein Pick-up, unter dessen hochgeklappter Motorhaube sich ein Mann zu schaffen machte. Um den Wagen herum pickten Hühner im spärlichen Gras. Neben der Eingangstür hingen zwei ausgeweidete Wildschweine von einem Dachbalken herab.

Der Arzt stoppte den Bus vor dem Koppelzaun und zog die Handbremse an. »Reicht mir vorsichtshalber lieber mal das Gewehr«, wandte er sich an die beiden Krankenschwestern, die hinter ihm saßen.

Schwester Francis langte die geladene Waffe aus dem Fußraum und gab sie ihm. »Wie um alles in der Welt kann man hier nur leben?«, staunte sie.

»Halb so wild«, sagte Dian. »Wenn man der Karte glauben darf, gibt's eine Quelle auf dem Gelände, und ein Auto haben die Leute auch.« Sie zuckte mit den Schultern. »Und das Dorf ist nur sieben Meilen entfernt.«

Sie stieg aus und winkte dem Mann vor dem Pick-up zu, der ihren Kleinbus längst bemerkt hatte. »Hey, Mister! Besuch!« Dian öffnete das alte Gatter und trat auf den Weg, der entlang der Viehkoppel zum Blockhaus führte. Ein großer Bernhardiner sprang ihr bellend entgegen.

»Mach bloß das Gatter wieder zu, Dian!« Fred Coy schulterte die Flinte, während die beiden Krankenschwestern sich hinter ihn drängten. »Der Koloss macht nicht den Eindruck, als wollt' er dir nur die Hand lecken.«

Dian stieß das Tor hinter sich zu, ohne den großen Hund

aus den Augen zu lassen. »Gut machst du deinen Job.« Sie ging in die Hocke und streckte dem Bernhardiner die Linke entgegen, damit er sie beschnuppern konnte. »Man weiß ja nie, wer hier vorbeikommt, nicht wahr, Großer?« Knurrend streckte der Hund Hals und Schnauze aus und beschnüffelte Dians Finger.

Plötzlich krachte ein Schuss, und im nächsten Moment heulte eine Kugel über Dian und den Torbogen hinweg in den Wald hinein. Flügelschlagend und aufgeregt gackernd rannten die Hühner in alle Richtungen über den Hof. »Die Knarre bleibt draußen!«, rief der Mann, der eben noch unter der Motorhaube seines Pick-ups gesteckt hatte. Jetzt stand er breitbeinig vor seinem Wagen und lud sein Gewehr durch.

»Ist ja gut, Mister, ist ja gut.« Dian erhob sich und streckte die Handflächen über den Kopf. »Ich bin unbewaffnet, und der Gentleman da ist Dr. Coy mit Schwester Joan und Schwester Francis.« Mit einer Kopfbewegung deutete sie zu den anderen hin. »Wir haben gehört, dass hier mitunter scharf geschossen wird, deswegen hat Dr. Coy lieber eine Waffe mitgenommen, doch er wird sie wieder in den Wagen legen, nicht wahr Fred?«

Genau das tat Dr. Coy gerade. »Schon in Ordnung, Mister. Wie geht's so, Mister?«

»Doktor? Schwester?« Der Mann ließ seinen Gewehrlauf sinken und pfiff den Bernhardiner zurück. »Was zum Henker wollt ihr von mir?«

»Wir kommen vom Kosair Kinder Hospital«, rief Dian. »Im Dorf unten haben sie uns erzählt, dass hier ein krankes Kind lebt.«

»Eins?« Der Mann schulterte sein Gewehr. »Drei kranke Kinder haben wir hier.« Er nickte zum Haus hin und machte Anstalten ihnen entgegenzukommen. »Und weiß Gott – die sind verdammt krank!« Immer noch misstrauisch, aber mit Handschlag begrüßte er zuerst Dian und dann die anderen drei.

Fred Coy erzählte ihm von der wieder aufgeflammten Polio-Epidemie, die aus Kanada auf die USA übergegriffen hatte und dass sie seit fünf Tagen in der Gegend unterwegs waren, um infizierte Kinder zu suchen und zur stationären Behandlung mitzunehmen. Daraufhin nahm der Mann sie mit ins Haus.

In der Küche hingen Rauchschwaden unter der Decke. Zwischen zwei Fenstern hing ein ausgeweidetes Reh aus dem Gebälk. Fünf Kinder zwischen drei und vierzehn Jahren und eine junge Frau hockten um einen Tisch und löffelten einen Brei, den eine verhärmt und alt aussehende Frau ihnen in Holzschalen füllte, vermutlich die Mutter aller. Die wich Dians Blick aus und beantwortete keine einzige ihrer Fragen. Ihr Mann aber führte Coy, Dian und die Krankenschwestern in eine kleine Kammer, in der es entsetzlich stank.

Drei weitere Kinder teilten sich darin ein Bett, das jüngste höchstens zwei Jahre alt. Es fieberte und hatte ein hochrotes Gesicht. Das älteste, ein Mädchen, schätzte Dian auf etwa zwölf Jahre. Seine Beine waren gelähmt und verkrümmt, seine Lippen blau, und es rang röchelnd nach Luft.

Das Mädchen hatte nicht mehr lange zu leben, das sah Dian auf den ersten Blick und das las sie auch in Dr. Coys erschrockener Miene. Das dritte Kind, ein höchstens zehnjähriger bis auf die Knochen abgemagerter Junge, lag völlig apathisch unter der schmutzigen Decke und reagierte kaum auf Ansprache.

Bei dem Kleinkind diagnostizierte Dr. Coy eine Lungenentzündung, bei den anderen beiden Kinderlähmung. »Wir nehmen sie alle drei mit«, entschied er, woraufhin in der Küche die Mutter anfing zu schreien.

Während Dr. Coy und Dian mit Engelszungen redeten, um das Elternpaar von der Notwendigkeit einer Krankenhausbehandlung zu überzeugen, impften die beiden Krankenschwestern die gesamte Familie gegen Polio. Schließlich willigten die Eltern ein, die drei Kinder nach Louisville ins Kosair Hospital zu geben – unter der Bedingung, dass die junge Frau sie begleiten durfte. Der Mann gab sie als die Schwester seiner Gattin aus. Auf der Rückfahrt nach Louisville stellte sich dann heraus, dass sie die Mutter des Kleinkindes mit der Lungenentzündung war.

Es war keine schöne Fahrt, wahrhaftig nicht! Die ganze Zeit, während der Kleinbus durch den Wald schaukelte und später den Ohio entlangrollte, hielt Dian den abgemagerten Jungen auf ihrem Schoß fest. In sein hohlwangiges Gesicht und seine leeren Augen zu schauen schnürte ihr das Herz zusammen, so dass sie mehr als einmal mit den Tränen zu kämpfen hatte.

Wohl ein Dutzend Mal fragte sie das Kerlchen nach seinem Namen, doch es antwortete nicht, stierte nur zum Wagenfenster hinaus. Dian gab es auf und raunte ihm Kinderreime ins Ohr und sang ihm leise ein Kinderlied nach dem anderen vor. Als Dr. Coy gegen Abend den Kleinbus auf das Hospitalsgelände steuerte, hob das Kerlchen den Kopf ein wenig an, blinzelte in Dians Gesicht hinauf und flüsterte: »Ich heiße Silvester und du?«

*

Wenigstens versprach dieser arbeitsreiche und bedrückende Tag verheißungsvoll zu Ende zu gehen: Als Dian nämlich auf dem Krankenhaus-Parkplatz todmüde in ihren alten Saab steigen wollte, sah sie Mary White Henry an der Seite eines jungen Mannes aus dem Haupteingang laufen. »Warte!« Mary winkte ihr zu. »Es gibt Neuigkeiten aus Afrika!«

Dian wunderte sich, denn der in Lederblouson und Jeans gekleidete Junge an ihrer Seite ähnelte in keiner Weise dem linkischen jungen Mann in dem hellen Anzug, den Mary ihr vor einem Monat im *Hotel Henry* vorgestellt hatte. Und auch dem strammen Footballspieler nicht, der sie vor zwei Wochen zu einem Konzert von Chuck Berry eingeladen hatte.

Dieser Junge hier hatte blondes, pomadiges Haar, Koteletten bis zu den Unterkiefern und stahlblaue verführerische Augen. Er wirkte sportlich und ungeheuer selbstbewusst und begrüßte Dian mit lässiger Geste. Sie konnte nicht anders, als ihn mit einer Mischung aus Bewunderung und Bitterkeit zu betrachten.

Mary besaß die beneidenswerte Gabe, Männer mühelos um den Finger wickeln zu können, und die hätte Dian auch gern gehabt. Gaynee Henrys jüngere Tochter war eine der attraktivsten Frauen der Stadt, dazu kontaktfreudig und gesellig. Dian, die sich für das glatte Gegenteil hielt, fühlte sich an der Seite ihrer um einen Kopf kleineren Freundin manchmal wie ein grober ungelenker Klotz.

»Afrika rückte näher!« Mary grinste breit und zwinkerte ihr zu. Sie gab ihrem Freund mit einer Geste zu verstehen, dass er sich ein paar Schritte zu entfernen hatte. Das tat er ohne jeden Widerspruch, und während er sich etwas abseits eine Zigarette anzündete, zog Mary einen Brief aus der Tasche. »Pater Raymond hat aus Rhodesien geschrieben.«

»Schon?«, staunte Dian. »Hat er auch …«

»Natürlich hat er Alexie Forrester die Fotos von dir gezeigt. Und weißt du was? Alexie findet dich hübsch und ist ganz heiß drauf, dich kennenzulernen.«

»Wirklich? Und was hat er noch gesagt?«

»›Kann sie pflügen?‹.« Mary kicherte.

»Wie bitte?«

»Er hat gefragt, ob du pflügen kannst.« Sie reichte Dian den Brief. »Da. Lies selbst.«

*

Pater Raymonds Brief hatte Dian dermaßen in Hochstimmung versetzt, dass sie Schlangenlinien fuhr, als die Stadt hinter ihr lag. Aus dem Autoradio tönte Elvis Presleys *A Big Hunk o' Love* und sie brüllte das Lied lauthals mit.

Mit quietschenden Reifen bog sie in die Zufahrt von Glenmary ein. Vor dem Haus der Longs musste sie jedoch scharf bremsen, denn Georgie stürmte die Verandastufen herunter und rannte auf den Fahrweg, wobei er mit einem Kuvert herumfuchtelte.

»Das nenn ich Feierabendstimmung, alles was recht ist«, sagte er, während Dian das Wagenfenster herunterkurbelte und die laute Musik aus dem Wagen drang. Georgies Hunde sprangen kläffend am Auto hoch, um Dian zu begrüßen. »Für dich.« Georgie reichte ihr den Brief herein. »Der Postbote hat's eilig gehabt heute, deswegen hat er ihn gleich bei mir abgegeben.«

Dian schaute auf den Absender: Der Brief aus Atherton! Endlich! Sie strahlte.

»Erwartest du gute Nachrichten?«

»Und ob!« Dian tippte sich mit dem Kuvert an die Schläfe. »Meine Eintrittskarte für Afrika. Deinen Botenlohn kriegst du später, Georgie! Schönen Abend.«

Sie raste zu ihrem Häuschen, sprang aus dem Auto, schaltete das Außenlicht ein und ließ sich in den Schaukelstuhl auf der Veranda sinken. Dort riss sie das Kuvert auf und las den

Brief ihrer Eltern. Nicht die Mutter, ihr Stiefvater hatte geschrieben.

Wir haben nachgedacht, kam Price nach den üblichen Eingangsphrasen zur Sache, *und zwar gründlich und lange nachgedacht: Keinesfalls können wir es verantworten, dir so viel Geld für eine derart nutzlose Sache zu ermöglichen. Was, wenn du den Kredit nicht mehr bedienen kannst, weil du zum Beispiel krank wirst und kein Einkommen mehr beziehst? Was, wenn das Kinderhospital bankrottgeht? Oder durch eine Wirtschaftskrise eine Inflation …?*

Dian las nicht weiter. Sie zerknüllte den Brief, ging ins Haus und warf ihn in den Müll. In der Küche goss sie sich ein Glas Whisky ein und zündete sich eine Zigarette an. Ihr schwarzer Kater strich schnurrend um ihre Beine, während sie rauchte und trank. Sie nahm ihn kaum wahr.

Rauchend ging sie in ihre kleine Bibliothek und kramte die Pistole unter Büchern, Landkarten und Prospekten hervor. Dann stapfte sie aus dem Haus und in den Wald. Es dämmerte längst. Zwischen kahlen Buchen und Eichen blieb sie breitbeinig stehen, feuerte das Magazin leer und brüllte ihre Wut heraus.

9

Mr. Price

San Francisco, Herbst 1938

Tante Flossie ist sehr lieb. Oft lächelt sie mich an, so wie man einen anlächelt, den man gernhat. Sie kann mir meine Zöpfe flechten, ohne dass es ein einziges Mal ziept, und wenn ich an ihr vorbeigehe, streichelt sie mir über den Kopf. Meistens jedenfalls. Außerdem erzählt sie mir schöne Geschichten und kocht mir mindestens dreimal in der Woche Pudding.

Wenn ich's mir genau überlege, ist Tante Flossie viel lieber als Mom.

Schon verrückt wie gegensätzlich Schwestern sein können, sagt Onkel Bert manchmal zu Tante Flossie, wie Tag und Nacht seid ihr. Das sagt er aber nur, wenn Mom nicht dabei ist.

Onkel Bert ist ein Griesgram, sagt Mom manchmal und wenn Onkel Bert nicht dabei ist. Wahrscheinlich sagt sie das, weil er selten lacht und wenig redet.

Bei ihnen, bei Onkel Bert und Tante Flossie, verbringe ich diesen Sommer. Das ist einerseits schön, denn auf dem Nachbargrundstück, das ich von meinem Zimmer aus sehen kann, weiden Ponys, auf denen ich reiten darf, wann immer ich will, und das will ich fast jeden Tag. Die anderen Nachbarn haben Hunde, und Onkel Bert und Tante Flossie haben eine Katze.

Alle diese Tiere sind schon im letzten Sommer meine Freunde geworden. Darüber bin ich sehr froh.

Andererseits mache ich mir Sorgen um meinen Daddy. Manchmal, wenn Tante Flossies und Onkel Berts Telefon klingelt, renne ich los, denn vielleicht ist es ja Daddy, vielleicht ruft er nun endlich einmal an. Doch es ist nicht Daddy, nie. Es sind Freunde von Onkel Bert und Tante Flossie oder die Nachbarn oder Mom.

Manchmal frage ich mich, ob ich etwas Schlimmes angestellt habe, dass er nicht anruft, ob ich schuld bin daran, dass er nicht mehr da ist. Und ich denke darüber nach, doch mir fällt nichts ein. Außer vielleicht, dass ich so groß und so hässlich bin.

Wieder läutet das Telefon, ich renne schnell hin und nehme ab, doch es ist wieder nicht Daddy, es ist Mom.

Wo bist du, Mom?, frage ich, Was machst du? Wann kommst du?

Bald, sagt Mom.

Mehr Antworten bekomme ich nicht, da kann ich fragen, so oft ich will. Ich höre aber nicht auf zu fragen, doch erst als ich ins Telefon schreie: Wobistduwasmachstduwobistduwasmachstdu!?, sagt sie: In San Francisco, umziehen. Wir werden bald in Atherton wohnen. Sei schön brav, hörst du? Mom hat dich lieb.

Dann legt sie auf.

Ich renne in die Küche, wo Onkel Bert die Steine aus den Pflaumen schneidet und Tante Flossie Marmelade kocht. Warum zieht sie um?, rufe ich. Warum soll ich in Atherton wohnen?! Wo ist das überhaupt, Atherton?

Onkel Bert popelt Steine aus den Pflaumen und tut, als hätte er nichts gehört. Tante Flossie seufzt und rührt in ihrem Marmeladentopf herum.

Ich will wissen, warum wir umziehen!

Onkel Bert bleibt stumm und Tante Flossie seufzt noch tiefer. Und dann sagt sie: Deine Mutter heiratet, und ihr neuer Mann wohnt in einem reichen Kaff bei Redwood City. Wusste gar nicht, dass es Atherton heißt.

Ein böser Blick von Onkel Bert trifft sie, doch sie guckt genauso böse zurück und sagt: Man muss dem Kind doch reinen Wein einschenken. Sie schaut mich an und sagt: Kittys neuer Mann heißt Richard Price.

Von nun an reite ich dreimal am Tag auf einem Pony, und den Rest des Tages spiele ich mit den Nachbarshunden. Ich will mit niemandem mehr sprechen, jedenfalls mit keinem Menschen. Nicht einmal mit Tante Flossie.

Ich werde bald in Atherton wohnen, erkläre ich den Hunden, in diesem reichen Kaff bei Redwood City. Mom auch, ja. Mit ihrem neuen Mann. Nein, ich freu mich nicht, sage ich zu den Hunden. Lieber wäre mir, mit Dad dort zu wohnen. Mit ihm würde ich überall wohnen, egal wo in der Welt. Hauptsache, er wäre wieder da.

Das stimmt nicht ganz, denn am liebsten würde ich mit Daddy in Afrika wohnen.

Am vorletzten Tag der Sommerferien reite ich auf meinem Lieblingspony am Koppelzaun entlang. Die Hunde springen neben mir her. Da sehe ich ein Auto auf den Hof von Tante Flossie und Onkel Bert fahren. Ein großes Auto, ein fremdes Auto. Ein Mann und eine Frau steigen aus. Der fremde Mann trägt Anzug, Brille und einen steifen Hut. Die Frau ist blond und trägt ein elegantes Kostüm von der Farbe, die der Himmel hat, kurz bevor es zu regnen beginnt.

Es ist Mom.

Sie will, dass ich vom Pony steige und aus der Koppel komme. Der fremde Mann jagt die Hunde davon. Mom zupft mein Kleid zurecht und klopft mir den Staub ab.

Wie schmutzig du dich wieder gemacht hast, sagt sie. Du stinkst nach Pferd. Sie schnüffelt. Und nach Hund.

Ist das Mr. Price? Ich zeige auf den Mann mit dem steifen Hut.

Ja. Er wird uns nach Atherton bringen. Sag ihm guten Tag.

Guten Tag, Mr. Price.

Mom runzelt die Brauen und Mr. Price sagt: Nix da, *Mr. Price.*

Er kommt zu mir und nimmt mich hoch. Ich ekle mich.

Ich habe deine Mutter geheiratet und bin jetzt dein Vater. Begreifst du das?

Ja, Mr. Price.

Nix da *Mr. Price*, wie heißt das?

Ich weiß nicht, was er meint, und versuche es in Moms Gesicht zu lesen.

Sag *Vater*, sagt Mom.

Richtig, sagt Mr. Price. *Vater* heißt das. Nun sag schon!

10

Großer Weißer Jäger

Himmel über Afrika, 26. September 1963

Das Gebrumme der Propellertriebwerke erfüllte die Passagierkabine, Sitzlehne und Boden vibrierten, die Maschine erreichte allmählich Flughöhe. Wer einen Fensterplatz hatte wie Dian, drückte sich Nase und Stirn am Fenster platt. Dian konnte sich nicht sattsehen.

Den Mund geöffnet wie ein staunendes Kind und die Hände gefaltet, als wäre sie in tiefe Andacht versunken, schaute sie zum Flugzeugfenster hinaus – die Skyline von Kairo wurde kleiner, das blaue Band des Nils schmaler, das Rote Meer funkelnder. Ich fasse es nicht, dachte sie, ich bin in Afrika. Wüstenflächen glitten unter ihr hinweg, Wälder, Gebirge, Städte und Flüsse. Die Tränen strömten ihr über die Wangen, sie konnte nichts dagegen tun. Ich bin in Afrika, dachte sie, ist das denn wirklich wahr?

»Ist Ihnen nicht gut?« Die Frau im Sitz neben ihr reichte ihr ein Papiertaschentuch.

»Danke, Ma'am, vielen Dank.« Dian schnäuzte sich und wischte sich die Tränen ab. »Mir geht es gut, ehrlich. Ich bin nur überwältigt.« Es fiel ihr schwer mit ihrer brüchigen Stimme gegen den Motorenlärm anzureden. »Ich war noch nie in Afrika.«

»Dann gratuliere ich Ihnen!«, rief die Frau und lächelte. »Eine gute Entscheidung, nach Afrika zu reisen.« Sie war blond und jünger als Dian. Hinter ihren Brillengläsern funkelte ein Paar hellwacher Augen. »Für mich war es vor Jahren die beste Entscheidung meines Lebens. Aber ich warne Sie – Afrika macht süchtig: Sie werden wiederkommen und immer wieder. Sie können sich nicht dagegen wehren, Sie müssen wiederkommen. Es ist wie eine Krankheit.«

»Wirklich? Na, wenn mich in den nächsten Wochen keine schlimmere Krankheit erwischt, will ich nicht meckern.«

Dian hatte genug von Krankheiten. Im August, genau einen Monat vor Reiseantritt, hatte eine Lungenentzündung sie für zwei Wochen ans Bett gefesselt. Davor im Frühsommer, nachdem die Reise längst gebucht war, hatte sie eine kleine Pflaume gegessen, um herauszufinden, ob die Allergien, die sie eine Kindheit und Jugend lang geplagt hatten, tatsächlich ausgewachsen waren; doch ihre Augen schwollen zu, sie musste sich erbrechen und bekam hohes Fieber.

Eine Zeitlang standen ihre Reisepläne auf Messers Schneide.

Bereits im Frühling hatte ihr Asthma sie heftiger geplagt als in den Jahren zuvor. Und der Tropenarzt, der im Mai die Untersuchungen vorgenommen hatte, die für die Überseereise nötig waren, hatte Dian ein Röntgenbild ihrer Lunge gezeigt – das hatte ausgesehen, als hätte man die Stadtpläne von San Francisco und Chicago übereinandergelegt.

»Die vielen Narben sind die Folge von chronischen Lungenentzündungen, Kettenrauchen und Allergien«, hatte er mit sehr ernster Miene erklärt. »Tun Sie sich einen Gefallen und stornieren Sie Ihre Afrikareise.«

»Kommt nicht in Frage«, hatte sie geantwortet. Seit Mary im Sommer 1960 aus Rhodesien zurückgekehrt war und von Afrika geschwärmt hatte – und von Alexie Forrester –, hatte

Dian jeden überflüssigen Cent für die Reise gespart. Seitdem beherrschte die Sehnsucht nach Afrika ihr gesamtes Denken. »Kommt überhaupt nicht in Frage!«

»Wie lange planen Sie denn, in Afrika zu bleiben?«, wollte die Frau im Sitz neben ihr wissen.

»Sieben Wochen. Wenn schon, denn schon, habe ich mir gesagt.«

Die Frau lachte. »Sehr vernünftig! Nennen Sie mich Joan, ja? Und wohin genau soll's gehen?

»Ich bin Dian. Erst einmal nach Kenia und dann dorthin, wo es die wildesten Tiere gibt.«

»Und wo in Kenia soll die Safari starten?«

»Im Mount Kenya Safari Club.«

»Da haben Sie sich ja den teuersten Club im ganzen Land ausgesucht!«, staunte Joan.

»Ich wollte keine Pauschalreise in einem Reisebüro buchen.« Dian fühlte sich ertappt, denn trotz ihrer mäßigen Einkünfte hatte sie sich für eine Afrika-Expedition erster Klasse entschieden, und das in jeder Hinsicht. »Im Mount Kenya Safari Club wartet mein Führer auf mich, ein Mann namens John Alexander. Ich habe mir extra einen besonders erfahrenen gesucht und nicht den billigsten.«

Das war nur die halbe Wahrheit: Sie hatte die Fotos der möglichen Safariführer in den Prospekten sorgfältig studiert – und sich für den entschieden, den sie am attraktivsten fand. Schon im Juni hatte sie ihm per Post den unterschriebenen Vertrag geschickt.

»Wie heißt er?«, hakte Joan nach. »John Alexander? Ich habe von dem Mann gehört, er ist bekannt in Forscherkreisen.« Joan arbeitete als Fotografin in Belgisch-Kongo, wie Dian inzwischen wusste. »Ein Brite, nicht wahr? Man nennt ihn den ›Großen Weißen Jäger‹. Ein guter Scout, wie man sich erzählt.«

»Jäger?« Dian runzelte die Stirn. »Der Mann jagt also auch Tiere?« Das war ihr neu, und es gefiel ihr nicht.

»Wenn er entsprechende Aufträge bekommt?« Joan zuckte mit den Schultern. »Wer sich als Europäer für ein Leben in Afrika entscheidet, muss sehen, wo er bleibt. Und es geht nichts über einen Safariführer, der Land und Leute kennt.«

»Das dachte ich mir auch«, sagte Dian. »Ich habe in den letzten Jahren sämtliche Bücher und Artikel über Afrika gelesen, die ich finden konnte, und ich habe mir die längste und teuerste Safari ausgesucht, die angeboten wurde. Sogar eine Filmkamera habe ich mir gekauft.«

»Du hast alles richtig gemacht, Dian.«

Dass die Reise sie alles in allem so viel kosten würde, wie sie in anderthalb Jahren verdiente, nämlich 8000 Dollar, erzählte sie Joan lieber nicht, und dass sie beinahe einen Kredit dafür aufgenommen hätte, auch nicht. Achtzehn Prozent Zinsen bei drei Jahren Laufzeit hatte die Bank dafür haben wollen und selbstverständlich einen solventen Bürgen.

Ein Aufschrei war durch Dians Familie gegangen, als sie davon erfuhr. Statt ihr das Geld zu leihen oder wenigstens für den Kredit zu bürgen hatten die Prices sie mit Briefen und Anrufen bombardiert, in denen sie Dian beschimpften: Sie sei wohl verrückt geworden, so viel Geld derart leichtfertig aufs Spiel zu setzen, und sie solle sich endlich und ein für alle Mal ihre Afrika-Spinnerei aus dem Kopf schlagen und leben wie jedes anständige amerikanische Mädchen lebte.

Im Klartext: Ihre Eltern forderten sie auf, endlich zu heiraten und Kinder zu kriegen.

In dasselbe Horn blies auch der sonst so ruhige Onkel Bert. *Es ist Wahnsinn, was du da planst!*, schrieb er ihr. *Wenn du auch nur einen Restfunken Verstand im Hirn hast, bläst du die Sache sofort wieder ab.*

Nichts hatte Dian abgeblasen, gar nichts, nicht einmal daran gedacht. Auch jetzt noch, hier im Flugzeug, erstaunte sie am meisten, wie wenig die eigene Familie sie kannte. Wussten ihre Eltern und ihr Onkel denn nicht, dass sie, Dian, niemals von etwas abrückte, das sie sich in den Kopf gesetzt hatte?

Dr. Fred Coy, der Dian unendlich dankbar für die Behandlung seines Sohnes Nick war, hatte sich bereit erklärt, die Bürgschaft zu übernehmen. Doch am Ende hatte Mary White Henry es schließlich geschafft, Dian den Wucherkredit auszureden. Und zwar auf denkbar einfache Weise: Sie hatte einige Wertpapiere verkauft, die ihr verstorbener Vater ihr vererbt hatte, und Dian das Geld geliehen, und zwar zinslos.

»Weißt du, was mir gefallen hat?«, fragte Joan, nachdem die Stewardess Kaffee und Kuchen serviert hatte. »Wie du den Mann am Schalter überredet hast, dich trotz deines viel zu schweren Gepäcks an Bord zu lassen.« Joan lachte laut. »Deinem Charme hatte der arme Kerl absolut nichts entgegenzusetzen, er war vollkommen wehrlos.«

»Zum Glück.« Dian versenkte zwei Zuckerwürfel in ihrem Kaffee. Ihr Reisegepäck war beinahe zwanzig Kilogramm zu schwer, was vor allem an den Büchern und der vielen Medizin lag, die sie hatte einpacken müssen. »Jeder kämpft mit den Waffen, die ihm zur Verfügung stehen, oder?«

»So ist es wohl, aber deine Waffen haben mir besonders gut gefallen.«

Sie schlürften ihren Kaffee, während aus den Kabinenlautsprechern die Stimme des Flugkapitäns erklärte, dass die Maschine gerade das Hochland von Abessinien überflog. Dian schaute aus dem Fenster und blickte auf einen Flickenteppich aus dunklen Felsgipfeln, hellbraunen Berghängen und grünen Wiesenmatten herab. Es fühlte sich inzwischen nicht mehr ganz so erschütternd an, endlich in Afrika zu sein.

»Hast du während deiner Reisevorbereitungen auch Professor Leakeys Bücher gelesen?«, wollte Joan wissen.

»Nein, wer ist das?« Dian hatte diesen Namen nie zuvor gehört.

»Der bedeutendste Prähistoriker und Primatologe unserer Zeit. Er lehrt in Cambridge.«

»Ein Brite?«

Joan schüttelte den Kopf. »Seine Eltern waren zwar britische Missionare, Louis Leakey aber ist in Kenia geboren und besteht darauf, ein waschechter Afrikaner zu sein.«

»Und was macht ihn so bedeutend?«

»Leakey hat in Tansania sensationelle Fossilien ausgegraben, die beweisen, dass der Homo sapiens sich nicht erst vor fünfhunderttausend Jahren, sondern schon vor vier Millionen Jahren vom Menschenaffen abgesondert hat.«

»Interessant.« Dian wusste zu wenig über dieses Thema, um das wirklich interessant zu finden.

»Nicht wahr? Seitdem versucht er die Menschenaffen zu erforschen, um ihr Verhalten mit dem menschlichen zu vergleichen. Du musst deinen Scout unbedingt zu einem Besuch bei ihm überreden.«

»Wo finde ich den Professor denn?«

»Wenn er nicht gerade zu Vorlesungen in Cambridge weilt, hält er sich im Norden Tansanias an seinem Hauptausgrabungsort auf, in der Olduvai-Schlucht.«

*

Der Mount Kenya Safari Club lag im Landesinneren Kenias. Auf der langen Busfahrt dorthin bekam Dian Fieber und musste sich mehrmals übergeben. Verzweiflung packte sie, denn sie fürchtete, ernsthaft krank zu werden.

Die Aufregung, weiter nichts, versuchte sie sich selbst zu beruhigen. Mach dir keine Sorgen – es ist nur die Aufregung. Schließlich wird gerade dein größter Traum wahr, und schließlich begegnest du bald einem attraktiven Mann.

Selbst an US-amerikanischen Maßstäben gemessen, wäre der Mount Kenya Safari Club durchaus als exquisites Landgut durchgegangen. Das große und luxuriöse Jagdhaus lag inmitten von Tierkoppeln und war umgeben von zahlreichen Blockhütten, kleinen Teichen und weiträumigen Volieren.

Während afrikanische Bedienstete ihr das Gepäck aufs Zimmer brachten, schlenderte sie durch die Dämmerung und schaute sich die Tiere in den Koppeln und Käfigen an: zottelige Büffel, Antilopen, Nashörner, Paviane, borstige Warzenschweine, Dutzende von Kranichen. Vor lauter Begeisterung vergaß sie ihre Übelkeit und dachte nicht mehr an ihr Fieber. Leider war es bereits zu dunkel zum Fotografieren.

John Alexander hatte seine zweitägige Verspätung per Telegramm angekündigt, was Dian zunächst ärgerte. Ohne Abendessen schlief sie ein, und als sie nach dem Aufwachen auf die Uhr blickte, beglückwünschte sie sich zur Unpünktlichkeit ihres Scouts: Sie hatte neunzehn Stunden am Stück durchgeschlafen.

Der Eigentümer des Clubs, ein reicher amerikanischer Schauspieler namens William Holden, ließ ihr über seinen Diener eine Karte mit einer Einladung zum Abendessen zukommen. Dian war entzückt – doch zugleich versetzte sie die Einladung in helle Aufregung: Was um alles in der Welt zog man zu einem Abendessen in diesem feudalen Ambiente an?

Als sie nach einem Bad vor dem Spiegel stand, um sich zu schminken und das Haar zu einem französischen Knoten hochzustecken, fiel ihr auf, dass ihr nicht mehr übel war; auch das Fieber schien wie weggeblasen.

»Es war die Aufregung«, versicherte sie ihrem Spiegelbild, während sie ihre Lippen mit einem dunklen Rot anmalte. »Habe ich es dir nicht gleich gesagt? Ich bin kerngesund und morgen geht es los. Der Teufel soll John Alexander holen, wenn er nicht spätestens nach Sonnenaufgang zum Apell antritt.«

Sie schlüpfte in ihr bestes Kleid, legte ihre auffälligsten Ohrringe an und steckte sich einen teuren Ring mit einem großen dunkelroten Edelstein an den Finger, ein Erbstück, das ihre Großmutter ihr vermacht hatte. Derart elegant zurechtgemacht, stolzierte sie in den Speisesaal des Jagdhauses.

Dort bat der Hausherr sie an seinen Tisch, wo bereits einige Männer saßen. Dian sah, wie sie erstaunt die Blicke hoben, wie ihre Brauen nach oben zuckten, ihre Augen sich weiteten und bewunderndes Lächeln ihre Mienen glättete. Ihre Nervosität löste sich in nichts auf. Holden stellte sie den Gentlemen vor und zog ihr den Stuhl an seiner Seite heraus, damit sie neben ihm Platz nehmen konnte.

Während des Essens wurde ihr nach und nach klar, dass ihre Tischgesellschaft eine ausgesuchte Ansammlung geballter Lebens- und Afrikaerfahrung war. William Holden, ein Oscarpreisträger, wie Dian erfuhr, berichtete von der Entstehung des Mount Kenya Safari Clubs. Ein texanischer Ölmagnat erzählte, dass er sein »sauer verdientes« Geld – genauso drückte er sich aus – am liebsten in Afrika zum Fenster hinauswarf und schilderte die Sitten und Bräuche der Massai. Der schottische Millionär, der Dian gegenübersaß, bereiste Ostafrika Jahr für Jahr mit einem Filmteam, weil er die Hoffnung nicht aufgeben wollte, irgendwann einmal einen weißen Elefanten vor die Kamera zu bekommen.

Die anderen beiden Männer am Tisch arbeiteten als Großwildjäger, die im Auftrag europäischer Zoos wilde Elefanten und Giraffen suchten und fingen. Dian versuchte, sich ihre sofort aufflammende Abneigung gegen die Jäger nicht anmerken zu lassen. Doch schnell vergaß sie ihren Widerwillen, denn die beiden erzählten so lebendig und fesselnd von den Stunden, in denen sie wilden Tieren Auge in Auge gegenübergestanden hatten, dass sie wie gebannt an ihren Lippen hing.

Du hast das Privileg, unter echte Afrikaveteranen geraten zu sein, dachte sie im Stillen, diese Männer haben beinahe jeden Winkel des Kontinents bereist, von dem du bisher nur geträumt hast. Und jetzt sitzt du hier und kannst ihnen lauschen. Was für ein Glück du doch hast!

John Alexander reiste erst gegen Mittag des nächsten Tages an. Er begrüßte sie mit festem Händedruck und einem charmanten Lächeln, das Dians Ärger über seine Verspätung augenblicklich vertrieb. Ihr Großer Weißer Jäger, wie sie ihn im Stillen längst nannte, sah genau so aus, wie auf jenem Prospektfoto, das Dian dazu gebracht hatte, sich für ihn zu entscheiden: groß und breitschultrig, dunkelhaarig mit blauen Augen und einem kantigen, scharf geschnittenen Gesicht.

Allerdings gab er sich ausgesprochen britisch kühl, fast ein wenig distanziert.

Dennoch schlug Dians Herz erheblich höher, als sie sich dicht neben ihm über eine Ostafrikakarte beugte. Ganz heiß wurde ihr im Bauch, als ihre Hüften und Arme einander berührten. Sie hatte auf einmal das deutliche Empfinden, weiche Knie zu bekommen.

Wie nur sollte sie dieses Gefühl sieben Wochen lang ertragen? Fieber und Übelkeit waren endgültig vergessen und Alexie Forrester ebenso. Von diesem Augenblick an zweifelte Dian nicht daran, dass etwas passieren würde zwischen ihr und ihrem Safariführer, dass etwas passieren musste.

»Ich schlage vor, die landesübliche Hausroute zu nehmen«,

erklärte John, während er mit dem Finger über die Karte fuhr. »Die beträgt etwa tausendfünfhundert Meilen.«

»Einverstanden.« *Tausendfünfhundert Meilen!* Dian war begeistert.

»Wir fahren erst einmal nach Süden quer durch Kenia bis nach Tansania an den Nordrand der Serengeti«, fuhr ihr Scout fort. »In Nairobi stoßen zwei meiner Helfer zu uns.«

»Wir brauchen keine Helfer«, sagte Dian. »Ich habe alles über die Strecke gelesen – die Kosten für zwei zusätzliche Begleiter können wir uns sparen. Und in Tansania will ich unbedingt in die Olduvai-Schlucht. Ich muss Louis Leakey kennenlernen.«

»Selbstverständlich brauche ich meine Leute für diese Safari!« Eine Falte grub sich zwischen die schwarzen Brauen ihres Führers ein, während er Dian kritisch musterte. »Und einen Besuch an Professor Leakeys Ausgrabungsort hatte ich sowieso geplant.«

»Na bestens!« Dian strahlte ihn an. »Und Ihre beiden Helfer lassen Sie in Nairobi. Wir fahren zu zweit.«

»Na hören Sie mal!« John richtete sich auf und stemmte die Fäuste in die Hüften. »Wer soll uns denn die Ausrüstung tragen, wenn wir durch die Savanne pirschen?! Wer soll uns denn die Zelte aufschlagen?!«

»Das kriegen wir schon alleine hin.« Dian winkte ab. »Am besten schicken Sie noch heute ein Telegramm nach Nairobi, damit Ihre Diener nicht vergeblich warten.«

Verblüfft und mit offenem Mund starrte der Große Weiße Jäger sie an. »Den Teufel werd' ich tun!« Von einem Augenblick auf den anderen sprühte sein Blick vor Zorn. »Ich bin Ihr Safariführer, verdammt noch mal! Ich entscheide, wen ich mitnehme und wen ich zuhause lasse! Und ich habe entschieden, in Nairobi zwei schwarze Träger in meinem Landrover mitzunehmen. Habe ich mich klar genug ausgedrückt, Dian?«

»Und ich bin Ihre Kundin!« Dian blieb eisern. »Und ich entscheide, welche Art von Safari ich bei Ihnen kaufe!« Sie blitzte ihn an. »Es wird auf jeden Fall eine Safari, ohne zwei zusätzliche Männer sein. Habe ich mich klar genug ausgedrückt, John?!«

»Hinreichend klar.« John Alexander faltete die Karte zusammen. »Suchen Sie sich einen anderen Führer. Mit mir läuft das so nicht.« Ohne Dian eines weiteren Blickes zu würdigen, stieg er in seinen Landrover und fuhr davon.

11

Feder

Tsavo-Nationalpark, Kenia, Oktober 1963

Die Amerikanerin führte eine Art Reisetagebuch, das war John schon im Mount Kenya Safari Club aufgefallen. Eine anstrengende Kundin, diese Dian Fossey – launisch, unhöflich, eigensinnig. Amerikanerin eben. Morgens verließ sie gegen seinen dringenden Rat das Lager, um Bäume und Blumen zu fotografieren; tagsüber knipste sie aus dem Landrover heraus jedes noch so gewöhnliche Tier; und abends schrieb sie in ihr Reisetagebuch, nicht selten eine ganze Stunde lang. Manche Leute pflegten komische Gewohnheiten.

John hatte ihr sein Feuerzeug geliehen, nur deswegen betrat er an diesem Morgen ihr Zelt – er brauchte es, um den Gaskocher für das Kaffeewasser anzuzünden. Doch wo er schon mal hier war, sah er sich ein wenig um. Das Feuerzeug fand er schnell, es lag neben einer Konservendose voller Zigarettenkippen. Vor ihrem zerwühlten Nachtlager entdeckte er das Tagebuch: Die daumendicke Kladde steckte in einem festen Umschlag aus schwarzem Leder und lugte unter dem Moskitonetz und dem dünnen Hemd hervor, das die Amerikanerin für die Nacht anzuziehen pflegte. Was sie da wohl Abend für Abend eintrug?

Fünf Tage waren sie inzwischen unterwegs, und die kamen

John wie fünf Wochen vor. Er hatte schon angenehmere Kunden erlebt als diese Amerikanerin, weiß Gott! Ihre Beziehung förmlich zu nennen wäre beschönigend gewesen. Die Wahrheit lautete: Dian Fossey und er redeten nur das Allernötigste miteinander. War es da verwunderlich, dass John gern gewusst hätte, was diese anstrengende Amerikanerin da so alles in ihr Reisetagebuch zu schreiben hatte? John jedenfalls hatte größtes Verständnis für seine Neugier.

Doch erst einmal drehte er sich lieber um und bückte sich aus dem Zelteingang, um nach allen Seiten zu spähen. Er entdeckte die Amerikanerin weit hinter den Schirmakazien, die gut zweihundert Meter entfernt am Rande der Flusssenke standen. Mit dem Feldstecher beobachtete sie etwas, das unten am Fluss ihre Aufmerksamkeit erregt haben mochte. Irgendwelches Viehzeug wahrscheinlich, vielleicht Elefanten, vielleicht Gnus.

Diese Frau entdeckte ja alle Augenblicke irgendetwas, das sie in Entzückung versetzte. Vor drei Tagen hatte sie vor Aufregung losgekreischt, nur weil sie ein paar banale Schmutzgeier vor die Kamera bekam, die sich um eine tote Antilope stritten. Wie ein kleines Mädchen kam sie John manchmal vor.

Und wie bockig sie sein konnte! Er hatte ihr eingeschärft, sich unter keinen Umständen weiter als fünfzig Schritte von den Zelten und dem Landrover zu entfernen, und wo stand sie jetzt? Mehr als dreihundert Meter entfernt! Von Anfang an hatte diese halsstarrige Frau sich entschieden, seine Anordnungen als gut gemeinte Ratschläge aufzufassen. Und sie schlichtweg zu ignorieren. Auch jetzt wieder: Trieb sich einfach außerhalb des Lagers in der Savanne herum!

Sollte sie doch der Leopard zum Frühstück verspeisen! Oder eine der Löwinnen, die sie gestern beobachtet hatten. Was ging es ihn an? Dieses amerikanische Frauenzimmer machte sowieso, was es wollte.

Wenigstens würde er in Ruhe in ihrem Tagebuch blättern können, solange sie da draußen die furchtlose Abenteurerin spielte.

Er bückte sich also zurück ins Zelt, zog die schwarze Kladde unter Moskitonetz und Nachthemd heraus und blätterte die Einträge der letzten Tage durch. Ein Foto rutschte heraus – John nahm es hoch und schaute in das grinsende Gesicht eines jungen Burschen mit dichten schwarzen Locken und kräftigem Kinn. Es strahlte Selbstsicherheit und Tatkraft aus. Auf der Rückseite stand mit Bleistift ein Name geschrieben: *Alexie Forrester.*

Er legte es zur Seite und las:

Fünf männliche Löwen gesehen, hatte sie vor drei Tagen notiert, *dazu eine Zebraherde und tausende Weißschwanzgnus. Ein Nashorn hat unseren Landrover angegriffen. Ich habe mit der Kamera draufgehalten, doch außer ein paar Schlaglöchern und jede Menge Himmel wird auf dem Film nichts zu sehen sein, denn statt den Wagen in filmgünstiger Position anzuhalten, gab Mr. Alexander Gas. Gewiss, er kann einigermaßen Auto fahren, weiß auch in etwa, wo man mit ein bisschen Glück auf Wild trifft, doch für risikoreiche (also wirklich spannende) Situationen ist er nicht gestrickt …*

John unterdrückte einen Fluch und blätterte weiter.

Habe ich jemals einen langweiligeren Menschen als Mr. John Alexander getroffen? So begann der Eintrag von vorgestern, und John sog scharf die Luft durch die Nase ein. *Ein hochgewachsener, gut aussehender Langweiler! Ich nenne ihn nicht mehr* Großer Weißer Jäger, *sondern* Weißer Massai. *Genau wie die ist er nämlich entsetzlich hochnäsig und total von sich überzeugt – und dabei ganz und gar ohne Substanz …*

John stieg die Galle hoch, doch er konnte nicht anders als weiterzulesen.

… nun gut, wenigstens stinkt er nicht übermäßig, und ein Säufer scheint er auch nicht zu sein, was ihn in dieser Weltgegend direkt zu einer Ausnahmeerscheinung macht. Ich werde mir weiterhin Mühe geben, Gott dafür zu danken …

»Arrogantes Weibsstück!«, zischte John. Hoffentlich erwischte es einer der verdammten Leoparden, und möglichst noch heute Morgen, bevor sie zum ersten Kaffee zurück ins Lager kommt! Was für eine unverschämte Person!

Er bereute seinen Entschluss, den Vertrag mit ihr doch nicht gekündigt zu haben. Grund genug hätte er gehabt, doch leider war er schwach geworden.

Nach ihrem Streit hatte er sich in der Hütte ausgeschlafen, die er auf dem Clubgelände bewohnte. Am Morgen hatte er dann seine aktuellen Kontoauszüge studiert und die zu erwartenden Einnahmen und Ausgaben bis zum Jahresende durchgerechnet. Eine durch und durch ernüchternde Kalkulation war das gewesen.

Also war er hinüber zum Jagdhaus gefahren, wo er die unverschämte Amerikanerin schreibend am noch nicht abgedeckten Frühstückstisch fand; sie schrieb in eben dieses ledergebundene Heft, das jetzt aufgeschlagen in seiner Hand lag.

»Es könnte tatsächlich kostengünstiger ausfallen, ohne zwei zusätzliche Mitarbeiter zu reisen«, hatte er ihr ohne große Vorrede erklärt. »Allerdings bräuchte ich von Ihnen eine vertragliche Zusage, sich an den zusätzlichen Arbeiten wie Zelte aufschlagen, Kochen und so weiter zu beteiligen und die Unkosten für den erhöhten Zeitaufwand zu übernehmen.« Er schob ihr die Vertragsergänzung über den Tisch, die er vorbereitet hatte. »Wenn Sie unterschreiben, können wir in zwei Stunden aufbrechen, Miss Fossey.«

Sie unterschrieb, doch was John noch vor einer knappen

Woche als Punktgewinn verbucht hatte, erschien ihm jetzt, nachdem er diese Tagebucheinträge gelesen hatte, als Eigentor.

Er blätterte zum neusten Eintrag und las, was sie gestern Abend geschrieben hatte, während er über Funk mit seiner Verlobten telefonierte.

Mr. Alexander wie immer übel gelaunt, doch was kümmert's mich? Kurz vor halb sieben aufgestanden und losmarschiert. Ein paar Fotos von Büffeln und Geiern, eines von Geparden. Beim Frühstück dann Paviane beobachtet, die sich bis auf zwanzig Schritte ans Zelt herangewagt haben. Mr. Alexander benimmt sich ähnlich wie sie – beim Essen.

»Der Teufel soll dich holen!«, zischte er. Voller Zorn steckte er das Foto zurück zwischen die letzten beschriebenen Seiten und die Kladde zurück unter Schlafhemd und Moskitonetz und bückte sich aus dem Zelt. Keinen Augenblick zu früh, denn die Amerikanerin kam schon zurück – nur noch fünfzig Schritte entfernt, stapfte sie durchs hohe Gras. Obwohl er vor Wut kochte, war er geistesgegenwärtig genug, sein Feuerzeug hochzuhalten, damit sie begriff, warum er in ihrem Zelt gewesen war. Nicht, dass sie auf die Idee kam, er hätte in ihren Sachen herumgeschnüffelt.

John ging zum Feuerplatz, brühte Kaffee auf und briet ein paar Eier, während sie in ihrem Zelt verschwand. Er war beleidigt. Klar war er beleidigt, und wie! Am liebsten hätte er dieses freche Weibsstück ungespitzt in den Boden gerammt, doch nicht einmal eine giftige Bemerkung durfte er sich erlauben, denn dann würde er sich dem Verdacht aussetzen, in Fosseys Tagebuch geblättert zu haben.

Bleib um Himmels willen ruhig, sagte er sich. Die Zähne zusammenbeißen und diese Tour so anständig wie möglich hinter dich bringen, eine andere Wahl hast du nicht. Und drei Kreuze schlagen, wenn du die Restzahlung in der Tasche hast und dieses unerträgliche Weibsstück wieder aus deinem Leben verschwindet.

Widerwillig schenkte er ihr Kaffee ein, als sie geschminkt und frisiert aus ihrem Zelt kam. Eier und Schinken musste sie sich heute Morgen allerdings selbst aus der Pfanne löffeln. Und Brot abschneiden auch.

Eine Zeitlang aßen sie schweigend. Irgendwann fing sie an zu erzählen, was sie alles entdeckt hatte unten in der Flusssenke: von rotem Staub bedeckte Elefanten, rauflustige Kaffernbüffel, auf einem Nashorn meditierende Kuhreiher, ein gefräßiges Krokodil und was nicht alles. John hörte nur mit halbem Ohr zu.

»Und einen riesigen Martial Adler!«, verkündete sie »Und das hier hat er verloren.« Sie griff in ihr wie immer viel zu weit aufgeknöpftes Hemd und zog eine große Schwanzfeder heraus. »Die habe ich dir mitgebracht, John.«

Erst verschluckte John sich schier und dann hockte er wie vom Donner gerührt und starrte sie an. »Was?«

»Die Schwanzfeder eines Martial Adlers! Für dich, habe ich eben gefunden.« Sie streckte ihm die Feder entgegen. »Wetten, du hast noch nie so eine große und schöne Adlerfeder gesehen? Ich schenke sie dir.«

Er wusste nicht, was er sagen sollte, und nahm wie in Trance die Feder aus ihrer Hand. »Danke«, murmelte er schließlich.

»Dafür, dass du dir so viel Mühe mit mir machst.« Sie strahlte ihn an, wie nur unschuldige kleine Mädchen strahlen konnten. »Bist ein wirklich guter Scout, John.«

»Danke«, murmelte er erneut.

Diese Amerikanerin war wirklich eine Nummer für sich.

12
Ein Tier

Atherton, Anfang Januar 1939

Mein Pfannkuchen ist nur lauwarm, trotzdem bestreiche ich ihn mit Ahornsirup. Ich esse allein in der Küche, die Tür zum Esszimmer ist nur angelehnt. So kann ich die Stimme von Mr. Price hören. Er und Mom essen dort. Mr. Price erzählt von Dingen, die er geschäftliche Angelegenheiten nennt.

Fast immer, wenn er erzählt, erzählt er von geschäftlichen Angelegenheiten. Geschichten erzählt er nie. Und welche vorlesen tut er auch nicht. Mom schon, aber nur manchmal und nicht so schön wie Tante Flossie. Doch seit wir mit ihm zusammenwohnen, also mit Mr. Price, erzählt Mom mir abends kaum noch Geschichten und liest auch kaum noch welche vor. Eigentlich nur, wenn Mr. Price zu geschäftlichen Anlässen unterwegs ist.

Abends wird geschlafen, sagt Mr. Price.

Mr. Price sagt auch, dass Kinder nicht am Tisch der Erwachsenen zu essen haben. Überhaupt haben Kinder nichts zu suchen am Tisch der Erwachsenen, sagt Mr. Price, und schon gar nicht haben sie dort was zu reden. Kinder haben nur was zu reden, wenn sie gefragt werden, sagt Mr. Price.

Mom sagt das plötzlich auch. Überhaupt sagt sie jetzt vieles, was sie früher nicht gesagt hat. Zum Beispiel, dass brave

Mädchen nicht mit schwarzen Kindern spielen. Oder dass brave Mädchen gebügelte Kleider tragen, wenn sie zur Schule gehen. Oder dass brave Mädchen an Feiertagen weiße Kniestrümpfe tragen.

Sie sagt, was auch Mr. Price sagt. Und sie macht, was Mr. Price sagt. Alles. Zum Beispiel mir den Tisch in der Küche decken statt wie früher neben ihrem Platz im Esszimmer.

Ich wünschte, sie hätte auf Daddy ebenso gut gehört, wie sie auf Mr. Price hört. Dann wäre Daddy vielleicht noch bei uns.

Doch er ist nicht mehr bei uns. Mr. Price ist jetzt bei uns.

Ich puste in meine Schokolade, damit sie aufhört zu dampfen. Im Esszimmer erzählt Mr. Price nicht mehr von seinen geschäftlichen Angelegenheiten. Mom redet jetzt, sie redet leiser als Mr. Price. Ich lausche – redet sie über mich?

Im Esszimmer scharrt nun ein Stuhl über den Boden, dann schließt Mr. Price die Tür zur Küche. Ich habe ihn an seinem stampfenden Schritt erkannt. Weil ich sowieso kein Wort mehr verstehe, schlürfe ich meine heiße Schokolade.

Wenig später höre ich wieder Mr. Price' Schritte im Esszimmer, er zieht die Tür weit auf. Bist du fertig mit Essen?, will er wissen. Ich schüttele den Kopf. Beeile dich, sagt er, und wenn du fertig bist, darfst du zu uns herüberkommen. Ich hab mit dir zur reden.

Er lehnt die Tür wieder an und geht zurück zu Mom an den Esstisch. Ich esse meinen Pfannkuchen und trinke meine Schokolade so schnell, wie ich kann. Besonders schnell ist das nicht, denn mein Hals ist auf einmal eng und mein Herz klopft wild, weil ich mich fürchte.

Man muss sich nämlich fürchten, wenn Mr. Price mit einem zu reden hat.

Irgendwann sind mein Teller und meine Tasse dann doch

leer und ich gehe hinüber ins Esszimmer. An einer schmalen Seite des Esstisches sitzt Mr. Price und raucht, an der anderen schmalen Seite sitzt Mom und raucht.

Schließe die Tür hinter dir, sagt Mr. Price. Ich schließe die Küchentür. Setz dich. Ich setze mich zwischen Mom und Mr. Price an die lange Tischseite, jedoch nicht genau in der Mitte, sondern einen Stuhl näher hin zu Mom. Beide schauen mich an, Mom lächelt ein wenig. Muss ich mich also doch nicht fürchten?

Du hast bald Geburtstag, sagt Mr. Price.

Ich weiß, sage ich und atme auf. Wenn Mr. Price mit mir über meinen Geburtstag zu reden hat, muss ich mich wirklich nicht fürchten.

Ich weiß, Vater, heißt das.

Ich weiß, Vater.

Was wünschst du dir denn zum Geburtstag?

Ein Tier, Vater.

Ich höre, wie Mom seufzt und sehe, wie Mr. Price die Augen verdreht.

13

Knochen

Tsavo-Nationalpark, Kenia, und Ngorongoro, Tansania, Oktober 1963

John steckte sich die Adlerfeder an seinen Tropenhut. Er hoffte, sie würde seine Kundin bei ihrer nächsten Stimmungsschwankung daran erinnern, dass sie ihn in einem lichten Augenblick einmal zu einem guten Scout erklärt hatte. Und tatsächlich: In den folgenden Tagen lief es deutlich besser zwischen ihnen – sie redeten mehr, lachten manchmal sogar.

Die holprigen Wege des Nationalparks trugen das Ihre dazu bei, denn ständig fiel einer gegen den anderen. Es war John unmöglich jedem Schlagloch auszuweichen, und so ließen Berührungen sich kaum vermeiden. Manchmal allerdings kam es ihm vor, als genieße die Amerikanerin es, zu ihm herüberzurutschen und gegen ihn zu plumpsen; ja, als hätte sie es sogar darauf abgesehen.

John gab es auf, aus dieser eigenartigen Frau klug werden zu wollen und entschied, die Unverschämtheiten einfach zu vergessen, die er in ihrem Reisetagebuch gelesen hatte. Das gelang ihm mehr schlecht als recht, doch es gelang ihm immerhin so gut, dass er Hoffnung schöpfte, diese anstrengende Safari einigermaßen würdevoll zu Ende bringen zu können.

Er tat, was er konnte, um Dian bei Laune zu halten, und

wählte, nachdem sie die Grenze zwischen Kenia und Tansania hinter sich gelassen hatten, diejenigen Routen durch den paradiesischen Ngorongoro-Krater, auf denen man nach seiner Erfahrung die meisten Tiere zu sehen bekam: Nashörner, die sich an Affenbrotbäumen rieben; Elefanten, die sich mit ihren Rüsseln den roten Tsavostaub auf die kolossalen Leiber bliesen; Giraffen, die das Laub aus den hohen Kronen der Schirmakazien zupften; Löwen, die auf Bäume kletterten, um sich vor den lästigen Tsetsefliegen in Sicherheit zu bringen; und die riesigen Flamingoschwärme, die den großen Salzsee des gewaltigen Kraters über weite Uferstrecken rot färbten.

Besonders die Flamingos versetzten die Amerikanerin geradezu in Ekstase. »Ein Wunder!«, jubelte sie, die den Anblick nur aus Büchern kannte. »Das gibt es wirklich? Schau dir das doch an, John! Ist das nicht wunderschön!?«

Während sie fotografierte und filmte, jauchzte sie vor Entzücken. Sie geriet ganz außer sich, fand immer noch pathetischere Worte für ihre Begeisterung und freute sich wie ein kleines Mädchen an seinem Geburtstag.

John, der die Flamingos schon Dutzende Male gesehen hatte, lehnte neben ihr am Landrover und grinste zufrieden. Je besser die Laune seiner schwierigen Kundin, desto geringer ihre Streitlust. Und darum ging es ihm: Streit mit ihr zu vermeiden; denn jeden Morgen beim Aufstehen sah er dem Tag mit gemischten Gefühlen entgegen, und die Safari ging erst in die zweite Woche. Fünf Wochen lagen noch vor ihm, da konnte einem schwierigen Mädel wie dieser Amerikanerin noch so manche Laus über die Leber laufen und so mancher Furz durchs Hirn kriechen.

Um wieder aus dem Ngorongoro heraus und zu Professor Leakeys Ausgrabungsstätte zu gelangen, ließ es sich nicht vermeiden, den höchsten Punkt des südlichen Kraterrandes zu passieren. Der Weg dort hinauf führte erst durch ausgedehnte tansanische Kaffeeplantagen und dann über steile Serpentinen an schroffen Steilhängen entlang. An manchen Stellen fielen die Felswände direkt am Straßenrand kerzengerade ab, und das meist hunderte Meter tief. John merkte, dass seine Reisegefährtin immer bleicher wurde und eine Zigarette nach der anderen rauchte. Das machte ihn mächtig nervös.

»Alles in Ordnung, Dian?«

Sie nickte stumm und blickte starr geradeaus durch die Windschutzscheibe. Irgendwann stieß sie plötzlich einen röchelnden Laut aus und rutschte vom Sitz. Als John erschrocken zur Seite schaute, kauerte sie im Fußraum und presste die Hände gegen die Augen.

»Musst du dich übergeben?« John trat auf die Bremse, denn die Frau zitterte am ganzen Körper. »Soll ich anhalten?«

»Bloß nicht!«, stöhnte sie, ohne die Hände vom Gesicht zu nehmen, und schüttelte heftig den Kopf. »Gib um Himmels willen Gas! Bring mich so schnell wie möglich raus aus diesem Albtraum von Felshang!« John stieg wieder aufs Gaspedal.

Oben angekommen, stoppte er den Landrover an einem Aussichtspunkt und stieg aus, um sich mit einem letzten Blick von der paradiesischen Landschaft auf dem Kratergrund zu verabschieden. Das tat er jedes Mal, wenn eine Safariroute ihn hier vorbeiführte, und jedes Mal nahmen seine Kunden dankbar die Gelegenheit wahr, noch ein paar letzte Fotos vom Ngorongoro zu schießen.

»Herrliche Aussicht hier, Dian. Willst du nicht fotografieren?« Er drehte sich nach dem Landrover um. »Eine schönere Landschaft kriegst du die nächsten Tage nicht vor die Linse.«

Sie hockte auf dem Beifahrersitz und wühlte mit finsterer Miene in ihrem Rucksack herum. »Zauberhaft«, sagte sie sarkastisch. »Wirklich herrlich.« Sie entkorkte eine Whiskyflasche, setzte sie an die Lippen und trank.

John stieg wieder ein und fuhr weiter. »Was war los mit dir?«, wollte er wissen, während sie später den Ngorongoro hinter sich ließen.

»Höhenangst«, erklärte sie, »Fliegen macht mir komischerweise nichts aus. Doch auf hohen Bergen kriegte ich schon als Kind die Panik.«

»Tut mir leid«, antwortete John. »Doch auf einem anderen Weg hinaus aus dem Krater hätten wir zwei Tage länger bis zu Leakeys Ausgrabungsstätte gebraucht.«

»Schon in Ordnung.« Sie zuckte mit den Schultern und versank in brütendes Schweigen. Die schlechte Laune stand ihr ins Gesicht geschrieben, und John rechnete mit dem Schlimmsten. Als sie am Abend in ihr Reisetagebuch schrieb, hätte er ihr gern über die Schulter geschaut.

Am nächsten Tag rollten sie weiter über die holprige afrikanische Staubpiste der Serengeti entgegen, an deren Nordrand die Olduvai-Schlucht lag, wo das Ehepaar Leakey nach uralten Knochen grub. Wieder warfen Schlaglöcher und plötzliche Ausweichmanöver John und seine Beifahrerin gegeneinander, und manchmal stießen sie mit den Köpfen gegen das Autodach. In den ersten beiden Stunden fiel kein Wort zwischen ihnen.

Weil das Schweigen ihn bedrückte, versuchte John die Amerikanerin zum Reden zu bringen, indem er ihr von seiner Kindheit und Jugend erzählte. Dian blieb wortkarg, doch ihre Miene verfinsterte sich zusehends. Einmal, als der Wagen sich wegen eines großen Schlaglochs weit nach links neigte und sie wieder gegen seine rechte Seite rutschte, rückte sie nicht etwa schnell wieder ab von ihm wie sonst, sondern lehnte sich im Gegenteil an ihn, umklammerte sogar seinen Arm.

John verstand die Welt nicht mehr.

Minutenlang hing sie auf ihm und hielt sich an ihm fest, wobei sie ein paar knappe Sätze herauspresste. John ließ es geschehen und tat, als würde er sich auf die Piste konzentrieren. Immerhin erfuhr er in dieser kurzen Zeit, dass Dian ihren Vater seit fünfundzwanzig Jahren nicht mehr gesehen hatte. Außerdem machte sie ein paar Andeutungen, aus denen John schließen musste, dass der neue Mann ihrer Mutter, also ihr Stiefvater, Dians Kindheit zur Hölle gemacht hatte.

Auf einmal ahnte er, dass diese Frau sich nicht aus purer Bosheit launisch und unberechenbar benahm und dummes Zeug in ihr Tagebuch schrieb. *Gekränkte Seelen müssen kränken* – war das nicht der Satz, mit dem seine Großmutter manchmal Beleidigungen streitsüchtiger Mitmenschen kommentierte?

Zum ersten Mal empfand er so etwas wie Mitleid mit der Amerikanerin, und ein seltsamer Gedanke beschlich ihn: Wollte sie mit ihrer Launenhaftigkeit und Unverschämtheit womöglich verbergen, dass sie ihn gut leiden konnte? Oder gar – was Gott verhüten mochte! – verliebt in ihn war?

*

Olduvai-Schlucht, Tansania, Oktober 1963

Am späten Nachmittag steuerte John seinen Landrover in die berühmte Olduvai-Schlucht hinunter, ein Abstecher, der sich für seine Kundin als schicksalsträchtig erweisen sollte, wie John Jahre später erfuhr.

Im Rückspiegel sah er die rote Staubwolke, die sein Wagen hinter sich herzog, vor der Windschutzscheibe eine Wand aus flirrender Hitze und dahinter die verschwimmenden Umrisse von Blechbaracken, staubbedeckten Jeeps und kleinen Transportern. Einheimische und heiser bellende Dalmatiner tauchten plötzlich auf, als er zwischen den schmutzigen Fahrzeugen hielt und die Handbremse anzog.

»Wundere dich nicht, wenn du gleich von einem Haufen Viehzeug umringt wirst«, warnte er Dian, bevor sie ausstiegen. »Der Professor ist ein Tiernarr. Doch keine Sorge – wirklich gefährlich hier in dieser Schlucht ist nur Leakeys Frau.«

Erstaunlicherweise vertrieb diese Auskunft jede Spur von Missmut aus ihren Gesichtszügen, und plötzlich lächelte sie wieder ihr liebenswertes Mädchenlächeln. Als kurz darauf ein zahmes Weißschwanzgnu vorübertrabte, auf dem ein Affe ritt, ein zahmer Kaffernbüffel ihr die Schnauze in die Flanke drückte und zwei Dalmatiner sie schnüffelnd umschlichen, fand sie sogar ihre Sprache wieder. »Was für ein schöner Willkommensgruß!«, rief sie, und an John gewandt: »Ist das nicht ein gutes Omen?«

John konnte sich nicht vorstellen, wofür Viehzeug ein gutes Omen sein könnte, nickte aber vorsichtshalber und bat die Einheimischen, sie zu Louis Leakey zu führen. Der Professor sei krank, hieß es, und man brachte sie zu Mary Leakey, seiner Frau.

Die stand mit ein paar europäischen Touristen und einigen Afrikanern an einem aus Holzböcken und Brettern improvisierten Tisch. Die kleine Frau trug einen schmutzigen Overall über einem ärmellosen Unterhemd und einen großen Strohhut. Mit ihrer Zigarre deutete sie auf die Knochen, die auf dem Brettergestell ausgebreitet lagen und erklärte den Leuten ihre Bedeutung.

John, der sich nicht für alte Knochen und dergleichen interessierte, hörte nur mit halbem Ohr zu. Seine amerikanische Kundin jedoch zündete sich eine Zigarette an und lauschte Mary Leakey mit größter Aufmerksamkeit, wie er ihrer Miene entnehmen konnte. Das zahme Viehzeug und der Anblick der Zigarre rauchenden Wissenschaftlerin schienen ihre Stimmung deutlich aufgehellt zu haben.

Was für eine eigenartige Frau!, dachte er zum wohl hundertsten Mal.

»Hominide Fossilien wie diese gräbt mein Gatte bereits seit Anfang der dreißiger Jahre hier aus«, dozierte Mary Leakey. »Was er seitdem aus der Erde dieser Schlucht gekratzt hat, beweist eindeutig, dass unsere Gattung nicht wie bisher angenommen in Asien, sondern hier in Ostafrika entstanden ist.« Sie blies den Zigarrenrauch zwischen die Knochenstücke und die Schilder, mit denen sie nummeriert waren, wobei sie ihren Blick über die ehrfürchtigen Gesichter ihrer Zuhörer wandern ließ. »Und eines können Sie mir glauben: Die meisten Kollegen waren davon nicht mal halb so begeistert wie Sie. Niemand lässt sich gern seine Überzeugung kaputtmachen, habe ich recht, Ladies und Gentlemen?«

Die Touristen lachten, und Mary Leakey drehte sich um und winkte die Leute hinter sich her. »Und jetzt zeige ich Ihnen noch unseren neusten Fund.«

John bedeutete Dian, sich mit ihm der Gruppe anzuschließen. »Bitte verschaff mir ein Treffen mit dem Professor, John«, flüsterte die Amerikanerin ihm zu. »Du musst unbedingt ein Foto von ihm und mir knipsen.«

»Mary und ich kennen uns gut«, antwortete er leise, »sobald sie hier fertig ist, werde ich sie bitten, uns bei ihrem Mann anzumelden.«

Über einen schmalen Serpentinenpfad stapfte Mary Leakey eine etwa fünfzig Meter breite und zehn Meter tiefe Grube hinunter. Alle anderen folgten ihr im Gänsemarsch. »Was glauben Sie wohl, wem diese Knochen da unten mal gehört haben.« Mit der Zigarre deutete sie zum Grubengrund, wo John glaubte, ein zur Hälfte freigelegtes Gerippe zu erkennen. »Wer es rauskriegt, dem spendiere ich einen Drink.«

Einer der Touristen tippte auf einen Säbelzahntiger, ein anderer auf einen Saurier, und Dian, die wohl scharf auf den Drink war und deswegen ihre Aufmerksamkeit auf das große Skelett richtete, trat neben den Pfad, knickte um und rutschte den Grubenhang hinunter, wobei sie einen Schmerzensschrei ausstieß. John hielt den Atem an.

»Ach du Schande!« Mary Leakey sprang zu ihr. »Haben Sie sich weh getan, Miss?« Dian nickte mit schmerzverzerrtem Gesicht und hielt sich den Knöchel. »Kommen Sie schon her, John! Sehen Sie nicht, dass hier ein Gentleman gebraucht wird?« Und an die anderen Touristen gewandt: »Alles falsch! Was Sie hier sehen, sind die sterblichen Überreste einer prähistorischen Giraffe. Den Drink kriegt die arme Lady gegen die Schmerzen.«

John bückte sich längst nach seiner gestürzten Kundin und half ihr auf die Beine. Dian stöhnte und guckte, als hätte ein Leopard ihr den Fuß abgebissen. »Ich kann nicht laufen, John«, stieß sie unter Tränen und zwischen zusammengebissenen Zähnen hervor. »Guck nicht so! Wirklich nicht.« Sie klammerte sich an seinen Schultern fest. »Du musst mich tragen.«

Er spähte zum Rand der Grube hinauf und musste schlucken. »Wie stellst du dir das vor?« Die Frau war kaum einen halben Kopf kleiner als er, also weiß Gott kein Federgewicht!

»Du musst mich tragen, mach schon.«

»Bring sie zu Louis, John«, tönte es nun auch noch hinter ihm. »Er soll nach dem Knöchel schauen und der jungen Lady was Gutes zu trinken geben.« Mit ihrer Zigarre zeigte Mary Leakey zum Grubenrand hinauf. »Sag ihm das mit schönen Grüßen von mir.«

John blieb keine Wahl – er nahm seine Kundin auf die Arme und schleppte sie keuchend den schmalen Pfad hinauf.

Wie eine Ertrinkende hielt sie sich an ihm fest und drückte ihre Stirn in seine Halsbeuge.

Von Dians Schrei angelockt, hatten sich oben inzwischen Einheimische versammelt. Zwei von ihnen schafften ein breites Schalungsbrett herbei, auf dem vier Männer sie zur Baracke des Professors trugen. Noch immer schwer atmend schlurfte John hinter ihnen her.

Er ging selbst zu Leakey hinein und erzählte ihm, was passiert war. Der Professor, der über Bücher und Schriftstücke gebeugt an einem Schreibtisch hockte, wirkte alles andere als krank, dafür reichlich mürrisch. Er trug einen schmutzigen Khakioverall mit Knieflicken, hatte zerzaustes weißes Haar, einen grau gesprenkelten Stoppelbart und ein breites Gesicht mit Stirnglatze. Leise schimpfend stemmte er sich aus seinem Stuhl, um mit John nach draußen zu gehen.

Dem schwante Übles, denn ein bei seiner Arbeit gestörter Gelehrter und eine von Schmerzen geplagte, schlecht gelaunte Amerikanerin – das konnte einfach nicht gut gehen!

Er sollte sich täuschen: Kaum trat Louis Leakey aus seiner Baracke und sah die junge Amerikanerin auf der Bank neben seiner Tür sitzen, glättete sein sonnenverbranntes Gesicht sich zu einem breiten und charmanten Lächeln. John wusste von Gerüchten, wonach der Professor eine Schwäche für junge Frauen hatte, und diese hier schien ihm besonders gut zu gefallen. Er atmete auf und bekreuzigte sich in Gedanken.

»Arme Miss!«, rief Leakey, als er in Dians gequälte Miene schaute. »So ein Pech aber auch! Lassen Sie den guten Louis mal einen Blick auf Ihren Knöchel werfen.« Leakey, ein Charmeur erster Güte, ließ es sich nicht nehmen, Dian aus dem Stiefel zu helfen, den schon arg geschwollenen Knöchel persönlich zu untersuchen und mit tragender Miene eine Verstauchung zu diagnostizieren.

»Zum Glück haben wir zwei Dieselgeneratoren und einen funktionierenden Kühlschrank mit Eisfach im Lager.« Er tätschelte Dians Schulter nach Johns Geschmack ein wenig zu ausgiebig. »Eine Nacht lang kühlen und das Bein hochlegen, dann können Sie vielleicht morgen schon weiterfahren.«

Die Aussicht auf eine Nacht in der Olduvai-Schlucht behagte John ganz und gar nicht, seiner Kundin jedoch umso mehr: Ein warmes Lächeln leuchtete auf ihrem Gesicht, während ihr entblößtes Bein auf Leakeys Knie ruhte und sie gemeinsam auf das Eis und die feuchten Tücher warteten. Leakey erzählte ihr von seiner Leidenschaft: prähistorische Fossilien und Menschenaffen. Dian schien ihre Schmerzen vergessen zu haben, und ihn, John, sowieso. Er kam sich plötzlich völlig überflüssig vor, ein Gefühl, das er verdammt noch mal nicht leiden konnte.

»Menschenaffen?« Sie staunte den Professor an, als hätte sie diesen Begriff nie zuvor gehört.

»Menschenaffen, Miss Fossey, richtig. Schimpansen und Orang-Utans zum Beispiel.« Leakey schlug einen altväterlichen Ton an. »Sie haben sicher schon von Jane Goodall gelesen. Eine großartige Wissenschaftlerin! Ich war es, der sie entdeckt hat, und in meinem Auftrag erforscht sie jetzt gar nicht weit von hier Schimpansen. Für die Feldstudien mit Orang-Utans auf Borneo hat sich gerade jemand bei mir beworben, und für eine Studie unter Gorillas habe ich immerhin ein Konzept.«

»Was genau wollen Sie denn erforschen, Professor Leakey?«

»Was schon! Das Verhalten dieser Primaten natürlich. Ich bin sicher, aus den Ergebnissen Rückschlüsse auf die Lebensweise und das Verhalten unserer Vorfahren ziehen zu können, der prähistorischen Menschen. Nennen Sie mich Louis, ja, Dian?«

John wandte sich ab, während Leakey zu einem Vortrag über Charles Darwin und die angebliche Verwandtschaft zwischen Affen und Menschen ausholte. Er beschaffte sich eine Dose Bier und setzte sich zu den Einheimischen, die sich um einen der Lastwagen versammelt hatten, und lauschte deren Palaver. Von weitem beobachtete er, wie der Professor den Knöchel seiner Kundin mit Eiswickeln kühlte und bandagierte. Dian lächelte selig und schien hochzufrieden. Mehr konnte er nicht erwarten, wenn er bedachte, wie kompliziert diese Frau war, und dass sie sich gerade den Knöchel verstaucht hatte.

Kurz nach Einbruch der Dämmerung wies Louis Leakey ihnen eine Lagerhütte als Schlafplatz zu und sorgte dafür, dass seine einheimischen Mitarbeiter ihnen dort ein Abendessen servierten. John und Dian nahmen es weitgehend schweigend ein.

An den Wänden der Hütte stapelten sich Getränkekisten mit Coca-Cola, Mineralwasser und Bier. Nach dem Essen begann John, die Kästen umzuschichten und in der Mitte der Hütte eine Art Trennwand aus ihnen zu bauen. »Was machst du da?«, fragte ihn seine Kundin.

»Siehst du doch – ich trenne dein Schlafzimmer von meinem ab. Du schläfst rechts von den Kisten, ich links.«

»Was für ein Schwachsinn! Du musst mir doch heute Nacht mindestens dreimal den kalten Knöchelwickel wechseln.«

»Dazu komme ich dann rüber auf deine Seite. Wo ist das Problem?«

»Wer weiß, wie viele Nächte wir noch haben.« Ihre Stimme klang plötzlich heiser und aus ihren großen braunen Mädchenaugen schaute sie ihn zärtlich an. Ihm wurde ganz komisch ums Herz. »Das ist das Problem, John. Aber eigentlich ist das gar kein Problem – du hörst auf mit diesem blödsinnigen Mauerbau und schläfst einfach bei mir.«

Er schluckte. Natürlich hatte er auch schon daran gedacht. Kein normaler Mann fährt tagelang mit einer Frau durch die Wildnis, ohne daran zu denken. »Das wäre ganz einfach, nicht wahr?« Er versuchte, seine Stimme fest und entschieden klingen zu lassen. »Es ist nur so, dass ich verlobt bin.«

»Sei nicht kindisch, John.« Sie lächelte. Und wie sie lächelte! In diesem Moment glaubte er, noch nie einem derart verführerischen Lächeln ausgeliefert gewesen zu sein. »Kein Mensch wird es jemals erfahren.«

John dachte an das Foto in ihrem Reisetagebuch. »Ich würde mich wundern, wenn es in deinem Leben nicht auch jemanden gäbe.«

»Du musst nichts von meinem Leben wissen und ich muss nichts von deinem wissen.« Sie streckte die Rechte nach ihm aus. »Jetzt sind nur wir wichtig. Und diese Stunde. Komm zu mir.«

Er schaute sie an und blinzelte und schluckte und schaute. Am liebsten hätte er Dian auf der Stelle gepackt, zu ihrem bereits ausgebreiteten Schlafsack getragen, aus den Kleidern geschält und geliebt – verstauchter Knöchel hin, verstauchter Knöchel her. John war schließlich kein Übermensch, war noch nie einer gewesen. Doch das Gesicht seiner jungen Verlobten stand ihm überlebensgroß und warnend vor Augen.

»Ich schon, ich würd's schon erfahren.« Er atmete tief durch und riss seinen Blick los von ihrem Mädchenlächeln und ihren sonstigen Reizen. »Und müsste immer dran denken, wenn ich künftig meiner Verlobten in die Augen schaue.« John fuhr fort, die Mauer aus Getränkekisten aufzuschichten. »Nimm's bitte nicht persönlich, Dian.«

*

Am nächsten Tag schoss er gegen Mittag ein Foto von Dian und dem Professor. Danach legte Leakey der Amerikanerin noch einen frischen Verband an und bestand darauf, dass sie auf dem Rücksitz des Landrovers Platz nahm, damit sie den verstauchten Knöcheln hochlagern konnte. Und wirklich: Dian kroch in den Rückraum des Wagens, legte sich auf die Sitzbank und legte ihr Bein auf die Oberkante der Lehne. John wünschte, sie würde sich ihm gegenüber nur annähernd so folgsam benehmen.

Beide winkten aus den Wagenfenstern, während John den Rover über staubige Serpentinen aus der Schlucht steuerte. Wie geplant führte die Fahrt nach Süden und in die Serengeti hinein, und gleich auf den ersten Meilen merkte John, dass Dian ihm die Zurückweisung sehr übelnahm – sie zog eine beleidigte Miene und redete mal wieder kein Wort mit ihm. Diesmal machte er gar nicht erst den Versuch, das Schweigen zu brechen.

Noch am selben Abend schlugen sie das Nachtlager zum ersten Mal in der Serengeti auf. Dian bestand darauf, im Landrover zu schlafen, während John sein Zelt neben dem Wagen im hohen Savannengras aufschlug.

In der Nacht regnete es stundenlang, und als sie am nächsten Tag in die schier endlose Ebene der Serengeti hineinfuhren, erblühte die Steppe von unzähligen bunten Blumen. Selbst John, der diese Weltgegend von Berufs wegen mehrmals im Jahr durchstreifte, hatte dieses Wunder erst ein einziges Mal erlebt, und seine Kundin aus Amerika noch nie. Ihre Entzückung war grenzenlos, und statt John mit bösen Blicken und vorwurfsvollem Schweigen auf die Nerven zu gehen, vergaß sie ihren verstauchten Knöchel, hing im Wagenfenster und verknipste gleich einen ganzen Film.

John dankte Gott, an den er sich selten genug wandte, für den nächtlichen Regen.

Die hunderttausend Tiere der Serengeti taten das Übrige, um Dian bei Laune zu halten: Unzählige Vogelarten in den Bäumen und im Gras, Gazellen, Antilopen und Giraffen, die sich manchmal sogar um den Landrover drängten, und wieder Löwen, Hyänen und Geier, an denen die Amerikanerin sich zu Johns Erstaunen noch immer nicht sattsehen konnte.

Abends blätterte sie ihr Reisetagebuch auf und hockte manchmal geschlagene zwei Stunden lang am Feuer, um sich wie eine Gehetzte darüber zu beugen und hineinzukritzeln. John machte sich nichts vor: Auch er kam in ihren Eintragungen vor, doch er wollte lieber nicht wissen, was sie über ihn schrieb.

Manchmal unterbrach sie ihr Schreiben, um eine Zeitlang das Foto dieses jungen Burschen mit den schwarzen Locken und dem energischen Gesicht zu betrachten. *Alexie Forrester* – John erinnerte sich genau an den Namen, was ihn ärgerte.

Am dritten Tag in der Serengeti endeckten sie von weitem einen großen Landrover, hinter dem an einem Fahnenmast die belgische Flagge wehte. Rechts und links des Fahrzeugs konnte John zwei Zelte ausmachen, als er in etwa dreihundert Metern Entfernung vorbeifahren wollte. Er konnte sogar die Menschen erkennen, die sich zwischen Zelten und Fahrzeug bewegten, doch er dachte nicht daran, anzuhalten.

»Vielleicht wissen die, wo man Geparden beobachten kann.« Seine Begleiterin betrachtete den fremden Lagerplatz durch ihren Feldstecher. »Einer klettert aufs Autodach«, sagte sie plötzlich. »Jetzt winkt er.«

»Wink halt zurück, wenn du unbedingt willst.« John gab Gas.

»Und wenn sie Hilfe brauchen?«

»Ich finde Belgier zum Kotzen.«

Dian setzt den Feldstecher ab und sah ihn zornig an. »Hat

dir schon mal jemand gesagt, dass du ein verdammter Snob bist, John?«

»Du wärst die Erste, falls du das wagen solltest.«

»Du bist ein verdammter Snob. Und ich will, dass wir zu diesen Leuten fahren.«

»Ich nicht.«

»Dann fahr halt ohne mich weiter.« Sie stieß die Beifahrertür auf und machte Anstalten, aus dem nicht besonders schnell über die Piste schaukelnden Landrover zu springen.

»Verfluchter Sturkopf, du!« John riss das Steuer herum und fuhr zu dem fremden Fahrzeug und den beiden Zelten.

Das sollte er noch oft bereuen in den folgenden Tagen, doch Jahre später diktierte er einem Journalisten in den Kassettenrekorder: »Alles, was Dian Fossey geworden ist, hat sie im Grunde mir zu verdanken, denn in dem Augenblick, als ich kehrtmachte und meinen Landrover der belgischen Flagge entgegensteuerte, begann ich, Dian Fossey zu ihrem Lebenswerk zu verhelfen.«

14

Geburtstag

Atherton, Kalifornien, 16. Januar 1939

Ich wache auf, weil das Telefon klingelt. In der Nacht habe ich von einer Katze geträumt, in der Nacht davor von einem Hund. Beide habe ich gestreichelt und gefüttert. Ich spüre noch das weiche Fell der Katze an meinen Fingern.

Das Telefon hört nicht auf zu klingeln.

Neulich habe ich von einem weißen Pferd geträumt, das hat mir gehört, mir ganz allein, und ich bin darauf geritten. Noch heute Morgen habe ich seinen Duft in der Nase.

Das Telefon klingelt und klingelt.

Mein Geburtstag ist da!

Plötzlich durchzuckt es mich heiß und ich springe aus dem Bett. Mein Geburtstag ist da und Daddy ruft an, um mir zu gratulieren!

Ich renne zum Telefon, reiße den Hörer von der Gabel und drücke ihn ans Ohr. Hier ist Dian Fossey, das Geburtstagskind!, rufe ich.

Alles Gute zum Geburtstag und viel Glück im neuen Lebensjahr!, tönt es aus der Hörmuschel.

Es ist leider nicht Daddys Stimme, die das sagt, es ist Tante Flossies Stimme.

Bist du noch da, Dian-Kleines?

Vor Enttäuschung vergesse ich beinahe, mich für den Tennisschläger zu bedanken, den Tante Flossie und Onkel Bert mir gestern mit der Post geschickt haben. Ich bin kein Kleines mehr, sage ich und bedanke mich.

Mom kommt aus dem Schlafzimmer. In ein Leintuch gehüllt wankt sie zu mir und zum Telefontisch und nimmt mir den Hörer aus der Hand. Price?, gähnt sie hinein.

Ach, du bist es, Schwesterherz, höre ich sie sagen, während ich die Kinderzimmertür hinter mir schließe. Ich gehe zurück ins Bett und weine ein bisschen, weil es doch nicht Daddy gewesen ist, der angerufen hat. Dann warte ich, dass Mom und Mr. Price mich zum Frühstück rufen.

Ich bin ziemlich sicher, dass ich ein Tier zum Geburtstag geschenkt bekomme, denn beide haben recht geheimnisvoll getan in den letzten Tagen. Und träume ich nicht ständig von Tieren? Na, also!

Später, an meinem Frühstückstisch in der Küche, blase ich die acht Kerzen aus, die auf der Torte brennen, die Mom für mich gekauft hat. Mom umarmt mich und gratuliert mir zum Geburtstag. Ich halte sie ganz fest, lasse mich von ihr küssen und freue mich.

Aus dem Esszimmer kommt Mr. Price. Er gratuliert mir zum Geburtstag, nimmt mich hoch und küsst mich auf die Wangen und den Mund. Ich ekle mich. Trotzdem sage ich, was ich sagen muss: Danke, Vater.

Er nimmt mich an der Hand und führt mich ins Wohnzimmer. Neben dem TV-Gerät steht ein Tischchen, das gestern noch nicht dort gestanden hat. Zwei große Bögen Geschenkpapier bedecken es und das Ding, das darauf steht.

Dein Geburtstagsgeschenk, sagt Mr. Price, willst du es nicht auspacken? Mom hakt sich bei ihm unter und lächelt. Mr. Price sieht sehr zufrieden aus. Das macht mich misstrauisch.

Ich gehe zu dem Tischchen und betrachte das von Geschenkpapier verhüllte Ding, das darauf steht. Mein Tier? In meiner Brust spüre ich mein Herz pochen.

Ein Pferd kann es schon mal nicht sein, denn das würde nicht unter zwei Bogen Geschenkpapier passen und auf dieses Tischchen sowieso nicht. Ich schnuppere den Duft des Schimmels aus meinem Traum.

Ein Hund? Ein kleiner vielleicht. Doch warum bewegt er sich dann nicht? Ich taste nach dem Geschenkpapier.

Oder doch eine junge Katze? Aber warum miaut sie dann nicht und warum hält sie so still unter dem Geschenkpapier? An meinen Fingern spüre ich das weiche Fell der Katze, die ich heute Nacht im Traum gestreichelt habe.

Ich ziehe das bunte Papier von meinem Geburtstagsgeschenk. Darunter kommt ein großes Gefäß aus Glas zum Vorschein, kugelförmig und mit Wasser gefüllt. Darin schwimmt ein einsamer Goldfisch.

15

Bestien

Serengeti, Tansania, Oktober 1963

Sie waren zu dritt: ein kleiner Belgier mittleren Alters mit schütterem braunem Haar und seine schwarzen Diener, die ihn beide um einen Kopf überragten und höchstens zwanzig Jahre alt waren. Der Belgier trug kurze grüne Shorts, darüber ein langes Hemd aus verblichenem Gelb und blau-rot gemusterte Strümpfe, die ihm bis an die Kniekehlen reichten.

Meine Güte, dachte Dian, während John Alexander ihn begrüßte, warum sagt ihm denn keiner, wie lächerlich das aussieht?

»Jacques Veschuren.« Der Händedruck des kleinen Mannes war überraschend kräftig, seine grauen Augen hellwach und seltsam traurig. »Wir sind unterwegs in die Olduvai-Schlucht«, haben uns ein bisschen verfahren, scheint mir.« Er sprach nahezu akzentfreies Englisch.

Seine schwarzen Diener trugen verschlissene Uniformen und Strohhüte. Sie stammten aus Uganda und Belgisch-Kongo, wie sich herausstellte, und sie wirkten ähnlich erschöpft wie der Belgier. Alle drei kamen sie Dian vor wie orientierungslose Männer, die keinen Plan hatten.

»Den Weg in die Olduvai-Schlucht können wir euch zeigen«, ergriff Dian das Wort, denn John gab sich einsilbig.

»Wir sind erst vor ein paar Tagen von dort aufgebrochen.« Sie war gespannt zu hören, was diese drei Männer erlebt haben mochten.

»Ihr habt die Leakeys besucht?«, staunte Veschuren. »Was für ein Zufall! Ich bin ein Kollege von Mary.« Es stellte sich heraus, dass er Biologe war und bis vor einigen Monaten den Posten des wissenschaftlichen Direktors des Albert-Nationalparks innegehabt hatte. Dieser Nationalpark war ein riesiges Urwaldgebiet, das sich im Südosten des Kongos entlang der ugandischen und ruandischen Grenze bis ins Gebirge der Virunga-Vulkane hinein erstreckte.

Dian, die noch nie von diesem kongolesischen Nationalpark gehört hatte, bat den Belgier davon zu erzählen und seine Erlebnisse dort zu schildern. Sie hungerte nach Eindrücken anderer Afrikareisender und nach Neuigkeiten, die ihr diesen unglaublichen Kontinent wenigstens ein Stück weit verständlicher machen könnten.

Veschuren schnitt eine traurige Miene und winkte ab. »Im Westen ist die Hölle los«, erzählte er kopfschüttelnd. »In Ruanda schlachten die Bahutu und Watussi einander ab, und in einigen Regionen des Kongos machen die Schwarzen seit der Unabhängigkeit Jagd auf alles, was auch nur ein bisschen weiß ausschaut.« Er bedeutete einem seiner Diener, ihm eine Dose Bier zu reichen. »Belgier, die dumm genug sind, dort zu bleiben, werden nicht alt, das können Sie mir glauben, Miss Fossey.« Es knallte, als der schwarze Junge ihm die Bierdose öffnete. »Und weiße Frauen haben sowieso nichts zu lachen. Biete unseren Gästen auch etwas zu trinken an, Elias.«

Während er sein Bier trank, erzählte Veschuren, wie er beim Versuch, den Albert-Nationalpark zu verlassen, auf betrunkene kongolesische Soldaten gestoßen war. »Sie haben mir einen Revolver an die Schläfe gedrückt und ich musste zwei

Stunden lang mit ihnen darüber diskutieren, welche Vorteile es für sie hätte, mich am Leben zu lassen, und welche Nachteile, mich zu töten. Zum Glück bin ich nicht auf den Mund gefallen und mit einem Revolverlauf am Kopf sogar ziemlich schlagfertig.« Die Stimme brach ihm, Tränen traten ihm in die Augen und er winkte seufzend ab. Dian begriff, dass diese drei Männer auf der Flucht waren und schon länger keine guten Tage mehr gesehen hatten.

Immerhin hatten sie ein Warzenschwein geschossen und geschlachtet und luden Dian und John zum Essen ein. John, der allmählich auftaute, überwand seine Abneigung gegen Belgier und half beim Feuermachen, Tranchieren und Braten. Er willigte sogar ein, Dians und sein Zelt für eine Nacht unter der belgischen Flagge aufzuschlagen. Als Stunden später die Dämmerung einbrach, saßen sie mit Veschuren und seinen afrikanischen Begleitern um ein Feuer, aßen Schweinebraten und tranken warmes belgisches Bier.

Dian musste nicht lange bohren, um Veschuren während des Essens wieder zum Erzählen zu bringen. Eine Frage reichte, und er schilderte wortreich, wie die neue kongolesische Regierung ihn aus der Leitung des Naturschutzparkes hinausgedrängt und schikaniert hatte, so dass er seines Lebens nicht mehr sicher gewesen war. »Das ist Afrika, Miss Fossey«, sagte er mit bitterer Miene, »von einem Tag auf den anderen kann sich alles ändern, verstehen Sie? Alles!« Dian, die an seinen Lippen hing, nickte ergriffen.

»Natürlich hätte ich mich in die Virungas zurückziehen und warten können, bis der politische Wind sich wieder dreht, das geht ja bekanntlich ruckzuck in Afrika.« Veschuren biss in seinen Braten und sprach mit vollem Mund weiter. »Ein junger Kollege, der auf einer Wiese zwischen den Vulkangipfeln eine Forschungsstation aufgebaut hat, schlug mir sogar vor, dass ich bei ihm unterschlüpfe und mit ihm zusammenarbeite.« Mit Bier spülte er den Bissen herunter. »Aber da oben auf dem Mikeno treiben Gorillas ihr Unwesen, und diese Bestien sind noch gefährlicher als betrunkene kongolesische Soldaten.«

»Gorillas?« Sofort dachte Dian an Professor Leakey und dessen Forschungsinteresse an Menschenaffen.

»Berggorillas, um es genau zu sagen.« Von seinem Diener ließ der Belgier sich das nächste Stück Fleisch vom Braten säbeln. »Riesige schwarze Biester, denen man besser nicht über den Weg läuft. Der besagte junge Kollege erforscht diese Tiere im Auftrag einer englischen Universität. Wenn ich recht informiert bin, hat da unser gemeinsamer Freund Louis Leakey seine Finger mit im Spiel.«

»In den Virungas gibt es tatsächlich noch Gorillas?« John Alexander schüttelte ungläubig den Kopf. »Ich dachte, die seien längst ausgestorben.«

»Noch nicht ganz«, sagte Veschuren und nahm die frische Bierdose in Empfang. »Doch wer in Uganda, im Kongo oder in Ruanda Mut genug hat, arbeitet hartnäckig an ihrer Ausrottung.«

Dian verschluckte sich schier. »Warum denn das?«

»Weil schwerreiche Leute in Arabien, Europa und Nordamerika eine Menge Geld für Gorillaklauen und Gorillaschädel auf den Tisch legen.«

»Wie bitte?!« Dian konnte es nicht glauben. »Was kann man denn mit Affenhänden und Affenköpfen anfangen?«

»So einiges, Miss Fossey. Etwa hübsche Accessoires daraus fertigen – Lampen und Aschenbecher zum Beispiel. Oder Seifenschalen.« Dian, der es die Sprache verschlug, starrte ihn an wie eine Erscheinung. Empörung und Entsetzen schnürten ihr die Kehle zu. »Und nicht wenige Einheimische bezahlen die Gorillajagd mit ihrem Leben«, fuhr der Belgier fort.

»Denn die Biester sind gefährlich, wie gesagt.« Er wandte sich an den schwarzen Jungen zu seiner Rechten. »Übertreibe ich oder hab ich recht, Elias?«

»Sehr gefährlich«, bestätigte der Angesprochene in lupenreinem Englisch. »Bei uns in Uganda nennen wir sie ›Teufelsmenschen‹.«

Dian hatte plötzlich keinen Appetit mehr, legte das Messer weg und wischte sich die Hände an den Hosenbeinen ab. Nachdenklich zündete sie sich eine Zigarette an, während John nachhakte und wissen wollte, ob Veschuren auch ganz sicher sei, dass in den Virungas noch Menschenaffen lebten. »Haben Sie denn dort oben schon mit eigenen Augen einen Berggorilla gesehen?«

»Darauf können Sie Gift nehmen, John.« Der Belgier nickte grimmig. »Und nicht nur einen. Der junge Kollege, den ich erwähnte, ein Deutsch-Amerikaner übrigens, hat mich auf eine seiner Expeditionen mit in den Regenwald genommen und mit den Biestern bekannt gemacht.« Er schilderte die Begegnung mit einer Gruppe der schwarzen pelzigen Riesen. »Der Anführer dieser Bestien hat uns angegriffen, ein Koloss mit silbernem Rückenfell. Glaubt ihr mir, dass ich mir vor Angst in die Hosen gemacht habe? Nie wieder, das schwöre ich euch! Nie wieder will ich so etwas erleben!«

»Ein Deutsch-Amerikaner, sagen Sie?« John ließ sich von einem der Afrikaner die nächste Bierdose reichen und riss den Verschluss auf. »Wie heißt er?«

»George Schaller. Er hat die schwarzen Bestien gezählt. Laut seiner Schätzung hausen noch an die fünfhundert Berggorillas in den Virungas.«

»George Schaller? Von dem haben mir die Leakeys doch schon erzählt!«, erinnerte sich John. »Mary hat mit dem Mann korrespondiert.«

»Dann stimmt es also, dass Louis Leakey schuld ist an Schallers gefährlichem Leben da oben auf dem Mikeno.« Der Belgier nickte anerkennend. »George Schaller – den Namen solltet ihr euch merken! Der tollkühne Bursche hat die Bestien in den kongolesischen Virungas studiert, und zwar gründlich – deutsche Mentalität eben. Zurzeit schreibt er an einem Buch über sie. Nächstes Jahr soll es erscheinen.«

Eine Weile herrschte Schweigen. Alle guckten nachdenklich oder kauend ins Feuer. Bis Dian den Kopf hob und John ins Gesicht schaute. »Wie weit sind die Virungas von hier entfernt?«

Ihr Safariführer antwortete nicht. Das musste er auch nicht, denn sein Blick sprach Bände – *kommt überhaupt nicht in Frage*, sagte dieser Blick.

»Wie weit?«, wandte Dian sich an den Belgier.

»Fünf Tagesreisen?« Veschuren zuckte mit den Schultern. »Höchstens.«

*

In der Nacht träumte Dian von ihren Eltern und einem Gorilla. Ihr Vater stand mit ihr, der Sechsjährigen, an der Hand vor einem Käfig im Zoo von San Francisco. Er trug einen weißen Matrosenanzug und die Mutter das silbergraue Hochzeitskleid, in dem sie Price geheiratet hatte. Der Gorilla auf der anderen Seite der Gitterstäbe nahm Anlauf und warf sich gegen das Gitter, wieder und wieder. Ihr Vater feuerte den schwarzen Affen an, die Mutter warf brennende Kippen auf ihn und der Affe schrie und heulte, so wie Dian als Kind manchmal geheult und geschrien hatte.

Von diesem jämmerlichen Geschrei wachte Dian auf. Den Rest der Nacht lag sie schlaflos da und lauschte den Tierrufen aus der Savanne und dem Schnarchen der Männer in den Nachbarzelten.

Der folgende Safaritag war kein Spaß, weder für Dian noch für ihren Scout. Dian nämlich wusste nun genau, wohin ihre Reise zu gehen hatte, doch John Alexander glaubte es ebenfalls zu wissen. »Wir fahren auf keinen Fall in den Kongo«, erklärte er.

Sie stritten praktisch ununterbrochen, nachdem sie sich am Morgen von dem Belgier und seinen Dienern verabschiedet hatten und weitergefahren waren. Dian bestand darauf, die Safari in den Kongo und die Virungas auszuweiten. »Kommt überhaupt nicht in Frage!«, beharrte John. Eine Herde Zebras, die in wildem Galopp über die Piste preschte, zwang ihn anzuhalten.

Dian blitzte ihn an. »Ich will die Gorillas sehen«, verkündete sie wohl zum zehnten Mal.

»Ich will auch so manches.« Ihr Scout lachte halb spöttisch, halb sarkastisch. »Über die Chinesische Mauer laufen zum Beispiel oder eine Nacht mit Brigitte Bardot verbringen. Und zum Mond fliegen will ich auch schon lange mal. Ist das alles möglich? Nein, ist es nicht!«

»Vielleicht nicht morgen oder übermorgen, doch vielleicht nächstes Jahr oder in zehn Jahren, und die Gorillas zu sehen wäre sogar schon in einer Woche möglich.« Die riesige, in eine Staubwolke gehüllte Zebraherde bot einen traumhaften Anblick, doch Dian kam nicht einmal auf den Gedanken, den auf einem Foto festzuhalten. »Also fahren wir zu ihnen in den Kongo.«

»Nein.« John starrte in Staub und Zebraherde, wobei er mit den Fingern auf dem Lenkrad herumtrommelte. »Wir werden keinesfalls zu ihnen fahren.«

»Falsch: Ich werde auf keinen Fall zurück nach Louisville fliegen, ohne einen Gorilla gesehen zu haben!«

»Kriegst du den Hals denn niemals voll?!« John schlug mit der Faust aufs Lenkrad und wurde lauter. »Wir sind noch keine drei Wochen unterwegs, und du hast schon mehr Tiere gesehen als andere Touristen auf zwei Safaris!«

»Aber noch keine Gorillas.« Löwen hetzten neben den letzten Tieren der Zebraherde her, doch sie machte keine Anstalten, zur Kamera zu greifen. »Der Kongo ist viel zu gefährlich. Hast du denn schon vergessen, was Veschuren erzählt hat?«

»So, wie ich ihn verstanden habe, sprach er von Belgisch-Kongo. Im französischen Teil und in Portugiesisch-Kongo geht es vielleicht friedlicher zu.«

»Verdammt: Der Park liegt in Belgisch-Kongo!«

»Wenn es wirklich so gefährlich dort wäre, hätte er uns keinen Empfehlungsbrief an die Parkverwaltung geschrieben. Außerdem garantiert uns der Brief freien Zutritt in die Virungas.«

John Alexander lachte laut. »Mit dem Brief kannst du dir die nächste Zigarette anzünden! Kongolesische Soldaten interessieren sich einen Scheißdreck für beschriebenes Papier, Dian!« Er wurde immer lauter. »Die meisten können nicht einmal lesen. Außerdem haben sie die unangenehme Angewohnheit, Privatfahrzeuge zu beschlagnahmen, weiße Frauen zu vergewaltigen und weißen Männern Pistolen an die Schläfen zu drücken, während sie sich mit ihnen unterhalten. Da geht leicht mal eine los, weißt du?«

»So schlimm wird es schon nicht sein, das sind schließlich auch nur Menschen.«

»Menschen, die Jahrzehnte lang von Bestien ausgebeutet, unterdrückt und gequält worden sind.« John fuhr wieder an, denn die letzten Löwen und Zebras hatten die Piste überquert.

»Bestien?« Dian war verwirrt, denn so hatte Veschuren die Gorillas genannt. »Wovon redest du, John?«

»Von den Belgiern rede ich! Ihr König Leopold und seine Nachkommen haben das Land ausgepresst wie eine Zitrone, und ihre Soldaten und Kolonialverwalter haben geplündert, gefoltert, vergewaltigt, massakriert und Hände abgeschlagen. Sechzig Jahre lang! Und jetzt ist für die Kongolesen die Zeit der Rache gekommen. Vergiss die Gorillas, Dian. Warum hast du die Löwen gerade nicht fotografiert?«

»Hände abgeschlagen?« Dian schluckte. »Massakriert?« Wollte ihr Scout sie erschrecken, um ihr die Gedanken an Gorillas auszutreiben?

»Für jede Kugel, die sie einem Sklaven in den Kopf jagen mussten, weil er nicht parierte, hatten belgische Schergen die rechte Hand eines anderen Kongolesen abzuschlagen. Befehl von König Leopold und seinen Thronfolgern. So eine Kugel kostet schließlich. Hat sich rumgesprochen unter den Einheimischen.«

»Das glaube ich nicht, das kann ich einfach nicht glauben!« Weil ihr Fahrer einem Schlagloch auswich, rutschte Dian gegen ihn. »Ich glaub' dir kein Wort!« Wütend stieß sie sich von ihm ab. »Du willst mir Angst machen, weiter nichts.«

»Glaub doch, was du willst!« Ihr Scout musste bremsen, weil plötzlich zwei Nashörner über die Piste trotteten, und Dian, die reflexartig den verstauchten Fuß in den Fußraum stemmte, schrie vor Schmerzen auf. »Über die zusätzlichen Kosten habe ich bis jetzt noch kein einziges Wort verloren!«, rief John Alexander.

»Von dem vielen Geld, das ich dir bezahle, kannst du zweimal in die Virungas fahren!«, rief Dian und hielt sich den pochenden Knöchel, den ihr Veschuren am Morgen viel zu fest verbunden hatte. »Denke bloß nicht, dass ich mich von dir übers Ohr hauen lasse!« Inzwischen kochte sie vor Wut.

»Du hast ja keine Ahnung! Wir bräuchten Visa für den

Kongo, wir müssten einen Bergführer bezahlen, wir würden Schmiergeld brauchen, ich müsste den Landrover zusätzlich versichern und ein paar neue Filmrollen bräuchten wir auch, denn bis auf eine hast du alle verbraucht. Um Visa zu beantragen und Filme zu kaufen, müssten wir außerdem einen Umweg über Nairobi fahren, den ich nicht einkalkuliert habe. Glaubst du mir das?«

»Du kriegst einen Blankoscheck von mir. Zufrieden?« In diesem Moment war Dian ziemlich sicher, dass es ihrem Scout nur um eines ging: möglichst viele Dollars aus ihr herauszupressen.

John stieg wieder aufs Gas, doch weil er zu spät von der Kupplung ging, heulte der Motor auf. »Und was, wenn Veschuren Ammenmärchen erzählt hat?« Er gab nicht auf, versuchte nun sogar den Belgier unglaubwürdig zu machen, um seinen Willen durchzusetzen. »Oder wenn die Gorillas längst geflohen sind, weil kongolesische Soldaten diesen Schaller erschossen haben?« Der Landrover nahm wieder Fahrt auf.

»Mal den Teufel nicht an die Wand, John!« Dian warf ihre Kippe aus dem Fenster und kramte die Whiskyflasche aus dem Rucksack, um einen Drink gegen die Schmerzen zu nehmen. »Und jetzt lass uns zurück nach Nairobi und dann in den Kongo fahren.« John Alexander sog scharf die Luft durch die Nase ein, entgegnete jedoch kein Wort mehr.

Eine Zeitlang herrschte Schweigen im schaukelnden Wagen, bis Dian ihm irgendwann die Whiskyflasche hinstreckte. Sie hielt sie ihm so lange vor das Gesicht, bis er sie endlich nahm und trank.

»Auf deine Rechnung!«, zischte er und wischte sich den Mund mit dem Handrücken ab. »Und wenn es schiefgeht, soll dich der Teufel holen.«

16

Verzaubert

Prinz-Albert-Park, Ende Oktober 1963

An den Ufern des Viktoriasees entlang fuhren sie drei Tage später nach Uganda hinein und dort immer weiter nach Westen bis an die Grenze von Belgisch-Kongo, das sich seit der Unabhängigkeit Republik Kongo nannte. Schon in Nairobi, aber auch später in den Ufersiedlungen des Victoriasees, erfuhren sie, dass die politische Lage im östlichen Kongo zwar schwer einzuschätzen, zurzeit jedoch friedlich sei. Dian hörte es mit Erleichterung. Die Vorfreude auf Veschurens »schwarze Bestien« beflügelte sie und ließ sie zeitweise sogar den pochenden Schmerz in ihrem Knöchel vergessen.

Zu ihrer Erleichterung hatten die Einkäufe und Visum-Anträge in Nairobi sie nur einen Tag gekostet. Was sie allerdings beunruhigte: John Alexander hatte sich Munition gekauft, und bei der Gelegenheit Dian seinen Revolver sehen lassen. »Du wirst dich doch nicht auf eine Schießerei mit kongolesischen Soldaten einlassen wollen?«, hatte sie ihn zur Rede gestellt.

Seine Antwort: »Nein. Aber ich habe Veschuren aufmerksam zugehört und will mir nicht vor Angst in die Hosen machen müssen, sollte es in den Virungas tatsächlich noch Gorillas geben.«

Die Vorstellung, mit einem bewaffneten Mann auf Gorillasuche gehen zu müssen, behagte Dian nicht. Einer, der Angst vor den Menschenaffen hatte, würde auch auf sie schießen, wenn er sich bedroht fühlte, und das wollte sie auf keinen Fall erleben. Doch sie konnte ihrem Safari-Führer schlecht den Revolver stehlen.

Dian stieß einen Jubelschrei aus, als eines klaren Morgens in der Ferne die Silhouetten der ersten Vulkankegel am südlichen Horizont sichtbar wurden. »Gib Gas, John. Vielleicht schaffen wir es bis heute Abend.«

»Schneller kann ich nicht fahren«, gab er schlecht gelaunt zurück. »Siehst du nicht, wie löchrig die Straße ist?«

Am nächsten Vormittag erreichten sie die Grenze zum Kongo. Die Uniformierten dort machten nicht den Eindruck, als würden sie Jagd auf weiße Männer machen und weiße Frauen vergewaltigen wollen. Trotzdem schlug Dian das Herz bis zum Hals, während John ihnen die Papiere und zwei größere Dollarscheine präsentierte. Als der Schlagbaum sich hinter ihnen schloss und John den Landrover wieder beschleunigte, blies sie erleichtert die Wangen auf und bekreuzigte sich.

Am Eingang zum Albert-Nationalpark erfuhren sie kurze Zeit später, dass George Schaller schon länger nicht mehr in den Waldhängen des Mikenos forschte. Dian war enttäuscht, denn von dem Forscher hätte sie gern mehr über die Gorillas erfahren.

Dafür verfehlte Jacques Veschurens Empfehlungsbrief seine Wirkung nicht. Der neue Parkdirektor, ein junger Kongolese mit hellwachen Augen, kannte seinen belgischen Vorgänger und schätzte ihn offenbar auch, denn er ließ Dian und John ohne große Diskussion durch das Tor des Nationalparks fahren.

»Wie so viele Weiße, sind auch Schaller und seine Frau geflohen«, erzählte er, während er im Landrover mit ihnen zu einem kleinen Dorf am Fuße des Vulkangipfels fuhr. »Vor etwas mehr als einem Jahr sind sie verschwunden.« Er sprach Französisch und Dian, die auf zwei Jahre Französischunterricht bei Pater François zurückblicken konnte, übersetzte für John. »Die politische Lage in unserem Land ist ihnen wohl zu heiß geworden.«

»Soll das bedeuten, dass wir in den Virungas oben mutterseelenallein mit den Gorillas sein werden?« John guckte wie ein frierender Junge, den man aufgefordert hatte in einen eiskalten Gebirgsbach zu springen.

»Ich gebe Ihnen zwei meiner Wildhüter mit.« Der junge Parkdirektor spähte in den vollgestopften Laderaum des Wagens. »Und ein paar Träger werden Sie auch brauchen. Alles nicht ganz billig, doch dafür haben Sie ein bisschen Gesellschaft auf dem Mikeno. Könnte sonst ein wenig einsam werden.«

»Haben die Träger und Ihre Wildhüter denn eine Ahnung, wo man Gorillas beobachten kann?«, wollte Dian wissen.

Der Parkdirektor wiegte zweifelnd den Kopf. »Die Einheimischen gehen den großen Affen lieber aus dem Weg. Doch ich kann Ihnen einen guten Fährtenleser empfehlen, der wird Sie todsicher zu ihnen führen.«

»›Todsicher‹!« John schnaubte. »Nein, danke! Wir brauchen keinen Fährtenleser.«

»Wir brauchen unbedingt einen!«, widersprach Dian.

»Gut.« Der Parkdirektor nickte und wies auf den abzweigenden Weg, der zum Dorf führte, damit John abbog. »Außerdem könnte es sein, dass Sie auf dem Mikeno ein Filmteam von Professor Grzimek treffen.« Er zuckte mit den Schultern. »Der Deutsche ist beliebt bei meiner Regierung. Seine Leute haben ihr Lager in Schallers alter Station errichtet, auf der Kabara-Wiese.«

Kabara-Wiese – zum ersten Mal hörte Dian den Namen jener Lichtung, die sich unterhalb des Mikenogipfels mitten im Regenwald ausdehnte und auf die ihr Lebensweg so unaufhaltsam zulief wie ein Strom auf seine Mündung in den Ozean.

Im Dorf wies der Parkdirektor ihnen zwei Wildhüter zu. Dutzende Dorfbewohner drängten sich heran, um ihre Dienste als Träger anzubieten. Dian schaute ratlos in die vielen schwarzen Gesichter, doch John wählte mit sicherem Blick sieben Männer aus, die ihnen Ausrüstung und Proviant den über 4000 Meter hohen Vulkangipfel hinaufschleppen sollten.

»Das ist Sanweckwe.« Der Parkdirektor führte einen jungen kahlgeschorenen Mann zu ihnen. »Er hat für George Schaller Gorillas aufgespürt.« Mit wohlwollender Miene legte er dem Kahlkopf den Arm um die Schulter. »Sanweckwe findet die Spur eines Regenwurms noch nach einem Platzregen«, erklärte er.

Der Fährtenleser war von sehniger und beinahe zierlicher Gestalt. Er hatte ein schmales Gesicht, eine breite Nase und freundliche Augen. Zwischen seinen schneeweißen Zähnen qualmte eine klobige Tabakspfeife. Was für ein schöner Mensch!, dachte Dian und engagierte ihn per Handschlag. Johns missmutigen Seitenblick ignorierte sie einfach.

Dian übernachtete in der Hütte einer Frau, deren Mann seit Tagen mit dem Vieh in den Berghängen unterwegs war. Fiebrige Erregung hatte sie angesichts des bevorstehenden Aufstiegs ergriffen, so dass sie kaum Schlaf fand. Ihr Scout schlief bei Sanweckwes Familie.

Früh am nächsten Morgen, während die Träger sich am

Dorfrand sammelten und das Gepäck auf die Köpfe hievten, bandagierte John ihren noch immer geschwollenen Knöchel. Danach stiegen sie in den steilen Pfad, der ins Vulkangebirge hinaufführte.

Schon nach ungefähr zwanzig Minuten klopfte Dian der Puls in den Schläfen. Ihre Lungen begannen zu stechen und ihr Knöchel meldete sich mit dumpf pochendem Schmerz. Schwer atmend schaute sie zum Schneegipfel des Mikenos hinauf, der rötlich in der Morgensonne glänzte und ihr auf einmal unendlich weit entfernt erschien.

Jetzt erst erfasste sie, worauf sie sich eingelassen hatte. Was hatte Sanweckwe gesagt, wie lange sie für den Aufstieg brauchen würden? Sechs Stunden?! Sie unterdrückte die aufbrandende Verzweiflung und den Impuls augenblicklich umzukehren und fuhr tapfer fort, ihrem Scout und dem jungen Fährtenleser Sanweckwe zu folgen, die sich an die Spitze der Marschkolonne gesetzt hatten.

Die aufsteigende Sonne verschwand hinter dem Bergrücken, Nebel stieg auf, und es wurde düster und kühl. Dian schleppte sich mühsam durch die Serpentinen, rutschte aus, ließ sich vom zurückgeeilten Sanweckwe hochhelfen und wankte weiter und immer weiter. Die ersten Träger überholten sie; manche sangen fröhlich, als würden sie bergab schlendern, einer drückte ihr einen knorrigen Prügel in die Hand, einen Fimbo, wie die Einheimischen ihren Wanderstab nannten. Damit kam Dian ein wenig schneller voran.

Dennoch drehte Sanweckwe sich immer wieder nach ihr um, musterte sie, die Keuchende und Schwitzende, voller Sorge, und immer wieder gab er den Wildhütern und Trägern Zeichen, langsamer zu machen und ihr Tempo dem der weißen Frau anzupassen. Die Abstände zwischen den Pausen wurden kürzer.

Der Pfad schlängelte sich durch Brennnessel und Bambushaine, kreuzte Elefantenpfade und schmale Schluchten, die sie auf schwankenden Hängebrücken überqueren mussten, und führte dicht an steilen Abhängen entlang die fünfzig Meter und tiefer abfielen. Dian unterdrückte ihren Brechreiz und versuchte, sich ihre Höhenangst nicht anmerken zu lassen.

Manchmal, wenn sie für Sekunden stehen blieb, sich auf ihren Fimbo stützte und keuchend hustete, drehte auch John Alexander sich nach ihr um und bedachte sie mit spöttischem Blick. Du wolltest es nicht anders, sagte dieser Blick, jetzt bezahle gefälligst den Preis. In solchen Augenblicken hasste Dian ihn.

Bald verging kaum eine Stunde, ohne dass Sanweckwe die Männer ihre Lasten von den Köpfen nehmen und Pause machen ließ, damit Dian verschnaufen konnte. Dann rutschte sie an ihrem Stab ins Unterholz und zündete sich mit zitternden Händen eine Zigarette an. Natürlich keuchte und hustete sie nach jedem zweiten Zug. »Glotzt nicht so«, rief sie den verblüfft guckenden Trägern auf Englisch zu. »Ich bin die dünne Luft einfach nicht gewohnt, ist doch klar.«

»Der Zigarettenrauch macht sie nicht wirklich dicker!«, rief ihr John zu. »Noch zwei oder drei solcher Zigarettenpausen, und man muss dich hochtragen. Ob sich einer der Männer dazu bereit erklärt?«

Dian griff mit bloßen Händen in die Brennnesseln am Wegrand, riss einige samt Wurzelstöcken heraus und schleuderte sie auf John Alexander. Die Männer hatten ihre Freude und lachten wiehernd. Dian aber warf ihre halb gerauchte Zigarette in den Schlamm, zog sich am Fimbo hoch und bedeutete Sanweckwe weiterzugehen.

Das war die letzte Rast vor der alten Forschungsstation. Obwohl ihr Atem flog, ihr Knöchel stach und ihr Herz raste, schüttelte Dian jedes Mal den Kopf, wenn Sanweckwe sich umwandte und seinen fragenden Blick auf sie richtete. Ihr Stolz ließ es nicht zu, sich John gegenüber noch eine weitere Blöße zu geben. Durch immer dichteren Dunst, durch immer dunklere und kühlere Hohlwege und unter immer knorrigerem Hagenia-Geäst hindurch stapfte sie Schritt für Schritt dem Ziel entgegen. Irgendwann dachte sie nichts mehr, fühlte auch nichts mehr, sehnte sich nur noch danach, dass es endlich vorbei sein möge.

Irgendwann rissen die Dunstschwaden auf und die Nachmittagssonne prallte ihr wie ein Fausthieb ins Gesicht. Dian kniff geblendet die Lider zu, und als sie die Augen wieder öffnete, sah sie eine breite Schneise voller Gras und Blumen, und einen Atemzug lang glaubte sie, im Paradies angekommen zu sein.

Dieses erhebende Gefühl währte nicht lange, denn es war nicht das Paradies, es war die Kabara-Wiese, die sie endlich erreicht hatten. Außer Blumen und Gras gab es ein paar Hütten und Zelte darauf. Vor einer Hütte stand ein junges weißes Paar und schaute ihnen mit einer Mischung aus Resignation, Empörung und Höflichkeit entgegen.

Sie kamen Dian vor wie Geschwister: Beide waren nicht besonders groß, beide von hagerer Gestalt, beide blond und bleich, und beide trugen Brillen. Sie sahen aus wie Studenten, die seit Monaten in ihren Stuben hockten und über Büchern brüteten.

Sie hießen Root, Alan und Joan Root, und erst, als Dian der jungen Frau erschöpft die Hand reichte, erkannte sie die Flugpassagierin wieder, die auf dem Flug von Kairo nach Nairobi neben ihr gesessen hatte. Doch ganz anders als vor vier Wochen, gab Joan sich kühl und verschlossen.

»Wir sind nicht willkommen hier«, sagte John Alexander,

nachdem er Dian das Zelt aufgeschlagen hatte. »Die Roots wollen die scheuen Gorillas filmen und fürchten zu Recht, wir könnten die Tiere vertreiben.« Er schob Dian ins Zelt und warf ihr Decken und Schlafsack hinterher. »Am liebsten wäre ihnen, wir würden gleich morgen wieder verschwinden.«

Dian blieb im Dunkeln liegen und weinte leise in ihre Decken. Die Ablehnung der Roots traf sie tief, und Erschöpfung und Schmerzen gaben ihr den Rest. Nach einer Stunde etwa kroch John Alexander in ihr Zelt, entzündete eine Öllampe und wechselte ihr den Knöchelverband. Als er fertig war, griff Dian nach seiner Hand und hielt sie fest.

»Lass mich nicht allein, John«, flüsterte sie. »Ich fühle mich so unendlich einsam. Bleib noch ein bisschen, ja?«

Er seufzte müde. »Dian, das hatten wir doch schon. Es geht nicht, und ich will es auch nicht.« Er machte sich von ihr los. »Der Tag heute sollte dir eine Lehre sein, dir und deinem verdammten Dickkopf. Schätze, du hast es nicht besser verdient.« Mit diesen Worten wandte er sich von ihr ab und kroch hinaus in die Dunkelheit.

Eine Zeitlang starrte Dian auf die im Nachtwind wedelnde Eingangsplane, lauschte dem Getrommel des Regens auf der Zeltplane und den bellenden, pfeifenden und röhrenden Tierlauten aus dem nächtlichen Regenwald ringsum. Schließlich setzte sie sich auf, tastete nach einem Stift und öffnete ihr Reisetagebuch. Sie betrachtete das Foto von Alexie Forrester und hielt es in den Schein der Öllampe.

»Sollte ich jemals wieder lebend von diesem Berg kommen, werde ich dich in Rhodesien besuchen«, flüsterte sie. »Ich hoffe, du hast ein wenig mehr Gefühl im Leib als dieses kleinliche weiße Jägerlein.« Dann begann sie zu schreiben:

Es ist mitten in der Nacht. Ich sitze hier in meinem Zelt, das mir mein Scout auf einer Wiese hoch oben in den Virungas aufge-

schlagen hat. In Zahlen: in 3800 Meter Höhe. Fast sieben Stunden haben wir für den Aufstieg gebraucht. Wie ich das geschafft habe? Ich weiß es selber nicht.

Ich weiß nur, dass meine Knie sich anfühlen wie kochende Butter, dass meine Lungen wund sind, dass mein rechter Knöchel pocht und sticht, als würde er zwischen den Kiefern eines hungrigen Krokodils stecken, und dass ich mich sterbenselend fühle.

Ein englisches Ehepaar namens Joan und Alan Root benutzt dieses Lager hier oben als Ausgangspunkt für seine Expeditionen zu den Berggorillas. Die Roots drehen einen Film für einen berühmten deutschen Professor, dessen Namen ich mir nicht merken kann. Wenn ich meinem völlig untauglichen Scout glauben darf, gehören sie zu den besten Tierfilmern der Welt. Sie sind höflich, sie sind bewundernswert, denn sie haben die Bequemlichkeit der Zivilisation aufgegeben, um der Wildnis und ihren Bewohnern nahe zu sein, und sie lieben Tiere. Doch sie machen kein Geheimnis daraus, dass Touristen wie ich sie bei ihrer Arbeit nur behindern.

Ich komme mir vor wie ein lästiger Störenfried. Und nach all den Mühen, die es mich gekostet hat, es bis auf diesen Berg heraufzuschaffen, frage ich mich nun: Was suche ich eigentlich hier oben?

*

Morgens ölte John Alexander seinen Revolver, danach kroch Dian mit ihm, Sanweckwe und den Wildhütern in den Waldhängen durch die Nebelschwaden und suchten nach Gorillaspuren. Vergeblich. Drei Tage lang ging das so.

Die Roots schienen zumindest eine Ahnung zu haben, wo man die Tiere finden konnte, doch sie behandelten Dian und John Alexander wie Luft. Früh morgens brachen sie mit ihren Trägern und ihren Kameras auf, ohne sich zu verabschieden, kurz vor Sonnenuntergang kehrten sie aus dem Regenwald zurück, ohne ein Wort darüber zu verlieren, wo sie gewesen waren oder was sie gesehen hatten.

Dian war verzweifelt und niedergeschlagen. Mit ihrem Scout John Alexander wechselte sie kaum ein Wort – eine Art stillschweigende Waffenruhe galt nun zwischen ihnen. Der einzige Mensch, der sich für sie zu interessieren schien, war Sanweckwe. Er fragte, wie es ihr gehe, er kochte mit ihr, er half ihr, die Knöchelbandage zu wechseln.

Dian spielte bereits mit dem Gedanken, die Kabara-Wiese wieder zu verlassen, da träumte sie erneut jenen Traum, in dem sie mit ihrem Vater und ihrer Mutter vor dem Menschenaffengehege im Zoo von San Francisco stand. In diesem Traum jedoch durchbrach der große schwarze Affe die Gitterwand, ihre Mutter floh schreiend, und ihr Vater umarmte sie schützend. Der große schwarze Affe aber blieb vor ihr stehen, legte ihr die Hand auf den Kopf und schaute ihr in die Augen.

Der Traum beflügelte Dian und sie schöpfte Hoffnung.

Am dritten Tag auf dem Mikeno, während die Roots im Regenwald nach den Gorillas suchten, putzte Dian die Hütte des jungen Ehepaars. Sie flocht Girlanden aus Blumen, hängte sie über den Eingang und schmückte Fenster und Veranda damit. Sie sammelte Moos und polsterte mit ihm die Baumstümpfe, die an der Feuerstelle als Hocker dienten. Schließlich kochte sie ihnen ein üppiges Essen aus Hühnerfleisch, Feigen und Reis.

Alan und Joan schauten sich ungläubig in ihrer aufgeräumten Hütte um, als sie kurz vor Einbruch der Dämmerung erschöpft zurück auf Kabara-Wiese kamen. Mit offenen Mündern bestaunten sie den gedeckten Tisch an der Feuerstelle, neben dem Dian mit Sanweckwe auf sie wartete. Heißhungrig machten sie sich über das Essen her.

»Es stimmt nicht so ganz zwischen dir und deinem Scout«, sagte Alan Root während des Essens. »Habe ich recht?«

»Er kann nichts dafür, dass er ein Ekel ist«, entgegnete Dian schulterzuckend. »Wahrscheinlich verkraftet er nicht, dass ich meine Nächte lieber allein verbringe.« Die Roots sahen einander grinsend an, und Dian staunte über sich selbst, weil sie so gewissenlos lügen konnte.

»Wir haben heute Nachmittag die Spuren einer Gorillafamilie entdeckt«, erzählte Joan. »Mit ein bisschen Glück, werden wir sie morgen finden und filmen.«

»Wenn du es dir kräftemäßig zutraust, kannst du uns begleiten«, sagte Alan.

Dians Herz machte einen Sprung. »Ich fühle mich topfit.« Schon wieder log sie.

Am nächsten Morgen, kurz nach Sonnenaufgang, trafen sie sich mit Sanweckwe und einigen Trägern zwischen den Hütten und Zelten. John Alexander lugte verblüfft aus seinem Zelt, als sie von der Wiese in den Regenwald stapften, denn ihn hatten die Roots nicht aufgefordert sie zu begleiten. Dian fand das völlig in Ordnung, John interessierte sich schließlich überhaupt nicht für die Berggorillas.

Der Pfad den Waldhang hinauf war steil und verlor sich zeitweise zwischen Brennnesselfeldern, Farn und Johanniskrautgestrüpp. Streckenweise ging es senkrecht bergauf und sie mussten sich an Wurzelstrünken und Ranken festhalten, um voranzukommen.

Bald raste Dians Puls und ihr Knöchel stach. Während sie ausgestreckt im Unterholz lag und versuchte, ihren keuchenden Atem zu beruhigen, fragte sie sich, wie die einheimischen Träger es anstellten, in diesem unwegsamen Terrain ihre schwere Ausrüstung auf dem Kopf zu balancieren.

Ein Stück weiter oben im Hang winkte Joan Root voller

Ungeduld. Dian zwang sich aufzustehen und weiterzugehen. Wie ein lahmendes viel zu schweres Tier kam sie sich vor, wenn sie die anmutigen und geschmeidigen Bewegungen sah, mit denen das weiße Ehepaar und die Afrikaner sich durch den Busch wanden.

Nach etwa drei Stunden deutete Sanweckwe auf Spuren im schlammigen Pfad, die Dian an die Abdrücke eines monströsen Menschenfußes erinnerten. Kurz darauf wies Alan Root mit einer Kopfbewegung zum weit ausladenden Geäst eines Kosobaumes hinauf. Zwischen den in Dunst gehüllten unteren Ästen und Zweigen entdeckte Dian etwas, das sie an die Struktur eines überdimensionalen Elsternnestes erinnerte. »Ein Schlafnest«, flüsterte Joan Root ihr zu. »Hier haben Gorillas übernachtet.«

Keuchend kroch Dian ihr und Alan hinterher, während Sanweckwe sich dicht neben ihr hielt, um sie nicht allein zu lassen. Knapp zwanzig Höhenmeter weiter oben schnupperte Dian plötzlich eine Art Stallduft, in den sich nach und nach scharfer Moschusgeruch mischte. Ihre Begleiter wurden immer stiller, kein Laub raschelte mehr, kein Zweig brach. Dian spürte die Nähe von etwas Ungeheurem, alle spürten es, das sah sie in den Gesichtern.

Plötzlich zerriss eine wilde Folge spitzer Schreie die kalte Bergluft, durchdringend und ohrenbetäubend. Dian stockte der Atem, und ihr Nackenhaar richtete sich auf. Sie blickte hinter sich, um den Fluchtweg auszuspähen, doch ein junger Träger versperrte den Pfad, und der treue Sanweckwe neben ihr hielt sie am Oberarm fest.

Joan Root legte den Zeigefinger auf die Lippen und deutete nach vorn ins dichte Unterholz. Doch Dian, die am ganzen Körper zitterte, sah gar nichts, sah nur dunkles Laub, Nebelschwaden und Brennnesseln. Minutenlang verharrten alle schweigend, niemand rührte sich, jeder lauschte wie gebannt.

Auf einmal hörte Dian es rascheln, zehn Schritte entfernt, höchstens fünfzehn. Und plötzlich tönte es dumpf und laut wie von Trommelschlag. Dian glaubte, im Unterholz festzufrieren. Joan tat, als würde sie mit den Fäusten auf ihren Brustkorb klopfen, und Dian begriff: Irgendwo direkt vor ihnen trommelte sich ein Gorilla auf die Brust.

Als endlich wieder Stille eintrat, wandte Alan Root den Kopf, gab Sanweckwe ein Zeichen und deutete auf die grünbraune Pflanzenwand, die sich vor ihm aus dem Dunst erhob. Sanweckwe ließ Dian los, kroch an Joan vorbei zu Alan, wobei er sein großes, krummes Buschmesser aus dem Gurt zog, sein Panga. Mit ihm schnitt er ein kopfgroßes Loch ins Gestrüpp, so lautlos, dass Dian zu träumen glaubte.

Als Alan Root die Öffnung für groß genug hielt, drehte er sich wieder um, und diesmal winkte er Dian zu – so lange, bis sie es endlich wagte und auf allen vieren zu ihm und dem jungen Fährtenleser kroch. Sie spürte, wie der junge Träger hinter ihr folgte. Sanweckwe rutschte zur Seite. Als sie bei ihm und Alan ankam, zeigte er mit dem Panga auf die Öffnung im Gestrüpp, und Dian schaute hindurch.

Und dann sah sie die angeblichen Teufelsmenschen und Bestien, die schwarzpelzigen Könige des Vulkangebirges, die Vorbilder des King-Kong-Mythos. Dian sah sie und wagte nicht mehr zu atmen.

Sie waren zu siebt – eine Reihe hoch aufragender, kräftiger Gestalten mit schwarzem Pelz und schwarz-ledernen Gesichtern, die glänzten, als wären sie lackiert. Ihre braunen Augen lagen tief unter weit hervorspringenden Stirnwülsten und spähten halb beunruhigt, halb neugierig auf den Gestrüppwall, der Dian von ihnen trennte.

Dian verharrte wie verzaubert. Gütiger Himmel, ist das schön, dachte sie. Der junge Träger hinter ihr schob sich halb über sie, um die Berggorillas ebenfalls sehen zu können, und Dian ließ es geschehen, überließ sich ganz und gar dem Zauber dieses unglaublichen Anblicks. Gütiger Gott, ich danke dir, dachte sie wieder und wieder, gütiger Gott, ich danke dir für diesen Moment.

Die Gorillas wirkten alles andere als bestialisch und schon gar nicht teuflisch. Sie kamen Dian eher vor wie eine Gruppe von Naturfreunden, die sich beim Picknick gestört fühlten und sich nun fragten, ob sie die Störenfriede einladen oder lieber tiefer in den Wald gehen sollten. Und waren sie auf ihre Art nicht wunderschön?

Dass ich das sehen darf, Dian bewegte stumm die Lippen, dass ich so etwas Herrliches mit eigenen Augen sehen darf! Und dicht an ihrem Ohr vernahm sie das ehrfürchtige Flüstern des jungen Trägers: »Kweli ndugu yanga!« Dian konnte noch nicht viel Suaheli, doch diese Worte verstand sie. »Bei Gott, meine Verwandten!«

II

Sanfte Riesen

17

Das Ende II

Karisoke, Ruanda, 24./25. Dezember 1985

Trommelschlag und Gitarrenakkorde hallten durch die Dunkelheit und holten Dian zurück in die Gegenwart. Die Bilder der Erinnerung verloren sich wie welkes Laub in einer Sturmböe.

»Kweli ndugu yanga«, flüsterte sie, während sie spürte, wie etwas Warmes sich an ihre Wade schmiegte. Sie bückte sich, um Kima zu streicheln, der fiepend um Aufmerksamkeit bettelte. Der Nachtwind rauschte durch die Kronen der Kosobäume ringsum und trug neben Getrommel und Musik jetzt auch rhythmisches Händeklatschen und vielstimmigen Gesang über das Dach ihrer Hütte bis hierher zum Gorillafriedhof.

»Die Weihnachtsfeier ist in vollem Gang, Kima. Ich schätze, da wird gleich so mancher Leckerbissen für dich abfallen.« Dian klopfte dem Affen auf die Hinterflanke und richtete sich auf. »Geh schon mal vor.« Die Meerkatze huschte zwischen die Gräber und verschwand in der Dunkelheit.

Dian hob den Blick und lauschte – obwohl die Feiernden drüben am Feuer immer ausgelassener sangen und musizierten, konnte sie nicht weit entfernt den Ruf der Eule hören; gespenstisch und traurig klang er, wie die Klage eines einsamen

Wesens. Und dann erhob sich ein neuer, ganz unerwarteter Ton über Weihnachtschor und -orchester jenseits der Hütte, so laut und durchdringend, dass Dian zusammenzuckte – Vatiri stieß in seine Elfenbeintrompete. Aus den Tiefen des Regenwaldes antwortete ein Elefant mit seinem eigenen langgezogenen Trompeten. Sie musste lachen.

Die Wolkendecke riss plötzlich auf, und am Nachthimmel leuchtete nun zu Dians Entzücken der Vollmond auf; zwar nur verschwommen – so, als würde er sich in einem See spiegeln – doch hell genug, um die Konturen von Bäumen, Kreuzen, Grabhügeln und dem Hüttendach aus der Dunkelheit zu reißen.

»Wie schön«, flüsterte sie, und ein Gefühl von Geborgenheit strömte ihr durch Brust und Glieder. »Und wie gut, hier zu sein, zuhause.«

Sie ging zu Digits Grabkreuz, legte die Hand auf das Holz und schaute noch einmal zur flackernden Fackel hinunter und zum Foto des Gorillababys, das sie dem Toten zu Weihnachten geschenkt hatte. Der Anblick des kleinen Fellknäuels rührte sie; sein schwarzes Gesichtchen sah dermaßen niedlich aus, dass sie schon wieder lachen musste.

Silvester hatte sie den neugeborenen Affen genannt, nach dem schwer kranken Jungen, den sie mit Fred Coy aus dem Wald Kentuckys geholt und in monatelanger Arbeit wieder das Laufen gelehrt hatte. Es kam ihr vor, als sei das erst vorgestern gewesen, dabei war es schon mehr als fünfundzwanzig Jahre her.

Fünfundzwanzig Jahre?! Fassungslos schüttelte Dian den Kopf. Konnte das denn wirklich wahr sein? Die Zeit verging nicht, die Zeit raste.

Von Digits Grabhügel und dem Porträt des Gorillababys aus ließ sie ihren Blick über die Konturen der anderen Kreuze und Grabhügel wandern. Das Mondlicht reichte nicht aus, um die Namen auf den Kreuzen lesen zu können, doch Dian wusste auch so, wer unter welchem Hügel ruhte. Lauter Gorillas hatte sie hier bestattet, lauter ermordete Menschenaffen, und jeden Namen trug sie wie einen schmerzenden Stachel im Herzen.

»Kweli ndugu yanga!«, rief sie und wandte sich ab, um zurück zum Lagerfeuer zu gehen. Die brennende Fackel ließ sie in der Erde neben Digits Grab stecken, damit auch auf dem Gorillafriedhof ein wenig Weihnachtslicht leuchtete.

Vom Friedhof aus nahm sie erst einmal den Weg, der hinter der Waldseite ihrer Hütte zum Toilettenhäuschen führte. Nach dessen Besuch zündete sie sich eine Zigarette an und schlenderte rauchend an der Vorderseite ihrer großen Hütte entlang, um von dort in den Hauptweg einzubiegen, der zum Feuerplatz führte.

Ein Teil ihrer Gedanken hing noch immer an jenem Augenblick fest, in dem sie ihre ersten Gorillas gesehen hatte. Er hatte ihr Leben so gründlich erschüttert und so tief geprägt, dass sie heute, zweiundzwanzig Jahre später, von einem Gorillafriedhof zurückkehrte wie vom Besuch eines Familiengrabes.

Der Kies auf dem Weg schimmerte silbrig im Mondlicht und knirschte unter Dians Sohlen. Vor dem Haupteingang der Hütte stolperte sie über einen hölzernen Gegenstand. Sie zischte wütend, bückte sich danach und hielt ihn ins Mondlicht.

Die Puffotter.

»Miststück!« Dian schleuderte die Holzschlange gegen ihre Eingangstür, wo sie herabfiel und auf dem Fußabtreter liegen blieb. Mit grimmigem Blick betrachtete sie das vom Mond beschienene Sumu. Ein bitterer Geschmack kroch auf ihre Zunge.

Sie nahm sich vor, die hölzerne Schlange morgen zu fotografieren und im neuen Jahr zwei Bilder an den amerikanischen Botschafter in Kigali zu schicken – eines für das Außenministerium in Washington und eines für die ruandische Regierung. Und die *National Geographic* und ihre anderen Geldgeber in den USA mussten natürlich auch ein Foto bekommen.

Es sollte ruhig jeder wissen, dass man sie mit einem Todesfluch belegt hatte! All diese Leute in ihren komfortablen und klimatisierten Büros sollten sich ruhig wieder einmal daran erinnern, dass sie hier in Karisoke nicht nur getötete und neugeborene Gorillas zählte, nicht nur deren Kot siebte und deren Schädelknochen vermaß, nicht nur hübsche Fotos für Hochglanzmagazine von ihnen machte, sondern dass sie hier einen harten und gefährlichen Kampf um das Überleben der letzten Berggorillas führte.

Still stand sie vor ihrem Hütteneingang, stierte mit finsterer Miene auf die hölzerne Schlange und blies den Zigarettenrauch auf sie herab. Die erste Regung ihrer gerade erst aufgekommenen Weihnachtsfreude war längst wieder verflogen. Stattdessen stieg die Wut in ihr hoch. Sie kannte einige der einheimischen Zauberer, die derartiges Zeug herstellten und verhexten. Welcher von ihnen mochte wohl diesen Todesfluch geschnitzt und mit magischen Sprüchen verhext haben?

»Gleichgültig!«, zischte sie. »Wer immer du bist – die Krätze soll dich plagen.« Sie spuckte aus. »Und zwar dort, wo es Kerlen besonders weh tut.« In der Voliere wachten die Papageien auf und begannen krächzend zu schimpfen.

Dian wandte sich ab und machte sich auf den Weg dorthin, wo man sich vergnüglicheren Dingen hingab: Essen, Gesang und Musik. Während sie dem Feuer und der weihnachtlichen Festgesellschaft entgegenging, dachte sie an jenen Mann, der schon vor vielen Jahren versucht hatte, ihr die Augen für die magische Weltsicht der Einheimischen zu öffnen. An den Rhodesier Alexie Forrester.

Afrikaner glauben nicht an Wissenschaft und Maßeinheiten, hatte er damals gesagt, sie vertrauen nicht auf Ärzte und Tabletten, sie glauben an Himmel und Hölle, sie rechnen mit guten Geistern und bösen Dämonen.

Lange hatte Dian es nicht glauben wollen – bis sie mit eigenen Augen sehen musste, wie sich schwer kranke Männer in die Hütte eines einheimischen Zauberers schleppten und daraus kerngesund zu ihrem Arbeitsplatz zurückkehrten; oder wie kerngesunde und tatkräftige Männer schwer krank, ja bettlägerig wurden, nachdem einer jener Zauberer sie mit Hilfe schwarzer Magie verflucht hatte.

»Als Forscherin willst du dir Respekt bei den Einheimischen verschaffen?«, hatte Forrester damals gespottet, »als Wissenschaftlerin? Vergiss es! Eine Magierin musst du werden, eine Hexe. Rede wie eine Hexe, verhalte dich wie eine Hexe, nur dann werden sie dich respektieren und fürchten.«

Wann genau war es gewesen, dass Dian angefangen hatte, seinen absurden Rat ernst zu nehmen? Als die Viehhirten ihr den Hund entführten? Als die junge Gorillafrau in die Falle der Wilderer geriet? Lange vor Digits Ermordung jedenfalls.

Sanweckwe kam ihr entgegen, bedankte sich noch einmal wortreich für die Tabakspfeife, wobei er ihr einen Becher Bananenbier in die Hand drückte. Dian stieß mit ihrem Fährtenleser an und trank von dem überraschend kühlen Bier. Während Sanweckwe munter drauflosplauderte und seine neue Pfeife und das Weihnachtsessen pries, nickte Dian zwar lächelnd, dachte jedoch nur an Alexie Forrester.

Eine Woche nach ihrer ersten Begegnung mit den Berggorillas war sie damals zu ihm nach Rhodesien geflogen, zum

Abschluss ihrer ersten Afrikareise. Mit seinem Bruder war sie auf die Felder hinausgeritten, über die Alexie seinen schweren Traktor steuerte und einen gewaltigen Pflug hinter sich herzog. Niemals würde sie den Anblick des großen, schwarzlockigen Mannes mit dem von Schweiß glänzenden nackten Oberkörper vergessen, niemals sein kantiges Gesicht, aus dem der Wille sprach, notfalls ganz Rhodesien umzupflügen.

Gütiger Himmel, was haben wir damals für paradiesische Tage erlebt!, seufzte sie insgeheim und ließ es zu, dass Sanweckwe sich bei ihr unterhakte, um sie zu den anderen zu führen. Was wäre wohl aus ihr geworden, wenn sie Alexie geheiratet hätte? Jedenfalls nicht Nyirmachabelli, wie die Einheimischen sie nannten, nicht *die einsame Frau des Waldes*. Sie hätte keine Gorillas erforscht, sie wäre Digit niemals begegnet, sie würde jetzt nicht auf dieses Lagerfeuer zugehen und keinen einzigen dieser Sänger, Tänzer und Musikanten dort kennen, von denen einige ihr nun zuwinkten.

Sanweckwe, der bereits anfing zu tänzeln und zu schunkeln, tauchte mit ihr in Bratenduft und Partystimmung ein, ließ sie los und mischte sich unter die noch kleine Gruppe der Tänzer, die sich auf der Wegkreuzung vor den Musikanten und Sängern gebildet hatte. Männer und Frauen schüttelten dort ihre Glieder, stampften mit den Füßen und klatschten mit den Händen zum Rhythmus der Musik.

Zwei Wildhüter hieben wie entfesselt auf ihre Trommeln ein, der alte Koch drückte tanzend den großen Klangkörper seiner Umuduri – einen riesigen Kürbis – an den Bauch, wobei er mit einem Kochlöffel auf die einzige Saite hieb, zwei junge Fährtensucher und die Kinder, die Rose aus dem Dorf mitgebracht hatte, bliesen in Flöten, schüttelten Rasseln oder droschen Klanghölzer gegeneinander. Vatiri stieß in seine Elfenbeintrompete, dass Dian beinahe die Ohren weh taten, und McGuire übertraf sich selbst, so wild schlug er in die Saiten seiner Wandergitarre.

Die Musik ging auch Dian unter die Haut und ins Blut, so dass sie trotz ihrer lädierten Knie und Knöchel zur Feuerstelle tänzeln musste. Ihre Freundin Rose Carr entdeckte sie, löste sich aus der Menschentraube, die sich um den Bratenspieß dort versammelt hatte, brachte ihr einen vollen Teller, strahlte sie an und umarmte sie. »Weihnachten in Afrika!«, rief sie ihr ins Ohr. »Ist das nicht herrlich?!«

Sie küsste Dians Wange, machte sich von ihr los und schaute ihr forschend in die Augen. Die weißhaarige Frau wusste, wo Dian herkam, jeder hier wusste es. »Genug Trübsal geblasen, Dian!«, rief sie gegen den fröhlichen Festlärm an. »Los, schlag dir den Bauch voll! Du hast es nötig.« Sie drückte ihr den mit Fleisch und Gemüse beladenen Teller in die Hand.

Auf einer der Bänke neben dem großen Tisch aus ungeschälten Baumstämmen, an dem sie in Karisoke schon unzählige Feste gefeiert hatten, rückten die Frauen zusammen, so dass Dian und Rose sich zu ihnen setzen konnten. Sie aßen und tranken, sie plauderte und lachten, sie beobachteten die Tänzer und sie verscheuchten Ronald, die Riesenhamsterratte, und Kima vom Esstisch. Dian vergaß Forrester, vergaß das Sumu, vergaß sogar den Gorillafriedhof und Silvesters Foto auf Digits Grab.

Sie erzählte den Frauen von ihrem neusten Sieg: »Alle zwei Monate musste ich, seit ich wieder in Ruanda bin, von diesem Berg steigen und über Ruhengeri nach Kigali fahren, um mein Visum verlängern zu lassen. Ich musste stundenlang vor der Tür des Tourismusdirektors warten, bis dieser Schnösel bereit war, mich zu empfangen und mir ein Empfehlungsschreiben für die Einwanderungsbehörde auszustellen. Manchmal hat er mir seine Tür erst nach drei Tagen geöffnet! Und wenn ich dann in der Einwanderungsbehörde seinen gnädigen Brief vorzeigte, was glaubt ihr, um wie viel Zeit sie meine Aufenthaltsgenehmigung verlängert haben?«

»Um zwei Monate«, sagte Rose Carr, die Dian hin und wieder nach Kigali begleitete.

Dian hob zwei Finger. »Zwei Monate, und keinen Tag länger! Und zwei Monate später musste ich wieder von diesem Berg steigen, wieder ein Taxi nach Ruhengeri nehmen, wieder in den vollgestopften Bus nach Kigali umsteigen, wieder vor der Tür dieses arroganten Scheißkerls um Gnade winseln, wieder in der Behörde zu Kreuze kriechen. Und wisst ihr, was vor vier Wochen passiert ist?« Die leuchtenden Blicke der Frauen hingen an ihren Lippen. »Sie haben mir mein Visum um zwei Jahre verlängert!«

»Das glaube ich nicht!« Rose klatschte in die Hände.

»Ist aber wahr!« Dian sprang auf und rief es laut aus: »Zwei Jahre lang muss ich nicht mehr nach Kigali fahren und bitte, bitte machen.« Sie mimte den Unschuldsengel und legte die Hände wie zum Gebet zusammen.

Die anderen standen lachend auf, stießen mit ihr an und tranken mit ihr auf die zwei Jahre, die sie nun ohne Sorge und lästige Behördengänge in Karisoke arbeiten durfte. Irgendwann nahm eine der eingeborenen Frauen sie bei der Hand und zog sie zu den Tänzern.

»Ich hätte Lust auf einen Whisky!«, rief Rose ihr hinterher.

»Du weißt, in welchem Schrank er steht!«, antwortete Dian. »Und nimm zwei Männer mit, damit sie mehr Bier heranschaffen!« Rose nickte, winkte zwei Träger hinter sich her und machte sich auf den Weg zu Dians Hütte. Da ging es bereits auf Mitternacht zu.

Auf der Wegkreuzung feierten die Musiker auf ihre Weise und zeigten noch lange keine Zeichen von Erschöpfung.

Immer neue Melodien stimmten sie an, immer fröhlichere Rhythmen. Meistens war es Wayne McGuire, der ein neues Thema anschlug. Das lange Haar klebte ihm im verschwitzten Gesicht, die Augen hielt er halb geschlossen, und er guckte, als würde er jeden Moment in Trance versinken. Nie zuvor hatte Dian ihn derart entspannt gesehen.

Die Sänger hatten sich inzwischen unter die Tänzer gemischt, schwangen an ihrer Seite die Hüften, schüttelten die Glieder und sprangen umher wie junge Buschböcke. Die beiden weißen Studenten unter den feiernden Tänzern erlebten zum ersten Mal ein Fest mit den Einheimischen, und mussten sich erst nach und nach an deren Ausgelassenheit herantanzen.

Dian, die bereits viele Weihnachts- und Geburtstagsfeste in Karisoke miterlebt hatte, wusste, zu welch überschäumender Lebensfreude Sanweckwe, Vatiri und ihresgleichen fähig waren, und Dian hielt mit, so gut ihre Kniegelenke und Knöchel es zuließen. Eine Zeitlang gab sie sich der Musik und dem Tanz hin, und genoss es, sich selbst zu vergessen. Doch wie meist übertrieb sie es und geriet schnell außer Puste, so dass sie schon nach zehn Minuten den Pulk aus zuckenden und wirbelnden Leibern wieder verlassen musste.

Durchgeschwitzt, mit schmerzenden Knien und schwer atmend wankte sie zum Tisch, um etwas zu trinken. Niemand hielt sich dort noch auf, was der Affe und die Riesenhamsterratte weidlich auskosteten. Fluchend schlug Dian nach Kima und Ronald, vertrieb sie von den Salatschüsseln, griff nach Krug und Becher und schenkte sich Bananenbier ein.

Während sie trank, ebbten auf einmal Gelächter und Stimmengewirr hinter ihr ab. Sie merkte es erst, als auch die Instrumente eines nach dem anderen verstummten, bis es schließlich vollkommen still wurde. Erschrocken fuhr Dian herum. Niemand redete, keiner tanzte mehr, niemand sang noch.

»Was ist los mit euch?«, fragte sie. Die beiden Träger, die Rose zu ihrer Hütte begleitet hatten, standen neben dem Handkarren mit dem frischen Bier, und vor ihnen die auffallend bleiche Rose Carr mit einer Whiskyflasche in der Rechten und einer hölzernen Schlange in der Linken. Und nun begriff Dian: Die Blicke ausnahmslos aller waren auf das Sumu geheftet.

»Eine Puffotter«, sagte Rose Carr mit tonloser Stimme. »Aus Kosoholz. Sie lag vor deiner Tür, Dian.«

Getuschel und Geflüster erhoben sich ringsum, verstohlene Blicke huschten zwischen der Puffotter und Dian hin und her. Manche Frauen zernagten ihre Unterlippen, manche Männer bissen die Zähne zusammen. Keiner rührte sich, keiner dachte noch an Tanz und Musik.

»Ja, und?« Dian stellte den Bierbecher ab und ging zu Rose. »Die habe ich längst entdeckt. Soll ich jetzt zittern vor Angst?« Sie ärgerte sich über die Freundin. Musste sie vor versammelter Belegschaft so ein Aufhebens um das verdammte Ding machen? Hätte sie ihr nicht später und unter vier Augen von ihrem Schrecken über ihre Entdeckung erzählen können? Der nämlich stand ihr ins blasse Gesicht geschrieben.

Dian nahm ihr die hölzerne Puffotter aus der Hand, ging zum Feuer und warf sie hinein.

Ein Raunen ging durch die weihnachtliche Festgesellschaft. Wie unter Schaudern wandten einige sich ab, andere blickten in den Nachthimmel und bewegten stumm die Lippen, als wollten sie den Segen irgendeines guten Geistes herabflehen. Dian aber lächelte grimmig in die Flammen, die bereits an der Holzschlange leckten. Diese Demonstration von Verachtung und Gleichgültigkeit erschien ihr in diesem Moment weitaus angemessener, als Fotos von diesem lächerlichen Sumu in die Hauptstadt und in die Vereinigten Staaten zu schicken.

»Wie ihr seht, brennt das verdammte Ding recht gut«, wandte sie sich wieder an die anderen. »Und wie ihr merkt, trifft mich kein Schlag, und kein Höllenschlund öffnet sich unter meinen Sohlen, um mich zu verschlingen. Und jetzt wird wieder getanzt und gefeiert.«

Nach und nach nur griffen die Musiker zu ihren Instrumenten, Wayne McGuire als Erster. Die Tänzer brauchten länger, bis sie die bedrohliche Stimmung abschütteln konnten, die sich plötzlich über die Festgesellschaft gelegt hatte. Nur zögernd kehrten einige auf die Wegkreuzung zurück, um zu tanzen. Doch die übermütige Ausgelassenheit wollte sich nicht wieder einstellen, und die eigenartige Hemmung, die alle befallen hatte, war mit Händen zu greifen.

Rose Carrs Gesicht nahm erst nach dem zweiten Whisky wieder Farbe an. »Du hast Feinde, die es bitterernst meinen«, sagte sie, als sie mit Dian anstieß.

»Was du nicht sagst.« Dian verdrehte die Augen und leerte ihr Glas.

»Und du hast viel dafür getan, um dir ihren Hass zu verdienen.«

»Das weiß ich selbst.« Dian füllte die Gläser erneut. »Hast du sonst noch Neuigkeiten für mich?«

Ihre Freundin musterte sie voller Sorge, antwortete aber nicht. Dian wandte sich ab und nahm unter den Männern und Frauen am Feuer Platz. Dort lauschten sie Wayne McGuire, der Songs von Bob Dylan vortrug.

Später, im ersten Morgengrauen, wankte sie zurück in ihre Hütte. Da hatte Rose sich längst in die Gästehütte verkrochen, und nur eine Handvoll Männer und Frauen hockten noch um die Glut herum, palaverten, sangen und leerten die letzten Bierkrüge und Whiskyflaschen.

Draußen krähte Dians Hahn, als sie die Zigarrenkiste mit

den Fotos aus dem Bücherregal zog und mit ins Schlafzimmer nahm. Dort knipste sie die Leselampe an und warf sich aufs Bett. Nach drei Versuchen gelang es ihr, die Zigarrenkiste zu öffnen und die Fotos neben sich auf die Matratze zu kippen.

Umständlich wühlte sie drei Bilder heraus, warf sich auf den Rücken und betrachtete sie nacheinander und eines länger als das andere. Zuerst das von Louis Leakey, dann Bob Campbells Foto und zuletzt das Porträt des Mannes, dessen Ehefrau sie um ein Haar geworden wäre: Alexie Forrester.

»Wenn ich dich geheiratet hätte, wäre ich längst nicht mehr hier auf diesem Berg, bei diesen Menschen, bei meinen Gorillas«, sagte sie mit schwerer Zunge. Sie seufzte tief. »Andererseits: Wenn ich dich geheiratet hätte, würde ich mich vielleicht nicht so gottverdammt allein fühlen.«

18

Geburtstag

Louisville, Kentucky, 16. Januar 1965

Bis auf das Surren des Filmprojektors war es still im Salon des *Hotels Henry*, aller Augen hingen an der Leinwand. Dian spürte ihren Herzschlag in der Kehle, denn die wichtigste Szene stand kurz bevor: Eine große Klinge glitt mitten ins Bild. Eine dunkelhäutige Hand hielt sie fest, und man konnte zusehen, wie die Hand mit der Klinge ein Loch ins Gestrüpp schnitt. Klinge und Hand verschwanden aus dem Bild, und die Öffnung im Laub sah aus wie ein Strudel in einem trüben Teich. Sie rückte näher, schien größer und größer zu werden. Die Blätter rechts und links zitterten ein wenig, bevor sie ganz aus dem Bild rückten und Platz machten für die Umrisse schwarzer Körper. Dian spürte förmlich, wie sämtliche Menschen im Raum den Atem anhielten.

Die schwarzen Silhouetten verschwammen ein paar Sekunden lang mit dem dunklen Grün und schmutzigen Braun des Geästs, vor dem sie aufragten. Einige Sekunden lang sah es aus, als würden Nebelschwaden all die Glieder, Köpfe und Gesichter verhüllen, doch dann, von einem Augenblick auf den anderen, konnte man die sieben massigen Gestalten deutlicher sehen, sah ihre schwarzen lackledernen Gesichter glänzen, konnte sogar ihre braunen Augen unter den weit hervorspringenden Stirnwülsten und ihre beunruhigten und zugleich neugierigen Blicke erkennen.

Ein Seufzen ging durch die Reihen der Zuschauer, ein *Ah!* und *Oh!* und *Großer Gott, wie wunderbar!* Dians Französischlehrer Pater François, der vor dem Hochtisch mit dem Filmprojektor saß, bekreuzigte sich.

»Das sind sie«, sagte Dian, und ihre heisere Stimme zitterte. »Das sind die angeblichen Teufelsmenschen Ostafrikas, die schwarzpelzigen Bestien der Virunga-Vulkane. Du siehst sie, du liebst sie, und du vergisst sie nie wieder.«

»Die sind ja riesig!«, rief der halbwüchsige Nick Coy, der mit seinen Eltern in der zweiten Reihe saß. »Hast du denn keine Angst gehabt, Dian?«

»Bevor wir sie sehen konnten, haben wir den Warnruf ihres Silberrückens gehört«, erzählte Dian. »Der ging mir durch Mark und Bein, und da habe ich mir fast in die Hosen gemacht vor Angst, das kannst du mir glauben. Doch kurz darauf, als ich die Gorillas dann auch gesehen habe, war meine Angst wie weggeblasen. Es sind sanfte Riesen, das habe ich sofort gespürt.«

Dian hielt sich mit ungefähr zwei Dutzend Geburtstagsgästen im abgedunkelten Salon des *Hotels Henry* auf. Weil zuhause in Glenmary die Heizung nicht richtig funktionierte, hatte Gaynee Henry angeboten, die Feier zu Dians dreiunddreißigstem Geburtstag in ihrem Haus auszurichten. Das Kaminfeuer knisterte, der Projektor surrte, die Gäste saßen in gepolsterten Stühlen und hatten es warm. Viele hielten ein Weinglas, einen Bierkrug oder eine Tasse mit dampfendem Tee in der Hand, und Girlanden und Blumen schmückten den Salon. Dennoch hatte Dian das Gefühl, wieder im nassen, stachligen Unterholz des Mikenos zu liegen und zum ersten Mal in ihrem Leben Berggorillas zu beobachten.

»Ich habe schon viel gesehen in meinem Leben«, sagte Pater Raymond, der in der ersten Reihe saß, »doch um diesen Augenblick beneide ich dich, Dian.« Sie hörte es gern, und es machte sie stolz. »Stimmt es eigentlich, dass ein deutscher Offizier die Berggorillas erst vor 60 Jahren entdeckt hat?«

»Entdeckt?« Dian lachte bitter. »Ein gewisser Robert von Beringe hat 1903 zwei sanfte Riesen erschossen. Der Kerl hat es nicht verdient, dass man diese Art auf Lateinisch nach ihm benannt hat: *Gorilla beringei*.«

Übergangslos wechselte das Bild, und statt Menschenaffen und Regenwaldgestrüpp sah man nun ein weites Feld unter sonnendurchflutetem, blauem Himmel und einen Traktor, der einen Höllenlärm machte und einen Pflug durch dampfende Erde zog. Ein junger Mann mit schwarzen Locken und nacktem Oberkörper hockte hinter dem Steuer der Zugmaschine.

»Achtung!«, rief ein junger Mann mit schwarzen Locken und breiten Schultern, der ganz vorn zwischen Pater Raymond und Gaynee Henry saß. »Gleich werdet ihr Zeugen des absoluten Höhepunktes von Dians Afrikareise!« Viele lachten. Der junge Mann aber drehte sich nach Dian um, die trotz des Halbdunkels sein Zwinkern erkennen konnte. Ihr wurde warm ums Herz und sie lächelte ihm zu.

Der Traktor rollte in den Vordergrund des Bildes und hielt an. Ein junger hochgewachsener Mann mit schwarzen Locken, breiten Schultern und von Schweiß glänzender Haut stieg aus dem Cockpit. »Alexie Forrester«, sagte er, und es sah aus, als würde er den Zuschauern die Hand entgegenstrecken. »Träume ich, oder sind Sie es wirklich?«

»Ich bin es wirklich«, hörte man eine Frauenstimme sagen, und eine Frauenhand ergriff die ausgestreckte Männerhand. »Dian Fossey, die Frau, die pflügen kann.«

Die Kamera wich zurück, und nun rückte auch sie selbst

ins Bild: Dian, wie sie den um einen Kopf größeren Alexie anstrahlte; Dian, wie sie seine kräftige Hand schüttelte; Dian, wie sie mit einer Kopfbewegung zum Traktor hindeutete. »Darf ich?«

Einen Wimpernschlag lang verrutschten Alexie die Gesichtszüge, so dass er ratlos wirkte mit seinem offenen Mund und seinem verblüfften Blick, doch schon im nächsten Moment fing er sich, lächelte wieder sein breites Jungenlächeln und trat zur Seite, um Dian den Weg zum Traktor frei zu machen. »Wenn Sie unbedingt wollen?« Dian ging an ihm vorbei und kletterte in die Fahrerkabine der Maschine.

Und dann, nach dem nächsten Schnitt, zeigte der Film, wie Dian den Traktor über das Feld lenkte und die dampfende Erde umpflügte. Eine Minute und länger sah man nur die rollende Maschine, die Pflugscharen, wie sie den Boden aufrissen und die Frau mit den kastanienbraunen Zöpfen, wie sie stolz in der Fahrerkabine saß und das Lenkrad des brüllenden Ungetüms festhielt.

Alle klatschten Beifall, Pater Raymond am lautesten und mit Bravorufen. Dann kam wieder ein Schnitt und Louisville und sein Flughafen aus der Vogelperspektive erschienen.

»Wie blöd muss einer sein, der eine solche Frau nicht auf der Stelle heiratet!«, rief in der ersten Reihe der junge Mann mit den schwarzen Locken, während das Deckenlicht aufflammte. Alexie Forrester war erst Anfang des neuen Jahres in die Staaten gekommen.

Alle quittierten seine Erklärung mit Gelächter, und Pater Raymond rief: »Da solltest du dich aber warm anziehen, mein Lieber!«

»Leider ist sie sehr vernünftig«, fuhr Alexie fort. »Sie verlangt, dass ich erst einmal mein Studium beende.«

Ausrufe des Erstaunens wurden laut, und wieder ergriff der

unvermeidliche Pater Raymond das Wort: »Sag ich's nicht?« Er schaute zu dem fast zwei Meter großen Alexie hinauf und klopfte ihm auf die Schulter. »Du musst dich warm anziehen bei so einer Frau.«

»Das Ende meiner Feldarbeit habe ich lieber herausgeschnitten.« Dian stand auf und drehte einen Schalter am Projektor, um den Film zurückzuspulen. »Als ich nämlich schon beinahe das gesamte Feld gepflügt hatte, habe ich den Pflug über einen Felsbrocken gerissen und zerstört.« Ihre Geburtstagsgäste machten ungläubige Gesichter. »Nicht den Felsbrocken, den Pflug«, fügte Dian hinzu. »Und den Anblick einer heulenden und fluchenden Frau in einer Traktorfahrerkabine wollte ich um keinen Preis verewigen.«

»Dabei war es so schön, sie danach in den Arm zu nehmen und zu trösten!«, erklärte Alexie Forrester und hatte erneut die Lacher auf seiner Seite.

Pater François bückte sich nach einem Kuvert, das auf dem Teppich neben Dians Stuhl lag. »Ich glaube, das ist dir aus der Tasche gerutscht.« Neugierig lugte er auf den Absender, während er Dian den Brief reichte.

»Oh!« Hastig zog sie ihm das Kuvert aus der Hand und steckte es zurück in Tasche ihres Kleides. »Danke.«

Die schwarzen Hausmädchen räumten die Stühle weg, die Henry-Töchter schenkten Getränke nach, und die Hälfte der Geburtstagsgäste umringte Dian, um tausend Fragen loszuwerden. Dian beantwortete sie alle mit großer Geduld, erzählte von der Flugreise, von den wilden Tieren in der Serengeti, von Professor Leakeys Ausgrabungsstätte in der Olduvai-Schlucht, von der Begegnung mit den Roots auf der Kabara-Wiese und wieder und wieder von den Berggorillas, die sie in den Tagen nach der ersten Begegnung noch einige Male gefilmt und fotografiert hatte.

John Alexander erwähnte sie mit keinem Wort.

Nick, der sich wegen eines Baseballspiels verspätet hatte und erst gekommen war, nachdem Dian ihre Geschenke schon ausgepackt hatte, zog ein flaches Päckchen unter dem Jackett heraus. »Für dich, Dian.« Der Fünfzehnjährige strahlte sie an und reichte es ihr.

»Oh! Noch ein Geschenk – wie schön!« Dian betastete das in graues Papier und rotes Band gewickelte Päckchen, das mit bunten Baseballschlägern, Bällen und Baseballkappen beklebt war. »Ein Buch.« Sie zwinkerte in die Runde. »Wetten?« Dann löste sie das Band, wickelte das Buch aus und staunte das Cover an. »Wie kommst du denn auf diesen Autor, Nick?«

»Du hast mir doch von dem Mann erzählt, als du aus Afrika zurückgekommen bist. Und da habe ich in der Buchhandlung gefragt, ob er was geschrieben hat.«

»Von einem Deutschen?« Alexie, der neben ihr stand, las laut vor: »George Schaller, ›Unsere nächsten Verwandten‹. Schon wieder ein Buch über Affen?« Er lachte in die Runde. »Sie hat sich neulich erst drei aus der Bibliothek geholt! Ich glaube, ich sollte langsam eifersüchtig werden!«

»Schallers Vater war Deutscher«, sagte Dian. »Und er schreibt nicht einfach nur über Affen, sondern über die Berggorillas der Virunga-Vulkane.« Sie schloss Nick in die Arme. »Ich freue mich so, Nick. Danke! Das Buch habe ich schon vor Weihnachten in der Bibliothek bestellt, doch man kann es dort noch nicht ausleihen, weil es erst neulich erschienen ist.«

»Dad und ich hatten das Gefühl, du würdest den Mann bewundern. Da habe ich gedacht …«

»Das ist so lieb von dir!« Sie küsste den Jungen auf die Wange. »Das Buch steht ganz oben auf meiner Wunschliste!« Wegen der Kreditraten hatte Dian es sich nicht leisten können.

»Wie nett, dass man das auch mal erfährt«, sagte Mary ein wenig pikiert.

»Über dein Frühlingskleid freue ich mich doch auch!« Dian legte den Arm um ihre Freundin und zog sie mit sich zum festlich geschmückten Tisch, auf dem rings um die Geburtstagstorte ihre Geschenke lagen: ein Kleid, zwei Blusen, ein Fleischmesser, Kaffee, Zigaretten, Werkzeug, Whisky, Schreibmaschinenpapier. Die meisten ihrer Geburtstagsgäste hatten sie mit praktischen Dingen beschenkt, denn alle wussten, dass sie fast die Hälfte ihres Einkommens für die Rückzahlung des Reisegeldkredits aufwenden musste und deswegen ständig knapp bei Kasse war.

Dian legte das Buch von Schaller dazu und tastete nach dem Kuvert in der Tasche ihres Kleides, nach dem schönsten und wertvollsten Geschenk, das sie zu ihrem dreiunddreißigsten Geburtstag bekommen hatte: einem Brief von ihrem Dad. Kurz vor Weihnachten erst hatte sie George Fosseys Adresse ausfindig gemacht und ihm geschrieben. Und heute hatte ihr Vater geantwortet. Heute! An ihrem Geburtstag!

Während sie noch überlegte, ob sie Mary von dem Brief erzählen sollte, beugte die Freundin sich an ihr Ohr. »Du müsstest dich einmal sehen, wenn du Alexie anschaust«, flüsterte sie, und Dian spürte, wie ihr das Blut in den Kopf stieg.

Kichernd drängte Mary sie in den Durchgang zum Wintergarten, wo sie ungestört reden konnten. »Du bist ja total verknallt in den Kerl!« Sie spähten zu dem hochgewachsenen Sechsundzwanzigjährigen hinüber, der von Gästen umringt im Salon stand und sich suchend umschaute. »Schau nur, er vermisst dich schon«, kicherte Mary. »Ist er extra zu deinem Geburtstag aus Rhodesien in die Staaten gekommen?«

Dian zuckte mit den Schultern. »Angeblich, um zu studieren.«

»Glaubst du das?«

Dian grinste vielsagend. »Immerhin hat er sich in der Notre Dame immatrikuliert.«

»Tatsächlich?« Mary machte große Augen. »Warum denn so weit weg? Von dort sind's ja vierhundert Meilen bis nach Louisville.«

Die *University of Notre Dame* bei South Bend im St. Joseph County war eine katholische Privatuniversität und galt als eine der renommiertesten Hochschulen in den USA.

»Frag mich etwas Leichteres, Mary.«

»Und der Altersunterschied stört dich so gar nicht?« Alexie war sieben Jahre jünger als Dian, doch sie schüttelte den Kopf, denn darüber hatte sie überhaupt noch nicht nachgedacht. »Was studiert er denn?

Bevor Dian antworten konnte, entdeckte Nick sie und rief ihr aus dem Salon zu: »Ich habe deine Artikel im Louisville *Courier* gelesen, Dian!«

»So?« Dian zog Mary aus dem Durchgang zurück in den Salon und zu dem Jungen. Sofort entdeckte Alexie Forrester sie und kam zu ihnen.

»Nick hat sie in der Wochenendbeilage entdeckt und ausgeschnitten.« Seine Mutter lächelte stolz. »Und sie seinen Lehrern und Klassenkameraden gezeigt.«

»›Das hat die Therapeutin geschrieben, die meinen Arm wieder heil gemacht hat‹, habe ich ihnen gesagt. Alle haben sie dann deine Aufsätze gelesen und ganz schön gestaunt.«

Dian dachte nicht gern an die drei Reportagen über ihre Afrikareise. Die waren ihr so durchschnittlich geraten, dass nicht allein das Magazin *Life*, sondern auch die *Saturday Evening Post* und der *Reader's Digest* sie abgelehnt hatten. Nur das städtische Magazin hatte sie drucken wollen.

»Du bist inzwischen eine richtige Berühmtheit in Louisville.« Fred Coy musterte sie voller Bewunderung. Nach und nach scharten sich die Geburtstaggäste um Dian und die Coys.

»Na ja.« Dian griff sich gleich zwei Sandwiches vom Tablett, das eines der Hausmädchen zum Büfett trug. »Du übertreibst, Fred.« Heißhungrig biss sie hinein. Seit sie vor über einem Jahr aus Afrika zurückgekehrt war, aß sie, um Geld zu sparen, nur noch zweimal am Tag.

»Keineswegs«, widersprach Dr. Coy, »vorgestern hat sich sogar der Bürgermeister bei der Klinikleitung nach dir erkundigt. Und Georgie Long erzählt jedem, der ihm über den Weg läuft, dass du bei ihm auf Glenmary wohnst.« Sie lachten, und Dian lachte am lautesten.

Insgeheim jedoch musste sie an die langen Abende denken, die sie im vergangenen Jahr allein vor der Schreibmaschine verbracht hatte. Die Ablehnung der drei renommierten Magazine hatte sie bitter enttäuscht – und veranlasst, einen Fernkurs bei der Famous Writer's School zu belegen. Schon so mancher berühmte amerikanische Autor hatte dort professionelles Schreiben gelernt.

»Die Fotos von den Gorillas sind unheimlich stark!«, sagte Nick, und seine Augen leuchteten.

»Finde ich auch.« Dian nickte. Ihre eigenen Bilder waren überbelichtet und unbrauchbar gewesen, weswegen sie dem Redakteur des Louisville *Courier* kurzerhand die Fotos geschickt hatte, die aus Alan Roots Kamera stammten. Doch das behielt sie lieber für sich.

»Das Foto, auf dem du neben dem Professor Leakey sitzt, habe ich mir an die Wand gehängt«, erzählte Nick. »Wer hat das eigentlich geknipst?«

»Keine Ahnung.« Dian zuckte mit den Schultern. »Wahrscheinlich irgendein Student Leakeys.«

Der Name John Alexander wollte ihr nicht über die Lippen

kommen. Sie war überzeugt davon, dass er ihr für den Abstecher in den Kongo viel zu viel Geld abgenommen hatte; vor allem aber nahm sie ihm übel, dass er sie abgewiesen hatte, als sie dringend Trost gebraucht hätte.

»So ein toller Forscher wie dieser Professor will ich auch einmal werden«, erklärte Nick.

»Überlegt dir das lieber noch mal.« Lächelnd strich sein Vater ihm über das Haar. »Louis Leakey hat hart kämpfen müssen, um dorthin zu gelangen, wo er heute steht. Ich habe mich ein bisschen schlau über ihn gemacht – unglaublich, wie viele Forschungsprojekte er laufen hat!«

»Verrückter Vogel.« Alexie Forrester schüttelte den Kopf. »Nur ein Verrückter buddelt im afrikanischen Staub nach Knochen, die Millionen von Jahren alt sind.« Beifall heischend blickte er in die Runde. »Oder?

»Nur ein Verrückter schafft es bis an die Weltspitze seiner Zunft«, entgegnete Dr. Coy.

»Bemerkenswerter Mann, alles was recht ist!« Pater Raymond schaltete sich ins Gespräch ein. »Ich habe Professor Leakey vor drei Jahren in seiner Schlucht in Tansania besucht. Wie dieser Schaller glaubt auch er, dass wir vom Affen abstammen. Das ist natürlich Unsinn, doch seine Arbeitswut und vor allem sein Arbeitspensum haben mich schwer beeindruckt. Erst hat er diese Britin auf Schimpansen angesetzt, wie heißt sie gleich …?«

»Jane Goodall«, half Dian ihm auf die Sprünge.

»… und nun schickt er auch noch eine junge Frau nach Borneo, wie man hört«, fuhr Pater Raymond fort. »Die soll dort für ihn das Verhalten von Orang-Utans studieren.«

»Scheint eine Vorliebe für junge Frauen zu haben, der gute Professor«, grinste Alexie und tastete verstohlen nach Dians Hand. Während sie seine Rechte ergriff und festhielt, steckte sie die andere Hand in die Tasche ihres Kleides, um den Brief ihres Vaters zu spüren. Ihr Herz schlug schneller: nach so vielen Jahren ein Brief! Er wollte sie wiedersehen. Bald.

»Das ist doch keine Arbeit für eine Frau!?«, empörte sich Gaynee Henry.

»Louis Leakey glaubt, dass Frauen sich für diese Art von Feldforschung besser eignen als Männer«, sagte Mary White Henry. »Das habe ich letzte Woche im Radio gehört.«

»Warum das denn?!«, riefen Pater Raymond und Alexie Forrester wie aus einem Mund.

»Weil wir einfühlsamer, geduldiger und zäher sind.«

Die Männer lachten. »Zäher?« Alexie schüttelte den Kopf. »So ein Quatsch!«

»Schaller immerhin hat aufgegeben.« Dr. Coy deutete zum Geburtstagstisch hin, wo gut sichtbar Schallers Buch lag. »Wie ich gelesen habe, sucht Louis Leakey inzwischen einen Nachfolger, den er in die Virungas zu den Gorillas schicken kann.«

»Wahrscheinlich eher eine Nachfolgerin«, sagte Mary.

»Wie verantwortungslos!«, empörte sich ihre Mutter Gaynee. »Man kann doch schutzlose junge Frauen nicht einfach in die Wildnis schicken!«

Dian hörte aufmerksam zu. Jedes Wort nahm sie auf, und keines sollte sie in den nächsten Monaten vergessen.

19

Väter

Chicago, Illinois, Frühjahr 1965

Möwen kreisten über Strand, Brandung und Promenadencafés. Vom Michigansee her wehte ein kühler Nordwind und spielte mit Dians Zöpfen. Der Kaffee kam ihr dünn vor und schmeckte nicht halb so gut wie im *Hotel Henry.* Das Herz klopfte ihr bis zum Hals, und ihre Hände waren feucht vor Aufregung. Sie löffelte den Zucker neben den Tassenrand, so sehr zitterten ihre Finger.

Suchend wanderte ihr unsteter Blick von einem Ende des Strandes bis zum anderen und wieder zurück. Nur einzelne Sonnenanbeter lagen im Sand, kaum jemand sprang schon in der Brandung herum oder schwamm gar auf den See hinaus. Dafür liefen zahlreiche Spaziergänger in beiden Richtungen dicht an der Wasserlinie entlang, viele barfuß und die meisten in Windjacken oder Pullover gehüllt. Der, auf den Dian wartete, war nicht unter ihnen.

Sie rutschte auf ihrem Stuhl hin und her, schlug ständig ein Bein über das andere, zündete sich frische Zigaretten an ihren noch glühenden Kippen an und suchte den Strand nach einem einzelnen Mann ab. Für drei Uhr waren sie verabredet.

Das Strandcafé, das sie ausgesucht hatte, war nicht das gemütlichste, aber das mit den meisten leeren Plätzen. Dian wollte möglichst ungestört sein – sie und ihre Verabredung würden ja reden, womöglich laut reden. Sie jedenfalls hatte sich tausend Worte zurechtgelegt, die sie ihm an den Kopf werfen würde.

Möwen ließen sich auf den Stuhllehnen der unbesetzten Tische nieder und spähten nach Resten von Kuchen und Eiswaffeln. Dian beachtete sie kaum. Warum kam er denn nicht? Sie zündete sich die nächste Zigarette an und blickte schon wieder auf die Armbanduhr: zehn nach drei. Hatte sie sich im Datum getäuscht?

Um Viertel nach drei stand sie auf, verließ den umzäunten Bereich des Cafés und stieg auf die niedrige Mauer, die zum Strand hin entlang der Promenade verlief. Nicht, dass er sie übersah. Wieder spähte sie hinunter zu den Strandwanderern. Nein, von dort würde er bestimmt nicht kommen, schließlich hatte sie ihm alle vier Cafés hier oben beschrieben und benannt, die als Treffpunkt in Frage kamen.

Mit den Briefen, die seit dem Januar hin und her gegangen waren, hatten sie einander Fotos geschickt. Er war dick geworden und hatte graues Haar bekommen. Trotzdem hätte sie ihn unter hunderten wiedererkannt, sofort. Rauchend blickte sie zu allen Seiten und hielt Ausschau nach einem dicken, grauhaarigen Mann.

Zweimal schon hatten sie das Treffen verschoben – einmal war seine Frau krank geworden, das zweite Mal hatte Dian das Geld für das Flugticket nicht rechtzeitig zusammenbekommen. Das hatte sie ihm natürlich nicht geschrieben.

Wieder schaute sie auf die Uhr – zwanzig nach drei. Würde er am Ende doch nicht kommen? Wagte er es nicht? Hatte vielleicht schon bei der ersten Absage nicht irgendeine Krankheit seiner Frau ihn abgehalten, sondern die Angst?

Dian tastete ihre Jackentaschen nach der Zigarettenschachtel ab. Nichts. Natürlich nicht – sie hatte sie auf dem Tisch neben ihrer leeren Kaffeetasse liegen lassen. Also machte sie kehrt, ging zurück in den Außenbereich des Cafés und zu ihrem Platz.

Ein Mann stand neben ihrem Tisch – grauhaarig, dick, Mitte fünfzig. Dian blieb stehen wie festgewachsen, denn sie erkannte ihn auf den ersten Blick. Der Boden unter ihren Sohlen schien zu schwanken, und ihr wurde schwindlig. Vergangenheit und Gegenwart verschwammen miteinander, Bilder eines Mannes im weißen Matrosenanzug vor ihrem Bett und unten auf nächtlicher Straße verschwammen mit dem Anblick des Mannes dort neben ihrem Tisch. Er bewegte die Lippen, als wollte er etwas sagen, schluckte aber nur. Sein heller Sommeranzug war zerbeult, seine bunte Krawatte saß schief, der Strohhut in seiner Linken sah neu aus.

Dian atmete tief, atmete den Schwindel weg, fühlte wieder festen Boden unter sich. Trotz weicher Knie ging sie auf ihn zu. Langsam, Schritt für Schritt, tastend wie auf dünnem Eis. Dicht vor ihm blieb sie stehen, schaute ihn an, suchte irgendwas Vertrautes in seiner Miene, fand aber nichts. »Dad …« Ihr Mund war trocken.

»Entschuldige die Verspätung.« Seine Stimme klang heiser und dünn, seine Hände fuchtelten ziellos, sein Blick irrte an ihr vorbei. »Der Taxifahrer hat sich nicht ausgekannt, hat mich viel zu früh abgesetzt, und dann die vielen Cafés hier, ich …« Er verstummte kurz, schluckte wieder, räusperte sich. Und endlich schaute er ihr in die Augen. »… ich bin so froh, dich wiederzusehen.«

»Dad …« Dian konnte nur flüstern. »Fast dreißig Jahre, Dad.«

»Ich weiß …« In einer Geste der Hilflosigkeit hob er die Arme, breitete sie aus, ließ sie kraftlos gegen seine Hüften fallen. »Ich weiß es doch.«

»Einfach weggehen.« Wut und Trauer überwältigten sie. »Mich einfach allein lassen!« Dian wurde lauter. »Einfach nichts mehr von dir hören lassen!«

»Es tut mir so leid, Dian, ich …« Er senkte den Blick.

»Mich einfach allein lassen!« Sie packte ihn bei den Schultern und schüttelte ihn. »Wie konntest du nur!«, schrie sie ihn an. »Los, erklär es mir!«

»Ich …« Hilflos stammelnd hob er die Arme erneut und ließ sie erneut ratlos fallen. »Es tut mir so unendlich leid.«

»Meine Güte, Daddy, wie konntest du nur!?« Dian warf sich an seine Brust, schlang die Arme um seinen Hals, weinte laut. Sie klammerte sich an ihn und hielt ihn so fest, als wollte sie ihn nie wieder loslassen.

»Verzeih mir, Dian«, hörte sie ihn flüstern. »Bitte.« Sie spürte seine Hände auf ihrem Rücken, in ihrem Haar, sie spürte, wie sein massiger Körper unter hemmungslosen Schluchzern erbebte. »Bitte verzeih mir, wenn du kannst.«

*

Atherton, Kalifornien, Spätsommer 1965

Alexie trug ihren Koffer in ihr altes Mädchenzimmer hinauf. Die Prices benutzten es manchmal als Gästezimmer, doch im Großen und Ganzen war es noch so eingerichtet wie Ende der vierziger Jahre, als Dian endlich ihr Elternhaus verlassen und zum Studium gehen konnte.

Dian schloss die Tür ab und musste Alexie nicht erst überreden, sie ins Bett zu ziehen und aus den Kleidern zu schälen. Schon während des Fluges hatte sie sich danach gesehnt, endlich mit ihm allein zu sein. Ihr neuer Glaube hatte genauso wenig Chancen gegen Liebe und Lust wie der Katholizismus, dem seine Familie seit Generationen anhing. Viel Zeit blieb nicht mehr bis zum Abendessen, doch genug, für ein paar Minuten die Welt zu vergessen und einander das Verlangen zu stillen.

»Leg den Koffer erst einmal aufs Bett«, sagte sie hinterher, während sie die Tür des halb leeren Kleiderschranks aufzog, um sich ein Kleid für das Abendessen auszusuchen. Alexie, noch halbnackt, tat es, doch übereifrig, wie er nun einmal war, öffnete er ihn auch gleich. Und prompt quollen einige ihrer Sachen heraus, denn Dian packte ihre Koffer nicht, Dian stopfte ihre Koffer voll.

»Was ist *das* denn?« Alexie zog eine kleine Dose aus Dians Wäsche und betrachtete sie mit gerunzelten Brauen. »Wozu packst du denn Tränengas ein?« Er staunte zu Dian herüber, doch sofort fiel sein Blick auf die nächste Überraschung und er fischte Dians Pistole zwischen Büchern und Schreibzeug heraus. »Du gehst bewaffnet auf Reisen? Seit wann das denn?«

Noch selten hatte Dian ihren Verlobten fassungslos erlebt, doch jetzt stand er da und blinzelte kopfschüttelnd zwischen der Pistole in seiner Rechten und dem Tränengas in seiner Linken hin und her. Er guckte, als hielte er Reizwäsche oder tote Ratten in den Händen. »Erklär mir das, Dian.«

»Braucht es für alles eine Erklärung?« Sie nahm ihm Waffe und Dose aus der Hand. »Ich fühle mich sicherer so. Sonst noch Fragen?« Das Tränengas warf sie in ihre Handtasche, die Pistole schob sie unter ihr Kopfkissen. »Was fällt dir überhaupt ein, meinen Koffer zu öffnen?!«

»Du willst allen Ernstes mit einer Pistole im Bett schlafen« Alexie starrte das Kopfkissen an. »Vor wem hast du Angst?«

»Es hat nichts zu bedeuten.« Sie suchte nach einer einigermaßen unverfänglichen Erklärung, fand aber keine. »Ich fahre nie ohne Pistole und Tränengas nach Atherton, ist mir zur Gewohnheit geworden. Und jetzt genug davon.«

»Vor wem hast du Angst, Dian?« Alexie kam zu ihr, nahm ihr Gesicht zwischen die Hände und drückte ihr einen Kuss auf die Nase. Das tat gut. »Vor wem?«

»Man muss nicht über alles reden, oder?« Sie küsste ihn auf den Mund und schmiegte sich seufzend an ihn, während er sie umarmte. Doch der zärtliche Moment währte nur kurz, denn Dian hörte einen Wagen in der Einfahrt halten. »Er ist da, wir sollten hinuntergehen.« Sie machte sich von Alexie los. »Mr. Price wartet nicht gern mit dem Abendessen.«

Sie machten sich ein wenig frisch und stiegen dann Hand in Hand die Treppe hinunter ins Wohnzimmer. Es roch nach Schweinebraten und Bohnen. »Vater ist nach Hause gekommen!«, flötete Dians Mutter Kitty aus der Küche. In dem Moment kam Price auch schon aus dem Bad, ein mittelgroßer Mann mit kurzgeschorenem, dunkelblondem Haar und einem schmalen, kantigen Gesicht, das wie immer ein wenig verbissen wirkte.

Kaum jedoch entdeckte er sie, glättete sich seine Miene. Er präsentierte sein strahlend weißes Gebiss und kam mit ausgestreckter Rechter auf Dian und Alexie zu. »Was für ein seltener Gast! Und sie kommt nicht allein?«

»Das habe ich euch doch geschrieben«, sagte Dian, während sie Alexie seinem Arm entgegenschob, den er in Brusthöhe ausgestreckt wie ein Schwert vor sich hertrug. »Das ist mein Freund Alexie Forrester, Vater.« Dian verabscheute die eckigen Bewegungen ihres Stiefvaters, seine näselnde Stimme und sein maskenhaftes Lächeln. Nachdem Alexie ihn begrüßt hatte, drückte auch Dian ihm die Hand, ließ sie aber so schnell wie möglich wieder los.

Alexie, der sehr kontaktfreudig war, erklärte Price, wie

hübsch er dessen Haus fand, lobte das sonnige Wetter und pries die Schönheit der Landschaft Kaliforniens, die er auf der Busfahrt vom Flughafen hierher hatte bewundern können. Schnell verwickelte er ihn in eine unverfängliche Plauderei.

Es war Alexies Idee gewesen, gemeinsam nach Kalifornien zu fliegen und die Prices in Atherton zu besuchen. Dian hätte sich schönere Urlaubsziele vorstellen können. Er wolle Price um ihre Hand bitten, hatte Alexie verkündet, denn angeblich mache man das in Rhodesien so. Und wenn es nach ihm gegangen wäre, hätten sie anschließend im Hause Price gleich Verlobung gefeiert. Das alles hatte Dian ihm zum Glück ausreden können, doch er hatte hartnäckig darauf bestanden, sich noch vor Jahresende bei ihren Eltern vorzustellen und ihnen mehr oder weniger förmlich zu eröffnen, dass er Dian heiraten wolle.

Nun war es also so weit – sie gingen zu Tisch, wünschten einander guten Appetit, begannen zu essen. Dian war gespannt, wie Alexie sich schlagen würde. Nebeneinander saßen sie den Prices gegenüber, und aus dem Augenwinkel sah sie Alexie schon Luft holen und Anlauf nehmen, da wies ihre Mutter auf ein gerahmtes Foto, das auf der Anrichte zwischen der Obstschale und der Marmorbüste George Washingtons stand. Es zeigte eine strahlende Dian mit einem kleinen Papierschein, den sie dem Betrachter mit beiden Händen präsentierte.

»Der erste Honorarscheck, den unsere Dian sich mit einem Zeitungsartikel verdient hat«, sagte Kitty Price voller Stolz. »Ist das nicht großartig? Sie hat über ihre Afrikareise berichtet, doch das wissen Sie sicher, Mr. Forrester.« Dian war überrascht, das Foto, das Mary White Henry auf der Veranda von Glenmary geschossen hatte, hier auf der Anrichte zu sehen, noch dazu gerahmt. »Hundert Dollar!«, rief ihre Mutter entzückt. »Ist das nicht fantastisch?«

»›Fantastisch‹, nun ja.« Price wiegte zweifelnd den Kopf.

»Nicht schlecht für den Anfang, sagen wir mal so. Doch in meiner Firma hätte sie mehr verdient.« Dian hätte ihm gern unter dem Tisch gegen das Schienbein getreten, doch sie musterte ihn nur kühl.

»Ein schöner Erfolg«, sagte Alexie, »wirklich. Ich freue mich sehr für Dian. Jetzt, wo sie an der Famous Writer's School studiert, wird sie sicher bald noch weitere Artikel veröffentlichen. Ich bin auch ziemlich stolz auf ...«

»Seit wann das denn?!« Price schoss einen missbilligenden Blick auf Dian ab.

»Seit einem knappen Jahr.« Dian wünschte, Alexie hätte den Mund gehalten.

»Hast du nichts Besseres zu tun?«, fragte Price, während er sich wieder seinem Schweinebraten widmete. »Übrigens habe ich heute einen Kunden besucht, der sich ebenfalls für Affen und Paläozoologie interessiert ...

»Paläontologie«, korrigierte Dian.

... der hat Bücher von diesem Professor gelesen, wie hieß er gleich?«

»Louis Leakey«, sagte Alexie, »ein Verrückter.« Dian trat ihm unter dem Tisch gegen den Knöchel.

»Genau.« Price spießte ein Stück Fleisch auf, steckte es in den Mund und sprach kauend weiter. »Der Kunde, ein schwerreicher Autohändler übrigens, hat gelesen, wie dieser Leakey vorgegangen ist, als er vor einigen Jahren herauszufinden versuchte, wie Hyänen auf einen Angriff von Urmenschen reagiert haben mochten. Er hat sich also nackt ausgezogen, mit Blut beschmiert ...«

»Bitte, Richard, wir sind bei Tisch!« Kitty Price schnitt eine angewiderte Miene.

»... und ist mit einer selbstgebauten Steinaxt auf ein Rudel Hyänen losgegangen, das einem Löwen gerade einen Antilopenkadaver abgejagt hatte. Die Hyänen machten sich aus dem Staub, und dieser Leakey haute sich ein Stück blutiges Fleisch aus dem toten Tier und aß es vor den Augen der ihn in großem Abstand umschleichenden Hyänen. Er wollte wissen, ob sie ...«

»Um Gottes willen, Richard!« Dians Mutter rümpfte die Nase. »Bitte! Kein Wort mehr davon!« Sie guckte, als würde Brechreiz sie würgen.

»Sag ich's nicht?« Alexie grinste. »Ein Verrückter!«

»So etwas nennen sie dann ›Feldforschung‹.« Price schüttelte seufzend den Kopf. »Und so etwas alimentiert das Weiße Haus mit unseren Steuergeldern.«

»Professor Leakey ist Brite«, sagte Dian und dachte: Das also versteht Louis Leakey unter Feldstudien. »Davon abgesehen verfügt er über keine staatlichen Mittel, er besorgt sich das nötige Geld von Magazinen, Museen oder Privatleuten.«

»Und wer finanziert die Museen? Ich zum Beispiel.« Price wandte sich an Alexie. »Apropos Geld – wie verdienen Sie eigentlich Ihre Dollars, Alexie? Ich darf doch Alexie sagen, und Sie nennen mich Richard.« Er deutete auf seine Frau. »Sie heißt Kitty.«

»Ich werde alimentiert, Richard«, erklärte Alexie launig, »von meinen Eltern. Ich studiere nämlich noch.« Das war nur die halbe Wahrheit, wie Dian wusste, Alexie erhielt erst seit kurzem Geld von seinem Vater, und zwar so wenig, dass er als Nachtwächter arbeitete, um tagsüber studieren zu können. Bis in den Frühling hinein hatte er auf dem Friedhof von South Bend in der Trauerhalle übernachtet, weil er das Zimmer im Studentenwohnheim nicht bezahlen konnte.

»Dachte ich es mir«, sagte Price, ohne von seinem Teller aufzusehen. Und was studieren Sie?«

»Theologie und Religionswissenschaft, doch ich bin noch im Grundstudium.«

»Wie lange gedenken Sie denn, Ihre kostbare Zeit an einer Hochschule zu verschwenden?«

»Wieso ›verschwenden‹, Vater?« Dian wurde laut, denn sie ärgerte sich. »Ein Studium ist doch keine Zeitverschwendung!« Zornig blitzte sie Price an.

»Gestatte, dass ich das anders sehe.« Äußerlich seelenruhig aß Price weiter, doch seine Stimme klirrte vor Kälte. »Und bist du nicht der beste Beweis dafür, dass ich recht habe?« Dian erstarrte, entgegnete aber nichts.

Für Sekunden herrschte angespannte Stille. Bis Price sich wieder an Alexie wandte. »Wie lange also wollen Sie Ihre Zeit mit Theologie und Religionswissenschaft verschwenden, Alexie?«

»Mal sehen.« Alexie wirkte verunsichert, ja getroffen, und schien nach Worten zu suchen, doch Dians Hoffnung, er würde Price Paroli bieten, wurde enttäuscht. »Erst einmal das Vorstudium, wie gesagt. Und dann werde ich mich in eines der Fächer vertiefen, denn ein gründliches Studium kann niemals schaden, oder?«

»Natürlich nicht!« Dian nickte energisch.

Price holte bereits zu einer Entgegnung aus, doch Alexie kam ihm zuvor. »Wie auch immer – ohne Doktortitel jedenfalls kehre ich nicht nach Rhodesien zurück.« Er ließ die Gabel fallen, lehnte sich zurück und legte den Arm um Dian. »Und ohne Dian auch nicht.« Dian hielt den Atem an. »Wir wollen nämlich heiraten.«

»Was?!«, riefen Dians Eltern wie aus einem Mund. Kitty Price' Miene verzog sich zu einem sonnigen Strahlen, wobei ihre Augen feucht wurden. Richard Price, dessen mit Fleisch beladene Gabel zwischen Teller und geöffneten Zähnen schwebte, verharrte reglos, während sein Blick zwischen Dian und Alexie hin- und herzuckte.

»Wunderbar!« Kitty Price ließ sich gegen die Stuhllehne fallen und schlug die Hände zusammen. »Ich freu mich so.«

Auch Price behauptete, sich zu freuen und gratulieren zu wollen, allerdings mit maskenhaftem Lächeln und gestelzten Worten. »Und darf man fragen, wann?«

»Am liebsten schon nächstes Jahr, doch leider findet Dian, das sei entschieden zu früh.«

»Wieso das denn?!«, rief Price, und wieder traf sein kritischer Blick Dian.

»Weil ich der Ansicht bin, dass ein Mann einen anständigen Beruf braucht.« Dian antwortete betont kühl. »Und Alexie hat seine Ausbildung gerade erst ...«

»Hören Sie zu, Alexie«, fiel Price ihr ins Wort. »Ich leite ein expandierendes Unternehmen und halte ständig Ausschau nach tatkräftigen Männern. Gute Leute nämlich sind dünn gesät, deswegen mein Vorschlag: Geben Sie die Theologie und das ganze Studienzeug auf und steigen Sie bei mir ein.« Er lehnte sich zurück, griff zur Serviette, mit der er sich umständlich den Mund abwischte. »Und zwar nicht erst im nächsten Jahr, sondern gleich.« Er schlug mit der Faust auf den Tisch. »Na? Ist das ein Angebot?«

»Oha!« Alexie blickte hilfesuchend zu Dian. »Sicher, Mr. Price, ich meine – Richard. Ein ...« Er suchte nach Worten. »... interessantes Angebot, und es kommt aus heiterem Himmel. »Ich, äh ...«

»So ein Angebot habe ich seinerzeit übrigens auch Dian gemacht«, fuhr Price fort. »Hätte sie es damals angenommen, müsste sie sich heute nicht mit Krüppeln abgeben und hätte es nicht nötig, mit einem läppischen Hundert-Dollar-Scheck zu posieren wie mit einer Goldmedaille. Doch sie wollte ja unbedingt studieren und Tierärztin werden.«

»Ich bin sehr zufrieden mit meinem Beruf!« Dians Stimme

zitterte vor unterdrückter Wut. »Und ich habe das Studium nie bereut! Ich würde jederzeit …«

»Du hast es in den Sand gesetzt! All die Dollars, die ich für dich investiert habe – weg!«

»Bitte, Richard.« Dians Mutter legte ihrem Mann die Hand auf den Arm. »Das ist doch nicht die rechte Zeit, um …«

»Weil du nicht in der Lage warst, eine läppische Prüfung mit einigermaßen passablen Noten zu absolvieren!« Price wischte die Hand seiner Frau vom Arm. »Ist doch wahr!« Und dann wieder an Alexie gewandt: »Familiengeschichten, nicht der Rede wert. Ich könnte Ihnen zwei Posten anbieten, Alexie, und das relativ kurzfristig und zu einem Einstiegsgehalt, das sich hören lassen kann.«

Dian hockte stocksteif auf der Stuhlkante. Ihre geballten Fäuste lagen neben ihrem halbvollen Teller und aus der rechten ragte die Gabel. Am liebsten hätte Dian sie nach ihrem Stiefvater geworfen und den Teller gleich hinterher. Stattdessen wollte sie ihm wenigstens eine scharfe Antwort entgegenschleudern, doch ihre Kehle war wie zugeschnürt.

Price indessen redete auf Alexie ein, als sei alles in bester Ordnung und nichts geschehen. Er erklärte ihm, womit sein Unternehmen Geld verdiente, beschrieb ihm die Stellen, auf denen er sich einen wie ihn gut vorstellen könne, nannte vage Summen eines Einstiegsgehaltes und schilderte ihm die rasante Entwicklung seiner Firma während der letzten zehn Jahre.

Verstohlen beobachtete Dian mal ihren unablässig auf Alexie einredenden Vater, mal ihre Mutter, die noch immer verklärt lächelte und den Blickkontakt mit ihr suchte. Gütiger Himmel!, dachte sie, wie fremd mir diese Menschen sind! Habe ich wirklich die Hälfte meines Lebens mit ihnen verbracht?

Sie dachte an ihren Vater, an George Fossey, und das Herz wurde ihr schwer. Im Frühsommer hatten sie sich in Los Angeles getroffen, im Sommer dann noch einmal in New York, um miteinander fünf Tage lang die riesige Stadt zu erkunden. Niemals durften die Prices davon erfahren! In ihrem Haus war es streng verboten, auch nur seinen Namen auszusprechen.

»Also, was ist?«, schloss Richard Price seinen Vortrag. »Wann steigen Sie bei mir ein?«

Alexie, der die ganze Zeit schweigend zugehört hatte, was er sonst selten tat, lehnte ab. Höflich zwar, aber bestimmt, und so verlief der Rest des Abends kurz und in frostiger Atmosphäre.

»Tut mir leid«, sagte Dian später, als sie in der Dämmerung Hand in Hand durch den kalifornischen Spätsommerabend schlenderten. »Ich schäme mich für Price.«

»Er müsste sich schämen«, antworte Alexie und fügte ein paar Schritte später hinzu: »Es liegt an ihm, nicht wahr?«

»Was liegt an ihm?« Dian begriff nicht gleich.

»Dass du Pistole und Tränengas mit nach Atherton mitgenommen hast.«

»Ich fühle mich dann einfach sicherer«, wich sie aus.

»Was hat er dir angetan, dass du solche Angst vor ihm hast?«

»Ich habe vor niemandem Angst«, entgegnete sie trotzig. »Schon gar nicht vor Price.

Alexie blieb stehen, fasste sie an den Schultern, drehte sie zu sich und schaute ihr in die Augen. »Was hat er dir angetan, Dian?«

20

Gosse

Atherton, 1940

Endlich steht er auf, endlich geht er weg von meinem Bett. Er hat mir gedroht, mir vor Augen gestellt, was künftig alles verboten sein wird, wenn ich noch einmal mit dem Hund des Nachbarn spiele, noch einmal mit schmutzigen Kleidern nach Hause komme, noch einmal mit den Klassenkameraden spiele, die er *Abschaum* nennt. Er hat mich gezüchtigt, wie er das nennt. Und danach hat er mir einen Gute-Nacht-Kuss gegeben.

Ich ekle mich. An der Tür dreht er sich noch einmal um. Gute Nacht, Dian.

Gute Nacht. Ich kann nur flüstern.

Er steht und wartet und guckt.

Gute Nacht, Vater.

Endlich ist er zufrieden, endlich geht er hinaus, endlich schließt er die Tür. Ich liege ganz steif, lausche den Geräuschen im Haus, wische mir wieder und wieder den Mund mit der Bettdecke ab und ekle mich. Am liebsten würde ich die Kinderzimmertür abschließen, doch das hat er mir verboten.

Später höre ich sie streiten. Sie streiten oft in letzter Zeit. Vorgestern haben sie den ganzen Abend gestritten, gestern, am Sonntag, den ganzen Tag. Und jetzt streiten sie wieder. Price schreit, Mom heult. Geschieht ihr recht – warum musste sie ihn auch heiraten?

Ich stehe auf, wickle mich in meine Decke, schleiche auf Zehenspitzen zum Aquarium und kuschele mich in den Sessel, der davorsteht.

Ich hasse ihn, sage ich zum Goldfisch. Ich muss weg hier, so schnell wie möglich. Hoffentlich bin ich bald groß, dann kann ich endlich ganz weit weggehen.

Mein Goldfisch schwimmt hin und her und guckt mich an. Ich weiß, was er denkt.

Nein, sage ich, du musst keine Angst haben, ich lasse dich nicht allein. Ich werde niemals jemanden allein lassen. Außer vielleicht Mom und Mr. Price.

Mein Goldfisch zieht seine Runden im Aquarium.

Warum hat sie ihn nur geheiratet?, frage ich ihn. Das verzeihe ich ihr nie!

Mein Goldfisch schwimmt an der Glaswand entlang und wedelt mit der Schwanzflosse. Manchmal, bevor er die Richtung wechselt, steht er im Wasser still und schaut mich an. Wahrscheinlich wundert er sich, weil ich nichts mehr sage. Meistens, wenn ich hier sitze, habe ich ihm nämlich sehr viel zu erzählen.

Ich frage mich, was das ist, eine Gosse, sage ich zu meinem Goldfisch. Du weißt es auch nicht, nicht wahr? Kommst ja niemals heraus aus deiner Glaskugel. Eine Gosse muss etwas sein, aus dem man herausgeholt werden kann, in das man aber wieder hineingestoßen werden kann, sage ich zu meinem Goldfisch.

Ich denke lange über das Wort *Gosse* nach und über den Augenblick, in dem ich es zum ersten Mal gehört habe. Als ich fertig bin mit Nachdenken, sage ich: Ich glaube, dass es etwas Schlimmes bedeutet, etwas Schmutziges und Düsteres. Denn

Mr. Price hat böse geguckt, als er das Wort ausgesprochen hat, ich habe sein Gesicht durch den Türspalt sehen können. Und seine Stimme hat sehr gehässig geklungen. Und Mom hat geweint, als er den Satz mit dem Wort gesagt hat.

Ich versuche zu gucken, wie Mr. Price geguckt hat, als er den Satz mit dem Wort *Gosse* gesagt hat, und ich versuche meine Stimme wie seine klingen zu lassen. Beides ist ziemlich schwer, ich versuche es trotzdem und sage: *Ich habe dich aus der Gosse geholt, und ich kann dich jederzeit wieder in die Gosse zurückstoßen.*

Genau das hat er zu Mom gesagt, flüstere ich meinem Goldfisch zu, oder nein: An den Kopf geworfen hat er es ihr, ins Gesicht geschleudert. Und dann hat sie geweint, ganz furchtbar geweint, und ist aus dem Zimmer gegangen.

Mein Goldfisch schwimmt in seiner Glaskugel herum und hat wahrscheinlich keine Ahnung, wovon ich rede. Das macht nichts, es tut trotzdem gut, ihm die Dinge zu erzählen, die schuld daran sind, dass ich nicht einschlafen kann.

Vielleicht ist es sogar gut, wenn er keine Ahnung hat, wovon ich rede. So kann ich ihm nämlich auch Dinge erzählen, die niemand wissen darf. Er ist ja auch der Einzige, der zugucken muss, wenn Mr. Price mich *züchtigt*, wie er das nennt. Das sieht nur mein Goldfisch und der kann es niemandem erzählen.

21
Messe

Louisville, Kentucky, 1965

»Lasset uns beten!« Pater Raymonds kraftvolle Stimme tönte durch die Kathedrale, während noch die letzten Orgelakkorde verhallten. Alle erhoben sich, auch Gaynee Henry, auch ihre Tochter Betty und die Familie von Dr. Coy, die rechts und links von ihr saßen. »Gott, unser Vater, du hast deinen Sohn Jesus Christus gesandt, um alle Menschen als dein Volk zu sammeln!«, betete Pater Raymond. »Heute treten wir mit unserer Schwester Dian Fossey vor dein Angesicht, um sie durch das Sakrament der heiligen Taufe zu einem Kind deines Volkes zu machen.«

Gaynee lächelte, während sie seinem Gebet mit halb geschlossenen Augen lauschte. Nicht allein, weil Dian endlich den Schritt zum Taufbecken und in die katholische Kirche wagte, sondern auch, weil sie Pater Raymonds Stimme liebte. Ob er Anekdoten aus Afrika zum Besten gab oder predigte, ob er einen Witz erzählte oder ein Gebet sprach – sie klang immer natürlich und ohne jedes Pathos. Das schätzte Gaynee so an diesem Priestermönch.

»Öffne Dian die Tür in die heilige Kirche«, bat er Gott, »in die wir bereits durch Glauben und Taufe eingetreten sind. Amen!« Gaynee antwortete mit der Gemeinde, und vielstimmig hallte das Amen durch das Kirchenschiff.

Hunderte von Menschen hatten sich an diesem Tag zur Messe eingefunden – viele Kollegen und Kolleginnen aus dem Kinderhospital, Leute von der Presse, Mönche aus der Gethsemane Abtei, Nachbarn des *Hotel Henrys*, Bürger, die Dians Artikel im Louisville *Courier* gelesen oder ihren Afrika-Film gesehen hatten. Es hatte sich in der Stadt herumgesprochen, dass Dian Fossey sich heute taufen lassen und in die katholische Kirche eintreten würde. Sogar der Bürgermeister war gekommen.

Alle setzten sich, auch Dian, Mary White und Pater François, für die drei gepolsterte Lehnstühle zwischen Altar und Gemeinde bereitstanden. Mary und den Mönch hatte Dian als Taufpaten gewählt. Pater Raymond las Verse aus dem siebten Kapitel des Markusevangeliums – die Geschichte von der Heilung des Taubstummen – und begann danach das zu tun, was er außer reisen, Bier trinken, feiern und singen am liebsten tat: Er predigte.

Gaynees Blick wanderte zu Dian, die sowohl Mary als auch Pater François um einen Kopf überragte. Was für ein großer Tag für dieses ungewöhnliche Menschenkind!, dachte sie, während Pater Raymonds Stimme an ihr vorbeirauschte, ohne dass sie ihr noch zuhörte. Wie ernst Dian die Vorbereitung auf die Taufe genommen hat – den Religionsunterricht, die Beichte, die sonntägliche Messe! Eine wirklich ungewöhnliche und zugleich eigenartige Frau. Doch ist sie nicht gerade deswegen auch sehr einsam? Welche junge Frau in den frühen Dreißigern beschäftigt sich schon mit Opern, lernt Klavier spielen, studiert neben ihrem Berufsalltag Französisch und Forschungsberichte, statt sich in den Bars und auf den Tanzböden der Stadt zu amüsieren?

Gaynees Blick wanderte zu Alexie Forresters hochgewachsener Gestalt, die vor ihr in der ersten Reihe aufragte. Anfang der Woche hatte er sich Geld von ihr geliehen, um sich den dunklen Anzug kaufen zu können, den er heute zur Tauffeier seiner Braut trug. Welchen Lebensweg mochte Gott in seiner Weisheit diesem ungleichen Paar wohl zugedacht haben?

Diese Frage stellte Gaynee sich oft in letzter Zeit, und wie immer, wenn sie das tat, beschlich sie auch jetzt eine unbestimmte Sorge.

Einerseits muss man froh sein, dass Alexie in Dians Leben getreten ist, dachte sie. Doch ist Alexie andererseits nicht zu jung für sie, und Dian zu dominant für ihn?

Der Rhodesier hatte Gaynee sein Herz ausgeschüttet, als er wegen des Geldes bei ihr gewesen war. Er liebe Dian, hatte er beteuert, und wolle sie so schnell wie möglich heiraten, sie aber bestehe darauf, mit der Hochzeit bis zum Abschluss seines Studiums zu warten.

Einerseits hielt Gaynee das für ebenso verantwortungsvoll wie vernünftig, doch andererseits: Wollte Dian mit ihrer ersten Mutterschaft denn warten, bis sie vierzig war? Dass sie sich danach sehnte – nach Ehe und Kindern – das lag doch auf der Hand! Gaynee blickte wieder zu ihr hin. Sie trug ein langes weißes Leinenkleid heute. Ob sie noch Jungfrau war?

Irgendwo auf der anderen Seite des Kirchenschiffs begann ein Säugling zu plärren und wollte sich gar nicht mehr beruhigen lassen. Die Mutter stand auf und machte Anstalten, ihn durch die Bankreihe und aus der Kirche zu tragen, doch Pater Raymond ermutigte sie, sich wieder zu setzen. »So ungefähr hat auch der Taubstumme geschrien, nachdem Jesus ihn geheilt hatte!«, verkündete er lauthals, und Gelächter erhob sich in der ehrwürdigen Kathedrale.

Gaynee war nicht nach Lachen zumute, denn sie dachte an die vielen jungen Männer, die Dian den Hof gemacht hatten, seit sie im *Hotel Henry* ein und aus ging. Alle hatte sie zurückgewiesen, und die meisten schroffer als es nötig gewesen wäre. Nicht einmal Mary wusste, ob Dian noch Jungfrau war.

Gaynees ältere Tochter Betty bezweifelte es. Sie hatte Gaynee erst vor kurzem erzählt, dass Dian in viel zu frühen Jahren eine schlimme sexuelle Erfahrung gemacht hatte. Das habe Dian ihr einmal anvertraut, als sie sich nach ein paar Cocktails sehr nahegekommen seien. Was ihr konkret zugestoßen war, hatte Dian jedoch verschwiegen.

Wie auch immer: Sie war eine gesunde Frau mit den Bedürfnissen und Sehnsüchtigen einer gesunden Frau, und Gaynee konnte nur hoffen, dass sie und der so viel jüngere Alexie bis zur Hochzeit warten würden.

Tiefer und tiefer verlor Gaynee sich in ihre so gar nicht feierlichen Gedanken über Dian, während Pater Raymond das Wunder Gottes pries, das einen Menschen von einem Ungläubigen in einen Gläubigen verwandelte. Was Dian zur gläubigen Christin gemacht hatte, erschien Gaynee nur halb so wunderbar, wie der Priestermönch das in seiner Predigt darstellte. Dian hatte im katholischen *Hotel Henry* ein vertrauensvolles Zuhause gefunden, in den gläubigen Henrys und den Mönchen unter ihren Gästen eine große Familie, die sie wertschätzte und liebte. Das und nichts anderes hatte ihr den Weg zum Glauben und in die Kirche geebnet, so einfach war das.

Wertschätzung, Vertrauen und Liebe – hat sie das in ihrem Elternhaus denn wirklich so schmerzlich vermissen müssen?, fragte sich Gaynee. Nach allem, was sie von Mary, Dr. Coy und zuletzt auch von Alexie gehört hatte, konnte sie zu keinem anderen Schluss kommen.

Dian muss unglücklich gewesen sein in Atherton, dachte sie, sehr unglücklich sogar. Armes Kind! Vielleicht sehnt sie sich deswegen so sehr nach Liebe und Anerkennung? Vielleicht rührt daher ihr schier unstillbares Verlangen, weit fortzugehen und zu reisen?

Gaynee rief sich in Erinnerung, was sie über Dians Eltern wusste. Die Prices gehörten wohl zu den Menschen, die es für den Gipfel des Glücks hielten, ein großes Haus, ein schickes Auto, elegante Kleider und möglichst viel Geld zu besitzen. Ansehen und Erfolg schienen diesen Leuten wichtiger zu sein als Liebe, Freundschaft, Schönheit und Herzensbildung. Anders konnte Gaynee nicht deuten, was Mary über sie erzählt hatte. Doch gingen Dians seltene Anspielungen nicht in die gleiche Richtung? Und hatte Alexie nicht genau das in seinem Bericht über den Besuch in Atherton bestätigt?

O ja, das hat er, seufzte Gaynee im Stillen. Leider. Armes Kind! Wie aber kommt es, dass ein Mensch aus einem derart kühlen und oberflächlichen Elternhaus so neugierig, wissensdurstig und so voller Herzensgüte sein kann?

Der Chor der Stimmen um sie herum riss Gaynee aus ihrem stummen Selbstgespräch. »Bitte für uns!«, hallte es durch die Kathedrale. Pater Raymond hatte die Predigt beendet und mit den Fürbitten begonnen. Die unterschiedlichsten Heiligen rief er nun nacheinander an, und nach jedem Gebetsruf antwortete die Gemeinde: »Bitte für uns!« Gaynee stimmte mit ein, doch schon bald schweiften ihre Gedanken wieder ab und kreisten um die junge Frau, die inzwischen mit ihren Taufpaten vor dem Altar stand.

Ob sie womöglich nach ihrem Vater geraten ist?, fragte sich Gaynee, nach George Fossey? Gewiss – der Mann hat Frau und Kind verlassen, was einerseits unverzeihlich ist, doch andererseits: Wer weiß schon, was damals vorgefallen ist, was ihn wirklich zu diesem ungeheuerlichen Schritt bewogen haben mag? Nach Alexies Worten jedenfalls sei George Fossey ein gütiger und kluger Mann voller Herz. Allerdings, mahnte

Gaynee sich selbst, allerdings weiß Alexie das nur aus Dians Erzählungen.

Dreimal war sie ihrem leiblichen Vater bereits begegnet, seit er ihr Anfang des Jahres zum Geburtstag geschrieben hatte. Das erste Mal in Chicago, und dieses Wiedersehen hatte sie tief erschüttert. Beim zweiten Mal hatten Vater und Tochter sich in Los Angeles getroffen, und Dian war noch in Hochstimmung gewesen, als sie Gaynee Tage später davon erzählte. Nach der dritten Begegnung – in New York – hatte Gaynee Veränderungen an Dian bemerkt, für die sie noch keine Worte finden konnte.

Auch andere hatten die Veränderung bemerkt, der beunruhigte Alexie etwa: »Sie ist selbstbewusster geworden«, hatte er zu Gaynee gesagt, als er sich das Geld für den Anzug abgeholt hatte. »Und sie ist nicht mehr zufrieden mit ihrem Job im Kinderhospital.«

Pater Raymond betete plötzlich so laut, dass seine Stimme Gaynee erneut aus ihren Gedanken aufschreckte. »Herr Jesus Christus!«, rief er, »du hast Kindern die Hände aufgelegt und sie gesegnet. Schütze auch diese junge Frau und halte von ihr fern, was schädlich und unmenschlich ist!«

Gaynee begriff: Die Messliturgie näherte sich dem eigentlichen Taufritual, und der sogenannte Taufexorzismus hatte begonnen. Sie schloss die Augen und betete flüsternd und voller Inbrunst mit: »Bewahre diese Frau vor Satans Macht, damit sie dir in Treue folgt. Gib ihr Sicherheit und Schutz auf allen Wegen ihres Lebens, der du lebst und herrschest in Ewigkeit. Amen.«

Kaum verhallte das Amen in den Gewölben und zwischen den Säulen der Kathedrale, da sprang es Gaynee an wie eine schlimme Ahnung: Was mochte einer Frau mit so viel Sehnsucht nach Liebe im Herzen und mit so viel Fernweh und

Abenteuerlust im Blut noch alles bevorstehen? Welche Weichenstellungen? Welche Gefahren? Welche Schicksalsschläge?

Auf einmal griff mit kalter Hand die Angst nach ihrem Herzen, und während Pater Raymond zum Taufbecken schritt, wo bereits Dian mit Mary und Pater François wartete, schloss Gaynee wieder die Augen, senkte die Stirn auf die gefalteten Hände und flehte Gott im Stillen um Schutz und Gnade für Dian an.

22

Blinddarm

Louisville, Kentucky, April 1966

Am Mittwoch träumte sie, sie läge mit Wehen in einem goldenen Käfig und würde ein über und über behaartes Kind gebären. Alexie, der vor dem Käfig stand und zuschaute, rannte schreiend davon. Am Donnerstag begann sie, George Schallers Gorillabuch zum dritten Mal zu lesen. Am Freitag backte sie eine Geburtstagstorte für Georgie Long und stellte sie zum Auskühlen auf den Verandatisch hinaus. Gescharre und Geschmatze alarmierten sie irgendwann, so dass sie hinausrannte – zwei Waschbären, die sich über die Torte hergemacht hatten, sprangen vom Tisch und huschten in die Büsche.

Zuerst schrie Dian schimpfend hinter den pelzigen Dieben her und fluchte wie ein kanadischer Holzfäller. Doch dann, während sie die angefressene Torte betrachtete – die Waschbären hatten etwa ein Achtel aus dem Tortenrund herausgebrochen und verschlungen –, verrauchte ihr Zorn und sie wurde still und nachdenklich.

So kannst du die Torte unmöglich zu Georgie hinüberbringen, dachte sie, so kannst du sie auf keinen Fall verschenken. Sie ist nicht mehr rund, sie ist unvollständig. Unvollständig und unrund wie dein Leben. Etwas fehlt.

Und als sie die angefressene Torte zurück ins Haus und in ihre Küche trug, standen ihr plötzlich die Berggorillas vor Augen; warum, konnte sie sich auch später nie erklären. Bekümmert betrachtete sie ihr halb zerstörtes Backwerk. »Etwas fehlt«, murmelte sie und spürte: Ich muss weg hier, ich muss noch einmal nach Afrika, ich muss die Gorillas wiedersehen.

Am Samstag dann, nach dem Mittagessen in der Hospitalkantine, verlängerte sich ihre Pause unverhofft um eine ganze Stunde, denn ein Mädchen mit Kinderlähmung, das sie nach dem Essen behandeln sollte, war überraschend von seinen Eltern nach Hause geholt worden. Dian legte also die Beine auf ihren Schreibtisch, schlug George Schallers Gorillabuch auf und versank in seinen Beschreibungen des Regenwaldes und in seinen Schilderungen der Gorillas.

Bis der nächste Patient klopfte.

»Hereinspaziert!« Dian schlug Schallers Buch zu, das schon reichlich zerlesen aussah und mit Dutzenden Zetteln gespickt war. Jemand stieß schwungvoll die Tür auf, doch kein kleiner Patient kam herein, sondern ein Halbwüchsiger in Trainingsanzug und mit einer Sporttasche über der Schulter: Nick Coy.

»Muss gleich weiter!« Er winkte mit einem zusammengerollten Plakat. »Für dich, Dian, von Dad!« Nick streckte es ihr entgegen. »Soll dich grüßen.«

»Was ist das?« Dian entrollte das Plakat und riss Mund und Augen auf, denn das Gesicht eines Mannes, den sie drei Jahre zuvor in Afrika kennengelernt hatte, lächelte ihr entgegen. »Louis Leakey kommt in die Stadt?!« Für einen Moment verschlug es ihr den Atem. »Das glaub' ich nicht!«

»Stimmt aber.« Nick war schon wieder halb draußen. »Dad wollte es dir schon gestern vorbeibringen, doch er hat sich eine Grippe eingefangen und muss mit Fieber das Bett hüten.«

»Danke …, ich …« Stammelnd rang Dian um ihre Fassung. »Danke, Nick. Grüße deinen Dad von mir, und gute Besserung.« Schon fiel die Tür ihres Behandlungsraumes wieder zu.

Dian schob das Gorillabuch beiseite, um das Plakat auf ihrem Schreibtisch ausbreiten zu können. »Professor Louis Leakey in meiner Stadt – ist das wirklich wahr?« Es kündigte einen Vortrag des Paläoanthropologen an der Universität von Louisville an. »Am Sonntagabend um acht Uhr«, flüsterte Dian, »das ist ja schon morgen Abend …«

Der Rest des Arbeitstages verging quälend langsam. Eine fieberhafte Erregung ergriff Dian. Ständig wollten ihre Gedanken zum nächsten Abend und zu Professor Leakey vorausfliegen, so dass sie sich zwingen musste, sich auf ihre Patienten zu konzentrieren.

Zurück in Glenmary kramte sie am Abend ihre alte Collegetasche heraus und steckte die Zeichnung hinein, die sie voriges Jahr nach einer Fotografie Mary Leakeys vom Kiefer des Sinanthropus angefertigt hatte. Die würde den Professor ganz sicher beeindrucken! Und mehr noch natürlich ihre Artikel, die sie für den Louisville *Courier* geschrieben hatte. Doch wo um Himmels willen waren die hingekommen?

Sie durchwühlte das Chaos auf ihrem Schreibtisch und in ihren Schubladen so lange, bis sie die drei ausgeschnittenen Artikel samt den drei Manuskripten dazu gefunden hatte: einen Reisebericht über ihre Safari durch den Tsavo-Nationalpark und die Serengeti, eine Abhandlung über die Knochenfunde der Leakeys in der Olduvai-Schlucht und die Erforschung des Urmenschen, und eine Schilderung ihrer Begegnung mit den Berggorillas auf dem Mikeno mit dem Titel: *Ich fotografierte den Berggorilla.*

Natürlich mussten mit den Manuskripten auch die Gorillafotos zu der Zeichnung in die Collegemappe. Doch nicht die überbelichteten Bilder aus ihrer eigenen Kamera steckte Dian ein, sondern die einzigartigen Fotos, die der Tierfilmer Alan Roots geschossen hatte.

*

Am Sonntag, dem 3. April 1966 – einem Tag, den sie nie wieder vergessen sollte –, saß Dian in einem großen Hörsaal der Universität von Louisville. Sie hatte buchstäblich den letzten Platz ergattert, denn neben zahlreichen Studenten der Biologie und der Zoologie waren auch hunderte von Bürgern der Stadt gekommen, um den weltberühmten Wissenschaftler zu sehen und zu hören.

Der Vortragsstil des kräftig gebauten weißhaarigen Gelehrten erinnerte sie an Pater Raymonds Art, vor größerem Publikum zu reden – locker, bildgewaltig und humorvoll berichtete Louis Leakey von seiner Arbeit in der Olduvai-Schlucht, projizierte Fotos von Unterkiefern, Schädeln und Oberschenkelknochen an die Leinwand des Saals, referierte die kurze Geschichte der Evolutionsforschung und entfaltete so nach und nach seine Thesen über die evolutionäre Entwicklung des Homo sapiens.

»Die Affen sind enger mit uns Menschen verwandt, als vielen Zeitgenossen lieb ist, Ladies und Gentlemen«, fasste er seinen Vortrag schließlich zusammen. »Darauf wies schon der Kollege Darwin hin, was ihm bekanntlich eine Menge Prügel einbrachte. Namentlich die Gehirne der Menschenaffen ähneln den unseren in vielerlei Hinsicht und auf verblüffende Weise. Und dennoch haben wir uns schon viel früher als bis vor kurzem angenommen von unserer pelzigen Verwandtschaft abgesetzt. Die Schädel und Kiefer, die meine Frau und ich in Tansania aus der Erde gekratzt haben, beweisen, dass dies schon vor mindestens vier Millionen Jahren geschah und dass es nicht in Asien, sondern in Ostafrika passiert ist. Ob Sie es glauben oder nicht, Ladies und Gentlemen – Sie und ich, wir alle sind prähistorisch betrachtet Afrikaner.«

Dian, die eifrig mitschrieb, sah schmunzelnde Gesichter, wohin sie blickte, und zurückhaltendes Kichern erhob sich da und dort im Hörsaal. Professor Leakey jedoch lächelte keineswegs – er schien durchaus ernst zu meinen, was er da sagte.

»Wie aber geschah es und warum?« In einer ratlosen Geste breitete er die Arme aus. »Genaueres wissen vorerst nur die Götter, doch eines kann ich nach jahrelangen Ausgrabungen und Forschungen in der Olduvai-Schlucht mit ziemlicher Sicherheit sagen: Es lag nicht daran, dass die prähistorischen Affen, von denen wir abstammen, ein besonders großes oder besonders differenziertes Gehirn hatten. Der Grund liegt keineswegs so weit oben, wie die Wissenschaft lange geglaubt hatte.« Leakey tippte sich an die Schläfe. »Er liegt nicht hier, er liegt deutlich unterhalb der Gürtellinie, Ladies und Gentlemen. Und ich spreche mitnichten von den unverzichtbaren Organen, an die Sie jetzt alle denken.«

Nun brandete im gesamten Hörsaal lautes Gelächter auf und diesmal grinste auch der Professor. Er winkte ab, schüttelte den Kopf und wartete ab, bis es wieder ruhiger wurde. »Ich spreche von den Hüften und dem großen Lendenmuskel, Ladies und Gentlemen. Mit ihrer Hilfe richteten unsere Urahnen sich auf und – hatten fortan zwei Hände frei.« Er streckte die Arme über den Kopf und schüttelte seine Hände. »Zwei Hände, mit denen sie Äste brechen, Früchte pflücken, Steine klopfen und Werkzeuge herstellen konnten. Und jetzt aufgepasst: Je reichlicher die Urmenschen von dieser neuen Freiheit Gebrauch machten, desto größer und differenzierter wurde ihr Gehirn. So herum wird ein Schuh draus, Ladies und Gentlemen – erst der aufrechte Gang ermöglichte das größere und leistungsfähigere Gehirn.«

Es war sehr still geworden im Hörsaal, von vereinzeltem Getuschel da und dort und dem Rascheln von Leakeys Unterlagen abgesehen, hörte Dian nur das Kritzeln von Stiften. Während auch sie versuchte, jedes Wort in ihr Heft zu bannen, das der Professor gesagt hatte, standen ihr die Gorillas vor Augen, die sie gemeinsam mit den Roots am Mikeno beobachtet hatte. Hatten einige von ihnen nicht auch auf den Hinterbeinen aufgerichtet im Unterholz gestanden?

»Zwar sind wir hier nicht in der Kirche, Ladies und Gentlemen«, ergriff Louis Leakey noch einmal das Wort. »Dennoch will ich Sie am Ende dieses Abends um Geld bitten. Nein, nicht um mir einen schickeren Anzug zu kaufen, obwohl meine Frau mich schon seit längerem genau dazu überreden will.«

Dian staunte das Zifferblatt ihrer Armbanduhr an – schon elf Uhr? Louis Leakey wartete, bis das Gelächter sich gelegt hatte und fuhr dann fort: »Als Paläoanthropologe interessiert es mich natürlich brennend, ob die Lebensweise und das Verhalten unserer nächsten Verwandten – ich spreche von den Menschenaffen, den sogenannten Primaten –, ob ihr Verhalten Rückschlüsse auf die Lebensweise und Entwicklung der prähistorischen Menschen zulässt. Um das herauszufinden, habe ich, wie Sie sicher wissen, eine junge Frau beauftragt, die Schimpansen im tansanischen Gombe-Reservat zu studieren. Und zurzeit plane ich, eine weitere junge Frau nach Borneo zu schicken, um für mich die Orang-Utans dort zu beobachten. Dank der freien Hände unserer erwähnten Urahnen, können wir heutzutage Flugzeuge bauen und fliegen, wohin wir wollen, doch die Kunst an mehreren Orten zugleich zu sein, beherrsche ich leider noch immer nicht. Also brauche ich Assistenten.«

Dian horchte auf, dachte an die Gorillas und lauschte aufmerksam – und dann fiel es endlich, das Stichwort, auf das sie gewartet hatte. »Die Erforschung der Berggorillas im Virungagebirge mussten wir leider wegen der politischen Unruhen im Kongo aufgeben«, sagte Leakey, »doch auch diese Feldstudien will ich um jeden Preis fortsetzen, zumal diese prachtvollen Menschenaffen vom Aussterben bedroht sind. Das alles kostet eine Stange Geld, wie Sie sich denken können.«

Louis Leakey bat seine Zuhörer, ihre Freunde und Bekannten und potentielle Geldgeber auf seine Arbeit hinzuweisen, und machte auf ein Faltblatt mit Telefonnummern und Adressen aufmerksam, an die sich jeder wenden konnte, der seine vielfältigen Forschungsprojekte unterstützen wollte. Schließlich bedankte er sich und winkte in den Hörsaal, als Beifall und Tischklopfen laut wurden und lange nicht enden wollten.

Später stand Dian, die den Professor unbedingt sprechen wollte, in einer Gruppe von gut zwei Dutzend Männern und Frauen, die ihn ebenfalls unbedingt sprechen wollten. Einige Reporter waren darunter, die einen Interviewtermin mit ihm vereinbaren, ein paar Studenten, die ein Praktikum bei ihm in Tansania machen wollten; und der Reverend einer Baptistenkirche, der ihn mit aufgeschlagener Bibel darüber aufklärte, dass der Mensch nie und nimmer vom Affen abstamme. Die meisten Leute aber wollten ihm einfach nur sagen, wie toll sie ihn fanden, und hielten ihm Magazine mit Fotos von ihm vor die Nase, damit er ihnen ein Autogramm gab.

Louis Leakey strebte schon durch die Aula dem Ausgang entgegen, als Dian endlich Gelegenheit fand ihn anzusprechen. »Wir haben uns vor drei Jahren in Ihrer Schlucht kennengelernt, Herr Professor.« Während sie neben ihm herlief, zog sie aus ihrer Collegemappe, was sie eingepackt hatte.

»Vor drei Jahren?« Er lachte und dachte nicht daran, stehen zu bleiben. »Was glauben Sie, wie viele Menschen in den letzten drei Jahren meine Ausgrabungsstätte besichtigt haben, Miss? Es ist übrigens nicht meine Schlucht.«

»Ich hatte mir den Knöchel verletzt damals.« Der Ausgang war nur noch wenige Schritte entfernt und davor wartete bereits das Taxi des Professors. »Sie haben ihn mir verbunden.«

»Tatsächlich?« Endlich schaute er ihr aufmerksamer ins Gesicht. »Aber ja, ich erinnere mich!« Endlich blieb er stehen. »Wie geht es Ihnen so?«

»Dian Fossey. Ich habe über Sie und Ihre Arbeit geschrieben.« Sie reichte ihm ihre Unterlagen. »Und über meine erste Begegnung mit Gorillas habe ich auch geschrieben.«

»Was Sie nicht sagen.« Die Zeichnung beachtete er gar nicht und in den Artikeln und Manuskripten blätterte er nur flüchtig, doch am Buch blieb sein Buch hängen. »Oh! Sie haben Schaller gelesen?«

»Auch sein zweites Buch. Dieses hier lese ich gerade zum dritten Mal.«

»Ach?« Er zog die Brauen hoch und musterte sie nun mit unverhohlener Neugier. Dian schöpfte Hoffnung, und als er ihre Papiere zum zweiten Mal durchschaute und diesmal ein wenig gründlicher, hätte sie am liebsten laut gejubelt. »Sie haben es tatsächlich in die Virungas geschafft? Alle Achtung, Miss Fossey! Die Vulkane zählen nicht gerade zu den Lieblingszielen unserer Safariführer.

»Ich will unbedingt wieder dorthin.«

»So? Nicht ganz ungefährlich dort.« Er blätterte weiter, stutzte, als er die Fotos entdeckte, und überflog den Artikel *Ich fotografierte den Berggorilla.* Dann betrachtete er noch einmal die Fotos, und seine Miene verriet Dian, dass sie ihn beeindruckten. »Die haben Sie geschossen, Miss Fossey?«

»Ja.« Dian nickte, und weil sie dabei an Alan Root denken musste, nickte sie besonders energisch und sagte: »Ich war ganz nahe dran an ihnen.«

Louis Leakey schaute ihr in die Augen, während er Papiere, Buch und Fotos zusammenschob. So tief, dass Dian weiche Knie bekam. Ihr war, als würde er versuchen in ihrem Blick, in ihrer Miene, in ihren Gedanken zu lesen. »Wir sollten reden, Miss Fossey, kommen Sie morgen früh in mein Hotel.« Er reichte ihr ihre Sachen. »Um neun holt ein Taxi mich zum Flughafen ab, doch wenn Sie um sieben im Hotel sind, bleibt uns genug Zeit, um miteinander zu frühstücken und zu sprechen.«

*

Am nächsten Morgen im Hotelrestaurant lud Louis Leakey sie zum Frühstück ein. Während er sich über gebratene Eier und Schinken hermachte, forderte er Dian auf, ihm von sich zu erzählen – von ihrer Arbeit, ihrer Ausbildung, ihrer Afrikareise, ihren Hobbys. Und Dian, die vor Aufregung keinen Bissen herunterbekam, erzählte.

Sie hatte die ganze Nacht nicht geschlafen; hatte geschrieben, geraucht, gelesen und ihr Lampenfieber wegen des bevorstehenden Gesprächs mit Whisky zu bekämpfen versucht. Trotzdem war sie hellwach, und es sprudelte nur so aus ihr heraus. Als sie glaubte, genug geredet zu haben, saß Louis Leakey vor seinem leeren Teller, rührte seinen dritten Kaffee um und schaute dabei auf seine Uhr.

»Ich habe ein groß angelegtes Konzept für Feldstudien zur Erforschung von Menschenaffen erarbeitet, wie ich gestern

Abend andeutete«, begann er und erklärte Dian, was sie schon wusste: dass zwei Mitarbeiterinnen bereits das Verhalten von Schimpansen in Tansania und der Orang-Utans in Borneo studierten, dass er eine Mitarbeiterin für die Feldstudie unter den Berggorillas in den Virungas suche, und warum er Frauen für die geeigneteren Forscher hielt.

»Ich glaube, Sie sind die Richtige dafür, Miss Fossey«, schloss er. »Wollen Sie mein Gorillamädchen in den Virungas werden?«

Dian starrte ihn an wie eine Erscheinung – mit offenem Mund und ungläubigem Blick. Hatte sie richtig verstanden? Sie atmete tief, denn ihr war auf einmal schwindlig und der Boden unter dem Stuhl, auf dem sie saß, schien zu schwanken.

Als sie vor drei Tagen ihre Papiere und Fotos zusammengepackt hatte, hatte sie lediglich der unbestimmte Wunsch angetrieben, den Professor wiederzusehen; erst während seines Vortrages gestern Abend hatte der ungeheuerliche Wunsch, für ihn zu arbeiten, in ihr Gestalt angenommen. Und jetzt diese Frage …

Sie schluckte ein paar Mal, holte Luft und sagte dann heiser: »Ja, das will ich.«

»Gut.« Ein väterliches Lächeln leuchtete in seinem zerfurchten Gesicht auf. »Wir überstürzen nichts, sprechen Sie also noch nicht mit Ihrem Arbeitgeber. Die Finanzierung des Forschungsprojektes in den Virungas steht nämlich noch auf wackligen Füßen. Sobald ich jedoch genügend Geldgeber überredet habe, melde ich mich bei Ihnen. Vorher sollten Sie nicht kündigen.«

Dian nickte. Sie dachte an Alexie, an die Prices, an die Freundinnen im *Hotel Henry* und brachte keine der hundert Fragen über die Lippen, die ihr durch den Kopf schwirrten, denn ihr Herz pochte wie verrückt und ihre Kehle war wie zugeschnürt.

Louis Leakey zündete sich einen Zigarillo an und griff nach ihrer Hand. »Um die Formalitäten müssen Sie sich vorerst nicht sorgen. Wenn es so weit ist, kümmern wir uns um Ihr Visum und die Arbeitserlaubnis.« Der Professor paffte genüsslich, während er sie betrachtete. »Eines allerdings sollten Sie noch in diesem Frühjahr erledigen.« Er zog die Brauen hoch und etwas blitzte in seinen wasserblauen Augen auf, das Dian nicht einordnen konnte – Freude? Schalk? Spott? Genugtuung? Sie beugte sich vor und sah ihn fragend an. »Sie suchen sich einen guten Arzt und lassen sich Ihre Tropentauglichkeit bestätigen und ihren Blinddarm herausnehmen.«

»Meinen Blinddarm?« Wieder traute Dian ihren Ohren kaum.

Lächelnd drückte der Professor ihre Hand. »Ihren Blinddarm, ganz richtig, Miss Fossey.«

23

Aufbruch

Atherton, Kalifornien, Sommer 1943

Im Salon läuft der Radioempfänger, ich höre die Stimme des Nachrichtensprechers: Sie klingt ernst, sie klingt sogar bedrückt. Gewöhnlich schalten Mom und Mr. Price den Radioempfänger aus, wenn Nachrichten kommen und ich mit ihnen im Salon sitze. Oder sie schicken mich hinaus. Ich weiß trotzdem, dass in Europa ein schrecklicher Krieg tobt, denn die meisten meiner Klassenkameraden dürfen Nachrichten hören.

Die Tür zum Salon ist nur angelehnt, also drücke ich sie behutsam auf – Mom und Mr. Price sitzen im Sessel und lauschen den Nachrichten. Weil sie mir den Rücken zuwenden, bemerken sie mich nicht. Der Mann im Radioempfänger befragt einen anderen Mann, den er als Kommandeur der amerikanischen Luftstreitkräfte bezeichnet. Die Stimme des Kommandeurs klingt hektisch und triumphierend. Die Stadt sei ein einziges Flammenmeer, sagt er, zehntausende seien erstickt, verglüht, verbrannt.

Mir wird schwindlig, und ich halte den Atem an. Mr. Price schlägt die Faust in die flache Hand und ruft: Das haben sie jetzt davon, die verdammten Nazis!

Aber die Kinder!, ruft Mom. Denk doch an die armen Kinder, Richard!

Ich warte, bis der Schwindel vorbei ist, dann schleiche ich mich in den Salon, weil ich wissen will, von welcher Stadt die Rede ist. Das Parkett unter meinen Fußsohlen knarrt, Mom und Mr. Price fahren herum. Raus mit dir!, ruft Price, und Mom steht schnell auf, läuft zu mir und schiebt mich zur Tür hinaus.

Welche Stadt ist ein einziges Flammenmeer?, will ich wissen.

Gar keine! Wie kommst du denn auf so einen Unsinn? Geh auf dein Zimmer.

Ich bin nicht mehr fünf Jahre alt, sage ich, ich bin schon fast zwölf – welche Stadt?

Wirst du wohl gehorchen?!, ruft Price aus dem Salon. Marsch! Auf dein Zimmer! Mom schließt die Tür hinter mir.

Am Abend brechen sie nach Redwood City zu einer Modeschau-Party auf. Ich warte, bis ihr Auto aus dem Grundstück fährt und das Motorengeräusch sich in der Ferne verliert. Danach gehe ich in den Salon, schalte den Radioempfänger ein und warte auf die Nachrichten.

Sie beginnen bald und ich erfahre den Namen der Stadt, die nur noch ein einziges Flammenmeer ist: Hamburg.

Die Royal Airforce und die US-Airforce haben tagelang Bomben auf sie herabregnen lassen, sagt der Mann im Radio. Vierzigtausend Leute seien umgekommen, hunderttausende hätten kein Dach mehr über dem Kopf, tausende Kinder würden umherirren und nach ihren toten Eltern rufen, lange Eisenbahnzüge würden durch Deutschland fahren, um Verwundete und Flüchtlinge in andere Städte zu bringen.

Den Vereinigten Staaten und Großbritannien bliebe, um die Moral der Deutschen zu brechen, keine andere Wahl, als Großstädte wie Hamburg zu bombardieren, höre ich den Nachrichtensprecher erklären. Auch wenn dies unermessliches Leid für die Bewohner mit sich bringe, und vor allem die Kinder getöteter Eltern seien in größter Not.

Ich schalte den Radioempfänger aus und gehe hinaus auf die Veranda, wo ich mich auf die Treppe setze und weine. Ich versuche, mir ein Flammenmeer vorzustellen; ich versuche zu fühlen, wie das ist, wenn man verbrennt oder verglüht; ich denke an die elternlosen Kinder in Deutschland und glaube zu spüren, wie sie sich fühlen; ich denke an meinen Dad; und ich weine lauter.

Als ich genug geweint habe, gehe ich auf mein Zimmer, hole ein bisschen Wäsche und ein paar Kleider aus dem Schrank und stopfe alles in meinen Rucksack. Auch zwei Bücher, ein Taschenmesser, ein Fernglas, eine Regenjacke und ein Feuerzeug. Danach leere ich das Sparschwein und zähle mein gespartes Taschengeld. Für eine Busfahrt nach San Francisco reicht es auf jeden Fall. Wahrscheinlich auch noch für Brot, Äpfel und Schokolade, die ich den armen Kindern in Deutschland kaufen will.

In der Küche mache ich mir ein paar Sandwiches, stecke ein bisschen Obst in eine Tüte und schreibe einen Brief: *Macht Euch keine Sorgen um mich, wenn der Krieg vorbei ist, komme ich aus Europa zurück. Bitte denkt daran, täglich meinen Goldfisch zu füttern. Dian.*

Zurück in meinem Zimmer sage ich meinem Goldfisch Lebewohl. Ich weiß, ich habe dir versprochen, dich niemals zu verlassen, doch ich kann mein Versprechen nicht halten, erkläre ich ihm. Doch in Europa herrscht Krieg, viele Menschen verbrennen und verglühen, und viele Kinder verlieren ihre Eltern und irren weinend durch zerstörte Städte. Ich muss zu ihnen, verstehst du das? Vielleicht kann ich wenigstens zwei oder drei Kindern ein bisschen helfen. Du hast immerhin ein Dach über dem Kopf und zu essen hast du auch. Bis bald.

Ich stehe auf, schnalle meinen Rucksack um und verlasse das Haus. Bis zur nächsten Bushaltestelle ist es nicht weit.

24

Schauergeschichten

Ugandisch-kongolesisches Grenzgebiet, Januar 1967

Das kleine Hotel hieß Traveller's Rest und hatte den Charme einer dieser verwahrlosten Jagdhütten, die man in den Wäldern von Kentucky zu Dutzenden finden konnte. Allerdings lagen rot karierte Deckchen auf den Tischen, und an den Wänden hingen Fotoporträts des neuen ugandischen Präsidenten Milton Obote neben Ölgemälden einer Kaiserin namens Maria Theresia. Im Kaminzimmer, zwischen Schädeln von Kaffernbüffel, Löwen und Wasserschweinen, entdeckte Dian auch Wolfgang Amadeus Mozart in Öl und ihm gegenüber einen österreichischen Kaiser, dessen Name sie sich nicht merken konnte. Der Hotelbesitzer war Österreicher, hieß Walter und kannte Alan Root näher, wie Dian schon nach kurzer Zeit feststellte. Überhaupt schien Walter Gott und die Welt näher zu kennen – Louis Leakey zum Beispiel oder auch John Alexander und sogar George Schaller.

In der Küche machte er Alan Root heftigste Vorwürfe und schimpfte auf Professor Leakey. Dian hörte es von ihrem Tisch im Frühstücksraum aus, wo sie unter dem strengen Lächeln Maria Theresias eine österreichische Schwammerlsuppe löffelte. *Schwammerlsuppe* – so hatte Walter die Pilzsuppe genannt, die er ihnen gleich nach ihrer Ankunft aus Nairobi zubereitet hatte. Dian fand sie zum Niederknien gut, so gut, dass sie sogar Walters Gezeter locker ignorieren konnte.

Vor mehr als zwei Wochen, am 19. Dezember, war sie in Nairobi gelandet. Noch am Tag bevor sie in San Francisco in ihre Maschine stieg, hatte Alexie versucht, ihr die Reise auszureden. »Du kannst als Frau unmöglich allein in Afrika leben und arbeiten«, hatte er ihr monatelang und bis zum Schluss gepredigt, »das ist gegen jede Regel und außerdem viel zu gefährlich«. Dian war trotzdem ins Flugzeug gestiegen und über Kairo nach Nairobi geflogen.

Von dort ging es sofort mit Louis Leakey und seiner Frau Mary ins tansanische Gombe-Reservat, wo sie die Schimpansenforscherin Jane Goodall und ihren Mann kennengelernt hatte. Von Gombe aus war sie mit den Leakeys nach Kenia geflogen, um Alan und Joan Root an ihrem Urlaubsort zu besuchen. Danach waren sie gemeinsam mit dem Paar zurück nach Nairobi gefahren und hatten mit den eigentlichen Vorbereitungen für die Reise in den Kongo begonnen.

Ein bisschen viel alles in allem fand die erschöpfte Dian im Nachhinein. Andererseits aber interessant und aufregend genug, um auch mit ihrer Seele auf dem Kontinent ihrer Sehnsucht landen zu können. Und morgen nun würde sie endlich, endlich ans Ziel ihrer Träume gelangen: in die Virungas, zu den Berggorillas.

»Wahnsinn!«, rief Walter in der Küche so herzhaft, dass Dian es gar nicht ignorieren konnte. »Ich begreife den Professor nicht! Wie kann er diese Frau in den Kongo schicken wollen, wo doch die meisten Weißen längst aus dem Land geflohen sind?! Wahnsinn!« Dian vermutete, dass der Österreicher deswegen immer lauter redete, weil er es darauf angelegt hatte, von ihr gehört und verstanden zu werden. »Und du, Alan –

wie kannst du dich nur dazu hergeben, die arme Frau in ihr Verderben zu lotsen? Wahnsinn!«

Dian verdrehte genervt die Augen – dieser Walter schien es drastisch zu mögen. In Nairobi wusste man selbst im US-Konsulat nichts von aktuellen Unruhen im Kongo, geschweige denn von Gräueltaten kongolesischer Milizen. Auch in den Zeitungen hatten weder Louis Leakey noch die Roots ein Wort darüber gelesen. Also war Dian mit Joan Root zum Einkaufen gefahren, um Proviant und Ausrüstung für das geplante Forschungslager in den kongolesischen Virungas zu beschaffen, hatte danach ihr Hab und Gut in zwei Landrovern verstaut und war mit Alan Root nach Uganda aufgebrochen.

Alan fuhr vorneweg und sie hängte sich mit dem Landrover, den der Professor ihr besorgt hatte – den hatte sie *Lily* getauft –, an seine Stoßstange. Eine tausend Kilometer lange und äußerst ungemütliche Reise war das gewesen, eine nicht enden wollende Fahrt über löchrige Pisten, die in Amerika kein Mensch als Straßen bezeichnet hätte. Von der mörderischen Fahrerei tat Dian der Hintern derart weh, dass sie nicht mehr auf dem Rücken schlafen konnte. Den Stuhl, auf dem sie jetzt saß, um ihre Schwammerlsuppe zu löffeln, hatte sie mit Antilopenfellen gepolstert.

In der Küche hielt Walter endlich einmal den Mund – wohl, um Luft für den nächsten Wortschwall zu holen –, und Alan nutzte seine Atempause für eine Antwort. Weil er jedoch ziemlich leise sprach, verstand Dian nicht genau, was er Walter in seiner diskreten britischen Sachlichkeit entgegnete, doch es schien den Österreicher erst recht auf die Palme zu bringen.

»Hat es sich denn noch nicht bis nach Nairobi herumgesprochen, was im Kongo passiert?!«, brach es auf einmal wieder aus ihm heraus. »Seid ihr wirklich so ahnungslos?!« Walter wollte sich gar nicht mehr beruhigen. »Sie kommen doch bei mir vorbei, all die armen belgischen Flüchtlinge, die Hals über Kopf aus dem Kongo nach Nairobi türmen müssen, um ihre nackte Haut zu retten! Die berichten mir Sachen, Alan, das ist der Wahnsinn! Da vergeht dir der Appetit, Alan, da kannst du nicht mehr ruhig schlafen!«

Dann erzählte er von wild gewordenen kongolesischen Soldaten, die Weißen und politischen Gegnern die Leber herausschnitten, um sie zu verspeisen, die Weißen die Haut abzogen und die derart Gequälten danach über Feuer rösteten und die getrockneten Herzen von Weißen als Amulette trugen. Dian verdrehte die Augen und schob die erst halb leere Suppenschüssel weg von sich.

»Und was sie mit weißen Frauen veranstalten, das kannst du dir ja denken, Alan, das ist der reine Wahnsinn! Habt ihr denn in Nairobi nichts von der jungen Französischlehrerin gehört, die diesen blutrünstigen Bestien in die Hände gefallen ist? Nein? Dann hör gut zu: Erst haben sie ihr …«

Dian schlug mit beiden Fäusten auf den Tisch. »Macht die Küchentür zu!«, schrie sie. Augenblicklich verstummte Walter. Dian sprang auf und rannte hinaus in den Hof, wo sie sich eine Zigarette anzündete. Rauchend blinzelte sie in den Abendhimmel über dem Virungagebirge und musste an John Alexander denken. Hatte der nicht auch versucht, sie von der Reise dorthin abzuhalten? Plötzlich erinnerte sie sich an jedes Wort, mit dem der Safariführer ihr vor drei Jahren das schlimme Treiben des Folterkönigs Leopold und seiner Belgier im Kongo geschildert hatte. Und nun zahlten die Kongolesen es den Belgiern heim! Dian bekam weiche Knie, und ihre Kehle war auf einmal wie zugeschnürt.

»Alle wollen sie mir meine Pläne madig machen«, schimpfte sie leise, »Alexie, Mom, Price und jetzt auch noch dieser Österreicher!« Fluchend spuckte sie aus, inhalierte tiefer und richtete ihren Blick noch entschlossener auf den Gipfel, der dem Hotel am nächsten lag, den Mikeno. Kein Nebel verhüllte ihn, im Gegenteil: Deutlich zeichnete das Abendlicht seine Silhouette in den rötlichen Himmel. Schön sah das aus, erhaben geradezu, und entschlossen fasste Dian den herrlichen Anblick ins Auge.

»Morgen früh überquere ich die Grenze zum Kongo!«, zischte sie. »Morgen früh fahre ich in den Prinz-Albert-Nationalpark, und morgen Abend werde ich auf diesem Berg da hinten stehen! Und übermorgen suche ich dort oben nach Gorillas. Punkt.«

Während sie rauchend die Umrisse der Virungas betrachtete, verflog ihre Angst nach und nach, die Vorfreude gewann die Oberhand und sie fühlte sich besser.

Sie dachte an Louis Leakey und blies lächelnd den Rauch in die Abendluft. Auch der Professor hatte ihr den Aufbruch nach Afrika nicht leicht gemacht, wahrhaftig nicht! Von April bis Dezember hatte er sie in der Warteschleife schmoren lassen, hatte sie Monat für Monat vertröstet, hatte von immer neuen Schwierigkeiten geschrieben, die den Beginn der Feldstudien hinauszögerten – selbst nach ihrer Blinddarmoperation noch, selbst dann noch, als sie im Kinderhospital schon gekündigt hatte.

Wie ein Sieg kam es ihr vor, trotz aller Widerstände nun dennoch hier zu stehen und ihr Ziel, den Gipfel des Mikenos, nun doch mit eigenen Augen sehen zu können.

Jetzt wollte sie nichts mehr von Problemen hören, jetzt wollte sie nur noch in die Berge hinauf, um endlich mit der Arbeit anzufangen und die Gorillas zu studieren. Jetzt, da ihr sehnsüchtigster Traum sich endlich erfüllte, jetzt, wo sie endlich, endlich in Afrika angekommen war, jetzt würde sie nichts und niemand mehr daran hindern. Auch nicht die Schauergeschichten, die dieser hysterische kleine Österreicher erzählte.

Sie trat die Zigarette aus und ging zurück ins Haus. In der Küche schimpfte Walter noch immer mit Alan und auf Louis Leakey. Dian kümmerte sich nicht darum und löffelte ihre Suppe.

Beim Abschied am nächsten Morgen schaute Walter sie an, wie andere wohl eine Todkranke angeschaut hätten, eine, die man wahrscheinlich nie wiedersehen würde. Sie musste ihm ihre Hand mit Gewalt entziehen, um endlich in ihren Landrover steigen zu können. Die Morgensonne schob sich gerade über den Horizont, als das Anwesen des Österreichers hinter ihnen zurückblieb.

Auf der Fahrt hinüber in den Kongo hatte Dian Mühe, Alan zu folgen. Er fuhr ziemlich zügig, wollte die Sache vermutlich so schnell wie möglich hinter sich bringen. Der Professor hatte den Briten verpflichtet, sie zum Mikeno hinaufzubegleiten, offenbar schuldete Alan ihm noch einen Gefallen. Louis Leakey hatte ein Talent dafür, sich die Dienste seiner Mitmenschen zu sichern.

Dian dachte an die zermürbenden Telefonate mit ihm während der langen Monate des Wartens und an die vielen Briefe, die zwischen ihnen hin und her gegangen waren. Statt ihr zu schreiben, wann sie ihre Zelte in den Staaten abzubrechen und sich ins Flugzeug nach Nairobi zu setzen hatte, hielt er sie hin – um Erkundigungen über sie einzuziehen, wie sie später erfuhr – und hatte sich erst im Mai wieder gemeldet. Da hatte er noch nicht einmal einen Geldgeber für das Gorillaprojekt in Aussicht.

Dian, die inzwischen Suaheli lernte, Schallers zweites Buch zum dritten Mal las und überhaupt alle wissenschaftlichen Bücher über Primaten verschlang, die sie kriegen konnte – Dian hatte ihn unter Druck gesetzt: Der Termin für die Blinddarmoperation rücke näher, erklärte sie ihm wieder und wieder, und sie würde demnächst ihre Arbeitsstelle kündigen und damit ihre einzige Einkommensquelle aufgeben. Danach erst, zum Sommer hin, bewegte sich auch der Professor, beschaffte endlich Geldgeber, weihte den US-Botschafter in Nairobi ein, engagierte einheimische Helfer, kaufte den Landrover und legte Termine für den Abflug nach Tansania – 19. Dezember – und den Beginn der Feldstudie auf dem Mikeno fest.

Die Blinddarmoperation übrigens, schrieb er ihr, als das Forschungsprojekt endlich in trockenen Tüchern lag, *die sei eigentlich gar nicht nötig gewesen*. Dian schrie auf, als sie die Zeilen las. *Diese Bedingung*, so Louis Leakey, *habe ich mir nur einfallen lassen, um Ihre Entschlossenheit zu testen.*

Hätte er ihr das in einem persönlichen Gespräch gestanden, Dian wäre ihm ins Gesicht gesprungen.

Daran dachte sie, während sie ihren Landrover Lily hinter Alan her zur Grenze zwischen Uganda und dem Kongo steuerte. Der Anblick von näher rückenden Baracken und einem Schlagbaum holte sie zurück in die Gegenwart, und plötzlich zeigten Walters Horrorgeschichten doch noch Wirkung: Das Herz klopfte ihr auf einmal bis zur Kehle.

Sie ging vom Gas, als Alan bremste, versuchte aber, so dicht wie möglich an seiner Stoßstange zu bleiben. Die ugandischen Grenzposten winkten sie durch, die kongolesischen jedoch hielten sie an. Aber nur kurz – die Soldaten ließen das Schmiergeld, das Alan in Dollarnoten vorbereitet hatte und lässig durchs Wagenfenster hinausreichte, unauffällig in ihren Uniformtaschen verschwinden, woraufhin sie ihm bedeuteten weiterzufahren. Dian atmete auf.

Die kongolesischen Grenzposten guckten recht freundlich, als Dian ihren Wagen an ihnen vorbeisteuerte, salutierten sogar. »Na also«, murmelte Dian erleichtert und erwiderte das Lächeln der schwarzen Männer.

25

Rückkehr

Prinz-Albert-Nationalpark, Kongo, Januar 1967

Für den Einlass in den Albert-Nationalpark brauchten sie nicht einmal Schmiergeld. Der Direktor sprach mit Alan Root wie mit einem alten Bekannten und konnte sich sogar noch an Dians Namen erinnern. Ohne viele Fragen zu stellen, erteilte er die schriftliche Genehmigung, ein Forschungslager in den kongolesischen Virungas zu errichten. Danach besprach er sich mit seinen Wildhütern, woraufhin zwei von ihnen sich freiwillig meldeten, mit Dian und Alan in das Dörfchen Kibumba am Fuße des Mikenos zu fahren, von dem aus Dian und John Alexander vor drei Jahren schon in den Berghang gestiegen waren.

Kaum hielten die Fahrzeuge auf dem kleinen Dorfplatz, strömten schon von allen Seiten die Bewohner herbei und drängten sich um sie: Jungen und Mädchen, Kinder und Greise, Frauen mit Babys auf dem Rücken und Männer jeden Alters. Weil der Professor seine neue Mitarbeiterin und Alan Root angekündigt hatte, waren auch Träger aus den benachbarten Dörfern gekommen. Einige öffneten gleich die Heckklappen und begannen, Proviant, Bücherkisten und Ausrüstung zu entladen.

Noch während sie die Dorfältesten begrüßten, sah Dian

eine zierliche Gestalt mit kahlem Schädel und einem schmalen ebenmäßigen Gesicht in der Menge auftauchen: Sanweckwe! Der Fährtensucher, an dessen Seite sie vor drei Jahren zum ersten Mal Gorillas gesehen hatte!

»Dian! Ich warte schon seit Sonnenaufgang auf dich.« Sein Englisch war noch eleganter geworden, und seine schönen dunklen Augen leuchteten, während er Dian die Hand drückte. »Die Männer wissen Bescheid.« Er deutete zu den mehr als vierzig Trägern hin. »Einige werden eine Zeitlang oben bei dir im Lager bleiben und dir helfen. Er zum Beispiel.« Sanweckwe winkte einen kleinen graulockigen Mann zu sich. »Manual kann fantastisch kochen. Der Professor hat ihn für drei Monate im Voraus bezahlt. Und mich auch.« Er strahlte sie an und Dian wurde es ganz warm ums Herz.

Mit offenen Mündern und großen Augen bestaunten die Träger die vielen Kisten, Blecheimer und Bündel, die sich vor den offenen Landrovern stapelten. Diesmal war zehnmal mehr Gepäck den Mikeno hochzuschleppen als vor drei Jahren. Neben dem Proviant, den Dian in Nairobi gekauft hatte, enthielten die Kisten so viele Bündel an Brief- und Schreibmaschinenpapier, Notizblöcken, Kuverts, Stiften, Kohlepapier und Farbbändern, dass man hätte meinen können, Dian wollte im Hang des Vulkankegels eine mittlere Zeitungsredaktion gründen. Dazu kamen eine Schreibmaschine, vier Kameras, ein Tonbandgerät, mehrere Stative, ein Koffer voller Objektive, zahllose Filmrollen und Kleidervorräte für mindestens drei Jahre.

»Die Träger können's nicht glauben.« Kopfschüttelnd reichte Alan ihr einen Becher Wasser.

»Was können sie nicht glauben?« Dian runzelte die Stirn, während sie trank.

»Dass eine weiße Frau allein dort oben auf dem Gipfel bei

den schwarzen Bestien leben will.« Alan spähte zu der Nebelglocke hinauf, die den Mikeno verhüllte. »Und ehrlich gesagt, ich kann es auch nicht glauben.«

»Ist aber so,« entgegnete sie, zuckte die Schultern und gab ihm den leeren Becher zurück. Ihr Blick fiel auf einige Träger, die schon Anstalten machten, sich das Gepäck auf die Köpfe zu hieven. »Vorsicht mit dieser Kiste!« Fuchtelnd rannte sie los. »Da habe ich Gläser und Geschirr drin!« Sie stürzte zu einem Träger, der sich eine kleine Kiste auf den Reissack schieben wollte, der bereits über seinen Kopf hing. »Bloß nicht!«, fuhr sie ihn an. »Wenn die Kiste runterrutscht, ist meine Olivetti im Eimer!«

Sanweckwe übersetzte für die verständnislos guckenden Männer und reichte die Schreibmaschine einem jungen Burschen. »Du trägst nur diese kleine Kiste hier, doch behandle sie, als wären rohe Eier drin, verstanden?« Und an Dian gewandt sagte er lächelnd: »Keine Sorge, das sind afrikanische Männer – die tragen nicht zum ersten Mal Lasten den Berg hinauf.«

Er rief Anweisungen nach links und rechts, winkte den Dorfbewohnern Abschiedsgrüße zu, setzte sich dann an die Spitze der Kolonne, die sich nach und nach formierte, und führte sie in den Regenwald hinein. Alan, die beiden Wildhüter und Dian hielten sich hinter ihm. Buschwerk, Unterholz und Baumstämme umschlossen sie bald von allen Seiten, und fiebrige Erregung ergriff Dian. Aus irgendeinem Grund dachte sie an ihre ersten Tage in Louisville zurück.

Damals, als sie mit ihrem vollgepackten Saab zu Georgie Longs Farm Glenmary aufgebrochen war, um in das alte Gesindehaus bei den Koppeln einzuziehen, damals hatte ihre Zukunft in ähnlich dichtem Nebel gelegen wie jetzt der Gipfel dort oben. Allerdings hatte sie ein Diplom als Ergotherapeutin in der Tasche gehabt und im Kopf eine ungefähre Vorstellung, welche Art von Arbeit im Kinderhospital auf sie wartete. Welches Arbeitsleben jedoch dort oben hinter den Nebelschwaden auf sie wartete, konnte sie sich nicht einmal in Ansätzen ausmalen. Sie hatte ja keine Ausbildung, nicht einmal Erfahrung, geschweige denn ein Diplom. Sie hatte nur eine unbändige Lust, dieses neue Leben kennenzulernen.

Die Luft war feucht und kühl, das Dorf blieb zurück, in Serpentinen stieg der schmale Pfad steil an. Hohe und gelb blühende Hypericumbüsche säumten den Weg, und die breiten Kosobäume dahinter überwölbten ihn mit ihren ausladenden Ästen. Vögel pfiffen und zwitscherten in ihren dichten Kronen und im Buschwerk links und rechts.

Dian spürte eine stille Freude in sich aufsteigen, so dass sie lächelnd nach den tiefhängenden Zweigen langte und ihre Finger durch die gelben Blüten neben sich gleiten ließ, wie um sie zu streicheln. Am liebsten wäre sie in den nächstbesten Kosobaum geklettert, um einen seiner moosbedeckten Äste zu umarmen und in den Wipfel zu rufen, wie gottfroh sie war, endlich wieder hier zu sein, doch dazu war sie schon nach einer halben Stunde Aufstieg viel zu kurzatmig.

In der Nebelglocke über den Berghängen leuchtete auf einmal verschwommen die Sonne und begann die grauen Schwaden mit milchigem Licht zu tränken und aufzulösen. Als Sanweckwe die Kolonne nach zwei Stunden am Rande einer Schlucht entlangführte, durch die ein Bach zu Tale stürzte, lichtete sich der Regenwald, und plötzlich konnte Dian den weiten Bogen aller sieben Vulkane sehen. Der majestätische Anblick raubte ihr schier den Atem.

Schon beim ersten Aufstieg vor drei Jahren war es ihr so ergangen, schon damals hatte diese Bergwelt sie verzaubert – dieser Wald, seine Laute, seine Gerüche, sein Licht. Doch etwas war zugleich ganz anders diesmal – erregender, beängstigender.

Das wird jetzt dein Zuhause sein, dachte sie, das ist jetzt dein Leben, und vorläufig wirst du nicht in die Zivilisation zurückkehren.

Nach knapp drei Stunden ließ Sanweckwe auf einer Lichtung Halt machen. Dian war ihm dankbar für diese Rast, denn ihre Kurzatmigkeit und die schon vom ersten Aufstieg vor drei Jahren vertraute Gliederschwere machten ihr elend zu schaffen. Heftig atmend ließ sie sich im Gras nieder und streckte sich aus, um zu verschnaufen.

Alan musterte sie mit hochgezogenen Brauen. *An deiner Kondition musst du noch arbeiten*, sollte dieser halb spöttische, halb besorgte Blick wohl sagen. »Nachwirkungen einer Lungenentzündung«, behauptete Dian, während sie sich aufsetzte. »Die hat mir bis kurz vor dem Abflug das Leben schwer gemacht.«

Sie entdeckte einige Rinder, die am Rande der Lichtung und im Wald dahinter weideten. Zwei hagere Männer in langen dunklen Gewändern und mit Turbanen auf den Köpfen grüßten scheu herüber. »Was machen die denn hier?«, wollte Dian von Alan wissen.

»Das siehst du doch – die weiden ihr Vieh.«

»So hoch im Wald?«

»Das Gebiet am Fuß der Virungas ist sehr dicht besiedelt, in Ruanda drüben noch dichter als hier. Die Leute finden kaum noch Ackerland und Weideplätze, also weichen sie in die Hänge des Regenwaldes aus.«

Als ihr Atem sich ein wenig beruhigt hatte, zündete Dian sich eine Zigarette an. Rauchend beobachtete sie, wie die Viehhirten ihre Tiere tiefer in den Wald hinein und den Hang hinauftrieben. Sie erinnerte sich, bei Schaller gelesen zu haben, dass er wütend, ja handgreiflich geworden war, wenn Einheimische ihre Rinder ins Habitat der Gorillas getrieben hatten.

Auch Dian gefiel es nicht, hier oben Hirten und Rindern zu begegnen, denn genau wie der Virunga-Vulkanpark auf der ruandischen Seite des Gebirges, war auch der Albert-Nationalpark als Schutzgebiet für Menschenaffen eingerichtet worden. Nach allem, was sie von Schaller gelernt hatte, scheuten Berggorillas die Nähe von Viehherden und würden auf die Dauer immer weiter vor ihnen zurückweichen.

Fragt sich nur, wohin?, dachte sie, während Bitterkeit in ihr hochstieg, womöglich in ein zoologisches Fachbuch über ausgestorbene Tierarten? Nein, das würde sie nicht zulassen, niemals!

Sanweckwe klopfte seine Pfeife aus, klatschte in die Hände und rief die Träger zum Weitermarsch zusammen. Dian dachte lieber nicht an die drei Stunden Aufstieg, die noch vor ihnen lagen. Schweigend stapfte sie hinter Alan her. Dem schlanken Briten schien der steile Pfad keine Mühe zu machen, denn er plauderte unablässig mit Sanweckwe und den beiden Wildhütern.

Nach einer Stunde kam die Kolonne plötzlich ins Stocken, so dass Dian stehen bleiben musste. Vor Sanweckwe ragte ein großer, kräftig gebauter schwarzer Mann auf, der einen Speer trug. Der Tonfall, in dem die beiden palaverten, klang nicht besonders freundlich.

Erst auf den zweiten Blick erkannte Dian, dass der Hüne nicht allein den Berg herabstieg: Ein Dutzend weiterer Einheimischer drängten sich hinter ihm auf dem Pfad. Einige trugen Jagdbögen und Köcher mit Pfeilen, andere schwere Lasten an dünnen Stämmen, deren Enden sich je zwei Männer auf die Schultern geladen hatten. Dian begriff: Jäger.

Nach einem schroffen Wortwechsel wichen die Wildhüter an den Rand des Pfads ins Buschwerk aus, woraufhin die Marschkolonne wieder vorankam. Mit unverhohlener Neugier und finsteren Mienen betrachteten die fremden Männer Dian und Alan, als die an ihnen vorbeistapften. Dians erschrockener Blick blieb an den Lasten hängen, die an ihren Tragestöcken hingen: ein großes Waldschwein, zwei Buschböcke und eine Antilope.

Sie lief schneller und drängte sich an Alan heran. »Ist es nicht verboten, hier zu jagen?«

»Sicher.«

»Dann sind das also keine Jäger, sondern Wilddiebe!«

»Streng genommen schon, doch wenn sie nicht jagen, verhungern ihre Familien.«

»Warum notieren die Wildhüter sich nicht ihre Namen? Warum nehmen sie ihnen die Beute nicht ab?« Alan zuckte nur mit den Schultern. »Stellen diese Kerle etwa Fallen auf?«

Alan nickte. »Und kontrollieren sie regelmäßig. Wenn die Tiere dann nicht schon in den Drahtschlingen und Fallgruben verendet sind, machen sie von ihren Speeren und Pfeilen Gebrauch.«

»Gütiger Himmel!« Dian fuhr herum – die Wilderer standen reglos im Unterholz und spähten ihnen hinterher. »Und wenn sich ein Gorilla in so einer Falle verfängt?«

Alan antwortete nicht, und Dian ahnte plötzlich, dass sie soeben ihren künftigen Feinden begegnet war, denn Fallen, die auch Gorillas gefährlich werden konnten, würde sie in diesem Bergwald niemals dulden.

Kaum hatte dieser Gedanke in ihrem Kopf Gestalt angenommen, stand ihr das besorgte Gesicht des Österreichers vor Augen, und sie musste an seine Warnungen denken.

»Ich habe Walter und dich in der Hotelküche reden hören,

Alan!« Wieder lief sie dichter an den Briten heran. »Was hast du ihm auf seine Vorwürfe entgegnet?« Schwer atmend hielt sie Alans Arm fest. »Du hast so leise gesprochen, dass ich kein Wort verstanden habe.«

Alan schüttelte ihre Hand ab. »Vielleicht wollte ich ja nicht, dass du mich verstehst.«

»Was hast du Walter geantwortet? Sag schon!«

Alan zog seine Brille ab, hauchte im Gehen die Gläser an und putzte sie schweigend mit seinem Halstuch. »Dass ich es ebenfalls unverantwortlich von Louis Leakey finde, eine unerfahrene Amerikanerin wie dich im kongolesischen Bergwald auszusetzen, doch dass du es nicht anders gewollt hast.«

»Stimmt genau!« Sie drängte sich an seine Seite. »Hast du dem Professor etwa abgeraten, mich für das Forschungsprojekt einzustellen?«

»Hätte ich – wenn der Brief, in dem er mich nach dir fragte, mich rechtzeitig erreicht hätte.« Ungerührt setzte er seine Brille auf und machte sich von ihr los. »Hat er leider nicht.«

»Du traust es mir also nicht zu!«, sagte Dian bitter, während sie keuchend nach Luft schnappte.

»Spielt das jetzt noch eine Rolle?« Er musterte sie mit hellwachem Blick. »Gehts? Du warst schon vor drei Jahren nicht besonders gut in Form.« Um sie abzuhängen, schloss er zu den Wildhütern auf. »Immerhin sehe ich eine Chance für dich«, rief er im Weggehen. »Sonst würde ich dir nicht helfen.«

Die spitze Antwort, die ihr auf der Zunge lag, ging in Husten und Keuchen unter, denn der kurze Wortwechsel hatte sie angestrengt. Stumm stapfte sie hinter ihm her und versank in Grübeleien.

Walter und Alan waren bei weitem nicht die Einzigen, die ihre Eignung für das Leben und die Arbeit im afrikanischen Bergwald anzweifelten. Alexie Forrester hatte sie ungläubig angestarrt, als sie ihm zum ersten Mal von ihren Reiseplänen erzählte. Irgendetwas hatte er wohl sagen wollen, denn sein Mund stand weit offen, doch kein Wort kam über seine Lippen.

»Was guckst du denn so komisch, Alexie?« Dian hatte ihre Verlegenheit einfach weggegrinst und so getan, als hätte sie ihm einen Ausflug in den Zoo von Louisville angekündigt. »Solange du studierst und deinen Doktor machst, gehe ich nach Afrika zu den Gorillas und danach, in drei Jahren oder so, heiraten wir. Wo ist das Problem?«

»Schnappst du jetzt endgültig über?!«, war es endlich aus ihm herausgeplatzt. »Eine weiße Frau allein im Dschungel des Kongos! Bist du denn lebensmüde?« Bis zum Tag der Abreise hatte er in dieser Weise auf sie eingeredet; am Schluss hatte Dian ihm nicht einmal mehr geantwortet.

Ihre Mutter war sogar in Tränen ausgebrochen, als sie erfuhr, dass Dian im Kongo Gorillas erforschen wollte. »Warum kannst du nicht sein wie andere junge Frauen?!«, hatte sie gejammert. »Bei schmutzigen Affen und wilden Negern leben – wie kannst du mir das antun?!«

Onkel Bert und Tante Flossie waren fassungslos, ja wütend gewesen, und Price hatte die Hände über dem Kopf zusammengeschlagen und gerufen: »Was um alles in der Welt ist denn jetzt schon wieder in dich gefahren?! Nach Afrika? Gorillas für diesen verrückten Professor studieren? Warum fliegst du nicht gleich in die Sahara und zählst Sandkörner!« Mit Onkel Bert wettete er, dass Dian spätestens nach einem halben Jahr zurückkehren und ihm auf der Tasche liegen würde.

Ihr leiblicher Vater dagegen, George Fossey, hatte ihr zu ihrem Mut gratuliert. »Ich bin stolz auf dich, Dian«, hatte er gesagt, während er sie voller Rührung umarmte. »Ich freu mich schon auf deine Fotos und deinen ersten Artikel im *National Geographic*.« Mit Aufsätzen für dieses renommierte Magazin

Geld verdienen zu können das hatte Louis Leakey ihr nämlich in Aussicht gestellt; später vielleicht sogar mit einem Buch über ihre Arbeit mit den Gorillas.

Fred Coy, der ihre Kündigung sehr bedauert hatte, freute sich andererseits jedoch so sehr über die neue Weichenstellung ihres Berufslebens, dass er ein Abschiedsfest im Kosair Kinderhospital gab und es aus eigener Tasche finanzierte. Zu diesem Anlass hatte er Dian einen Feldstecher geschenkt, damit sie die Gorillas so schnell wie möglich entdeckte, wie er sagte.

Auch Pater Raymond hatte ihr zu ihrem Berufswechsel gratuliert und ihr beim Abschied ein fabrikneues Tonbandgerät überreicht, weil er unbedingt einmal hören wollte, welche Töne die Menschenaffen von sich gaben. *Die Erforschung der Gorillas und die Erhaltung ihrer Art ist genau so ein wichtiger Gottesdienst, wie die Arbeit mit verkrüppelten Kindern*, hatte er den Prices geschrieben und sie mögen dankbar sein für ihre mutige Tochter.

Selbst die greise Gaynee Henry hatte ihr Mut gemacht. »Du bist nicht wie die anderen Mädchen«, hatte sie gesagt, als Dian nach der Blinddarmoperation bei ihr im *Hotel Henry* wohnte. »Wirst es niemals sein, denn du hast das Zeug zu einer Heiligen und kannst sowieso keine Ruhe geben, bis du hier auf Erden geleistet hast, wozu die Vorsehung Gottes dich berufen hat.«

Die Erinnerung an den Zuspruch all dieser Menschen tröstete Dian und half ihr, Erschöpfung, Atemnot und Gliederschmerzen zu ertragen und die Mühen des Aufstieges zu überwinden. Als sich am frühen Abend endlich die Kabara-Wiese vor ihr weitete, musste sie vor Erleichterung weinen.

Alan, dem ihre Erschöpfung natürlich nicht entgangen war, schlug als Erstes ihr Zelt auf, woraufhin sie sofort hineinkroch und alle viere von sich streckte. Zu allem anderen fehlte ihr die Kraft. Alan kniete vor dem offenen Zelteingang, seine Miene verriet eine Mischung aus Skepsis und Sorge, die Dian überhaupt nicht gefiel. »Morgen gehen wir Gorillas suchen«, sagte sie und versuchte, entschlossen zu klingen.

»Falsch«, entgegnete Alan. »Morgen bauen wir dein Lager auf. Übermorgen zeige ich dir noch einmal, wie man Gorillaspuren findet und deutet, und in drei Tagen steige ich wieder den Berg hinunter. Ich habe nicht ewig Zeit.«

Dian hielt kurz die Luft an, doch sie war viel zu müde, um sich wirklich Sorgen zu machen. In dieser ersten Nacht auf der Kabara-Wiese schlief sie tief und lang.

Als sie kurz nach Sonnenaufgang den Kopf zum Zelt herausstreckte, wies Alan die Männer bereits an, Wege zu befestigen, Abfallgruben zu graben und Bäume für die Latrine und für eine Hütte zu fällen. Außerdem ließ er einen Abwassergraben ziehen und Tonnen aufstellen, um Regenwasser zu sammeln.

All das gefiel Dian sehr und erfüllte sie mit tiefer Dankbarkeit; doch zugleich machte es ihr Angst: Der Brite meinte es offenbar ernst, er wollte die Kabara-Wiese tatsächlich so schnell wie möglich wieder verlassen. Und dann?

Dann würde sie allein hier oben bleiben. Ganz allein mit dem Fährtensucher, den Wildhütern, dem Koch, dem Holzsammler und einer Handvoll anderer schwarzer Männer. Ganz allein mit den Schauergeschichten, die der kleine Österreicher erzählt hatte.

Gegen Mittag des nächsten Tages, während die Einheimischen noch die letzten Arbeiten am neuen Forschungslager erledigten, zog sie mit Alan und Sanweckwe in den Gipfelhang. Da verhüllte schon Sackstoff die Rückseite der Latrine und der Blockhütte fehlte nur noch das Dach.

Alan zeigte ihr die Abdrücke von Gorillafäusten und Gorillafußballen im weichen Waldboden, untersuchte mit ihr Reste von Schlafnestern in Kosobäumen und erklärte ihr die Spuren, an denen man im Unterholz und in den Baumkronen die Futterplätze der Gorillas erkennen konnte. Er wies sie auf Gorilla-, Elefanten- und Schweinekot hin und lehrte sie, das eine vom anderen zu unterscheiden.

Am Abend packte Dian ihre Olivetti aus, spannte einen Bogen Papier ein und schrieb *Gorillaspuren im Regenwald* in die erste Zeile. Danach tippte sie auf zwei Bogen Papier all das, was Alan ihr beigebracht hatte.

Am nächsten Morgen kam er zu ihrem Zelt, um sich zu verabschieden. »Alles Gute, Dian«, sagte er und reichte ihr die Hand. Dian schob sie zur Seite und umarmte ihn stattdessen stumm. Alan ließ es geschehen, drückte ihr sogar einen Kuss auf die Wange.

Mit dem größten Teil der Träger marschierte er wenig später auf den Pfad, der quer durch die Kabara-Wiese in den Regenwald und an ihrem Westrand hinab nach Kibumba führte. Traurig schaute Dian ihm hinterher.

Einen Mann wie Alan Root hatte sie noch nie in ihrem Leben kennengelernt: still, einfühlsam, klug, tatkräftig, zurückhaltend und zupackend zugleich. Einer, der wusste, was er wollte; einer, der erreichte, was er sich vorgenommen hatte. Und leider auch einer, der wieder ging. Sie war sich sicher, dass sie enge Freunde hätten werden können – und einen Freund könnte sie hier oben gut brauchen.

Niedergeschlagen schlüpfte Dian in ihr Zelt, warf sich auf ihren Schlafsack und schaltete das Kurzwellenradio ein, das der Professor ihr mitgegeben hatte. Bis spät in die Nacht hörte sie auf BBC eine Musiksendung über die US-Tournee der Beatles im vergangenen Sommer und die Lesung einer Geschichte aus *Pu der Bär* mit dem Titel: *Pu baut ein Haus*. Nicht weit entfernt hörte sie Palaver und Gelächter der Männer, die um ein Feuer saßen, Fleisch brieten und Haschisch rauchten.

Die englischen Stimmen aus dem Radio machten Dian nur noch schmerzlicher klar, wie weit weg von jeglicher Zivilisation sie nun leben würde. »So hast du es gewollt«, wies sie sich selbst zurecht. »So und nicht anders. Eine Forscherin wolltest du sein, eine Forscherin bist du jetzt, und nun zahle auch den Preis.«

Irgendwann lange nach Sonnenuntergang kam Sanweckwe und lud sie ein, zu ihnen ans Feuer herauszukommen. Dian lehnte ab. Sie lag die ganze Nacht wach und lauschte den Geräuschen des Regenwaldes – an allen Seiten summte, klackte, quakte, trompetete und heulte es. Manchmal trat minutenlange Stille ein, die dann urplötzlich von einem schrillen Schrei zerrissen wurde.

Die Angst drückte Dian die Kehle zu, und das Gefühl grenzenloser Einsamkeit schnürte ihr das Herz zusammen.

Am nächsten Morgen betrachtete sie die dunkelgrüne Wand des Waldrandes und es grauste ihr davor, in sie einzudringen. Also ließ sie es bleiben, packte Proviant, Ausrüstung und Kleider aus und richtete den ganzen Tag über Hütte und Zelt ein.

Am Morgen des fünften Tages, als schon erste Sonnenstrahlen die Nebelschwaden, die den Gipfel verhüllten, durchdrangen, fand sie einen anderen Grund, wieder nicht in die Waldhänge auf Gorillasuche zu gehen: Sie studierte lieber die Gräser, Kräuter und Pilze, die auf der taufeuchten Kabara-Wiese wuchsen, und kundschaftete die Ränder der Bergwaldlichtung aus. Dian sah natürlich, dass Sanweckwe sie mit Sorgenfalten auf der schwarzen Stirn beobachtete. Auch sie machte sich ja ernsthafte Sorgen – um sich selbst.

An ihrem nordöstlichen Rand verengte sich die Wiese zu einer Art Graszunge, die einige Dutzend Meter weit in den Regenwald hineinreichte. An deren Ende entdeckte Dian einen Teich, über dem der Morgendunst aufstieg. Ein entwurzelter Kosobaum ragte aus dem Waldrand und überbrückte das westliche Ufer des kleinen Gewässers, wobei seine gewaltige Krone halb in der Wiese lag. Aus irgendeinem Grund zog der umgestürzte Baum Dian magisch an.

Je näher sie ihm kam, desto deutlicher sah sie es: Auf seinem Stamm lag etwas Großes, Schwarzes, in dessen Fell silbrige Flecken schimmerten. Eisiger Schreck fuhr Dian in die Glieder, und sie stand auf einmal wie festgewachsen: Auf dem Stamm sonnte sich ein Gorilla!

Dian traute ihren Augen nicht, blinzelte, schaute ganz genau hin, doch es blieb dabei: Auf dem Stamm sonnte sich ein Gorilla!

Hatte sie bei Schaller nicht gelesen, dass diese Menschenaffen das Wasser scheuten? Wie eine Frau, die in tiefer Andacht versank, kniete sie im Gras nieder und setzte mit zitternden Händen ihr Fernglas an die Augen. Und jetzt erst war sie ganz sicher: Auf dem Baumstamm lag ein massiger Silberrücken!

Dian wagte nicht zu atmen, schaute hochkonzentriert durch ihren Feldstecher und fasste, nachdem sie den Gorilla ausgiebig betrachtet hatte, auch den Waldrand ins Auge, aus dem der Stamm herausragte. Und tatsächlich: Dort bewegte sich das Geäst eines Hypericumbusches auf eine Weise, wie eine Windbrise es niemals hätte bewegen können.

Weidete in dem großen Busch etwa die Horde des Silberrückens? Natürlich! Wer denn sonst? Dian konnte ihr Glück nicht fassen.

26

Gefährliche Tiere

Die Nacht ist vorüber, die Nebelschleier zerreißen schon, du saugst die Morgenluft ein. Feuchte Luft, kühle Luft – wie gut! Aus dem Gehölz tropft der Tau in den Teich, im Buschwerk hinter dir stopfen die Deinen sich mit saftigen Blättern voll. Gut so, sehr gut.

Im Gestrüpp des Waldrandes schmatzen und kauen sie, und tiefer im Buschwerk stimmen die Gefiederten ihr Morgengeschrei an. Erste Fliegen brummen dir um die Nasenlöcher, Licht sickert durchs Gehölz, leckt dir den Tau aus dem Fell, wärmt dir den Schädel. Du schabst den Rücken am Baumstamm unter dir, blinzelst ins Geäst über dir, und du fühlst es deutlich: Das Leben ist schön.

Der Himmel ist da, die Sonne ist da, der Wald ist da, die Weiber, die Knirpse, die Kerle sind da. Und du bist sowieso da, was willst du mehr? Das Leben ist schön!

Deine Jüngste krabbelt auf dir herum, grient, meckert, zupft an deinem Brustfell, knabbert an deiner Schulter, will spielen. Du aber willst faulenzen, schiebst sie also von deinem Bauch, streckst dich auf dem Baumstamm aus und kratzt dir die Schenkel.

Da sein, mehr willst du nicht. Gibt es überhaupt mehr? Da sein, fressen, mit den Knirpsen spielen, die Weiber begatten, mit den Kerlen balgen, weiterziehen, Futterplätze suchen, weiterfressen. Mehr willst du nicht, aber weniger auch nicht.

Die Alte bringt dir eine Klaue voll duftender Blüten und wischt dir die Fliegen von der Schnauze. Einer der Knirpse jagt deine Jüngste wieder aus dem Busch und zurück auf deinen Bauch. Du spürst: Der Knirps will dich ärgern, will, dass du ihn fängst und mit ihm balgst. Jetzt nicht, grunzt du ihm zu, denn dein Lieblingsweib ist auch aus dem Busch gekommen, beugt sich nun über dich und laust dir den Schädel. Schön!

Du kaust köstliche Blüten, kraulst deinem Lieblingsweib den Rücken, spürst ihre Finger im Schädelfell, spürst die Hitze deiner Jüngsten auf dem Bauch. So schön! Du grunzt und gurrst und knurrst und räkelst dich. Süßes Lieblingsweib, süße Blüten, süße Jüngste – so schön, da zu sein!

Du schluckst die letzten Blütenblätter und saugst den Duft deines Lieblingsweibes ein. Köstlich! Du ziehst sie an dich, beschnüffelst ihre Kehle, ihre Brüste, ihren Bauch. Du witterst, was sie will, du fühlst es genau, und du fühlst, dass du's auch willst, also brummst du nach der Mutter deiner Jüngsten, damit sie die Knirpsin an sich nimmt und du ungestört dein Lieblingsweib begatten kannst.

Doch auf einmal stutzt du: Geräusche von der Wiese her!

Du scheuchst dein Lieblingsweib, deine Jüngste und seine Mutter in die Büsche und lauschst. Und vernimmst Geräusche, die nicht von deinesgleichen stammen – zu laut, zu tapsig, zu lange anhaltend.

Und da: ein fremder Geruch! Du schnüffelst, du prüfst ihn, du lauschst noch einmal und dann bist du sicher: Auch sie sind da, die gefährlichsten aller Tiere! Sie sind ganz in der Nähe!

Du blaffst zu den Büschen am Teichufer hin, wo die Deinen längst aufgehört haben zu schmatzen, zu rascheln, zu kauen, zu greinen. *Tiefer in den Wald mit euch Weibern und Knirpsen!*, heißt das. *Weiter hinauf in Richtung Gipfel!*

Und für die Kerle stößt du ein heiseres Knurren aus: *Nackthäute*, heißt das, und: *bereithalten zum Kampf, ihr jungen Schwarzrücken! Bereithalten zur Abwehr der gefährlichsten aller Tiere.*

Als würde ein Windstoß durchs Unterholz fahren, so hörst du's im Buschwerk hinter dir am Teichufer rascheln, als die Deinen sich zurückziehen. Das Rascheln entfernt sich nach und nach, du aber rührst dich nicht, lauschst nur, schnüffelst und spähst.

Und dann entdeckst du die Nackthaut.

Sie ist nicht schwarz, wie die meisten hier in deinen Bergen, und sie hat einen rötlichen Kopfpelz, wie sonst niemand hier in deinen Bergen. Und hast du nicht schon früher einmal eine helle Nackthaut mit rötlichem Kopfpelz gesehen? Ähnlich groß wie diese da?

Sie ist wirklich sehr groß, und sie ragt auf der Wiese auf, wie ein dünner fremdartiger Baum, wie eine erstarrte Antilope, die mit Fasern behängt auf den Hinterläufen steht. Du jedoch weißt genau: Es ist kein Baum, es ist keine Antilope auf Hinterläufen – es ist eine Nackthaut.

Sie hat dich längst gesehen, natürlich. Sie beobachtet dich. Sie kniet im Gras nieder, sie drückt etwas gegen ihr Gesicht – zwei kurze Rohre.

Nackthäute sind gefährlich – du weißt das, die Deinen wissen das, alle im Wald wissen das. Nackthäute mit Rohren sind sogar lebensgefährlich, denn mit ihnen werfen sie nach anderen Tieren, auch nach dir und den Deinen. Mit ihren Rohren stechen sie zu, und manchmal blitzt und knallt es aus ihnen.

Die kurzen Rohre vor dem Gesicht der großen hellen Nackthaut mit dem rötlichen Schädelpelz jedoch sind anders, sind nicht gefährlich, auch das weißt du, aus ihnen blitzt es nie. Durch solch kurze Doppelrohre gucken manche helle Nackthäute, wenn sie etwas ganz genau betrachten wollen.

Du aber willst nicht ganz genau betrachtet werden, also schiebst du dich vom Baumstamm, schaukelst am Teichufer entlang zum Waldrand und gleitest ins Unterholz.

Dort grunzt du erst einmal Entwarnung für die jungen Schwarzrücken. Dann spähst du aus der Deckung des Gehölzes zurück auf die Wiese, betrachtest die helle Nackthaut dort sehr aufmerksam. Und du erinnerst dich: Du kennst sie. Vor drei Regenzeiten hast du sie schon einmal gesehen. Da hat sie mit anderen Nackthäuten im Unterholz gekauert und ein kurzes Rohr auf dich gerichtet, aus dem es nicht geblitzt und geknallt hat.

Jetzt steht sie auf, jetzt kommt sie auf den Teich zu. Was hat sie vor? Was will sie von dir?

Gleichgültig, du jedenfalls willst nichts von dieser Nackthaut, überhaupt nichts. Also springst du ins Unterholz und den Waldhang hinauf zu den Deinen.

27

Zuhause

Kabara-Wiese im Virungagebirge, Kongo, Juni 1967

Endlich hatte es aufgehört zu regnen. Und nun brach sogar die Sonne durch die Wolkendecke. Vor ihrem Zelt baute Dian einen Tisch und Hocker auf, die Sanweckwe und die Männer ihr gezimmert hatten. Sie holte Briefpapier und Füllfederhalter aus dem Zelt und setzte sich. Um sie herum stiegen Dunstschwaden aus der Wiese auf.

Das Huhn Lucy und der Hahn Deci sprangen gackernd herbei. Dian griff in den Beutel, der am Zelteingang hing, langte eine Handvoll Brotbrocken heraus und warf sie weit in die Wiese hinein, woraufhin das Geflügel noch lauter gackernd davonrannten, um sich ihren Anteil an den Krumen zu sichern, bevor die Geierraben und andere Vögel sich darüber hermachten.

Dian schraubte den Federhalter auf, beugte sich über den Briefbogen und begann zu schreiben:

Lieber Alexie,

ich danke Dir für die vielen Seiten, die Du für mich gefüllt hast und für Deine zärtlichen Worte. In meiner selbst gewählten Einsamkeit haben sie mich beinahe so tief berührt, wie Deine streichelnden Hände es getan haben, als wir zuletzt zusammen waren. Ja, Deine Worte haben mich sehr froh gemacht, ich musste sie wieder und wieder lesen und habe Dich dabei in Gedanken wohl hundert Mal geküsst. Tausend Dank!

»In Gedanken!«, wirst Du jetzt schimpfen, »Was habe ich davon?« Und ja, ich gebe Dir recht: Wir haben uns schon viel zu lange nicht sehen, sprechen und umarmen können – sieben Monate schon nicht mehr! –, doch umso schöner wird es sein, wenn Du an Weihnachten auf meinen Berg zu meiner Wiese heraufsteigen und mich in Deine Arme schließen wirst. Du ahnst ja nicht, wie sehr ich mich darauf freue, Dir all das zeigen zu können, was mich hier so glücklich macht.

Dian legte den Füller weg und zog die Zigarettenschachtel aus der Brusttasche ihres karierten und zu großen Baumwollhemdes. Ein Paar Kanadagänse schwirrte über die Hütte hinweg in Richtung des Teiches am Ende der Wiese, wo es sich seit einigen Tagen niedergelassen hatte.

Neben der Hütte leerte Sanweckwe einen Korb voller Gorillakot auf der Plane aus, die er im Gras ausgebreitet hatte. Dian wollte den frischen Kot, den sie heute gesammelt hatten, noch vor Sonnenuntergang untersuchen, denn mit ihm wollte sie lernen, das Alter einer Gorillaspur genauer zu bestimmen, eine Kunst, die auch Sanweckwe noch nicht beherrschte. Außerdem hatte sie den Verdacht, dass einige Gorillas unter Wurmbefall litten.

Während sie sich eine Zigarette anzündete, las sie ihren letzten Satz noch einmal. *Glücklich* – fast bekam sie ein schlechtes Gewissen, dieses Wort benutzt zu haben, denn Alexie Forrester war alles andere als glücklich. Ihr Verlobter kam mit der Trennung nicht annähernd so gut zurecht wie sie. Dian zog die leere Konservendose heran, schnippte die Asche hinein und schrieb weiter.

Glücklich – Du liest richtig, Alexie, und ich sehe Deine enttäuschte Miene deutlich vor mir. Ja, ich muss Dich enttäuschen, denn Deine Hoffnung, die Einsamkeit und das karge Leben hier im Regenwald würden mich noch vor dem Sommer von meinem Berg hinunter und wieder zurück in die Vereinigten Staaten treiben, diese Hoffnung wird sich nicht erfüllen.

Die ersten Wochen hier auf der Kabara-Wiese waren wirklich schwierig, ich habe es Dir ja geschrieben. Heimweh und Einsamkeit haben mich geplagt, Allergien machten mir das Atmen schwer, schlaflose Nächte zermürbten mich, die anstrengenden Aufstiege zu den Futterplätzen meiner neuen Freunde, der Gorillas, haben meinen Knochen mehr Kraft abverlangt, als in ihnen steckte, und ich stand mehr als einmal kurz davor aufzugeben.

Was um alles in der Welt hat dann das Blatt gewendet?, höre ich Dich fragen. Die Antwort ist so einfach wie kurz: die Gorillas. Ihre Schönheit, ihre sanfte Art, ihr liebevolles Miteinander, die unbeschreiblich herrliche Landschaft, in der sie zuhause sind. Je mehr Zeit ich mit ihnen verbrachte, desto leichter fiel mir das Leben hier bei ihnen im Regenwald; je besser ich sie kennenlernte, desto gründlicher vergingen mir Heimweh und Schwermut.

Dian setzte die Feder ab, denn krächzend ließ sich einer der Geierraben über ihr auf dem Zeltfirst nieder. Die Vögel hatten schnell gelernt, dass im Lager beinahe täglich etwas für sie abfiel. Aus dem Verschlag neben der Hütte kam Sanweckwe mit einem Eimer zu ihr. »Womit soll ich sie waschen?« Er deutete auf die drei Gorillaschädel im Eimer, die sie gestern gefunden hatten.

»Mit einer weichen Bürste und dem großen Pinsel.« Dian erklärte ihm, wo das Werkzeug lag, und Sanweckwe ging zur Hütte, um es dort aus dem Regal zu holen. Kurz darauf trug er den Eimer zum Teich am Ende der Wiese, um die Schädelknochen zu reinigen. Dian lehnte sich zurück, schaute ihm rauchend hinterher und dachte an den Silberrücken, den sie zwei Tage nach Alans Abschied drüben am Teich beobachtet hatte.

Es war kein Zufall gewesen, dass er sich ausgerechnet an jenem Morgen auf dem Baumstamm gesonnt hatte, davon war Dian inzwischen überzeugt – es war ein Wink des Schicksals gewesen, eine Aufforderung, keine Zeit mehr zu verlieren und endlich mit der Arbeit zu beginnen. Gleich nach der unverhofften Begegnung am Teich überwand Dian Angst und Mutlosigkeit und verfolgte die Spur des Silberrückens und seiner Horde vom Teich aus bis tief in den Regenwald hinein. Diese Horde bestand aus sechzehn Tieren und war eine von dreien, die Dian bisher in den Hängen rund um den Mikeno entdeckt hatte. Sie nannte sie *Kabara-Gruppe.*

Dian drückte ihre Zigarette in der Konservendose aus und schrieb weiter.

Der Wendepunkt mag die zweite Begegnung mit dem Silberrücken der Kabara-Gruppe Ende Februar gewesen sein. Tagelang folgte ich der Fährte seiner Horde. Hinter Sanweckwe her stapfte ich über verschlungene Bergpfade, kroch auf Knien durch steile Brennnesselfelder und arbeitete mich durch schlammige Waldstücke, aus denen wie Säulen abgebrochene Stämme und große Basaltsteine ragten.

Mein Rucksack wog noch schwerer als sonst, weil zusätzlich zu Regenzeug, Fotoapparat, Filmen, Notizbüchern, Proviant und einer Thermoskanne voller Tee noch Pater Raymonds Tonbandgerät samt Richtmikrofon in ihm steckte. Diese Last hinter den Gorillas herzuschleppen war eine Qual, und das Einzige, was mich daran hinderte, das ganze Zeug wegzuschmeißen, war die Zuversicht, der Kabara-Gruppe bereits sehr nahe zu sein und sie bald fotografieren und ihre »Unterhaltungen« aufnehmen zu können.

Schließlich kamen wir zu zwei riesigen Kosobäumen, unter deren Kronendach sich ein Feld brusthoher Brennnesseln ausdehnte, mittendrin die Kabara-Gruppe. Ich freute mich so, dass ich mich zwingen musste, nicht laut zu lachen. Auf mein Zeichen hin ging Sanweckwe hinter dem Kosostamm in Deckung und baute das Stativ für die Kamera auf, während ich das Tonbandgerät auspackte und anwarf.

Da tauchte er plötzlich auf, der Silberrücken, richtete sich keine sieben Schritte entfernt am Rande des Brennnesselfelds auf, stimmte heiseres Gebrüll an und begann auf seiner Brust herumzutrommeln. Trommelnd und brüllend kam er auf mich zu.

Von Alan Root und Sanweckwe hatte ich gelernt, dass Silberrücken und die jüngeren Schwarzrücken, die für die Verteidigung der Horde zuständig sind, gern Scheinangriffe starten, um potentielle Angreifer einzuschüchtern und zu verjagen, und dass man bei einem solchen Scheinangriff im Grunde nur einen einzigen Fehler machen kann: weglaufen.

Obwohl mir die Knie schlotterten, blieb ich also stehen, während der Silberrücken mit gefletschten Zähnen heranpreschte. Als mich kaum noch drei Meter von ihm trennten, folgte ich einer glücklichen Eingebung, fletschte ebenfalls die Zähne und schnitt eine Grimasse, wie ich sie früher in Kosair manchmal geschnitten habe, um meine kleinen Patienten zu bespaßen. Und ob du es glaubst oder nicht, Alexie – schlagartig blieb der Silberrücken stehen, guckte mich verblüfft an, wandte sich dann zur Seite und begann Brennnesseln zu fressen, als hätte er von Anfang an nichts anderes im Sinn gehabt. Und Sanweckwe und ich konnten ungestört die Horde beobachten, sage und schreibe vier Stunden lang.

Nein, Alexie, die Gorillas sind nicht gefährlich. Es sind keine schwarzen Bestien, es sind sanfte Riesen.

Dian lachte, während sie die Erinnerung niederschrieb. Es bescherte ihr jedes Mal gute Laune, an diese unvergessliche Begegnung zurückzudenken. Manual, der Koch, und der halbwüchsige Holzsammler, den Sanweckwe engagiert hatte, sahen ihr Lachen und winkten ihr fröhlich zu.

Unweit der Hütte trieben sie sechs stangenartige Baumstämme in die Wiese, zwei in zwanzig Meter Entfernung voneinander, zwei in vierzig und das dritte Paar sechzig Meter voneinander entfernt. Dian hatte sie darum gebeten, denn mit diesen Stangen vor Augen, hoffte sie, ihr Gefühl für Abstände und Entfernungen trainieren zu können.

Sie schrieb weiter und schilderte Alexie, wie sie seit dem Scheinangriff immer in Sichtweite der Gorillas geblieben war, damit die Tiere sie sehen, riechen und sich an sie gewöhnen konnten; wie sie ihre Art zu fressen, sich zu kratzen und zu grunzen nachahmte, und so nach und nach von ihnen akzeptiert wurde und ihr Vertrauen gewann.

Sie berichtete ihm, wie sie gelernt hatte, männliche von weiblichen Gorillas zu unterscheiden, und dass sie seit einem Monat dazu übergegangen war, ihnen Namen zu geben – den Silberrücken der Horde etwa nannte sie Louis –, denn inzwischen vermochte sie, einzelne Individuen nach Schallers Anleitungen an den Linienzeichnungen ihrer Nasen und der Form ihrer Nasenlöcher zu erkennen.

Dass sie einen jungen und besonders prächtigen Schwarzrücken der Horde *Alexie* getauft hatte, schrieb sie ihm nicht.

Kannst Du verstehen, dass ich nach all diesen guten Erfahrungen froh bin, nicht aufgegeben zu haben? Kannst Du verstehen, dass ich meine Arbeit und die Gorillas lieb gewonnen habe? Kannst du verstehen, dass ich inzwischen richtig glücklich bin, hier, an diesem exotischen Flecken Erde zu leben, ja, mich sogar zuhause fühle? Bitte versuche es und bedenke dabei: Alles hat seine Zeit – jetzt erforsche ich Gorillas, jetzt studierst Du und arbeitest an Deiner Promotion; wenn das geschafft ist, beginnt eine neue Zeit und dann heiraten wir. In Ordnung?

Sie unterbrach sich, weil Lucy auf den Tisch geflattert war. »Du gieriges Tier, du.« Grinsend langte Dian wieder in den Beutel mit dem alten Brot und warf eine Handvoll davon weit in die Wiese hinein. Lucy flatterte gackernd zurück ins Gras und wetzte los, um Deci und den Raben die Leckerbissen wegzuschnappen.

Sanweckwe hatte das Huhn und den Hahn im Februar den Berg heraufgebracht. Der feinfühlige Fährtenleser, der gespürt hatte, wie sehr Dian litt, hatte sie mit einem Festmahl trösten wollen. Doch Dian rettete die beiden Tiere vor dem Bratenspieß, und die bedankten sich seitdem mit einem Ei täglich.

Inzwischen habe ich insgesamt 130 Stunden lang Gorillas beobachtet, fuhr sie fort, *George Schaller kam in der gleichen Zeit nur auf knapp 90 Stunden Beobachtungszeit. Professor Leakey ist sehr zufrieden mit mir, sogar richtig stolz.*

Natürlich könnte ich nicht Tag für Tag ausschließlich im Wald und bei den Gorillas sein, auch ich brauche hin und wieder ein wenig Abwechslung, und so genieße ich es, einmal im Monat von meinem Berg zu steigen und Lily ins ugandische Kisoro zu steuern, um meine Post abzuholen und Lebensmittel einzukaufen. Tabak für Sanweckwe und meine Zigaretten stehen dann immer ganz oben auf der Einkaufsliste.

Das letzte Mal steuerte ich Lily anschließend zu Walter ins Traveller's Rest und verbrachte einen lustigen Abend mit dem kleinen Österreicher und seinen Gästen. Zu meiner Freude waren eine amerikanische Reisegruppe und einige Englisch sprechende Leute aus Nairobi, Kigali und Ruhengeri darunter. Mich mal wieder stundenlang in meiner Muttersprache unterhalten zu können, hat mir unheimlich gutgetan!

Und weißt Du was, Alexie? Alle kannten meinen Namen und wussten von meiner Arbeit – ich habe es kaum fassen können! Schwarze und Weiße, Westafrikaner und Sudanesen, alle hatten sie von mir gehört. Sogar Alan Root schrieb mir, dass jeder, den er in Nairobi trifft, sich nach dem amerikanischen Mädchen erkundigt, das nun auf dem Mikeno haust und Gorillas erforscht.

Ich kann mir das nicht erklären. Du? In diesem Augenblick habe ich Gott im Stillen dafür gedankt, dass er mir die Kraft und den Mut gegeben hat, nach Afrika zu gehen, wo ich nun sogar in den Augen der anderen als eine Forscherin gelte.

Sie beendete den Brief mit einem Liebesgruß, malte ein Herz darunter und schrieb hinein: *Nur sechs Monate noch, das halten wir durch! Ich freue mich so auf Dich!* Doch während sie den Brief danach noch einmal durchlas, fühlte sie sich auf einmal ein wenig beklommen: Würde sie Alexies Besuch an Weihnachten denn wirklich genießen können? Sie kannte ihn doch! Würde er nicht alle Register ziehen, um sie zu einer vorzeitigen Rückkehr in die Staaten zu überreden? In seinen zahlreichen Briefen jedenfalls tat er es jetzt schon.

Die frischen Kotproben, mit denen sie sich anschließend beschäftigte, brachten sie auf andere Gedanken. Dian hatte vor, den Gorillakot verschiedenen Witterungsverhältnissen auszusetzen – Regen, Sonne, Kälte, Hitze –, um herauszufinden, unter welchen Bedingungen er sich wie und in welcher Geschwindigkeit veränderte. Das zu wissen, so ihr Kalkül, würde es ihr künftig erleichtern, das Alter einer Gorillafährte genauer abschätzen zu können.

Tatsächlich fand sie in einigen Proben Bandwurmglieder. Sie nahm sich vor, Louis Leakey davon zu berichten und ihn um ein Entwurmungsmittel zu bitten. Vielleicht würde sie ja einen Weg finden, das Medikament den befallenen Gorillas zu verabreichen.

Während des Abendessens ging die Sonne unter, und übergangslos fiel die Nacht auf die Kabara-Wiese. Während die Männer noch in der Hütte zusammenhockten und palaverten, zog Dian sich in ihr Zelt zurück, um im Schein einer Öllampe ihren täglichen Bericht zu tippen: Welche Gruppe hatte sie beobachtet? Wie lange? Wie gediehen die neugeborenen Gorillas? Welche Individuen waren ihr aufgefallen? Was hatten die Tiere gefressen? Welche Laute hatten sie von sich gegeben? Und so weiter, und so weiter.

Die BBC übertrug *Don Giovanni* von Wolfgang Amadeus Mozart. Während des ersten Aktes arbeitete Dian an ihrem Bericht, zu Beginn des zweiten kroch sie in ihren Schlafsack und lauschte der Oper. Noch vor Beginn des dritten Aktes schlief sie darüber ein.

Im Traum stellte sie einen Weihnachtsbaum auf der Kabara-Wiese auf und schmückte ihn mit Gorillaschädeln und den vollgeschriebenen Papierbögen ihrer Tagesberichte. Als sie damit fertig war, rief sie nach Alexie, damit er endlich aus dem Wald komme und die Bescherung nicht verpasse. Doch statt ihres Verlobten stapfte ihr Vater, George Fossey, an der Seite des Silberrückens Louis aus dem Wald. Dian lief ihnen voller Freude entgegen und fiel ihrem Vater um den Hals. Als sie auch den Gorillamann umarmen wollte, bebte auf einmal die Erde, und sie schreckte aus ihrem Traum hoch.

Verwirrt blinzelte sie in die Dunkelheit. Bebte die Erde wirklich? Kerzengerade hockte Dian auf ihrem Nachtlager, tastete nach ihrer Taschenlampe. Nein, die Erde bebte nicht, doch im Lichtkegel der Lampe sah sie, dass ihr Zelt schwankte, und wie! Das Zeltdach neigte sich, die Planen wackelten und wölbten sich, es rumpelte, als würde jeden Moment der Vulkan ausbrechen, und ein scharrendes Geräusch jagte Dian einen kalten Schauer nach dem anderen über den Rücken.

Schnitt draußen jemand an den Spannleinen herum? Versuchte einer, die Zeltwand aufzuschlitzen? Dian saß ganz steif vor Panik und wagte nicht, sich zu rühren. Bewegte sich da nicht ein Schatten direkt vor ihrem Zelt? O ja, und was für ein riesiger!

Sie begann zu schreien, schrie sich die lähmende Angst aus

dem Leib, zerrte ihr Kamerastativ an den Zelteingang und riss ihn auf. In der Linken die Taschenlampe, in der Rechten wie einen Prügel das Stativ, hechtete sie aus dem Zelt.

Schreiend richtete sie sich auf und zielte mit dem Lichtkegel auf den Schatten. Der Lampenschein riss zuerst ein großes braunes Ohr aus der Dunkelheit, dann einen Stoßzahn, dann einen braunen Rüssel.

Ein Elefant schabte seine Flanke an den Zeltschnüren. Oder hatte er sich darin verfangen?

»Mistvieh!«, schrie sie. »Mir so einen Schrecken einzujagen!« Ihr Geschrei beeindruckte den Elefanten nicht im Geringsten, er schabte sich weiter an den Schnüren und peitschte mit dem Rüssel gegen die Zeltwand.

»Hau ab, du!« Dian erwischte eine Bratpfanne, die sie in der Nacht zuvor in den Regen hinausgestellt hatte, und schlug mit dem Stativ dagegen. »Hau endlich ab!« Da erst wandte der Koloss sich ab. Er hob den Rüssel, trompetete und trottete in Richtung Teich davon.

28

Angriff

Regenwald am Hang des Mikenos, Kongo, Juli 1967

Die Geräusche des Regenwaldes und das Licht der Morgensonne weckten Dian. Sie schälte sich aus ihrem Schlafsack und aus der Plane, mit der sie ihn vor der Nässe geschützt hatte. Sanweckwe war schon wach: Zwanzig Schritte entfernt stand der zierliche Fährtenleser im Unterholz und beobachtete den teilweise in Nebelschwaden gehüllten Waldhang über ihrem Schlafplatz durch sein Fernglas. Waren die Gorillas denn auch schon wach?

»Sie sind nicht mehr zu sehen«, sagte Sanweckwe, ohne den Feldstecher abzusetzen. »Sie müssen schon recht früh weitergezogen sein.«

»Vor Sonnenaufgang?« Dian langte nach ihrer Thermoskanne. »Komisch. Sonst brauchen sie doch zwei Stunden, bis alle aus ihren Schlafnestern gekrochen sind.«

Sie und Sanweckwe hatten im Wald übernachtet. Seit Tagen beobachteten sie die Gorillahorde, die Dian in ihren Berichten als Gruppe 3 bezeichnete. Zu ihr gehörte auch der junge Schwarzrücken Alexie. Immer in Sichtweite dieser Gorillahorde waren sie hinter ihr hergezogen, hatten notiert, wann die Affen morgens aufgewacht waren, wann sie zu fressen begonnen hatten, wo ihre Futterstellen lagen. Sie hatten die Pflanzen bestimmt, die sie fraßen, die Stimmen der Gorillas auf dem Tonband aufgezeichnet und ihre Kommunikation beobachtet und dokumentiert.

»Schauen wir nach.« Dian stand auf und packte ihre Sachen in den Rucksack. Hinter Sanweckwe her stapfte sie zu einer Gruppe von drei dicht an dicht stehenden Kosobäumen. Wie zerfurchte Gesichter uralter Riesen sahen die aus. Dreihundert Schritte entfernt, aber immer noch in Sichtweite, waren die Gorillas gestern Abend in deren Kronen gestiegen und hatten sich in ihre Schlafnester gekauert. Und jetzt waren sie weg.

»Da stimmt doch was nicht.« Mit ihrem eigenen Feldstecher suchte Dian die Schlafnester ab, die vom Waldboden aus in den bemoosten und weit ausladenden Ästen zu erkennen waren. Wie Staubfetzen hingen die Nebelschwaden zwischen ihnen. »Keiner mehr da.«

»Irgendetwas muss sie vertrieben haben«, sagte Sanweckwe.

»Wir jedenfalls nicht. Sie wissen doch inzwischen, dass wir ungefährlich für sie sind.«

»Bist du sicher?«

Dian setzte das Fernglas ab und schaute ihn erstaunt an. »Ja, bin ich.« Sie wandte sich ab und winkte Sanweckwe hinter sich her. »Los, suchen wir ihre Fährte.«

Die war gar nicht zu übersehen, denn frische Kothaufen säumten sie in nicht allzu großen Abständen. Und zwar nicht wie sonst feste, Pferdeäpfeln ähnliche, durch Pflanzenfasern verbundene Kothaufen, sondern dünner nach Angst stinkender Durchfallkot.

»Siehst du den Dünnschiss?« Dian machte Sanweckwe darauf aufmerksam.

»Sie müssen vor irgendetwas Angst gehabt haben«, schlussfolgerte der Fährtenleser. »Vielleicht haben sie sich durch eine der beiden anderen Gruppen bedroht gefühlt.«

»Oder von Wilderern.«

Sanweckwe wiegte zweifelnd den Kopf. »Die hätten wir doch bemerkt.«

»Wir haben tief geschlafen«, gab Dian zu bedenken. »Und dann der dichte Morgennebel.«

Sie folgten der Fährte, die schräg nach Nordosten in den Waldhang hineinführte. Da die Gorillas kaum ausgetretene Pfade benutzten, mussten sie sich mit ihren Pangas und Fimbos durch dichtes Unterholz arbeiten, und das über weite Strecken. Dians rechter Arm erlahmte schier, denn anders als Sanweckwe, hatte sie keine Übung darin, sich mit einem Buschmesser Breschen durchs Gehölz zu schlagen.

Während einer kurzen Rast holten sie an einem kleinen Bachlauf das Frühstück nach – Sanweckwe aß wilde Brombeeren und eine Mango, Dian löffelte zu einem Stück Brot eine Konservendose Corned Beef aus. Danach folgten sie wieder der Gorillafährte.

Die verlor sich gegen Mittag im dichten Regenwald. Ratlos schauten sie sich um. »Wie vom Erdboden verschwunden.« Selbst der erfahrene Fährtenleser Sanweckwe resignierte.

Dian entdeckte einen Wildpfad, und weil der an einer langen Brombeerhecke entlangführte, die so zerzaust aussah, als hätten Gorillas darin gewühlt, folgten sie dem Pfad eine Zeitlang. Kurz darauf hörten sie nicht weit entfernt Trommelschläge und Gesang.

»Ein Dorf.« Sanweckwe deutete zu einer überhängenden Basaltwand, unter der ein Pfad in Serpentinen in eine Talsenke führte. »Dort unten feiern sie.«

»Dem Lärm werden unsere Gorillas ganz bestimmt nicht gefolgt sein.« Dian deutete in die entgegengesetzte Richtung. »Gehen wir da lang.«

»Und wenn sich Jäger im Dorf aufhalten?« Sanweckwes

Blick bekam etwas Beschwörendes. »Jäger, die ihre Beute feiern? Zum Beispiel Gorillas?«

Dian erschauerte. Ihre Gestalt straffte sich, sie überlegte kurz und sagte dann heiser: »Gut. Schauen wir nach.« Über den breiter werdenden Pfad stiegen sie zu dem Dorf hinunter.

Es bestand aus etwa zwei Dutzend Hütten, die zum größeren Teil dicht an die Stämme der Kosobäume gebaut waren und sich in den Wald schmiegten, als wären sie ein Teil davon. Rund um den kleinen Dorfplatz tanzten halb nackte und mit Blut beschmierte Männer, Frauen und Kinder um die aufgebrochenen Kadaver zweier Tiere herum. Drei Trommler hockten in Blutlachen neben den Tieren und trommelten den Tanzrhythmus. Drei andere Männer schwangen große Klingen und schnitten und hauten Fleisch aus den Tierleibern, das sie dann unter den Tänzern verteilten.

Beim Anblick der gespenstischen Szene blieb Dian so abrupt stehen, als wäre sie gegen eine gläserne Tür gerannt. Sanweckwe dagegen ging zu den Leuten hin und versuchte sie anzusprechen, was ihm erst nach einigen Anläufen gelang, denn die entfesselten Tänzer bewegten sich wie in Trance und reagierten nicht gleich. Ihr vielstimmiger Gesang klang so unbändig, so wild, dass Dian weiche Knie bekam und ihre Nackenhaare sich aufstellten. Sie fühlte sich wie aus der Zeit gefallen, denn die tanzenden und singenden Dörfler kamen ihr vor wie eine Horde Steinzeitmenschen in dämonischer Verzückung.

Sie schluckte ihre Übelkeit herunter, schüttelte den Schock ab, so gut sie konnte, und ging Sanweckwe entgegen, der schon wieder zurückkam. »Es sind tatsächlich Jäger«, sagte er, »sie haben eine Kaffernbüffelkuh und ihr Kalb erlegt und nun feiern sie und veranstalten ein Festmahl. Leute aus den umliegenden Dörfern sind schon hierher unterwegs, um mitzufeiern.«

»Jäger?« Dian spuckte aus. »Verdammte Wilderer sind das!«

»Nun ja, was sollen sie denn machen.« Sanweckwe wand sich und grinste verlegen. »Sie müssen ja von irgendwas leben.«

»Sie haben Rinder, sie haben Ziegen, sie ernten Früchte, sie bestellen Felder! Nur kriminelle Wilderer töten Büffel in einem Naturschutzgebiet.«

»Sollen sie verhungern?« Sanweckwe zuckte mit den Schultern. »Sollen sie ihre Familien verhungern lassen?«

»Verdammt noch mal, Sanweckwe – hörst du mir nicht zu?!«

Inzwischen hatten die Männer, die das Großwild zerlegten, auch Dian entdeckt. Einer von ihnen tänzelte auf sie zu, in der Rechten hielt er ein blutiges Messer, mit der Linken präsentierte er ihr eine weißgraue klumpige Masse, die von blutigem Sekret triefte.

»Der Dorfälteste«, sagte Sanweckwe. »Er will dir das beste Teil des Kalbs schenken, das Hirn.« Dian machte ein paar Schritte zur Seite, beugte sich ins Gestrüpp und übergab sich.

Wenig später stiegen sie den Serpentinenpfad wieder hinauf, Getrommel und Gesang blieben hinter ihnen zurück. »Bestimmt waren es die Jäger, die unsere Gorillas verscheucht haben«, sagte Sanweckwe.

»Nenne sie nicht ›Jäger‹, Sanweckwe!«, herrschte Dian ihn an. »Verbrecherische Wilderer sind das!« Der Schrecken über die archaische Szene am Dorfplatz war ihr tief in die Knochen gefahren. Noch immer würgte sie Brechreiz, und sie ahnte zum ersten Mal, dass ihr ein Krieg mit Männern wie diesen blutverschmierten Wilderern bevorstehen könnte. Doch in dieser Stunde hatte sie keine Kraft, an die Zukunft zu denken, denn nur ein einziger Wunsch beseelte sie noch und trieb sie weg vom Wilderer-Dorf und in den Regenwald hinein: auf dem schnellsten Weg zurück zur Kabara-Wiese zu kommen und sich dort in ihr Zelt zu verkriechen.

Gegen Abend begann es zu regnen. Zum Glück fanden sie eine geschützte Stelle unter einer überhängenden Felswand, wo sie ihr Nachtlager aufschlagen konnten. Nach einem kargen Frühstück am nächsten Morgen setzten sie den Heimweg fort. Anders als ihr Fährtenleser achtete Dian nicht mehr auf Gorillaspuren. Die unheimliche Begegnung mit den ekstatisch tanzenden Wilderern und den entfesselten Dörflern hatte sie tief erschüttert.

Um die Mittagszeit, als kaum noch fünf oder sechs Wegstunden sie vom Forschungslager trennten, stolperte Dian plötzlich in Sanweckwes Rücken, denn der war ohne Vorwarnung stehen geblieben. »Was ist los, verdammt?«, schimpfte sie. »Warum gehst du nicht weiter?«

Den Zeigefinger auf die Lippen, deutete Sanweckwe mit einer Kopfbewegung in einen Hang voller gelber Hypericumblüten. Dian blinzelte in das Blütenmeer und entdeckte schwarze Gesichter darin, die wie poliertes Leder glänzten: Gorillas.

Sofort setzte sie den Feldstecher an die Augen. »Nicht zu fassen«, flüsterte sie. »Der ganz rechts ist Alexie. Wir haben die Gruppe 3 wiedergefunden.« Von einem Augenblick zum anderen waren Frust und Erschütterung wie fortgeblasen, so dass sie lautlos den Rucksack absetzte, um ihre Kamera auszupacken.

»Der Silberrücken!«, zischte Sanweckwe plötzlich und hielt Dians Arm fest. Neben einem großen, sicher hundert Kilogramm schweren Weibchen sah nun auch sie den gut doppelt so massigen Hordenführer aus dem Hypericumgestrüpp brechen. Kurz stand er still, stimmte sein durchdringendes Warngeheule an und bearbeitete seine breite Brust mit den Fäusten, doch schon nach wenigen Augenblicken ließ er sich auf die Arme fallen und sprang auf sie zu. Das große Weibchen folgte ihm, wobei es in höchsten Tönen kreischte.

»Ein Scheinangriff«, flüsterte Dian erschrocken. »Nicht bewegen.« Sie atmete tief, um ihre Angst zu überwinden, und blieb dennoch steif vor Schreck.

Die beiden riesigen Affen pflügten brüllend und keifend durchs splitternde Unterholz heran und dachten gar nicht daran, ihren Angriff abzubrechen. Dian hielt Sanweckwe am Handgelenk fest und blieb tapfer stehen, so wie sie es von Schaller, Alan und Louis Leakey gelernt hatte, die Affen jedoch stürmten weiter auf sie zu. Dian schnitt Grimassen und schrie sie an, doch das Gorillapaar preschte immer näher heran.

»Renn weg!«, schrie Dian endlich, ließ Sanweckwe los und hechtete nach rechts ins Gebüsch. Die beiden massigen Affen donnerten an ihr und dem ebenfalls ins Unterholz gesprungenen Fährtenleser vorbei wie ein Harley-Davidson-Gespann, das mit Vollgas beschleunigte.

Voller Angst robbte Dian noch ein paar Meter weiter zur Seite, rutschte dann einen Hang hinunter, kugelte durch Brennnesseln und Farn an den Rand eines kleinen Tümpels, wo sie sich an einem dünnen Stamm festhielt, um nicht ins dunkle Wasser zu stürzen.

Schwer atmend verharrte sie und lauschte. Das Gebrüll der Gorillas war längst verstummt, das Splittern, Stampfen und Rascheln, das ihr Sturmangriff verursacht hatte, ebenfalls. »Sanweckwe?«, flüsterte sie. Oberhalb des Hanges, von dem sie gestürzt war, rührte sich nichts mehr. Die Gefahr schien vorüber. Doch die Gorillas schienen Sanweckwe erwischt zu haben.

An dem Stamm, an dem sie sich festklammerte, um nicht

in den Tümpel zu rutschen, zog sie sich hoch. Doch plötzlich bewegte sich der Stamm, zappelte, riss ihren Arm hoch und trat nach ihr. Sie hob den Kopf und erkannte den Schädel eines Kaffernbüffels, der auf sie herabglotzte.

Dian begriff: Nicht an einem Stamm, an einem Büffelbein hielt sie sich fest!

Sofort ließ sie es los, glitt deswegen bis zu den Hüften in den Tümpel und sah das Hinterteil des Büffels im Unterholz verschwinden. Dem Tier war wohl ein ähnlicher Schreck in die Glieder gefahren wie ihr.

Eine Zeitlang lag sie halb im Wasser, halb in Morast und Gestrüpp, rang nach Luft, rang um ihre Fassung. Der Regenwald will dich ausspucken, dachte sie, während die Bilder der vergangenen Tage ihr durch den Kopf schossen, du bist hier nicht willkommen.

Irgendwann hörte sie Schritte im Gehölz und sah Zweige zittern. Sie hielt den Atem an – doch kein Gorilla, sondern Sanweckwe bog das Geäst eines Busches auseinander. Er kam zu ihr und half ihr auf die Beine. »Deine sanften Riesen können nicht nur Scheinangriffe«, keuchte er, während sie einander den Hang hinaufhalfen.

Oben angekommen fanden sie ihre Rucksäcke und setzten ihren Weg im Laufschritt fort. Als sie nach einer Stunde ihre Sprache wiedergefunden hatten, redeten sie sich Angst und Schrecken von der Seele und erzählten einander, wie sie den Angriff des Gorillapaares erlebt hatten. Als Dian schilderte, wie sie sich an einem Stämmchen festgehalten hatte, das in Wirklichkeit ein Büffelbein gewesen war, lachten sie Tränen miteinander.

Am späten Nachmittag erreichten sie das Forschungslager und dort ereilte Dian völlig unerwartet der nächste Schock: Uniformierte Männer liefen über die Kabara-Wiese, zehn, zwanzig und mehr. Sie hockten vor der Hütte, gingen dort ein und aus, saßen um ein Feuer, über dem sich zwei gerupfte Hühner und zwei geschlachtete Gänse an Bratenspießen drehten, sie bückten sich mit Dians Radiogerät und ihrer Schreibmaschine in den Händen aus ihrem Zelt.

»Kongolesisches Militär«, flüsterte Sanweckwe. »Nichts wie weg.« Und schon huschte er zurück in den Wald.

Dian aber packte die Wut. »Was habt ihr in meinem Zelt verloren?!« Sie schnallte sich den Rucksack von den Schultern und rannte zu den uniformierten Kerlen, die ihr Zelt plünderten. »Her mit meinem Radio!«, schrie sie. »Finger weg von meiner Olivetti!«

Drei Soldaten packten sie. Alles Strampeln und Fuchteln nützte ihr nichts, denn die Kerle hielten sie mit eisernem Griff fest, während ein vierter sich vor ihr aufbaute, ein Offizier, wie es aussah. Der zog einen Schrieb aus der Uniformjacke, präsentierte ihn ihr, ohne ihr Zeit zum Lesen zu lassen, und faselte dann auf Französisch irgendetwas von »Staatsfeindin« und dass sie festgenommen sei.

29
Europa

San Francisco, Kalifornien, Sommer 1943

Die Nacht ist sehr dunkel hier an der Stelle, an der ich mich versteckt habe. Ich höre das Meer rauschen, ich höre Möwen schreien, ich höre eine Schiffssirene. Irgendwo lachen Männer, Schritte knallen über Asphalt, nähern sich langsam, entfernen sich wieder.

Nahe einer Anlegestelle kauere ich zwischen zwei Containertürmen. Das große Schiff, mit dem ich morgen nach Europa fahren werde, schaukelt im Hafenbecken auf und ab. Ich weiß noch nicht, wie ich an Bord gelangen werde, doch ich bin sicher, dass mir noch ein guter Plan einfallen wird.

Dir fällt doch immer etwas ein, sagte Onkel Bert oft zu mir. Ich lache leise in mich hinein, stell mir sein Gesicht vor und höre seine Stimme: Dir fällt doch immer etwas ein.

Hunger bohrt in meinem Bauch herum. Mein letztes Sandwich habe ich längst gegessen, jetzt beiße ich in einen Apfel. Mir ist überhaupt nicht kalt, denn milder Sommerwind weht vom Pazifischen Ozean her. Der Apfel schmeckt gut, schmeckt genau so, wie ich es mag: süßsauer.

Es fällt mir leicht, nicht an Mr. Price zu denken, ich habe ihn schon fast vergessen. Ich frage mich nicht, ob Mom heulen, schimpfen oder in Ohnmacht fallen wird, wenn sie das

Haus vergeblich nach mir abgesucht hat. Es ist mir egal. Ich frage mich allerdings, ob sie meinen Brief finden und sich um einen Goldfisch kümmern wird. Ich kann es nur hoffen.

Und was ich mich außerdem frage: Ob ich auf dem Schiff, das mich nach Europa bringen wird, etwas zu essen und zu trinken kriegen werde. Und ob ich dort auf Toilette gehen kann.

Ein Helikopter knattert über den Hafen, einen Atemzug lang kann ich seine Lichter am Nachthimmel sehen. Irgendwo lacht eine Frau, irgendwo tönt ein Akkordeon, irgendwo klatscht ein Gegenstand ins Wasser. Und brummt nicht auch irgendwo ein Motor?

Ich nage das Apfelgehäuse bis auf die letzten Fruchtreste ab, dann stehe ich auf und werfe ihn aus meinem Versteck. Das hätte ich nicht tun sollen, denn er fliegt durch einen Scheinwerferkegel, der auf dem Hafengelände herangleitet und immer heller wird.

Ich gehe in die Knie, drücke mich eng an den Container und spähe vorsichtig um die Ecke. Der Scheinwerferkegel taucht Container, Hallentore und Lastwagen in helles Licht. Das Auto, zu dem er gehört, kommt näher und näher. Ich ziehe den Kopf ein und höre auf zu atmen. Das Auto fährt langsam vorbei, ich hole tief Luft.

Dann spähe ich wieder um die Containerecke – auf dem Hafengelände vor der großen Halle ist es jetzt wieder dunkel. Doch warum veränderte sich das Brummen des Motors? Warum entfernt es sich nicht mehr? Warum kommt es wieder näher? Ich sehe, wie das Auto rückwärts an den Lücken zwischen den Containertürmen vorbeirollt. Schnell ziehe ich den Kopf ein.

Zu spät.

Ich höre, wie Wagentüren aufgestoßen werden, ich höre

wie Schritte sich nähern. Ich wühle meine Taschenlampe aus meinem Rucksack. Da trifft mich schon der Lichtkegel einer anderen, größeren Taschenlampe. Wen haben wir denn da?, fragt die tiefe Stimme eines Mannes.

Ich leuchte ihn an – er trägt eine Uniform, er ist ein Cop. Der Mann neben ihm auch. Was hast du denn mitten in der Nacht hier am Hafen verloren, kleine Miss?, will er wissen.

Ich warte darauf, dass mein Schiff ablegt.

Dein Schiff?, wundert sich der mit der Taschenlampe.

Mein Schiff nach Europa. Ich muss den Kindern dort helfen. Denen geht es schlecht. Besonders denen in Hamburg.

Die Cops schauen einander an, der eine grinst, der mit der Lampe staunt. In Hamburg?, fragt er. Woher willst du das denn wissen, kleine Miss?

Hab's im Radio gehört. Wenn sie nicht schon verbrannt und verglüht sind, sind ihre Kinderzimmer kaputt oder ihre Eltern sind tot. Man muss ihnen doch helfen, finden Sie nicht, Sir?

Schon möglich, sagt der ohne Lampe. Wie heißt du?

Dian.

Dian Price? Der mit der Lampe zieht einen Zettel aus der Hemdtasche.

Nein. Dian Fossey.

Der mit der Lampe guckt auf seinen Zettel und nickt, und der andere fragt: Wie alt bist du, Dian?

Elf, fast zwölf.

Elf oder zwölf, sagt der mit der Lampe, jedenfalls zu jung, um ohne Eltern durch die Nacht zu streunen.

Ich streune doch nicht durch die Nacht, ich warte hier, bis ich morgen früh an Bord meines Schiffes gehen kann, das mich nach Europa bringt.

Du kannst nicht einfach an Bord irgendeines Schiffes gehen, sagt der Cop ohne Lampe. Außerdem machen deine Eltern sich Sorgen um dich. Die haben eine Vermisstenanzeige aufgegeben.

Die machen sich keine Sorgen.

Komm, wir bringen dich nach Hause. Der Cop mit der Lampe beugt sich zu mir herunter und packt mich am Handgelenk.

Ich will nicht nach Hause, ich will nach Europa.

Komm schon! Er wird barscher, packt fester zu.

Ich will aber nicht.

Jetzt packen sie mich beide, zerren mich aus meinem Versteck und schleppen mich zu ihrem Auto. Ich heule und stemme meine Fersen in den Asphalt. Doch sie sind zu zweit, sie sind stärker, deswegen können sie mich gegen meinen Willen auf den Rücksitz stoßen.

Einer lässt sich neben mich fallen und hält mich weiter fest. Der andere fährt los. Ich heule, ich strample, ich trommle mit meinen Fäusten auf die Brust des Cops, doch es nützt mir nichts – er ist stärker als ich.

30

Im Käfig

Rumangabo, Kongo, Juli 1967

Acht Tage lang hatte es keiner gewagt, Dian noch einmal anzufassen. Offenbar hatte es sich unter den kongolesischen Soldaten herumgesprochen, dass die weiße Frau aus dem Wald sich nichts gefallen lässt, dass sie kratzt und beißt und zurückschlägt. Unter Tränen und Geschrei hatte Dian die Kabara-Wiese verlassen müssen, das schon; man hatte sie regelrecht abgeführt, sie beraubt, sie gegen ihren Willen in diese hässliche kongolesische Grenzstadt gebracht, auch das, ja; man hatte sie auf dieser kleinen Farm hier unter Arrest gestellt, ihr mit Prügel, Vergewaltigung, Erschießung und Schlimmerem gedroht, sogar das. Doch niemand hatte sie angefasst, kein Soldat, kein Offizier, keiner der ständig betrunkenen Zivilisten, die im Schlepptau des kongolesischen Militärs Handlangerdienste verrichteten.

Damit war es jetzt vorbei.

Dian sah es den Gesichtern der Männer an, als sie ins Farmhaus stürmten: Gesichter wie aus Basalt gemeißelt – hart, verschlossen, brutal. Sie merkte sofort, dass sie immer noch Respekt hatten vor ihr, der wütenden, weißen Waldfrau, die kein Blatt vor den Mund nahm, die sich wehrte, denn sie kamen zu viert und sie bewegten sich langsam und lauernd wie sprungbereite Katzen. Alle vier trugen die Uniform der kongolesischen Armee.

Dian, die sich gerade ein Sandwich mit Erdnussbutter bestrich, als sie in die Küche eindrangen, stand auf einmal ganz steif vor Angst. Das Innere ihrer Brust fühlte sich an, als würde da drin eine glühend heiße Hand nach ihrem Herzen greifen.

»Komm mit!«, sagte der Wortführer der Soldaten barsch und auf Französisch, woraufhin zwei sie an den Armen packten und der vierte ihr Haar ergriff. »Komm schon!«

Dian spuckte ihm ins Gesicht. »Ich denke nicht dran!« Sie wand sich, trat nach denen, die sie festhielten, wehrte sich, so gut sie konnte, doch die Männer packten sie nur noch fester.

»Mitkommen!«, zischte der, der an ihrem Haar riss und hebelte ihr den Arm unter das Kinn. »Mitkommen, Frau!«

»Ich will aber nicht!«

Nun griff auch der Anführer zu, ein Unteroffizier vermutlich, packte ihre Hüften, doch er versuchte vergeblich, Dian zu Fall zu bringen, denn sie wand sich und strampelte. Mit vereinten Kräften zerrten die Uniformierten sie durch die Küche und schleppten sie auf die Veranda hinaus. Dian schrie, zappelte und stemmte ihre Fersen in die Bodenplanken. »Loslassen, ihr verdammten Wichser!«, brüllte sie. »Fickt euch, ihr Scheißkerle!« Sie spuckte und trat nach den Männern. Doch die waren stärker als sie, waren zu viert.

Draußen schlug einer sie nieder, so dass sie auf die Veranda stürzte und benommen liegen blieb. Alles um sie herum drehte sich plötzlich. »Dann tun wir's eben hier«, hörte sie den Anführer sagen, während er sich über sie beugte und ihr das Hemd aufriss. Dian, halb betäubt, sah sein Gesicht wie hinter Nebelschwaden, hörte seine Stimme wie aus einem weit entfernten Zimmer.

Von der Kabara-Wiese aus hatte man sie acht Tage zuvor hinunter in die Grenzstadt Rumangabo gebracht, da hatte alles Schimpfen, Heulen und Fluchen nichts genutzt. Auf einem großen Gut am Stadtrand hatten die Soldaten sie in ein Farmhaus eingesperrt, das bis vor kurzem noch einem Belgier gehörte, den sie inzwischen in seinem Blumengarten hinter dem Haus verscharrt hatten. Dieses Stück verwüsteter Idylle konnte Dian vom Badezimmer aus sehen: Täglich hoben Gefangene des Militärs neue Gruben darin aus.

Bewaffnete Soldaten bewachten jede Außentür des Farmhauses, jedes Fenster, jeden Balkon. Deswegen und weil man ihr versprochen hatte, ihren Fall der Regierung zur Prüfung vorzulegen, hatte Dian gar nicht erst versucht zu fliehen.

Abwarten, hatte sie gedacht, bloß die Hoffnung nicht aufgeben, hatte sie sich gesagt, vielleicht lassen sie mich wieder hinauf auf die Kabara-Wiese, wieder zu meinen Gorillas, wenn ich mich kooperativ zeige, vielleicht geben sie mir dann sogar Radio, Schreibmaschine und Kameras zurück.

Seit acht Tagen betete sie wieder, was sie zuvor seit Monaten nicht mehr regelmäßig getan hatte. Im verwüsteten und ausgeplünderten Schlafzimmer des toten Belgiers hatte sie einen Rosenkranz gefunden, mit dessen Perlen sie morgens und abends betete und sang; und dabei nicht nur an Gott, sondern auch an Gaynee, Mary und Pater Raymond dachte.

Anfangs hatte sie nicht die geringste Ahnung gehabt, was man von ihr wollte, warum man ihre Forschungsstation geschlossen hatte, was eigentlich geschehen war. Obwohl der schwarze Küchenjunge, über den das Militär sie mit Essen, Trinken und Zigaretten versorgte, kein Englisch und kaum Französisch sprach, erfuhr Dian von ihm, dass ein Teil des kongolesischen Militärs gegen Präsident Mobutu geputscht hatte, und dass am Kivu-See gekämpft und dort ein berühmter Badeort namens Bukavu von der Armee belagert wurde, weil sich die Aufständischen darin verschanzt hatten.

Den See kannte Dian natürlich, denn sein Nordufer grenzte an die Virungas, den Namen der umkämpften Stadt jedoch hatte sie nie zuvor gehört.

Durch die Fenster des Farmhauses musste sie Tag für Tag mit ansehen, wie Militärlaster im Hof hielten und Soldaten Gefangene von den Ladeflächen stießen, ausschließlich weiße Frauen und weiße Männer. Uniformierte und einheimische Zivilisten trieben die bedauernswerten Menschen in die Ställe und Scheune oder schleppten sie in die Gebäude der Nachbarfarmen. Manchmal gellten die Schreie der Gequälten ganze Nächte lang aus den Nebengebäuden und über den Farmhof.

Dieses entsetzliche Geschrei vor allem der weißen Frauen zermürbte Dian weitaus mehr als die eigene Gefangenschaft. Oft, besonders nachts, vergrub sie ihren Kopf unter Decken und hielt sich die Ohren zu. Die Schreie und das Stöhnen der armen Menschen konnte Dian so wenig ertragen wie den Anblick ihrer geschundenen nackten Körper, die man morgens über den Hof stieß und zur Koppel hinter der Scheune brachte, wo Dian fast ununterbrochen Rauch aufsteigen sah, und wo die Gequälten über einem Feuer ihre letzten Lebenskräfte herausschrien. Die, die die Nacht mit ihren Qualen nicht überlebt hatten, trug man gleich in den Garten und warf sie in eine frische Grube.

In dieser Woche betete Dian so viel wie in ihrem ganzen Leben noch nicht. Kein Tag und keine Nacht verging, ohne dass sie ihr Kissen oder ihren Hemdsärmel nass weinte. Und jetzt war es doch so weit, jetzt traf es auch sie.

Dian schüttelte sich und atmete gegen die Benommenheit an, in die der Aufprall auf den Verandadielen sie gestürzt hatte. Sie dachte nicht daran, sich in ihr Schicksal zu ergeben, sie wollte sich wehren. Doch einer der Männer ließ sich einfach auf sie fallen, was ihr alle Luft aus dem Brustkorb presste und sie erneut an den Rand der Ohnmacht brachte. Zwei hielten sie fest, während der Anführer ihr die Jeans aufriss.

Aus irgendeinem Grund standen ihr plötzlich der Silberrücken der Gruppe 3 und sein Weibchen vor Augen, und wie in einem Film sah sie die Gorillas in ihrem Scheinangriff herantoben, der sich als wirklicher Angriff entpuppt hatte, als lebensgefährlich. Auch was sie jetzt erleben musste, war alles andere als ein Scheinangriff. Hellwach war sie auf einmal wieder, denn Angst und Wut halfen ihr, die Ohnmacht zu überwinden.

Sie schnitt Grimassen und schrie gellend, schrie wie ein Silberrücken, der sich auf die Brust trommelte. »Vergewaltigen wollt ihr mich, ihr verfluchten Schlappschwänze?!«, schrie sie. »Das schafft ihr niemals, dazu seid ihr gar nicht imstande!« Sie strampelte, sie spuckte, sie riss sich los, kratzte, schlug mit den Fäusten nach den Kerlen und biss dem Anführer so fest in den Handballen, dass der vor Schmerzen brüllte.

Ein scharfer Befehl ertönte plötzlich von der Verandatreppe aus. Sofort ließen die Kerle sie los, so dass Dian den Kopf heben und zur Treppe schauen konnte. Ein Offizier stand auf den Stufen. »Telegramm vom General«, blaffte er auf Französisch. »Er kommt morgen, wir sollen sie für ihn aufheben.«

Die Kerle murrten und fluchten, ließen aber ab von Dian. Sie versuchte zu verstehen, was da gerade geschah, begriff aber nur, dass sie vorerst gerettet war. Als der Unteroffizier ihr im Aufstehen gegen die Rippen trat, krümmte sie sich zusammen und begann laut zu heulen.

Zwei rissen sie irgendwann vom Boden hoch, stießen sie in den Hof hinunter und zerrten sie in die Scheune. Der Offizier lief die ganze Zeit hinter ihnen. Dian hatte keine Kraft mehr, sich zu wehren. Hinter dem Scheunentor umfing sie Halbdunkel, Gejammer und Gestöhne. Es stank nach Exkrementen, Angstschweiß und Blut. Dian bekam kaum Luft, so sehr verkrampfte sich ihr Körper unter dem Ansturm grässlicher Sinneseindrücke. Zwischen einem Traktor und der seitlichen Scheunenwand erkannte sie Käfige. In einen stießen die Soldaten sie hinein.

Eine Zeitlang lag sie bäuchlings auf blankem Holzboden und heulte sich die Seele aus dem Leib. Bis jemand sie an der Schulter berührte und ihr sanft über den Rücken strich. Eine Männerstimme begann beruhigend auf sie einzureden. »Sie sind nicht allein«, sagte die helle Stimme leise und auf Englisch, »der Herr ist bei Ihnen, vertrauen sie auf den Herrn.«

Dian wischte sich die Tränen mit dem Handrücken ab und blinzelte nach oben. Ein jungenhaftes, stoppelbärtiges Gesicht schwebte über ihr und der Mund darin sagte: »Vertrauen Sie, beten Sie: ›Der Herr ist mein Hirte, mir wird nichts mangeln. Amen‹. Sie kennen doch den Psalm, oder? Beten Sie ihn mit mir, das tut gut. ›Und ob ich schon wanderte im finsteren Tale, du bist bei mir, dein Stecken und Stab trösten mich‹.«

»Hör'n Sie auf damit, Reverend!«, sagte eine heisere Männerstimme rechts von Dian. »Nach einer Nacht in dieser Hölle glaubt sie eh nichts mehr. Ist nicht jeder so stur wie Sie.«

»Lassen Sie mich, Paul«, sagte der junge Engländer links von Dian. »Oder können Sie etwas Besseres bieten? Wir haben doch sonst keinen Trost.« Und wieder spürte Dian seine Hand auf dem Rücken. »›Der Herr ist mein Hirte, mir wird nichts mangeln. Er weidet mich auf einer grünen Aue und führet mich zum frischen Wasser‹. Beten Sie, kommen Sie, beten Sie mit.«

Dian schluchzte, betete einen Vers mit, seufzte einen Fluch, betete wieder und blinzelte nach rechts. Dort lehnte ein untersetzter Mann mit grauem Haar und weißem Bart gegen das Holzgitter. Lippe und Auge waren rot geschwollen, die Stirn von Schürfwunden bedeckt. »Merken Sie nicht, dass sie fix und fertig ist?«, sagte er auf Englisch und mit französischem Akzent. Ein Belgier, vermutete Dian. »Lassen Sie die Frau in Ruhe.«

Dian stemmte sich hoch, atmete tief und seufzend und wischte sich das nasse Gesicht mit dem Hemdzipfel ab, wobei sie merkte, dass es bis zum Bauchnabel geöffnet war. Mit zitternden Fingern knöpfte sie es zu. In ihrem Kopf brummte dumpfer Schmerz, ihre Rippen taten weh. Wut und Angst zugleich wühlten in ihrer Brust.

»Wir stehen kurz davor, unserem Gott zu begegnen«, sagte der junge Engländer. »Mehr, als uns auf diesen großen Augenblick vorzubereiten, können wir nicht mehr tun. Auch Sie nicht, Paul, beten Sie.«

»Gott begegnen? Gratuliere, Reverend.« Der Belgier stieß ein bitteres Lachen aus, schaute an sich herunter und strich über seine zerrissenen und über und über mit Blut und Dreck besudelten Kleider. »Ich dachte schon, wir begegnen diesen schwarzen Bestien, ihren Klingen, ihren Keulen und ihren Totengräbern. Gott? Wenn ich das gewusst hätte, wäre ich doch in Schlips und Kragen gestiegen und hätte mich nicht so bekleckert.«

»Spotten Sie nicht, Paul, beten Sie.«

Dian tastete die Zigarettenschachtel in ihrer Hemdtasche und zog sie heraus. Zum Glück hatte sie das Feuerzeug in die noch halb volle Schachtel gesteckt. Mit bebenden Händen zündete sie sich eine Zigarette an.

»Haben Sie zufällig eine für mich übrig?«, fragte Paul. Dian reichte ihm Zigarettenschachtel und Feuerzeug. »Danke. Paul Leclerc. Normalerweise tuckere ich als Reiseführer mit belgischen Touristen über den Kongo, doch es gibt kaum noch Belgier im Land. Und wer sind Sie?«

Mit heiserer Stimme nannte Dian ihm ihren Namen. »Letzte Woche habe ich noch auf dem Mikeno Gorillas beobachtet.«

»Tatsächlich?«, kam es müde von der anderen Seite des Käfigs. Dort hockten zwei belgische Farmer, Vater und Sohn, wie sich herausstellte. »An diese gefährlichen Biester haben Sie sich rangetraut?«

»Die sind nicht gefährlich.« Dian dachte an den letzten Angriff des Silberrückens. »Überhaupt nicht. Nur wenn sie Angst um ihr Leben und ihre Jungen haben müssen, dann greifen sie an. Sonst sind Berggorillas friedliche, sanfte Riesen.«

»Wer hier auf Erden wirklich gefährlich ist, haben wir ja die letzten Wochen lernen müssen«, sagte Paul, der Reiseführer. »Und ich fürchte, wir haben unsere Lektion noch nicht abgeschlossen. Oder was meinen Sie, Reverend?«

Der Angesprochene, Missionar einer englischen Freikirche, antwortete nicht. »Was genau ist denn eigentlich passiert im Kongo?«, fragte Dian.

»Das wissen Sie wirklich nicht?« Paul blies den Rauch aus und schüttelte den Kopf. »Der schlaue Mobutu hat sich den Teufel ins Land geholt.«

Die Männer erzählten abwechselnd, und so erfuhr Dian von weißen Söldnern, die Kongos Präsident Mobutu ins Land gerufen und in seine Armee eingegliedert hatte, um deren Kampfkraft zu schulen und zu stärken. Diese europäischen Kämpfer jedoch – von den Einheimischen *Weiße Riesen* genannt – hatten Präsident Mobutu und seiner Armee den Krieg erklärt, denn sie wollten sich den östlichen Kongo unter den Nagel reißen, den reichsten Teil des Landes.

»Wollen ein zivilisiertes Land daraus machen«, sagte Paul

rauchend und mit zynischem Grinsen. »Ein Land für weiße Riesen halt, nach dem Vorbild Rhodesiens.«

»Keine schlechte Idee eigentlich«, kam es aus der Ecke der belgischen Farmer. Von dort hörte Dian nur die schleppende Stimme des Vaters, der Sohn schien unter Schock zu stehen; jedenfalls lag er stumm und reglos auf Brust und Bauch seines Vaters. Er schien Dian nur wenig jünger zu sein als sie selbst.

»Mobutu hat diese Idee nicht besonders gut gefallen.« Paul inhalierte so gierig wie einer, der sich schon seit Tagen nach einer Zigarette verzehrte. »Übers Radio hat er verbreiten lassen, dass Ausländer versuchen würden, die Macht im Kongo zu übernehmen und dass man alle Ausländer töten solle. Und wer sind diese Ausländer?« Keiner antwortete. »Korrekt.« Paul setzte ein zynisches Grinsen auf. »Wir Weiße.«

»Jesus Christus erbarme dich!«, rief der Reverend. »Der Herr stehe den Brüdern und Schwestern in Bukavu bei!«

»Sie haben Geschwister dort?«, fragte Dian, der es immer noch schwerfiel, klar zu denken.

»Sie sind alle in der Stadt eingeschlossen.« Weil die Scheunentür geöffnet wurde und Licht hereinfiel, konnte Dian das Gesicht des Engländers nun deutlicher sehen – er war höchstens Mitte zwanzig. »Über hundert Missionare und ihre Familien!«

»Und dann noch ein paar weniger wichtige Leute«, sagte Paul. »UNO-Beamte, Geschäftsmänner und Vertreter der US-Botschaft.« Er zuckte mit den Schultern. »Haben auf's falsche Pferd gesetzt, auf die Weißen Riesen, die sich in Bukavu verschanzt haben.« Und wieder sein zynisch-bitteres Grinsen. »Wenn die Stadt fällt, müssen sich eine Menge Weiße auf die Begegnung mit Gott vorbereiten, was, Reverend?«

Der senkte den Kopf und begann, die Lippen in stummem Gebet zu bewegen. Er tat Dian leid.

In Gedanken ging sie all das durch, was die Männer ihr erzählt hatten, und begriff nun, dass der Bürgerkrieg schon getobt hatte, als sie und Sanweckwe dem ekstatischen Tanz der blutverschmierten Wilderer zugesehen und den vermeintlichen Scheinangriff der Gorillas überstanden hatten.

Sie war vollkommen ahnungslos gewesen dort oben auf ihrem Berg. Auf BBC jedenfalls hatte Dian nichts von einem Aufstand gehört. Oder schaltete sie einfach zu selten die Nachrichten ein? Und wenn es stimmte, was Paul berichtet hatte, wenn Mobutu wirklich zur Jagd auf alle Weißen geblasen hatte …

Sie schloss die Augen und blies seufzend den Rauch aus … Dann war auch sie verloren.

Soldaten waren in die Scheune gekommen, unter ihnen der Offizier und die vier, die sie um ein Haar vergewaltigt hätten. Der Offizier blieb am offenen Scheunentor stehen, drei seiner Männer zerrten eine Gefangene aus einem der anderen Käfige. Die Frau weinte und flehte um Gnade. Dian musste an die junge belgische Französischlehrerin denken, von der Walter erzählt hatte. Der Reverend betete nun flüsternd und irgendwo im Halbdunkel fing jemand an das Vaterunser zu sprechen. Leise stimmte Dian in das Gebet mit ein.

Auch in ihren Käfig drangen Soldaten ein. Sie schleiften die beiden belgischen Farmer heraus. Der Sohn leistete keinen Widerstand, weil er nicht konnte, der Vater, weil er sich in sein Schicksal ergeben hatte. Der Reverend begann zu schluchzen.

Zwei Uniformierte packten Dian und schleiften sie ebenfalls zur Käfigtür. »Loslassen!« Dian schrie nicht, sie kreischte. »Zur Hölle mit euch, ihr verdammten Wichser!« Einer schlug ihr ins Gesicht, der andere griff in ihre Hemdtasche und zog ihre Zigarettenschachtel heraus. Dian stemmte sich mit den Füßen gegen den Rahmen der Käfigtür, wobei sie wüste Flüche gegen die Soldaten ausstieß. Der Reverend starrte sie fassungslos an.

»Die nicht!« Vom Scheunentor eilte der Offizier herbei. »Die ist für den General und den Oberst!«

Er schob die Männer weg von Dian und riss dem Zigarettendieb die Schachtel aus der Hand. Mit lässiger Bewegung schnippte er eine Zigarette heraus, während Dian keuchend zu ihm hochschaute. Ohne den Blick von ihr abzuwenden, langte er in die Tasche und zündete sich die Zigarette mit dem eigenen Feuerzeug an. Dann warf er ihr die Schachtel auf die Brust und ging. Irgendwo hinter der Scheune schrie die Frau, die sie geholt hatten.

31
Walter

Rumangabo, Kongo, Juli 1967

Die folgende Nacht war die Hölle. In der Scheune: Gebete, Flüche, Gejammer und Tränen; außerhalb der Scheune: flehentliche Rufe, qualvolle Schreie, hämisches Gelächter. Dian zitterte am ganzen Körper und tat kein Auge zu.

Rechts neben ihr betete der Reverend, links neben ihr schnarchte Paul. Dians Hände bebten so sehr, dass sie nicht einmal in der Lage war, sich eine Zigarette anzuzünden.

In der dritten Nacht holten sie den Reverend. Dian hielt sich die Ohren zu, um seine Schreie nicht hören zu müssen. Als es vorbei war, gab Paul ihr Feuer und zündete sich ungefragt selbst eine an. »Weißt du, was sie mit ihm gemacht haben?« Er inhalierte tief.

»Ich will es nicht wissen.«

»Sie haben ihn bei lebendigem Leib …«

»Ich will es nicht wissen, verdammt noch mal!«

»… geröstet und gegessen. Das machen sie zurzeit gern mit jungen Männern.«

»Das ist nicht wahr!« Dian schlug ihm die Zigarette aus der Hand. »Du lügst!« Sie traktierte ihn mit einem Trommelwirbel aus Fausthieben ins Gesicht und gegen die Brust. »Sag, dass du lügst! Elender Lügner!«

Am nächsten Abend holten sie Paul. Ihn hört sie nicht schreien, doch mitten in der Nacht kamen Soldaten in die Scheune, die sie noch nie hier auf der Farm gesehen hatte. Im Schein von Klapplampen stießen sie ein Dutzend neuer Gefangener in die Käfige, einige zu Dian. Bevor sie sich wieder aus dem Käfig entfernten, blieben zwei Uniformierte vor Dian stehen und ihr stockte der Atem. Jäh fielen die Männer über sie her und schlugen sie, bis sie das Bewusstsein verlor.

Als sie am Morgen zu sich kam, brannte ihr Körper wie von einem einzigen gewaltigen Schmerz und sie fühlte sich, als hätte sie Fieber. Böse Bilder wollten in ihr Bewusstsein dringen, doch Dian unterdrückte sie, so gut sie konnte. Ihre Hose und ihr Hemd waren zerrissen.

Gegen Mittag stand auf einmal der Offizier vor ihrem Käfig und mit ihm zwei der Soldaten, die sie auf der Veranda beinahe vergewaltigt hätten. »Haben sie dich anständig behandelt heute Nacht?«, fragte er mit harter Miene und kalter Stimme. Dian biss die Zähne zusammen und musterte ihn stumm und voller Verachtung. Er gab seinen Männern ein Zeichen, drehte sich um und sagte im Weggehen: »Bringt sie zu mir.«

Die beiden Kerle holten Dian aus dem Käfig und schleppten sie in das Haupthaus der Nachbarfarm. Sie hatte keine Kraft, Widerstand zu leisten. Der Offizier wartete in der kleinen Bibliothek des Hauses auf sie. Dort hockte er an einem Schachtisch und trommelte mit den Fingern auf dem Brett herum. Die beiden Soldaten führten Dian zu dem zweiten Sessel am Spieltisch und stießen sie hinein.

Eine Zeitlang saßen sie einander stumm gegenüber und einer musterte den anderen. Dian hasste den Mann aus tiefstem Herzen, sie hasste inzwischen jeden, der die Uniform der kongolesischen Armee trug.

»Bringt ihr mich heute zurück auf die Kabara-Wiese?«, brach Dian das Schweigen irgendwann. Er schüttelte den Kopf. »Was willst du dann von mir?«

»Deine Zigaretten haben mir geschmeckt, hast du noch eine?«

»Fick dich!«, brauste sie auf. »Du hast mich heute Nacht deinen Bluthunden ausgeliefert. Und dafür soll ich dir auch noch eine Zigarette geben?«

»Ich war auf einem anderen Stützpunkt heute Nacht. Die Männer, die dich …« Er stockte, suchte wohl nach dem richtigen Wort. »… misshandelt haben, sitzen schon hinter Gittern. Sie kriegen ihre Strafe. Gib mir eine Zigarette.«

Dian glaubte ihm kein Wort, dennoch zog sie die zerdrückte Schachtel aus der Hemdtasche, denn sie hatte das unbestimmte Gefühl, dieser harte, undurchsichtige Mann würde sich als der sprichwörtliche Strohhalm herausstellen, an dem sie sich aus ihrer mörderischen Lage herausziehen könnte. Sie wäre nicht Dian Fossey gewesen, wenn sie ihn nicht ergriffen hätte. Also fummelte sie eine Zigarette heraus und warf ihm die fast leere Packung über den Schachtisch. »Die letzte.«

»Danke.« Er zündete sich die Zigarette an und gab auch Dian Feuer. Zwei, drei Minuten rauchten sie schweigend. »Was hast du sonst noch zu bieten?«, fragte er schließlich.

»Wofür?«, fragte sie. »Dafür, dass ich wieder auf meiner Forschungsstation arbeiten darf?«

»Dafür, dass du das hier überlebst.« Er machte eine Pause, musterte sie und drehte dabei die Zigarette zwischen den Fingern. »Überlebst, ohne dass dich noch einmal jemand anrührt.«

Dian schöpfte Hoffnung. Sie blies den Rauch auf den Schachtisch und dachte nach. »Meinen Landrover.«

»Brauche ich nicht. Mir stehen genug Jeeps zur Verfügung.« Wieder eine Pause, wieder drehte er die Zigarette zwischen den Fingern. »Hast du Geld?« Sie nickte. »Wie viel?«

In Dians Kopf wurde es auf einmal kühl und es gelang ihr, glasklare Gedanken zu fassen. »Fünfhundert Dollar.«

»Wo liegen die?«

»In Uganda, in einem Hotel dicht an der Grenze.« Walter war der Einzige in der Nähe und außerhalb des Kongos.«

»Wie heißt der Besitzer?«

»Walter.«

»Familiennamen?«

»Den kenne ich wirklich nicht. Doch sein Hotel heißt *Traveller's Rest.*«

»Walter Baumgärtel.« Der Offizier kannte Walter? Dian staunte. »Und wo in seinem Hotel warten die Fünfhundert auf dich?«

»Du willst sie abholen lassen?« Dian lachte verächtlich, während sie den Rauch inhalierte. »Walter würde deinen Soldaten das Geld niemals herausgeben. Ich muss schon selbst zu ihm fahren.«

Er trommelte und rauchte. Und überlegte, überlegte lange. »Gut«, sagte er endlich. »Ich lass dich von zwei Männern hinfahren. Wenn du Ärger machst, bist du tot.« Dian traute ihren Ohren kaum.

Der Offizier zog die Schublade auf, in der die Schachfiguren lagen. »Wenn die Posten dich an der Grenze fragen, was du in Uganda willst, sagst du, du müsstest Geld für die Zulassungsgebühren deines Landrovers holen.« Er langte Dians KFZ-Zulassung aus der Schublade und schob sie ihr über den Tisch. »Ich habe sie im Wagen gefunden, sie ist abgelaufen.«

Eine knappe Stunde später hockte Dian eingeklemmt zwischen zwei Soldaten auf der Vorderbank ihres Landrovers. Sechzehn Tage war es her, dass man sie gegen ihren Willen vom Mikeno heruntergebracht hatte; sechzehn Tage lang war sie eine Gefangene gewesen. Sechzehn Tage, die sie für ihr Leben gezeichnet hatten. Wut, Trauer und Scham wühlten hinter ihrem Brustbein.

Wie in einem bösen Traum zogen die schlimmen Bilder der vergangenen Tage und Nächte vor ihrem inneren Auge vorüber. Sie fühlte sich, als wäre sie gar nicht die, der all das zugestoßen war; es kam ihr vor, als würde sie sich an etwas erinnern, das eine Fremde erlitten hatte.

Schnell erreichten sie die Grenze, doch die betrunkenen Grenzposten weigerten sich, den Schlagbaum zu öffnen, hatten angeblich den Schlüssel verloren. Es war offensichtlich, dass sie Schmiergeld erpressen wollten. Dian jedoch hatte kein Geld mehr.

Einer der Soldaten stieg aus, um mit ihnen zu verhandeln. Stunde um Stunde verging, und Dian saß wie auf glühenden Kohlen. Durch das Fenster der Grenzbaracke beobachtete sie, wie die Männer telefonierten. Riefen sie den Offizier an? Wahrscheinlich. Sie fragte sich voller Bangigkeit, ob dessen Einfluss wohl bis an die Grenze reichte.

Dian schloss die Augen und versuchte, sich zu entspannen. Ihre Gedanken wanderten zu den Gorillas und wurden weich und zärtlich. Der Silberrücken am Teich stand ihr vor Augen, und Alexie, der junge Schwarzrücken der Gruppe 3. Würde sie die geliebten sanften Riesen wirklich nie mehr wiedersehen? Würde man sie wirklich nie wieder hinauf auf die Kabara-Wiese lassen?

Ausgeschlossen, dachte sie, das geht gar nicht. Ich muss wieder zu ihnen, koste es, was es wolle.

Nach drei Stunden oder mehr palaverte der zweite Soldat ihrer Eskorte noch immer mit den Grenzposten drinnen in der Baracke. Dian nahm an, dass sie sich volllaufen ließen oder Haschisch rauchten. Sie unterdrückte das Zittern, das sie von Zeit zu Zeit überfiel, ballte die Fäuste und grub die Fingernägel in die Handballen, bis es schmerzte.

Neben ihrem Landrover hielt plötzlich ein VW-Käfer vor dem Schlagbaum. Ein alter belgischer Priester saß am Steuer und erklärte dem Grenzposten, der aus der Baracke gekommen war, er müsse ein schwer krankes Mädchen hinüber nach Uganda bringen, eine Einheimische. Dian hörte es durchs offene Wagenfenster.

Der Posten warf einen flüchtigen Blick auf das hechelnde und graugesichtige Mädchen, das auf der Rückbank des Käfers lag. Dann nickte er und öffnete dem Priester den Schlagbaum. Dian zögerte nicht einen Augenblick: Sie rutschte hinters Steuer, warf den Landrover an, gab Gas und überholte den Käfer, bevor der betrunkene Grenzposten den Schlagbaum wieder herunterlassen konnte.

Der verbliebene Soldat neben ihr schimpfte und drohte und raufte sich die Haare. »Reg dich nicht auf«, sagte Dian. »Dein Vorgesetzter will Geld, also sollten wir uns beeilen. Vielleicht gibt er dir ja was ab.« Am späten Nachmittag erreichten sie *Traveller's Rest.*

Schon von weitem sah sie die zahllosen Fahrzeuge, die im Hof des Hotels parkten und sogar im Wald und in den Koppeln ringsum. Als sie näher kam und die Nummernschilder lesen konnte, begriff sie: Das waren keine Urlauber, das waren lauter Flüchtlinge aus dem Kongo.

Dian hielt mitten im Hof, zog den Zündschlüssel ab und sprang aus dem Wagen. Die Leute hockten im Gras zwischen den Fahrzeugen, auf der Veranda, im Foyer, auf der Treppe ins Obergeschoss – Männer, Halbwüchsige, Kinder, Frauen, Greise. Dian schaute in bleiche Gesichter mit dunklen Ringen unter den Augen, leere Blicke trafen sie; manche hielten einander weinend in den Armen und dies nicht nur Frauen und Kinder.

Und dann stand der kleine Österreicher vor ihr. »Um Himmels willen, Dian! Du lebst?« Er schlug die Hände über dem Kopf zusammen. »Gott sei Dank! Doch was ist dir denn zugestoßen? Du siehst ja aus wie der tote Vogel, den meine Katze heute Morgen ausgekotzt hat!«

»Mir geht es gut, Walter, sehr gut geht's mir.« Dian fasste ihn bei den Schultern, wusste kaum, was sie redete. »Kannst du mir fünfhundert Dollar leihen?«

»Fünfhundert?!« Er runzelte die Stirn. »Müssten wir drüber reden.« Er schaute an ihr vorbei. »Wer ist der Kerl, der da aus deinem Landrover steigt?«

»Ein kongolesischer Soldat. Mit ihm und fünfhundert Dollar muss ich zurück nach Rumangabo fahren.« Wie warmes Licht sickerte es in ihr Bewusstsein: Sie war ja nun in Uganda, sie war ja bei Walter, sie war ja frei.

»Du willst zurück in den Kongo?!« Walter riss die Augen auf. »Schnappst du jetzt über?«

»Wahrscheinlich. Kann ich dein Telefon benutzen?« Der Österreicher nickte und deutete zu seinem offenen Büro. »Danke, Walter. Und halt mir den Soldaten vom Leib.« Sie stürzte durch die offene Tür, schloss hinter sich ab und griff nach dem Telefonhörer, während sie sich in Walters Schreibtischstuhl fallen ließ. Sie musste mit jemandem sprechen, der ihr nahestand, sie musste ihrem Herzen Luft machen, sonst würde sie platzen.

Dian wählte die Nummer ihres Vaters in Chicago, doch der ging nicht an den Apparat. Sie wählte Louis Leakeys Nummer, auch bei ihm nahm niemand ab. Ihr Blick fiel auf Walters Adressbuch – sie zog es heran, suchte Alans Nummer, drehte mit zitternden Fingern die Wählscheibe, doch auch ihn erreichte sie nicht. Sie heulte auf und stieß einen Fluch aus. Die Verzweiflung trieb ihr die Tränen aus den Augen, während sie noch einmal die Nummer ihres Vaters wählte. Diesmal war er sofort in der Leitung.

»Daddy!«, rief sie schluchzend. »Du glaubst ja nicht, wie froh ich bin, deine Stimme zu hören!«

»Gütiger Himmel, Dian! Weinst du? Was ist denn passiert?«

»Sie haben mich von meiner Wiese heruntergeholt, sie haben mich von meinen Gorillas getrennt.« Sie schluchzte und wischte sich die Augen aus. »Sie haben mich eingesperrt, und dann haben sie mich …« Tränen erstickten ihre Stimme.

Ihr Vater redete ihr gut zu und schaffte es schließlich, sie ein wenig zu beruhigen. Dian erfuhr, dass er von den Unruhen im Kongo gehört und sich Sorgen um sie gemacht hatte. »Ich hab' sofort den Professor angerufen, und der hat von Nairobi aus Himmel und Hölle in Bewegung gesetzt, um dich zu finden. Sogar ein einmotoriges Flugzeug hat Leakey gechartert, um dich herauszuholen. Ist es noch nicht auf der Hotelwiese gelandet?«

Er wollte wissen, was ihr zugestoßen war, doch Dians Zunge war wie gelähmt und ihre Kehle wie zugeschnürt, so dass sie nur in knappen Andeutungen von ihrer Gefangenschaft im Farmhaus berichten konnte. Über die Tage und Nächte im Käfig verlor sie kein Wort.

»Ich will zurück auf die Kabara-Wiese, Daddy«, schluchzte sie, »ich will zu meinen Gorillas.«

»Kommt überhaupt nicht in Frage!« Ihr Vater redete so lange auf sie ein, bis sie ihm versprach, nicht mehr in den Kongo zurückzukehren.

Als sie aufgelegt hatte, hörte sie Stimmen vor der Tür – Walter und der kongolesische Soldat stritten miteinander.

»Die Frau muss her!«, hörte sie den Soldaten mit schwerer Zunge und in gebrochenem Französisch rufen. »Die muss mit mir zurückfahren!«

»Den Teufel muss sie!«, schrie Walter ihn an. »Raus aus meinem Hotel!«

»Ich hab kein Auto!« Dian langte in die Tasche, tastete nach dem Autoschlüssel und atmete erleichtert auf.

»Wozu hast du Beine?!«

»Sie erschießen mich, wenn ich ohne die Frau komme!«

»Besser, sie erschießen dich als sie!«

»Aus dem Weg! Wo ist die Frau?« Palaver erhob sich jenseits der Tür im Foyer, die Hotelgäste mischten sich ein. Dian war ziemlich sicher, dass keiner von denen gut auf einen kongolesischen Soldaten zu sprechen war. Das Geschrei wurde immer lauter, auf einmal polterten schwere Schritte heran und jemand rüttelte von außen an der verschlossenen Bürotür.

Lautlos stand Dian auf und schlich in die kleine Kammer, die an Walters Büro grenzte; nur ein Nachttisch und ein Bett standen darin. Dian schloss die Tür hinter sich ab und kroch unter das Bett.

III

Die Forscherin

32

Das Ende III

Karisoke, Ruanda, 25. und 26. Dezember 1985

Irgendwo draußen vor der Tür kreischte Kima. Dian öffnete die Augen und blinzelte in die Morgensonne, deren erste Strahlen durch einen Vorhangspalt auf ihr Bett fielen. Ihr Kopf brummte, als würde ein Dieselgenerator in ihm rattern. Verdammter Whisky, dachte sie, verdammtes Bier.

In das Gekreische ihres Affen mischte sich das durchdringende Krächzen der Graupapageien. Wahrscheinlich zwängte Kima wieder einmal seine Pfote durch das Gitter, um ihnen Futter aus der Voliere zu klauen. Dian setzte sich auf.

Die Fotos, über denen sie eingeschlafen war, rutschten von ihrer Decke. Alexie Forrester segelte auf den Bettvorleger, Louis Leakey lag neben dem Kissen, und Bob Campbell direkt vor ihr auf der Decke. Wie jedes Mal, wenn sie ein Bild von ihm sah, ging ihr ein Stich durchs Herz. »Idiot!« Sie schlug es zur Seite, so dass es auf den Boden neben das Porträt des Mannes fiel, dessen Ehefrau sie beinahe geworden wäre. Im Nebenzimmer krächzte Gorbatschow.

»Mit drei Männern im Bett gewesen«, murmelte Dian, während sie die Beine von der Matratze schwang. »Gratuliere.« Sie ging nach nebenan in ihren Arbeitsbereich, brummte dem Raben einen Morgengruß zu und öffnete ihm das Fenster.

Gorbatschow drehte eine Runde um den Weihnachtsbaum, bevor er hinausflog.

Zurück im Schlafzimmer fiel ihr Blick auf ihren Nachttisch, auf dem zwischen Büchern ein viertes Foto lag, ein Porträt von Walter. Hatte sie denn sein Bild auch aus dem Album mit ins Bett genommen? Jetzt erinnerte sie sich dunkel. Wahrscheinlich hatte sie deswegen von dem kleinen Österreicher geträumt.

»Walter Baumgärtel«, murmelte sie, während sie ihre Kleider zusammensuchte. Heute Nacht im Traum war ihr sein Nachname wieder eingefallen. Eigenartig, dass sie den immer wieder vergaß. Diese Österreicher hatten aber auch zu seltsame Namen! Draußen vor der Tür krakeelten noch immer der Affe und die Graupapageien. Ihr Krächzen erinnerte Dian sofort an die Puffotter, die sie gestern Abend vor ihrer Tür gefunden hatte. Sie zog die Schultern hoch, denn auf einmal fror sie.

Walter Baumgärtel – noch während Dian sich vor dem Spiegel das Haar bürstete, musste sie an ihn denken. Meine Güte, was hatte sie diesem Mann alles zu verdanken! Ohne ihn hätte sie Rose Carr niemals kennengelernt, ohne ihn wäre sie wahrscheinlich tot. Damals, als sie sich unter seinem Bett versteckte, weil ein kongolesischer Soldat die Tür eintreten wollte, hatte Walter sein Gewehr geholt und dem Soldaten vor die Füße geschossen. Erst daraufhin hatte der Mann sich auf den Rückweg zur Grenze gemacht. Zu Fuß.

Bevor sie die Bürste auf die Konsole legte, zupfte sie sorgfältig jedes einzelne Haar aus den Borsten. Das hatte sie sich angewöhnt, seit vor Jahren einer ihrer Holzsammler ihr eine Puppe übergeben hatte, deren sorgfältig geschnitztes Gesicht ihre Züge trug und deren Kopf mit Naturhaar bedeckte war – mit ihrem. Der von seinem Gewissen geplagte Mann hatte die Puppe einem von Dians Stationswächtern weggenommen, einem, der sie hasste. Der wollte sie einem Zauberer bringen, damit er sie zu Asche verbrannte. Die Asche, in kleinen Prisen in Dians Getränke gestreut, hätte ihren Willen dem des gehässigen Wächters unterwerfen sollen. So jedenfalls die Vorstellung des feindseligen Wächters.

Dian war nicht abergläubisch, dennoch entfernte sie seitdem das Haar aus ihrer Bürste, um es in den Ofen zu werfen. Nein, sie war nicht abergläubisch – und dennoch musste sie schon wieder an die Puffotter denken.

In aller Eile stopfte sie kaltes gegrilltes Fleisch in sich hinein, das von der Weihnachtsfeier übrig geblieben war. Sie spülte es mit Kaffee hinunter, stieg danach in ihre Stiefel und packte ihren Rucksack. Sanweckwe und die anderen würden sicher schon auf sie warten. Draußen hockte Kima auf der Fensterbank, kratzte an der Scheibe herum und verlangte kreischend nach seinem Frühstück.

Walters Hotel existierte längst nicht mehr. Die Gräuel im Kongo, von denen er tagein, tagaus hören musste, hatten ihn zermürbt und in die Flucht geschlagen. Er hatte das Traveller's Rest verkauft und war zurück nach Österreich gegangen. Anfangs hatten sie einander noch von Zeit zu Zeit geschrieben.

Kimas durchdringendes Gekreische brachte Dians brummenden Schädel schier zum Platzen. Sie füllte einen Napf mit Mangoresten und einer halben Banane und schnitt ein wenig Grillfleisch dazu. Draußen lehnte sie den Rucksack neben ihrem Fimbo gegen die Hüttenwand und stellte Kima den Fressnapf hin. Endlich gab der Affe Ruhe und machte sich darüber her.

Dian schloss ihre Hütte ab und ging zur Voliere. Die beiden Graupapageien begrüßten sie mit Krächzen und Pfeifen, während sie ihnen Körner hinstreute. Sie haben es gut, dachte sie, sie sind zu zweit.

Deswegen beließen es die Vögel beim Krächzen und Pfeifen, und das schon, seit Dian sie hielt. Sie hatten ja einander, mussten deswegen kein Englisch lernen. Es hatte ein Weilchen gedauert, bis Dian verstanden hatte, dass Papageien sich menschliche Sprache nur aneigneten, wenn man sie allein hielt und sie gezwungen waren, anstelle eines Artgenossen einen Menschen als Partner zu akzeptieren.

Und Whisky braucht ihr auch keinen, dachte Dian, als sie sich nach dem Rucksack bückte und sich zum Kopfschmerz leichter Schwindel gesellte.

»Guten Morgen, Dian!« Rose tauchte neben der Voliere auf. »Ich hoffe, du hattest eine bessere Nacht als ich.« Sie schien schon zum Abstieg bereit zu sein, denn sie stützte sich auf ihren Fimbo und trug bereits ihren Rucksack.

»Weiß ja nicht, wie gut oder schlecht du geschlafen hast.« Dian langte ihren Fimbo von der Hüttenwand. »Guten Morgen.«

»Die Puffotter wollte mir nicht mehr aus dem Kopf gehen.« Rose betrachtete die Graupapageien und schüttelte den Kopf. »Dass es ihnen wieder so gut geht? Vor zwei Monaten war ich noch sicher, dass sie sterben würden.«

Dian zog es vor, nicht näher auf die Anspielung einzugehen. »Sind zähe Biester, die beiden.« Sie trat auf den Weg und bedeutete Rose, mit ihr zu gehen. »Wir begleiten dich ein Stück.« Vorbei an der mittleren Hütte gingen sie zum Männerhaus, wo bereits Sanweckwe, Vatiri, Wayne McGuire und Roses Gärtner warteten. Die beiden Männer, die in ihrem Floristikbetrieb arbeiteten, hatten sie gestern nach Karisoke heraufbegleitet.

Mit Schaudern dachte Dian an den Oktobermorgen zurück, als sie die Papageien füttern wollte und beide mit ausgebreiteten Schwingen wie sterbend auf dem Grund der Voliere kauerten. Rose hegte damals sofort den Verdacht, jemand habe sie vergiftet. Einer von Dians vielen Feinden.

Sie begrüßten die Männer. Sanweckwe und Vatiri schienen bestens gelaunt, der bleiche McGuire brachte nicht mehr als ein zerknirschtes Brummen über die Lippen. Dian nahm ihn nicht gern mit zu den Gorillas, schon gar nicht, wenn er wie heute verkatert war. Er verlief sich gern einmal im Regenwald, weswegen ihre Afrikaner ihn nicht besonders schätzten. Sie hatten einfach schon zu viel Zeit mit der Suche nach dem Studenten verschwendet.

An der Feuerstelle und der von den Tänzern zerstampften Wegkreuzung hatte noch niemand aufgeräumt. Leere Flaschen, Schüsseln und Geschirr mit Essensresten standen noch auf den Tischen und lagen kreuz und quer rund um Asche und angekohltes Holz.

Guck nicht hin, ermahnte Dian sich selbst, suche keine Reste der lächerlichen Holzschlange. Vergiss sie endlich.

Es gelang ihr nicht.

Sie drehte sich nach ihrem Studenten um. »Hören Sie zu, McGuire – Sie sehen so aus, als könnten Sie einen Ruhetag vertragen. Bleiben Sie heute in Karisoke und kümmern Sie sich drum, dass hier ein bisschen Ordnung gemacht wird.« Sprach's, wandte sich ab und ging grußlos weiter.

Über den breiten Kiesweg und vorbei an Pfosten mit frisch gesetzten Obstbaumschößlingen, vorbei am Waschhaus, der neuen Wetterstation und der Kellyhütte stapften sie zum Waldrand und bogen an der Grenze der Forschungsstation in den Pfad ein, der hinab zum Parkplatz am Fuß des Visokes führte. Dians Gedanken kreisten die ganze Zeit um ihre Graupapageien.

Vor zwei Monaten, als alle dachten, jemand habe die Vögel vergiftet, um sich an ihr zu rächen, hatte Dian diesen Verdacht vehement zurückgewiesen. Absurd hatte sie ihn genannt. Und hatte dennoch die angebrochene Packung Vogelfutter weggeworfen und eine frische aufgemacht. Prompt waren die Papageien wieder gesund geworden.

Während sie neben Rose her über den Pfad hinkte – ihr Knie schmerzte noch vom Tanzen –, musste sie sich eingestehen, dass es ihr ähnlich ging wie der Freundin: Auch ihr wollte die verdammte Puffotter nicht mehr aus dem Kopf. Genauso wenig wie Roses sorgenvoller Blick und ihre todernste Stimme gestern Abend. *Du hast Feinde, die es bitterernst meinen.* Jedes Wort gellte ihr noch in den Ohren. *Du hast viel dafür getan, dir ihren Hass zu verdienen.*

Im Stillen schimpfte sie mit sich selbst, weil sie die beklemmenden Gedanken nicht abstellen konnte. »Hast du etwas von Alyette gehört?«, fragte sie Rose, um sich abzulenken.

»Es geht ihr gut.« Alyette de Munck, die gemeinsame Freundin, hatte ihre Zelte in Ruanda längst abgebrochen. Seit Jahren bereiste sie Ostafrika, um ihre Toten zu vergessen. »Zurzeit ist sie auf einer Bergtour in Äthiopien.«

Während sie erzählte und Dian nachfragte, erreichten sie die Weggabelung, von der aus der Pfad nach unten abzweigte. »War wieder so gut, dich zu sehen, Darling.« Rose zog Dian an sich, umarmte und küsste sie. »Pass auf dich auf, hörst du?«

»Kennst mich doch.« Dian grinste.

»Und trink nicht so viel«, flüsterte Rose ihr ins Ohr. Dann stapfte sie ihren beiden Gärtnern hinterher in den Pfad, der zum Fuß des Visokes führte. Dian folgte Sanweckwe und Vatiri in den Bergwald hinauf, wo sie gestern Gorillas einer Gruppe beobachtet hatten, deren Silberrücken Dian auf den Namen *Nunkie* getauft hatte. Weil sie den Pfad schon oft benutzt hatten, mussten die beiden Männer kaum Gebrauch von ihren Pangas machen.

Dian hinkte zwar ein wenig, bewegte sich aber ähnlich lautlos wie die beiden Fährtenleser, denn der Regenwald war längst ihr Zuhause geworden. Jeder Steilhang, jeder Bachlauf, jede Schlucht, jeder alte Kosobaum waren ihr so vertraut wie in ihrem früheren Leben die Straßen, Gassen, Plätze und Parks von Louisville.

Von Zeit zu Zeit gab sie Gorillalaute von sich, um die Tiere auf sich aufmerksam zu machen. Wären Gorillas in der Nähe gewesen, mit denen Dian sich angefreundet hatte – und das traf auf Nunkies Familie zu –, wären sie aus dem Dickicht aufgetaucht, um sie zu begrüßen. Doch kein Gorillaruf ertönte, kein schwarzes Gesicht zeigte sich im Unterholz.

Gegen Mittag glaubte Vatiri am Rand einer Lichtung eine Spur zu erkennen, verließ den Pfad und verschwand im Wald. Dians Kniegelenke schmerzten mittlerweile so heftig, dass sie sich im Gras niederlassen musste. Auch in ihren Schläfen pochte der Schmerz, und ihre Bronchien pfiffen unüberhörbar, so dass sie bedenklich nach Luft schnappte.

Seit ihrer Jugend litt sie an Allergien, und bei der letzten medizinischen Untersuchung in New York hatten ihre Ärzte ein Lungenemphysem diagnostiziert. Man hatte ihr eindringlich davon abgeraten, in die Tropen zurückzukehren.

»Du hättest dein Sauerstoffgerät mitnehmen sollen«, sagte Sanweckwe, der sie voller Sorge musterte.

»Blödsinn.«

»Wenn ich dich so anschaue, frage ich mich, ob du noch den Rückweg schaffst.«

»Wir gehen weiter«, erklärte Dian, blieb aber im Gras sitzen und holte keuchend Luft. Sie verabscheute es, von ihren Freunden und Mitarbeitern als kranke Frau betrachtet zu werden, dabei war sie genau das, wie sie selbst am besten wusste. Sie verdrängte diese Einsicht, so gut sie konnte. War sie mit dieser Strategie nicht schon immer am besten gefahren?

Aus dem Wald ertönte ein Pfiff. »Vatiri!« Sanweckwes zierliche Gestalt straffte sich, und er lauschte. Wenig später wieder ein Pfiff, kaum zu unterscheiden vom Pfiff eines Papageis. »Er hat eine Spur gefunden.« Sanweckwe half Dian auf die Beine und drang ihr voran in den Wald ein.

Keine zweihundert Schritte vom Pfad entfernt entdeckten sie Vatiri bei einer Schlingfalle, in der sich ein rehgroßer Ducker verfangen hatte. Zum Glück nicht mit dem Hals, sondern mit dem Hinterlauf. »Verfluchte Wilderer!«, zischte Dian, sprach beruhigend auf das zitternde Tier ein und hielt es fest, damit die Männer ihm die Schlinge lösen konnten. Er war graubraun und hatte so langes Kopffell, dass man sein Gehörn kaum sehen konnte.

Blitzschnell sprang er in den Wald, nachdem er frei war. Sanweckwe und Vatiri fanden nur wenige Dutzend Schritte entfernt eine weitere Falle: ein tief ins Unterholz gebogenes Bambusstämmchen, an dem eine Schlinge befestigt war, die sich abrupt zusammenziehen würde, sobald der Stamm nach der Berührung durch ein Tier hochschnellte. Auf diese Weise waren neben zahlreichen Buschböcken, Duckern und Waldschweinen auch schon etliche Gorillas ums Leben gekommen.

Mit grimmiger Befriedigung schaute Dian zu, wie Sanweckwe die Falle zerstörte. »Zur Hölle mit den verfluchten Wilderern!«, zischte sie. »Wann wird die Regierung diesen Verbrechern endlich das Handwerk legen?«

Neben den Viehhirten, die mit ihren Herden den Gorillas ihr Habitat streitig machten, bekämpfte Dian vor allem die Wilderer der Virungas mit glühendem Hass. Diese Leute, die auch nicht vor einem Mord an Gorillas zurückscheuten, betrachtete Dian als ihre persönlichen Feinde. Ganze Gorillafamilien hatten sie in den fast zwanzig Jahren schon ausgelöscht, seit Dian die Forschungsstation Karisoke betrieb. Als George Schaller seine Feldstudien auf dem Mikeno beendete, hatte er die Zahl der in den Virungas lebenden Berggorillas noch auf vierhundert Tiere geschätzt. Dian und ihre Studenten hatten zuletzt nur noch etwas mehr als zweihundert gezählt.

»Immerhin zwei Fallen zerstört und einen Ducker gerettet«, sagte sie auf dem Weg zurück zum Pfad. »Lassen wir's gut sein für heute, morgen ist auch noch ein Tag.« Schmerzen und Atemnot plagten sie, und sie konnte nicht mehr, doch sie wäre nicht Dian Fossey gewesen, wenn sie das vor den Männern zugegeben hätte. »Lasst uns nach Karisoke zurückkehren.«

*

In der Voliere hatten die Papageien sich allerhand zu erzählen, als Dian ihre Hütte aufschloss; Kima kletterte auf ihre Schulter, schmiegte ihre pelzige Wange an ihre, und über ihr auf dem Dach äugte stumm der Rabe auf sie herunter. Schön war es, nach Hause zu kommen! Sie lehnte ihren Fimbo gegen die Hüttenwand.

Dian stutzte, nachdem sie den Schlüssel herumgedreht hatte, denn der Plastikweihnachtsmann, der an der Eingangstür hing, schien sie anzugrinsen. Sicher – sie selbst hatte ihn dort hingehängt, doch jetzt, nach diesem Tag und der nächtlichen Weihnachtsfeier, kam er ihr komisch vor; fremdartig irgendwie, ja beinahe unheimlich. Fast wie ein Sumu.

Sie betrat ihre Hütte, stellte ihren Rucksack neben den Schreibtisch, schaltete das Radio ein und aß ein paar Reste vom Weihnachtsbraten und etwas Brot. Nachdem sie Stiefel und Jacke ausgezogen hatte, öffnete sie eine neue Flasche Whisky. Mit dem randvollen Glas und einer brennenden Zigarette setzte sie sich an die Schreibmaschine, um wie jeden Abend ihren täglichen Arbeitsbericht zu tippen. Auf BBC lief eine Sendung über die Rockband Queen.

Dians Bericht fiel an diesem Abend kürzer aus als gewöhnlich. Bevor sie ihn abheftete, ergänzte sie ihre aktuelle Kriegsstatistik um zwei zerstörte Fallen und ein befreites Tier. Noch hatte sie für das zu Ende gehende Jahr nicht die Erfolgsquote des vergangenen Jahres erreicht.

Um sich darüber hinwegzutrösten, suchte sie die Statistik für 1984 heraus und las zufrieden die Zahlen: *212 Patrouillentage, 5546 Patrouillenstunden, 1587 zerstörte Fallen, 16 befreite Tiere, 2 verhaftete Wilderer …*

»Nur zwei!«, schimpfte sie. »Was für ein Jammer!«, und schon war der Trost wieder dahin.

Sie schenkte sich noch ein Glas Whisky ein, zündete sich noch eine Zigarette an und räumte ein wenig auf. Mit einem weiteren Glas Whisky und ihrer Zigarettenschachtel ging sie danach in ihr Schlafzimmer. Dort öffnete sie das Fenster, damit Gorbatschow hereinfliegen konnte, denn es würde bald Nacht werden. Im Radio wünschte Freddie Mercury sich *Somebody to Love.*

Dian stellte den Whisky auf dem Nachttisch neben dem Aschenbecher ab, nahm Walters Foto und las die anderen Fotos vom Bett und vom Boden auf. Dann setzte sie sich auf die Bettkante, zündete sich eine Zigarette an und betrachtete sie. Ein Fehler, wie sie schnell merkte, denn es machte sie traurig. Nicht einmal Walters schelmisch grinsendes Gesicht konnte ihre Stimmung aufhellen, und der Whisky sowieso nicht; sie trank dennoch Schluck um Schluck.

All diese Männergesichter – wie wäre ihr Leben verlaufen, wenn sie niemals in sie hineingeschaut hätte? Was hatte sie diesen Männern nicht alles zu verdanken! Louis Leakey das

Leben mit den Gorillas, ihrem Vater das Leben an sich, Bob und Alexie so viele Stunden voller Liebe und Lust und Bob außerdem die schönen Fotografien von Digit. Walter verdankte sie ihre Rettung vor dem Hass der kongolesischen Soldaten und ganz sicher die Begegnung mit Rose und Alyette, ihren besten Freundinnen. Und alle waren sie gegangen; manche bereits in die Ewigkeit, an die Dian schon lange nicht mehr glaubte. Ob Walter noch lebte?

Dian ließ ein Bild nach dem anderen auf den Bettvorleger segeln. »Nichts bleibt, wie es war, nicht wahr, Bob?«, sagte sie zu Robert Campbell, bevor sie auch sein Bild fallen ließ. »Nie.« Tief sog sie den Rauch ein und griff zum Whiskyglas. Im Radio lief *Another One Bites the Dust*, und obwohl Dian den Song abscheulich fand, schaltete sie das Gerät nicht aus.

Draußen fiel die Nacht auf den Regenwald und Karisoke. Gorbatschow flatterte herein und verschwand im Arbeitsraum, wo Dian ihn noch eine Zeitlang auf seiner Stange krächzen hörte. Sie streckte sich auf dem Bett aus, nippte am Whiskyglas, rauchte.

Der Tag hatte ihr nicht wirklich Freude gemacht – die Puffotter, die beiden Fallen, ihre schmerzenden Knie, ihre stechenden Lungen. Gern hätte sie das Affenbaby Silvester noch einmal gesehen, den Nachwuchs in Digits ehemaliger Gruppe, das süße kleine Stück Zukunft der Berggorillas hier in den Virungas. Wenigstens hatten sie den Ducker befreien können.

Aus dem Radio tönte *We Will Rock You*. Dian schaltete aus, schloss das Fenster, leerte das Whiskyglas und löschte das Licht. Eine Zeitlang lauschte sie noch den Geräuschen des Bergwaldes, dem Rauschen, Trompeten, Pfeifen und Heulen. Ganz in der Nähe klagte ein Baumschliefer. Unentwegt stieß das kleine Pelztier, das einem Murmeltier so ähnlich sah, sein langgezogenes Fiepen aus, das jedes Mal in einem brodelnden

Rotzen verklang, als hätte der Schliefer Schnupfen. Seit langem vertraute Laute, doch heute Abend klangen sie unheimlich, und eine Gänsehaut perlte über Dians Rücken.

Sie schlief schlecht in dieser Nacht. Ständig schreckte sie aus Träumen hoch. Sie träumte von lauter Toten: von ihrem Vater, von Digit, von Gaynee Henry, von Louis Leakey, von Alyettes Jungen, von Walter.

In einem Traum war es Nacht und sie mit Digit bei den Papageien in der Voliere eingesperrt. Aus irgendeinem Grund gelang es ihr nicht, die Käfigtür zu öffnen, und sooft Digit sich auch gegen den Maschendraht und die hölzerne Gittertür warf, wollte beides einfach nicht nachgeben.

Auf einmal wurde es hell, so hell, dass Dian im Traum geblendet blinzelte. Als sie wieder sehen konnte, stand ihr Vater vor der Voliere. Er öffnete sie, nahm sie und Digit an den Händen und führte sie in den von goldrotem Morgenlicht getränkten Regenwald. Dian fühlte sich unendlich glücklich.

Es war jedoch nicht das Glücksgefühl, das sie weckte, es war ein Geräusch wie von Atemzügen und leisen Schritten. Rose? Dian lauschte: Jemand schlich durch die Hütte, jemand atmete in der Hütte. Rose hatte einen Schlüssel, doch warum sollte sie mitten in der Nacht zurückgekommen sein?

Sie richtete sich auf, und jäh fuhr ihr heißer Schreck in die Glieder: Die Umrisse einer menschlichen Gestalt ragten vor ihrem Bett auf. Dian rollte sich zur anderen Seite des Bettes, und obwohl ein scharfer Schmerz sie durchzuckte, gelang es ihr, unter die Matratze zu greifen und ihre Pistole zu fassen.

33

Alyette

Kigali, Ruanda, Anfang August 1967

Walter hatte die Frau gut beschrieben: schlank, Mitte dreißig, kastanienrotes Haar, große, scharf geschnittene Nase und auffallend hochgewachsen. Dass sie auffallend hübsch war, hatte er Rose nicht verraten. Allerdings war ihr Blick nicht warm und freundlich, wie Walter behauptet hatte, sondern wirkte missmutig und gehetzt. Doch war es ein Wunder? Nach allem, was Rose gehört hatte, lagen kummervolle Tage hinter dieser bedauernswerten Frau.

Walter hatte die Verabredung arrangiert, und offenbar auch sie, Rose, gut beschrieben, denn die Frau kam, ohne sich groß im Straßencafé umzuschauen, zielstrebig auf sie zu und reichte ihr die Hand. »Rosamond Carr?« Rose nickte. »Fossey, nennen Sie mich Dian. Danke, dass Sie gekommen sind.« Sprach's und setzte sich zu ihr.

»Walter eine Bitte abzuschlagen lerne ich in diesem Leben wohl nicht mehr«, sagte Rose.

Dian Fossey – Amerikanerin wie Rose – trug ihr langes dichtes Haar zu einem dicken Zopf geflochten über der Schulter hängend. Sie bestellte Cola mit Eis und Rose fiel auf, dass ihre Hände zitterten, als sie sich eine Zigarette anzündete. Sie hatte ein für diesen Anlass unpassend elegantes Kleid angezogen, fliederfarben, und das zu schmutzigen Turnschuhen. Rose vermutete, dass es ihr einziges Kleid war, denn von Walter wusste sie, dass die Kongolesen ihr gesamtes Hab und Gut geraubt hatten.

»Wie lief Ihr Besuch in der US-Botschaft?« Rose löffelte Zucker in ihren Tee und rührte ihn um.

»Beschissen.« Dian Fossey nahm einen Aschenbecher von einem unbesetzten Nachbartisch. »Die Idioten da haben mir erklärt, dass mein Forschungsprojekt in Ruanda unerwünscht ist.«

»Oh! Das tut mir leid.« Die Ausdrucksweise der Jüngeren behagte Rose nicht. »Und wann fliegen Sie zurück in die Staaten?«

»Gar nicht.«

»Bitte?« Rose zog erstaunt die Brauen hoch. Walter hatte sie gebeten, die Frau mit ihrer Freundin Alyette de Munck bekannt zu machen. Warum, wusste Rose zu diesem Zeitpunkt noch nicht. Und dass hier, an diesem Cafétisch, eine lebenslange Freundschaft beginnen sollte, wusste sie sowieso nicht und hätte es auch nicht geglaubt, wenn es ihr jemand prophezeit hätte. Die hastig rauchende, misstrauisch umherspähende und ständig die Beine übereinanderschlagende Frau machte sie nervös.

»Ich will Gorillas studieren, Rosamond. Louis Leakey wird sich bei der Regierung für mich einsetzen, damit ich meine Arbeit im ruandischen Teil der Virungas fortsetzen kann. Ich fliege morgen nach Nairobi, um alles in Ruhe mit ihm zu besprechen.«

»Wenn es da Gorillas gäbe, wüsste ich das, Miss Fossey – meine Blumenfarm liegt am Fuß des Karisimbis.« Es gefiel Rose nicht, von der Fremden mit Vornamen angesprochen zu werden.

»Wirklich?« Fosseys Augen leuchteten plötzlich. »Dann wäre Ihre Farm ja die ideale Basis für mein neues Forschungscamp!«

»Haben Sie mir nicht zugehört, Miss Fossey?« Rose hatte Übung darin, Ärger zu unterdrücken, denn auch unter ihren Kunden gab es allerhand eigenartige Menschen. »Es gibt keine Gorillas auf der ruandischen Seite des Karisimbis!«

»Das glaube ich nicht«, entgegnete die Jüngere, zog einen Zettel aus ihrer Handtasche, auf dem sie eine Liste von Fragen notiert hatte und begann eine nach der anderen auf Rose abzufeuern. Sie wollte wissen, wie weit es von ihrer Blumenfarm zum Kivu-See, in die Virungas und in die nächste Stadt war, wo Alyette de Muncks neue Farm lag, ob es erschlossene Pfade gab, die zum Karisimbi hinaufführten, ob man in den Dörfern an seinem Fuß zuverlässige Träger und Fährtenleser finden konnte und so weiter und so weiter.

Rose antwortete schmallippig und manchmal auch nur mit einem Nicken, denn sie mochte es nicht, wenn man ihre Auskünfte in Zweifel zog oder ihr gar widersprach. Auch hatte sie Mühe mit der direkten und barschen Art der Jüngeren. Außerdem fand sie, dass ihr Kleid ihr nicht stand, und sie konnte so etwas beurteilen, denn während ihrer Ehe, die glücklicherweise schon lange hinter ihr lag, war sie Modezeichnerin gewesen.

»Hören Sie zu, Miss Fossey«, fiel sie der anderen ins Wort, als ihr der Geduldsfaden riss. »Bevor ich Ihnen weitere private Einzelheiten über Alyettes Leben verrate, verraten Sie mir bitte erst einmal, warum Sie sie kennenlernen wollen.«

Dian Fossey hob den Blick und sah sie so erstaunt an, als hätte Rose sie eben nach ihrem letzten Liebhaber gefragt. »Walter sagt, Ihre Freundin sei so eine Art Selfmade-Naturforscherin, die wochenlang in der Wildnis umherstreift. Wenn jemand in den ruandischen Virungas von Gorillas wisse, dann Mrs. de Munck, hat er gesagt, denn sie erforsche seit Jahren die Fauna der Virungas.«

»Stimmt«, erwiderte Rose kühl. »Alyette ist eine Vollblutabenteurerin. Allerdings …« Sie stockte, hob ihre Teetasse an die Lippen und dachte, während sie ihren Tee schlürfte, an den letzten Brief, den die Freundin ihr aus ihrer Heimat Belgien geschrieben hatte; und an die Todesanzeige darin. »Allerdings ist im Juni ihr Mann völlig überraschend verstorben.«

»O Gott!« Fossey fiel gegen ihre Stuhllehne zurück und vergaß endlich ihre Frageliste. »Das tut mir aber leid für sie.«

»Aortenriss. Sie waren auf Europareise, als es geschah. Nach der Rückkehr wollten sie mit ihrem Sohn und ihrem Neffen auf eine Safari gehen, die sie den jungen Männern zum Collegeabschluss geschenkt haben. Und nun ist alles ganz anders gekommen, und Alyette de Munck von einem Tag auf den anderen zur Witwe geworden.«

»Wie schrecklich.« Jetzt entdeckte Rose doch den warmherzigen Ausdruck in Fosseys Blick, den Walter beschrieben hatte. »Die arme Frau!« Traurig starrte sie auf ihr noch fast volles Cola-Glas, in dem das Eis schmolz. »Ich fürchte, dann ist es kein wirklich günstiger Zeitpunkt, um Ihre Freundin mit meinen Sorgen zu belästigen.«

»Das ist genau der Punkt.« Eine Zeitlang schwiegen sie – bis Rose fand, dass sie nun an der Reihe war, Fragen zu stellen. »Hinter Ihnen liegt auch keine ganz einfache Zeit, Miss Fossey, nicht wahr? Walter hat das angedeutet.«

Die Jüngere schloss die Augen, warf den Kopf in den Nacken und stieß zusammen mit dem Rauch einen tiefen Seufzer aus. Dann schaute sie Rose ins Gesicht und sagte mit sehr heiserer Stimme: »Hinter mir liegen die sechzehn schlimmsten Tage meines Lebens.«

Sie erzählte nicht viel, doch die wenigen Worte, mit denen sie ihre Leidensgeschichte skizzierte, reichten Rose, um das barsche Auftreten, die Nervosität und den gehetzten Blick ihres Gegenübers zu verstehen: Ohne Zweifel hatte sie es mit einer tief erschütterten und seelisch schwer traumatisierten Frau zu tun.

»Und trotzdem wollen Sie zurück in die Virungas?«, fragte sie kopfschüttelnd.

»Ja.« Die andere nickte und es schien Rose, als würde sie dabei durch sie hindurchblicken. »Ja, Rosamond, das will ich.«

»Nennen Sie mich Rose, Dian.« Rose beugte sich über den Tisch und schaute ihr in die Augen. »Wissen Sie nicht, dass im Kongo noch immer Bürgerkrieg herrscht? Vom besetzten Bukavu aus terrorisieren die Weißen Riesen die schwarze Bevölkerung am Seeufer, und die kongolesische Armee terrorisiert alle Weißen, denen die Flucht noch nicht geglückt ist. Viele Soldaten wissen gar nicht, wo im Dschungel die ruandische Grenze verläuft. Eines Tages stehen die wieder vor Ihrem Zelt, Dian, und dann?«

»Das glaube ich nicht.«

»Kann es sein, dass Sie nur glauben, was Sie glauben wollen?« Statt zu antworten, zündete die Jüngere sich die nächste Zigarette an. »Ich schwöre Ihnen, Dian: Bei dem geringsten Anlass greifen die Unruhen auf Ruanda über.«

»Das hat der Botschafter auch gesagt.« Dian sprach wie zu sich selbst und guckte auf die Straße dabei.

»Und was sagen Sie?«

»Ich will meine Arbeit fortsetzen, Rose, um jeden Preis. Ich will zurück zu den Gorillas.«

»Sie werden keine Gorillas auf der ruandischen Seite des Karisimbis finden.«

»Gorillas wissen genau so wenig von Grenzen wie dumme

Soldaten. Was könnte eine Gorillafamilie daran hindern, vom kongolesischen Mikeno zum ruandischen Karisimbi zu ziehen?« Dian hob die Schultern und drehte die Handflächen nach oben. »Nichts.«

Rose nickte stumm. Auf einmal fühlte sie sich ganz und gar nicht mehr genervt von dieser Frau, auf einmal war sie beeindruckt von ihr. So viel Zielstrebigkeit, so viel Willenskraft und Zähigkeit hatte sie selten bei einem Menschen gespürt.

Sie dachte nach. Es gab zwar keine Gorillas auf der ruandischen Seite der Virungas, doch vielleicht tat es der armen Alyette ja gut, mit dieser ähnlich bedauernswerten Frau durch die Bergwälder zu streifen, gleichgültig, ob sie am Ende Gorillas fanden oder nicht; vielleicht half es ihr ja über ihre Trauer hinweg. Je länger Rose den Gedanken hin und her wendete, desto mehr leuchtete er ihr ein.

»Sie fliegen morgen nach Nairobi, sagten Sie?« Dian Fossey nickte. »Zufällig habe ich auch in Nairobi zu tun und werde dort Alyette vom Flughafen abholen. Wollen Sie mich begleiten, Dian?«

*

Nairobi, Tansania, Anfang August 1967

Es war noch nicht einmal sieben Uhr und dennoch herrschte schon lärmendes Menschengewimmel im Flughafen von Nairobi. Alyette de Muncks Maschine aus Amsterdam hatte Verspätung, doch sie musste jeden Moment landen. Rose hatte Dian Fossey in ihrem Hotel abgeholt, nun saßen sie nebeneinander im Wartebereich der Flughalle. Die Jungen, der de Muncks, die ebenfalls zum Flughafen kommen wollten, ließen noch auf sich warten.

Rose war ein wenig bange vor der Begegnung mit der Freundin. Wie würde sie den jähen Tod ihres Mannes verkraftet haben? Bei ihrer letzten Begegnung mit Alyette und Adrien hatte sie mit dem Paar Gartenbaupläne für seine neue Farm gezeichnet, die in Rose' Nachbarschaft lag. Und wie begeistert hatten die beiden da noch von den Reisen geschwärmt, die sie für das kommende Jahr geplant hatten! Und jetzt war die Ärmste Witwe, jetzt hatte der Tod ihr Leben auf den Kopf gestellt.

Dian Fossey wirkte ein wenig aufgeräumter als noch vier Tage zuvor in Kigali. Offenbar hatte das Gespräch mit ihrem Mentor Professor Louis Leakey ihr ein bisschen Auftrieb gegeben. Allerdings rauchte sie schon wieder eine nach der anderen und rutschte unruhig auf ihrem Sitz hin und her. Die bevorstehende Begegnung mit der Trauernden schien auch ihr Bauchschmerzen zu bereiten.

»Was sagt Professor Leakey zu Ihren Plänen, Dian?«, brach Rose das müde Schweigen, in das sie versunken waren, seit sie hier saßen und warteten.

»Er ist entzückt.«

»Da dürfte er der Einzige sein.«

»Stimmt. Alle raten mir davon ab, zurück in die Virungas zu gehen, oder warnen mich davor. Mein Verlobter verlangt sogar kategorisch, dass ich noch diesen Monat in die Staaten zurückkehre.« Dian lachte, wie man über die Tapsigkeit eines Kleinkindes lachte; das gefiel Rose. »Nur Louis freut sich, dass ich wieder zu den Gorillas gehen will. Allerdings macht er seine endgültige Entscheidung von Mrs. de Muncks Einschätzung abhängig.«

»Heißt das, dass er Ihre Expedition auf den Karisimbi nicht finanzieren wird, wenn Alyette nichts von Gorillas dort oben weiß?«

»Genau.«

»Dann sehe ich schwarz.«

»Ich nicht.« Dian schien keine Zweifel zu kennen, was Rose durchaus beunruhigte. »Die Geschichte von meiner Gefangenschaft und Flucht hat sich unter Louis Geldgebern herumgesprochen und für eine Menge Aufsehen gesorgt. Auf einmal zeigen sich alle möglichen Leute von ihrer spendabelsten Seite. Die neue Ausrüstung ist bereits finanziert, und von *National Geographic* kam die Anregung, mir ein Studium zu ermöglichen.«

»Gratuliere.« Rose stand auf und winkte, denn sie hatte zwei junge Männer in der Menschenmenge entdeckt, die sie kannte. »Da sind ja endlich Alyettes Jungen!« Sie kamen zu dritt, hatten offenbar noch einen Freund mitgebracht, den Rose jedoch noch nie gesehen hatte. Sie und Dian gingen ihnen entgegen.

Die jungen Männer waren braungebrannt und strotzten vor jugendlicher Selbstsicherheit und Kraft, alle drei waren um die zwanzig. Sie trugen schwarze Blazer mit Messingknöpfen, schwarze Schuhe und schwarze Hüte. Rose begrüßte sie, stellte ihnen Dian vor, und beide sprachen Alyettes Sohn und ihrem Neffen ihr Beileid aus. Yves und Philippe hießen die beiden, und der dritte war ein Freund der Familie namens Xavier, der wie Philippe bei den de Muncks aufgewachsen war. Yves war Alyettes einziges leibliches Kind, doch sie hatte insgesamt sieben Kinder großgezogen. Auch dafür bewunderte Rose die Freundin.

Deren Maschine landete kurz darauf. Während sie am Ausgang zum Flugfeld auf sie warteten, bemerkte Rose die neugierigen Blicke, mit denen die jungen Männer Dian musterten. Rose spürte, dass sie Gefallen an der eindrucksvollen Erscheinung der attraktiven Frau fanden, und in diesem Moment beneidete sie Dian um ihre Gabe, wildfremde Menschen in kürzester Zeit für sich einzunehmen.

Vor allem der hochgewachsene und blonde Yves ließ seinen Charme spielen. Er hatte von Dians Forschungsarbeiten auf dem Mikeno und ihrer abenteuerlichen Flucht aus dem Kongo gehört und keinerlei Hemmungen, sie danach zu fragen. Dian schwieg über ihre Erfahrungen mit dem Militär, schwärmte lieber von ihren Gorillas, die sie liebevoll beschrieb. Einige von ihnen nannte sie bei ihren Namen, als wären es alte Bekannte.

Innerlich musste Rose lächeln – diese Frau sprach von den Menschenaffen, wie andere von Männern, in die sie verliebt waren.

Und dann tauchte eine kleine schwarz gekleidete Frau mit kurzem Haar im Strom der Menschen auf, der sich vom Flugfeld aus in die Halle ergoss: Alyette de Munck. Weinend fiel sie einem Jungen nach dem anderen in die Arme. Sie hatten einander nicht gesehen, seit der Vater der Familie gestorben war.

Rose umarmte sie. »Meine arme Alyette, es tut mir unendlich leid.«

»Es geschah so unerwartet, weißt du?«, flüsterte ihre Freundin schluchzend. »Adrien und ich hatten noch so viel vor. Aber das Leben ist so, im Grunde wissen wir es doch alle.« Sie weinten ein wenig miteinander, jede an der Schulter der anderen.

Danach, während sie ihre Tränen trocknete, stellte Rose ihre Begleiterin vor. »Das ist Dian Fossey, Alyette. Walter hat ihr von dir erzählt, und sie will dich unbedingt kennenlernen.«

In der Nähe des Flughafens kannten Yves und Philippe eine Bar, dort frühstückten sie gemeinsam und stießen hinterher mit Sekt auf den verstorbenen Adrien de Munck an. Alyette wollte wissen, was Walter über sie erzählt hatte, und warum Dian sie kennenlernen wollte.

»Er sagte, Sie würden die Virungas kennen wie Ihre Westentasche«, erklärte Dian Fossey, »und wenn jemand wüsste, ob es auf der ruandischen Seite des Karisimbis Berggorillas gebe, dann Sie, Mrs. de Munck.«

»Natürlich leben dort oben Gorillas!« Es platzte schier heraus aus Rose' kleiner, etwas stämmiger Freundin.

Rose zog erstaunt die Brauen hoch, und falls Dian Fossey in diesem Moment so etwas wie Triumph empfunden haben sollte, ließ sie es sich nicht anmerken.

»Es ist mir klar, dass Sie sich in einer seelischen Ausnahmesituation befinden«, sagte die Gorillaforscherin mit ruhiger und einfühlsamer Stimme, »doch können Sie sich trotzdem vorstellen, mich auf den Karisimbi hinaufzubegleiten und mit mir nach den Affen zu suchen?«

»Lieber Himmel, was für ein schöner Gedanke!«, rief Alyette, und Rose glaubte, nicht recht zu hören. »Das würde ich wirklich gern tun! Wo könnte ich Adrien näher sein als in der Wildnis, die wir gemeinsam durchstreift haben?«

Auch die drei Jungen waren begeistert und begannen sofort, Pläne für eine Expedition zum Karisimbi zu schmieden. Rose kam sich ein bisschen vor wie in einem schönen Film, und als sie Dian Fossey ins Gesicht schaute, sah sie das pure Glück in ihren Augen leuchten.

34

Schicksalsschlag

Gisenyi, Ruanda, Mitte August 1967

Der Rosengarten auf der linken Seite des Kiesweges war ein dunkelroter Teppich, der auf der linken Seite erinnerte Dian an die verschneite Koppel vor ihrem Haus auf Glenmary im harten Winter vor ihrem Abschied. Betörender Rosenduft hüllte sie ein, während sie mit den beiden Frauen den Weg entlangschlenderte.

Nicht weit hinter dem Zaun, der Rose' Blumenplantage umschloss, stiegen die grünen Hänge der südlichen Virungas an. Wolken verhüllten den Gipfel des Karisimbis, und jedes Mal, wenn Dian hinaufschaute, schlug ihr Herz schneller: Morgen Abend würde sie mit Alyette und den drei jungen Männern dort oben hinter dieser Wolkendecke stehen.

Sie fühlte sich gut wie lange nicht mehr.

Rose blieb stehen, wechselte ein paar Worte mit ihren Gärtnern, die in den Rosenbeeten arbeiteten, und zog eine Gartenschere aus der Schürze. »Weiß oder rot?« Alyette entschied sich für eine weiße, Dian für eine rote Rose. Rose schnitt zwei Blumen ab und überreichte sie den Frauen. »Stellt sie die letzte Nacht in eure Zimmer und nehmt sie morgen mit in den Regenwald hinauf.«

Dian bedankte sich mit einem Knicks und Alyette klatschte

in die Hände. »Deine wertvollen Rosen! Danke, aber die Luft dort oben wird ihnen nicht bekommen, fürchte ich.«

»Wenn ich euch schon nicht begleiten kann, sollen wenigstens zwei meiner Rosen es tun.« Rosamond Carr lebte davon, Blumen zu züchten und sie an die Hotels und Restaurants an den Ufern des Kivu-Sees zu verkaufen. »Und jetzt lasse ich euch allein, denn ich muss in der Küche nach dem Rechten sehen. Deine Jungen werden bald hier sein, Alyette, und die bringen sicher einen Bärenhunger mit.« Rose wandte sich ab, winkte und ging zurück zu ihrem Haus.

Eigentlich hatten sie die drei jungen Männer schon gestern hier auf Rose' Farm erwartet. In dem Jeep, den Adrien de Munck für die geplante Safari gekauft hatte, waren sie zusammen mit Alyette von Nairobi in Richtung Ruanda aufgebrochen. Auf halber Strecke jedoch hatte eine Panne sie aufgehalten. Alyette stieg zu Freunden, die zufällig vorbeifuhren, in deren bequemere Limousine um und fuhr voraus, während Yves, Philippe und Xavier sich um die Reparatur des Jeeps kümmerten.

Alyette war schon vor zwei Tagen angekommen, und gestern Vormittag hatte Walter Baumgärtel angerufen, um ihr die Jungen für den Abend anzukündigen. Sie hatten bei ihm im *Traveller's Rest* übernachtet. Dass nach Sonnenuntergang ihr Jeep noch immer nicht in Rose' Hof gefahren war, beunruhigte weder Dian noch die beiden anderen Frauen. Wahrscheinlich war der alte Wagen mit der nächsten Panne stehen geblieben.

Die Wolken rissen auf und der Schneegipfel des Karisimbis glänzte auf einmal in der Mittagssonne. »Schau nur!« Alyette deutete hinauf. »Kannst du dir vorstellen, morgen Abend mit uns dort oben zu stehen?«

»Klar!«, lachte Dian. »Ich denke an nichts anderes mehr. Den Schnee sollten wir allerdings meiden, das tun die Gorillas auch.«

Seit drei Tagen wohnte Dian auf Rose' Blumenplantage. Hier lebte es sich wie in einem Paradies: Sie schlief in Rose Carrs gemütlichem Gästezimmer auf einem bequemen Bett, sie tafelte mit Rose' Hausgemeinschaft in ihrem herrschaftlichen Esszimmer, sie aß die köstlich zubereiteten Speisen ihrer kenianischen Köchin, sie spazierte über Wege, die durch ein farbenprächtiges Blumenmeer führten, aus dem sie voller Vorfreude in die Hänge des Karisimbis blicken konnte. Und manchmal, wenn Nebel und Wolken sich lichteten, auch zu seinem weißen Gipfel.

Eine Stunde lang etwa liefen sie noch durch Rose' ausgedehnten Blumengarten, bevor es geschah. Alyette plauderte mit den Gärtnern, erzählte Dian von Adrien oder beschrieb ihr das Waldgebiet auf dem Karisimbimassiv, in dem sie in den vergangenen Jahren auf Gorillaspuren gestoßen war. Dian hörte aufmerksam zu und genoss den Blumenduft und die Bilder von Gorillas auf vermoosten Kosobaumkronen und in blühenden Hypericumbüschen, die Alyettes Schilderungen in ihrem Kopf erzeugten.

Und dann näherte sich Motorenlärm.

»Sie kommen!«, rief Alyette. Sie wandten sich nach dem Haus um, doch kein Jeep fuhr in den Hof herein, sondern ein Pick-up. »Das ist ja Walters Wagen!«, staunte Alyette und schaute mit gerunzelter Stirn zu Dian herauf. »Hat Rose dir etwas davon gesagt, dass sie ihn zum Mittagessen eingeladen hat?«

Dian schüttelte den Kopf. Seite an Seite standen sie zwischen gelben Chrysanthemen und orangefarbenen Ringelblumen und schauten über ein Meer von Blumen zum Hof hin. Sie sahen Walter aussteigen, sahen Rose aus dem Haus laufen, sahen beide aufeinander zugehen, sahen sie beieinanderstehen, und dann sahen sie, wie Rose auf einmal die Hände vor den Mund schlug und vor dem kleinen Österreicher zurückwich.

»Lieber Gott«, flüsterte Alyette und rannte los.

Dian stand still und spürte, wie ihr ein Kloß im Hals schwoll, während sie der kleinen Frau hinterherblickte. Etwas war geschehen, etwas Schlimmes – die feuchtwarme Luft über der Blumenplantage war auf einmal gesättigt von dieser Gewissheit. »Bitte nicht«, murmelte Dian. »Bitte keine schlechten Nachrichten heute.«

Sie atmete gegen den inneren Schraubstock an, der ihre Brust plötzlich zusammenpresste, sie atmete tiefer und zwang sich, einen Fuß vor den anderen zu setzen. Langsam und steif stelzte sie über den Kiesweg auf den Hof zu.

Dort war Alyette inzwischen bei Rose und Walter angekommen. Und schlug nun auch die Hand vor den Mund. Dian hielt den Atem an. Warum hielt Rose sie denn plötzlich fest? Warum knickte Alyette denn in den Knien ein? Warum streckte Walter denn die Arme nach ihr aus? Warum schrie sie denn so?

Rose' Hunde begannen zu kläffen. In den Blumenfeldern standen die Gärtner still und starrten zu den drei Weißen beim Pick-up hin. Das Hausmädchen und die Köchin rannten auf den Hof hinaus. Alyettes Schreie gellten über das Blumenmeer. Die gingen Dian durch und durch. Sie blieb stehen, fühlte sich auf einmal wie gelähmt.

Auf dem Hof stützten Rose und die schwarzen Frauen die schreiende Alyette, um sie ins Haus zu bringen. Walter kam zu Dian in die Plantage. Seine Gestalt war gebeugt, sein Schritt schleppend, und er sah um Jahre gealtert aus. »Yves, Philippe und Xavier sind tot«, sagte er.

*

Nicht genug, dass die arme Alyette schreiend vor ihrem Bett kniete, jetzt schrie auch noch jemand draußen in den Blumenbeeten. Rose hörte es, als sie den Hörer auflegte. Sie hatte ihren Arzt in Ruhengeri angerufen, damit er komme und Alyette ein Beruhigungsmittel spritzte. Sie schaute zum Salonfenster hinaus.

Es war Dian Fossey, die am Eingang der Plantage mit den Fäusten fuchtelte und die Gärtner anbrüllte. Warum stritt sie denn mit den Männern? Oder stritt sie etwa mit Walter?

Rose rannte in die Küche, riss ein Glas aus der Vitrine und die Ginflasche aus dem Kühlschrank. Sie hatte gelernt, in Katastrophen die Nerven zu behalten – sie fühlte nichts mehr, sie funktionierte nur noch.

Im Bad kramte sie ein halb leeres Fläschchen Laudanum, das noch aus der höllischen Endzeit ihrer Ehe stammte, aus dem Spiegelschrank. Sie betete, dass es noch wirksam sein möge, während sie es in den Gin träufelte. In Alyettes Zimmer beugte sie sich über die von Weinkrämpfen geschüttelte Freundin, hielt sie fest, redete ihr gut zu und schaffte es immerhin, ihr die Hälfte des Gins einzuflößen.

Rose reichte das Glas der Köchin. »Sorg dafür, dass sie das austrinkt, alles.« Dann lief sie aus dem Haus, um nach der schreienden Gorillaforscherin zu schauen.

Auf dem Hof kam ihr die schimpfende Dian entgegen – ihr Haar war zerwühlt, ihr Gesicht krebsrot, und zwischen den Flüchen, die sie ausstieß, schnappte sie nach Luft, als hätte sie einen Asthmaanfall. »Um Himmels willen, Dian!« Rose versuchte, sie festzuhalten. »Was ist denn los mit dir?« Doch Dian schien gar nicht zuzuhören, riss sich los und rannte ins Haus.

Aus der Blumenplantage kam nun auch Walter mit den Gärtnern in den Hof. Er war aschfahl und sein Gang gebeugt. »Was ist passiert, Walter?«

»Das siehst du doch, sie schnappt über.« Er atmete schwer und hatte Tränen in den Augen. »Die Hiobsbotschaft hat sie einfach umgehauen. Sie ist plötzlich hysterisch geworden, hat die Gärtner angeschrien und verlangt, dass sie sich bewaffnen und mit ihr in den Kongo hinüberfahren sollen.« Fassungslos schüttelte er den Kopf. »Sie kenne die Männer, die Alyettes Jungen auf dem Gewissen haben, und will sie töten.«

Mit offenem Mund hörte Rose ihm zu. Nach und nach dämmerte ihr, was in Dian vor sich ging: Die Horrornachricht hatte ihre eigenen Wunden wieder aufgebrochen, die ihr die Kongolesen während der sechzehn Tage Gefangenschaft geschlagen hatten.

»Kommt schon!«, rief hinter ihr die außer Rand und Band geratene Frau. Rose fuhr herum – Dian fuchtelte mit einer Pistole und einer Panga herum. »Wir nehmen deinen Wagen, Walter! Setzt dich endlich ans Steuer!« Und Rose rief sie zu. »Du hast doch Jagdgewehre, Rose, gib sie den Gärtnern. Und Munition brauchen wir auch!«

Rose und Walter liefen zu ihr, hielten sie fest und redeten so lange auf sie ein, bis sie die heulende Dian zurück ins Haus führen konnten. Rose musste zum zweiten Mal Gin und Laudanum mischen, und Dian leerte den Mix auf einen Zug. Als der Arzt kam und sich mit Alyette beschäftigte, lag Dian schon reglos auf ihrem Bett und starrte zur Decke hinauf.

Draußen im Hof hockte Walter auf dem Beifahrersitz seines Pick-ups und stierte apathisch durch die Windschutzscheibe auf das Blumenmeer. »Ich war der letzte«, hörte Rose ihn flüstern, als sie ihm Wasser brachte. »Sie haben ihren letzten Drink mit mir genommen, sie haben die letzte Nacht ihres Lebens unter meinem Dach geschlafen. Ich war der letzte Weiße, der ihnen die Hand geschüttelt hat, bevor diese Bestien sie ermordet haben.«

Was genau den drei Jungen im Einzelnen zugestoßen war, konnte zu diesem Zeitpunkt noch niemand sagen. Einiges allerdings hatte Walter, bevor er von seinem Hotel losfuhr, herausfinden können, einiges klärte sich erst später.

Offenbar hatte Yves den Jeep an einer Kreuzung in der Nähe von *Traveller's Rest* in die falsche Richtung gesteuert. Ein Mann, den sie wenig später nach dem Weg fragten, versprach, sie nach Gisenyi zu Rose' Plantage zu lotsen und stieg zu ihnen ein.

Er lotste sie jedoch über die Grenze in den Kongo, wo Soldaten sie gegen Mittag als weiße Söldner festnahmen und ihren falschen Führer gut bezahlten. Die Soldaten folterten die Jungen bis in die frühen Morgenstunden. Rose stellten sich die Haare zu Berge, als sie Details erfuhr. Was von den dreien übrig blieb, aßen die Kongolesen auf.

»Das darf Alyette niemals erfahren, hört ihr?«, beschwor sie Dian und Walter, als ein Zeuge ihnen zwei Tage später den genauen Hergang der Grausamkeiten schilderte, die man den jungen Männern zugefügt hatte. »Niemals!«

Anschließend ging sie zu Alyette, die erschöpft und lebensmüde in ihrem Bett lag. Sie flößte ihr das Morphium ein, das der Doktor ihr dagelassen hatte, und als die Freundin wissen wollte, was der Zeuge berichtet hatte, erzählte sie ihr nicht einmal eine stark abgeschwächte Version seines Berichtes.

»Man hat sie erschossen«, log sie gnädig, »sie haben wenigstens nicht leiden müssen.«

Später klopfte sie bei Dian, um sie zum Essen zu rufen. Die Gorillaforscherin winkte ab und bedeutete ihr unwillig, dass sie zuerst den Brief beenden müsse, den sie gerade schrieb, einen wichtigen Brief, wie es schien.

Am nächsten Tag konnte Rose zufällig die Adresse auf dem Kuvert lesen, denn der Brief lag bei der anderen ausgehenden

Post neben dem Telefon. Er war an einen Adressaten in den Vereinigten Staaten gerichtet, an einen gewissen Alexie Forrester an *University of Notre Dame* in South Bend, St. Joseph County.

35

Brief

South Bend, Indiana, USA, Anfang September 1967

Viel zu lange hatte Alexie Forrester schon nichts mehr von seiner zukünftigen Frau gehört, und so machte sein Herz einen Riesensprung, als er in einer Pause zwischen zwei Vorlesungen ihren Brief in seinem Postkasten fand. »Endlich!« Er lachte laut, schickte ein Dankgebet zum Himmel und warf sich aufs Bett, um sofort zu lesen, was Dian ihm geschrieben hatte.

Gleich der Absender jedoch irritierte ihn, denn dort las er eine ruandische Adresse und einen Namen, den seine Liebste noch in keinem ihrer Briefe erwähnt hatte: Rosamond Carr.

Seine Verwunderung ging in Bestürzung über, während er die vielen Seiten las, die Dian ihm mit ungewöhnlich fahriger und nur mühsam zu entziffernder Handschrift vollgeschrieben hatte. Danach stieß er einen tiefen Seufzer aus, bekreuzigte sich und blieb mit geschlossenen Augen auf seinem Bett liegen. Er versuchte zu fassen, was er da eben gelesen hatte, doch das wollte ihm nicht recht gelingen. Alexie fühlte sich, als hätte ein Zuchtbulle ihn auf die Hörner genommen.

Er kam zu spät zum Seminar über griechische Handschriften des ersten vorchristlichen Jahrhunderts und handelte sich dafür einen tadelnden Blick des Dozenten ein. Alexie murmelte eine Entschuldigung, zwängte seinen großen Körper in die hinterste Sitzreihe und packte sein Schreibzeug aus. Er gab sich redlich Mühe, der Vorlesung zu folgen, doch kein Wort, von dem, was der Professor vortrug, kam bei ihm an. Statt mitzuschreiben, entwarf er einen Antwortbrief an seine künftige Frau. Nach vier Anläufen gab er auf.

In der Menge der Kommilitonen ließ er sich nach dem Seminar aus Hörsaal und Fakultätsgebäude treiben, lief eine Zeitlang ziellos und wie halb betäubt über den Campus und versuchte vergeblich, einen klaren Gedanken zu fassen. Dians chaotischer Brief hatte ihn in tiefe Verwirrung gestürzt.

Sie hatte ihre Forschungsstation auf der Kabara-Wiese aufgeben müssen, war zwischen die Fronten des kongolesischen Bürgerkriegs und in Gefangenschaft geraten und klagte über getötete Freunde. So weit, so schlimm – aber wenigstens nachvollziehbar. Doch dass sie sich dazu hinreißen ließ, andere Menschen zu verfluchen und sogar über Mordplänen zu brüten, erschütterte Alexie, denn es passte überhaupt nicht in sein Bild von der geliebten Frau. Und dass sie von ihm verlangte, in ein Flugzeug zu steigen und nach Ruanda zu kommen – und zwar sofort! – konnte er einfach nicht glauben.

Irgendwann fand Alexie sich in der Kirche der *University of Notre Dame* wieder. In einer der hinteren Bänke las er den Brief ein zweites und drittes Mal. Stil, Duktus und Tonfall kamen ihm vor, als hätte eine Fremde den Brief geschrieben. Die Handschrift jedoch, auch wenn sie erschreckend verwaschen war, erkannte Alexie eindeutig als Dians Handschrift.

Er kniete nieder, legte den Kopf auf die gefalteten Hände und betete das Vaterunser und ein Ave Maria, was endlich ein wenig Ruhe und Ordnung in seine Gedanken brachte.

Was um alles in der Welt geschah da in Ruanda? Was mochte seine geliebte Dian derart verstört haben, dass sie ihn nötigen wollte, sein Studium zu unterbrechen und nach Afrika zu fliegen? Hatte sie außer ihm vielleicht noch anderen geschrieben? Und womöglich Genaueres berichtet?

Er musste es herausfinden, also stand er auf, verließ die Kirche und ging zu den Telefonzellen vor dem Treppenaufgang zur Universitätsbibliothek.

Zuerst rief er Gaynee Henry an. Die wusste von gar nichts und fiel aus allen Wolken, als sie hörte, dass Dian ihre Forschungen hatte aufgeben müssen. Pater Raymond, den er als Nächsten anrief, hatte zwar von Unruhen im Kongo gelesen, jedoch keinen Brief von Dian erhalten. Beide wollten natürlich wissen, was sie ihm geschrieben hatte, doch Alexie machte nur ein paar Andeutungen und sagte, dass Dian in Sicherheit sei.

Schließlich überwand er sich und suchte die Nummer der Prices aus seinem Notizbuch heraus. Weil er sie nur ein oder zweimal gewählt hatte, seit er mit Dian zusammen war, kannte er sie nicht auswendig.

»Es geschehen noch Zeichen und Wunder!« Richard Price war in der Leitung und tat hocherfreut. »Der eifrige Student Alexie Forrester lässt sich herab, seine künftigen Schwiegereltern anzurufen! Wie geht's, wie steht's, Mr. Forrester?«

»Nicht gut, Richard, Dian steckt in Schwierigkeiten. Hat sie euch geschrieben?«

»Schon länger nicht mehr. In Schwierigkeiten? Ist ihr das Geld ausgegangen?«

»Nein, aber der Verstand, wie es aussieht.« Alexie erzählte ihm von Dians Brief, beschränkte sich jedoch auf die groben Fakten – den Verlust der Forschungsstation, ihre Gefangenschaft, ihre Verwicklung in den kongolesischen Bürgerkrieg. Allerdings erwähnte er ihren Racheplan. »Dian scheint mit den Nerven am Ende zu sein«, schloss er. »Sie verlangt, dass ich zu ihr komme und gemeinsam mit ihr gegen irgendwelche Kongolesen kämpfe.«

»Habe ich es nicht gleich gesagt, dass sie bald überschnappt?«, ereiferte sich Price. »Schon diese Schnapsidee, nach Afrika zu fliegen und den ganzen Tag Affen anzustarren, habe ich für idiotisch gehalten. Sie muss sofort zurück nach Hause kommen!«

»Ich spiele tatsächlich mit dem Gedanken, sie abzuholen.«

»Hervorragende Idee! Wann fliegst du?«

»Nun ja, das kostet Geld.« Price schwieg. »Ich muss mir die ganze Sache noch einmal in Ruhe durch den Kopf gehen lassen«, fügte Alexie hinzu. »Doch sollte ich mich wirklich dazu durchringen, nach Ruanda zu fliegen, brauche ich mindestens dreitausend Dollar.« Price schwieg beharrlich. »Muss ich dir wirklich erklären, dass ich so viel Geld nicht aufbringen kann, Richard?«

Price räusperte sich. »Flieg so schnell du kannst nach Afrika, Alexie, und hol' Dian nach Hause. Ich finanziere den Flug mit einem zinslosen Kredit. Wohin genau schicke ich das Geld?«

*

Am folgenden Wochenende lieh Alexie sich von einem Kommilitonen das Geld für ein Flugticket nach Louisville, Kentucky. Seine Tante Maura lebte dort seit Jahren als Nonne im Kloster des Heiligen Kreuzes. Ihr hatte Alexie es zu verdanken, dass man ihn im *Hotel Henry* einquartiert hatte, als er Dian zum ersten Mal besuchte. Die Schwester seiner Mutter war eine Art Bindeglied zwischen der Forrester-Farm in Rhodesien und den katholischen Kreisen um das *Hotel Henry* in Louisville. Vor allem aber war Tante Maura Alexies Seelsorgerin.

Die Schwestern des Heiligen Kreuzes hatten sie zu ihrer Schatzmeisterin gemacht, so dass sie im Kloster in einem eigenen Büro arbeiten konnte. Dort setzten sie sich an den runden

Konferenztisch. »Dian hat mir einen Brief geschrieben.« Alexie zog ihn aus der Jackentasche und warf ihn vor sich auf den Tisch. »Er raubt mir seit Tagen den Schlaf.«

»So?« Tante Maura, eine große, stämmige Nonne mit energischen Gesichtszügen, schenkte Tee ein. »Was schreibt sie denn?«

»Das kongolesische Militär hat sie von ihrem Berg gejagt und sechzehn Tage lang gefangen gehalten. Wenn ich alles richtig verstanden habe, haben die Soldaten sie sehr schlecht behandelt.«

»Dian ist doch nicht angegriffen worden?« Die Nonne zog die grauen Brauen hoch, während sie Honig in ihren Tee träufelte.

»Scheint so, doch.« Alexie zuckte mit den Schultern; in den Angstfantasien seiner schlaflosen Nächte hatte man Dian alles Mögliche angetan. »Ihr Brief ist ein wenig wirr, was ganz untypisch für Dian ist. Was ihr konkret zugestoßen ist, bleibt ein bisschen vage, sehr klar dagegen berichtet sie von drei Freunden, die das Militär gefoltert und getötet hat.«

»Wie schrecklich!« Die Nonne bekreuzigte sich kopfschüttelnd.

»Ich mache mir große Sorgen um sie, Tante Maura. Dian ist in Lebensgefahr, da bin ich sicher. Deswegen habe ich beschlossen, nach Afrika zu fliegen und sie nach Hause zu holen. Was sagst du dazu?«

»Flüge nach Afrika kosten ein Vermögen, Junge! Woher willst du das Geld nehmen?«

»Ihre Eltern wollen es mir geben.«

»Und wieso fliegen sie nicht selbst? Ist den Prices ihre Tochter so gleichgültig, dass sie stattdessen dich zu ihr schicken? Deine Eltern würden sich sofort ins Flugzeug setzen, wenn sie erführen, dass dir etwas zugestoßen ist.«

»Dian will, dass ich komme, sie verlangt es regelrecht.« Alexie schob ihr den Brief über den Tisch. »Da, lies.«

Die Nonne stellte ihre Teetasse ab, zog die Seiten aus dem Kuvert und entfaltete sie. Sie schien sehr aufmerksam zu lesen, was Dian über Rosamond Carr, Alyette de Munck und ihre Jungen geschrieben hatte, denn sie brauchte sehr lange.

Bei Stellen, die sie besonders bemerkenswert fand, runzelte sie die Stirn und las halb laut: »›Es fällt mir schwer, dir zu schildern, was diese dreckigen afrikanischen Bestien mir angetan haben, Alexie, doch was sie mit Yves, Philippe und Xavier gemacht haben, das ist ganz und gar unaussprechlich. Die drei armen Menschenkinder haben stundenlange Qualen gelitten, bevor sie starben! Du musst sofort zu mir kommen und die Jungen rächen.‹«

Die Nonne hob erschrockenen den Blick. »Sie will Rache?« Sie schüttelte den Kopf. »Das kann ich nicht glauben!«

»Ich fürchte, sie meint es ernst, Tante Maura.« Alexie schob die Teetasse von sich, verschränkte die Arme vor sich auf dem Tisch und ließ seufzend die Stirn darauf sinken. »Aus dem ganzen Brief spricht doch ein ungeheurer Hass, findest du nicht?«

»Hass und Verzweiflung, stimmt.«, Murmelnd las die Nonne weiter: »›Hörst du, Alexie? Du musst unbedingt kommen und diese Gräueltaten rächen. Vielleicht musst du es selbst tun, du bist ja stark, kannst gut schießen. Oder aber du engagierst ein paar Söldner, die es für uns tun. Ich werde jedenfalls keine Ruhe finden, solange die Kerle am Leben sind, die das getan haben. Komm so schnell wie nur irgend möglich, hörst du, Alexie? Und schreib mir, wann! Schreib es mir, sobald du diesen Brief gelesen hast.‹«

Die Nonne ließ die Blätter sinken. »Einfach unglaublich.« Nachdenklich nippte sie an ihrem Tee, bevor sie schweigend den Brief zu Ende las. »Und was willst du jetzt tun?«

»Am liebsten nach Afrika fliegen.« Seufzend wie unter einer schweren Last hob Alexie den Kopf und ließ sich gegen die Stuhllehne fallen. Ihm war zum Heulen zumute. »Doch erst einmal wollte ich deinen Rat hören, Tante Maura.«

»Du bist erwachsen, Alexie, musst selber wissen, was du willst und was nicht. Im Grunde hast du dich doch schon entschieden, oder?« Die Nonne schüttelte den Kopf. »Ich habe dir dazu nichts mehr zu sagen.«

»Bitte, Tante Maura.« In ihrer verschlossenen Miene las er, dass sie ein Urteil gefällt hatte und es ihm verschwieg, um ihm nicht weh zu tun. »Wen habe ich denn hier in Amerika, mit dem ich reden könnte? Niemanden außer dir, Tante Maura! Bitte lass mich nicht im Stich.«

»Sie fordert dich auf, für sie zu morden, Alexie.« Jetzt schob auch die Nonne ihre Teetasse zur Seite. »Muss ich dir dazu wirklich etwas sagen?« Sie beugte sich weit über den Tisch und sah ihn scharf an. »Ausgerechnet dir, der du an der Notre Dame studierst, einer katholischen Universität?« Sie hob den Brief, wie ein Staatsanwalt ein Beweisstück heben würde. »Entweder sie fantasiert all das, weil sie dort oben auf dem Berg verrückt geworden ist vor Einsamkeit …!«

»Du glaubst, sie hat das alles nur erfunden?!« Alexie brauste auf. »Das glaube ich im Leben nicht!«

»… oder sie ist verrückt geworden, weil all das wirklich passiert ist. Jedenfalls sind das hier« – wieder schlug sie mit dem Handrücken auf Dians Brief – »die Zeilen einer kranken Frau. Sie braucht dringend Hilfe!«

»Das sehe ich genauso. Und deswegen will ich nach Ruanda fliegen und sie zurückholen.«

»Es ehrt dich, dass du ihr helfen willst, Alexie, doch tu nichts Unbedachtes, hörst du, Junge?« Die Nonne schlug einen beschwörenden Tonfall an. »Hüte dich um Gottes willen, dich in Afrika durch eine Eheschließung an diese Frau zu binden. Bringe sie einfach nur hierher, und ich werde dafür sorgen, dass sie im St. Mary ein Bett bekommt.«

Alexie erschrak. »Im St. Mary?« So hieß die Nervenklinik von Louisville.

»Sie braucht psychiatrische Behandlung, ist dir das nicht klar, Alexie?« Die Nonne schob ihm den Brief über den Tisch. »Solche Zeilen schreibt niemand, der geistig gesund ist. Fliege nach Afrika, bringe Dian her, und dann werden wir ihr die bestmögliche ärztliche Hilfe verschaffen. Ich werde dich unterstützen.«

Schweigend faltete Alexie den Brief zusammen und steckte ihn zurück ins Kuvert. Das Innere seiner Brust fühlte sich an wie eine entzündete Wunde. Er steckte den Brief ein, stand auf und ging um den Tisch herum zu der Nonne, um sie zum Abschied auf die Wange zu küssen. »Danke, Tante Maura. Und leb wohl.«

»Auf Wiedersehen, Alexie. Gott segne dich.«

Als Alexie die Tür schon halb geöffnet hatte, drehte er sich noch einmal um und sagte: »Ich werde Dian heiraten.«

36

Karisoke

Virungagebirge, Ruanda, 24. September 1967

Durch strömenden Regen tuckerten sie am frühen Morgen einen holprigen von Felsbrocken übersäten Vulkanpfad hinauf, der kaum befestigt war. Dians Landrover Lily schaukelte voran und bahnte Alyette de Muncks Kombi den Weg durch die schlammige Fahrspur. Immer wieder mussten sie anhalten, weil Ziegen- und Rinderherden den Weg überquerten. Durch die Windschutzscheibe schaute Dian mit wachsendem Ärger auf die Hirten, die das Vieh an ihrem Kühlergrill vorbeitrieben, denn sie dachte an ihre Gorillas. In einem Nationalpark, der als Viehweide herhalten musste, hatten sie auf die Dauer keine Chance zu überleben.

Zwei Wildhüter des ruandischen *Parc des Volcans* begleiteten sie. Beide Fahrzeuge waren bis unters Dach beladen mit Ausrüstung, Kleidersäcken, Bücherkisten und Proviant. Ihr Ziel: eine Pyrethrum-Pflanzung irgendwo da oben am Ende dieses Fahrweges. Ein Entwicklungshelfer aus den Niederlanden, der die Pflanzung verwaltete, hatte Alyette versprochen, ihnen Träger zu beschaffen.

Neun Tage lang war Dian mit der vom Schicksal so hart getroffenen Frau durch die Hänge des Karisimbis gestreift. Sie hatten ruandische Hirten getroffen, waren ihren riesigen

Rinderherden ausgewichen, hatten Fallen zerstört, zahlreiche Wilderer beim Jagen beobachtet und Waldböcke, Elefanten, Ginsterkatzen, Schliefer, Palmhörnchen und Riesenwaldschweine gesehen – doch keine einzige Gorillaspur.

Einmal, kurz nachdem sie eine Falle zerstört hatten, mussten sie mit ansehen, wie Wilddiebe drei Parkwächter mit Duckerfleisch und Geld bestachen, um der Verhaftung zu entgehen. Voller Zorn hatte Dian die Wächter zur Rede gestellt, doch die zuckten nur verlegen grinsend mit den Schultern.

Dass Alyette sich trotz ihres Schicksalsschlages zur Expedition auf den Karisimbi durchgerungen hatte, erfüllte Dian mit tiefer Dankbarkeit. Und mit Bewunderung: Die Tapferkeit, mit der die Belgierin ihre Trauer trug, kam Dian schier übermenschlich vor – und half ihr zugleich, Wut und Verzweiflung wegen der eigenen Kränkungen im Zaum zu halten.

Manchmal, wenn Dian nachts in einem Albtraum mit ihren Peinigern kämpfte und von den schlimmen Bildern geängstigt aus dem Schlaf schreckte, war Alyettes Schlafsack neben ihr leer gewesen. Dann wusste sie, dass die Trauernde sich wieder einmal draußen, weit weg vom Zelt, unter den nebelverhangenen Bäumen ihrem Schmerz hingab. Morgens hatte Alyette oft rot geweinte Augen gehabt.

Am zehnten Tag ihrer Expedition waren sie durch die kahle und steinige Hochgebirgsregion am Nordgipfel des Karisimbis gewandert. Von dort aus, in 4300 Meter Höhe, konnten sie die gesamte Virungakette überblicken. Als sie mit ihren Ferngläsern einen Vulkan nach dem anderen ins Auge fassten, entdeckten sie eine Senke unterhalb des Karisimbigipfels, auf deren Nordseite die dicht bewaldeten Hänge des Visokes anstiegen.

»Schau nur«, hatte Alyette gesagt, »dieser flache Bergsattel dort unten, wäre das nicht ein Ort für deine neue Forschungsstation? Die Bäume dort stehen nicht besonders dicht, und der angrenzende Regenwald scheint mir genau die Umgebung zu sein, die Gorillas lieben. Dian gab ihr recht und tatsächlich fanden sie, als sie wieder hinuntergestiegen waren, Gorillaspuren, die in die Richtung der flachen Senke führten.

Daran dachte Dian, als sie nun, eine Woche später, Lily durch den Regen einer Pflanzung entgegensteuerte, von der aus sie zu der entdeckten Senke hinaufsteigen wollten. Vorfreude und Anspannung hielten sich die Waage in ihrer Brust, und im Hintergrund lauerte die allgegenwärtige Angst vor kongolesischen Soldaten. Und der Hass auf sie; sie konnte nicht an diese brutalen Männer denken, ohne ihnen den Tod zu wünschen.

Sie wich einem Felsbrocken aus und erreichte eine Abzweigung, an der sie den Wagen in einen breiteren Weg hineinsteuerte. Alle zehn oder zwanzig Meter rollte sie an Einheimischen vorüber, die an den Wegrand ausgewichen waren. Der Wald lichtete sich und gab den Blick auf die unteren Hänge des Visokes und des Karisimbis frei. So weit Dians Auge reichte, erstreckten sich die terrassenförmig angelegten Felder der Bauern, die am Fuße der ruandischen Virungas lebten.

Dian hatte die Zeit in Rose' Haus und auf Alyettes Farm genutzt, um alle Artikel und Bücher über diese Gegend zu lesen, die sie bekommen konnte: Hier wohnten auf jedem Quadratkilometer mehr als dreihundert Menschen, und jedes Jahr wurden es mehr. Wie fast überall im kleinen und übervölkerten Ruanda, existierten die Leute auch hier am Existenzminimum. Mehr schlecht als recht lebten sie von den Feldfrüchten, die sie anbauten, und von über einer halben Million Rindern.

Das ruandische Landwirtschaftsministerium hatte einen beachtlichen Teil des sowieso nur zwölftausend Hektar großen Vulkanparks als Weideland freigegeben. Es gab keine Übergangszone zwischen dem landwirtschaftlich genutzten Teil des Parks und dem geschützten Bereich, in dem man das

Überleben der Berggorillas sichern wollte. Das bereitete Dian jetzt schon Bauchschmerzen, denn in den Hängen des Karisimbis hatte sie ja mit eigenen Augen sehen müssen, wohin das führte: Die Leute sammelten wilden Honig und Holz im eigentlich geschützten Gebiet, stellten ungehindert Fallen darin auf, weideten ihr Vieh dort und bauten sogar heimlich Tabak und Kartoffeln darin an.

Exakt hierin hatte Dians Vorgänger George Schaller die Gründe für den Rückgang der Gorillapopulation in den Virungas gesehen. An ihn musste Dian denken, während sie in ihrem Landrover durchgeschüttelt wurde, die Scheibenwischer schrammten und der Regen auf Autodach und Windschutzscheibe trommelte. Und an seine schreckliche Prognose, laut welcher der Berggorilla zu den sieben seltenen Tierarten gehören würde, die in ein und demselben Jahrhundert entdeckt und zugleich ausgerottet werden sollten.

Je näher sie der Pflanzung kamen, desto mehr Menschen säumten den Fahrweg und manchmal, wenn Dian in die schwarzen Männergesichter am Wegrand schaute, erschrak sie, weil sie meinte, einen der Soldaten wiederzuerkennen, die über sie hergefallen waren. Doch es gab keine kongolesischen Soldaten hier oben, es gab nur ihre Angst, die bei geringstem Anlass aufflammte, um ihr Gefahr vorzugaukeln.

Die seelischen Wunden, die man ihr in den Tagen ihrer Gefangenschaft geschlagen hatte, waren noch lange nicht verheilt. Im Gegenteil: Seit dem Verhängnis, das Alyettes Familie getroffen hatte, schmerzten sie noch heftiger; es fühlte sich an, als wären sie neu aufgebrochen. Dass Alexie ihren Brief noch nicht beantwortet hatte, erbitterte Dian zusätzlich. Sie glaubte, erst wieder ruhig schlafen zu können, wenn die Schuldigen bestraft und tot waren.

Endlich kamen die ersten Hütten und Baracken der Pflanzung in Sicht. Alyette hinter ihr hupte, als sie den Schuppen erreichten, den der Holländer ihr beschrieben hatte und in dem Bauern Pyrethrum trockneten. Dian hielt vor dem Tor, stieg aus und trat ein. Da ging es schon auf elf Uhr zu.

Über vierzig frierende und fluchende Männer drängten sich in dem Schuppen, außer dem Holländer alles Bahutus, die dieser als Träger verpflichtet hatte. Wegen des Regens drängten sie darauf, den Aufstieg zum Bergsattel auf einen Tag mit trockenerem Wetter zu verschieben, doch Dian lehnte ab. Gedolmetscht von Alyette erklärte sie ihnen, dass sie gern nach Hause gehen könnten und dass draußen eine Menge Männer nur darauf warteten, sich ein bisschen Geld zu verdienen. Daraufhin machten die Träger einen Rückzieher, verlangten aber lautstark eine bessere Bezahlung. Während Alyette de Munck mit ihnen den Lohn aushandelte, beaufsichtigte Dian bereits die Entladung der beiden von zahllosen neugierigen Dörflern umringten Autos.

Eine halbe Stunde später marschierten sie in der Kolonne der Träger über einen Serpentinenpfad, der in die Hänge des Visokes hinaufführte. Die beiden Wildhüter und ein blutjunger Fährtenleser namens Vatiri liefen an der Spitze. Für den Aufstieg zum Bergsattel, den Dian und Alyette vom kahlen Gipfelhang des Karisimbis aus entdeckt hatten, veranschlagten die Männer mindestens fünf Wegstunden.

Über vier oder fünf Kilometer ging es zunächst durch ehemaliges Waldgebiet, dessen Gehölz die Einheimischen gemeinsam mit den Entwicklungshelfern durch Brandrodung vernichtet hatten. Trotz des Regens rauchten und glimmten hier noch die verkohlten Reste von Baumstämmen und Unterholz. Zum Glück verhüllte Nebel den trostlosen Anblick über weite Strecken.

Dian dachte an den schönen Aufstieg zur Kabara-Wiese

zurück – wie gut hatte sie sich da gefühlt, wie zuversichtlich! Von derart heiterer Stimmung war sie heute weit entfernt, denn ihr blutete das Herz, als sie die verwüstete Natur um sich herum sah. Erst vor ein paar Tagen hatte sie von dem unseligen Pyrethrumprojekt erfahren, das die ruandische Regierung beschlossen hatte und das Dians geliebten Gorillas noch weiteren Lebensraum rauben würde.

Wie man es schon in einigen tiefer gelegenen Rodungen tat, wollte man nämlich auch hier oben Pyrethrum anbauen. Die gänseblümchenähnlichen Blüten des Wuchergrases exportierte die ruandische Regierung nach Europa, wo man ein organisches Mittel zur Schädlingsbekämpfung daraus herstellte. Auf diese Weise glaubten die Entwicklungshelfer, der explodierenden Bevölkerung dieser Gebirgsregion ein besseres Einkommen verschaffen zu können.

Nach etwa anderthalb Stunden lagen die verkohlten und schwelenden Hänge endlich hinter ihnen. Der Pfad schlängelte sich in dichten Wald hinein, und im Grunde begann erst hier, in 2800 Metern Höhe, der Abschnitt des *Parc National des Volcans*, den man mit gutem Gewissen als Schutzgebiet bezeichnen konnte.

Doch selbst hier, oberhalb der Rodung, bot sich Dian ein ähnliches Bild, wie in den vergangenen zwei Wochen bereits in den Wäldern des Karisimbis: Viehherden, kleine Tabakplantagen, Hütten, in denen Wilderer hausten, und manchmal Fallen, die sie sogar in Sichtweite des Pfades aufgestellt hatten. Getuschel erhob sich jedes Mal unter den Trägern, wenn Dian sie zerstörte.

»Damit machst du dir keine Freunde, Dian«, raunte Alyette ihr zu, als sie die zweite Falle zerschlug; es war einer der seltenen Augenblicke, in denen die vor Trauer verstummte Alyette sich zu Wort meldete. »Diese Leute müssen doch irgendwie zurechtkommen. Ohne zusätzliches Fleisch aus dem Regenwald kriegen viele ihre Familien nicht satt.«

»Ich lege keinen Wert auf Freunde, die wildern und damit auch die Gorillas in Gefahr bringen. Sollen sie doch ihre Rinder schlachten, sie haben eh viel zu viele.«

Dian staunte über die große Zahl von Menschen, deren Umrisse sich auch hier oben noch aus dem Nebel schälten und die am Wegrand stehen blieben, um mit den vorbeiziehenden Trägern zu plaudern. Zu gern hätte sie gewusst, was die schwarzen Frauen und Männer in den Körben und Bündeln auf ihren Köpfen zu Tale trugen. Von Zeit zu Zeit überkam sie das unangenehme Gefühl, dass jeder Schritt ihres Aufstiegs von neugierigen Blicken verfolgt wurde.

Bald verließen sie den Serpentinenpfad und kletterten fast zwei Stunden lang eine breite Schneise voller Sumpflöcher und Schlamm hinauf, die Elefanten- und Büffelherden durchs Unterholz gebahnt hatten. Besonders auf diesem Wegabschnitt merkte Dian, wie wichtig ein Fimbo war, um sich aus den morastigen Trittlöchern der Elefanten herauszustemmen.

Dian geriet zunehmend außer Atem, biss aber die Zähne zusammen so gut sie konnte. Als jedoch die schlammige Rinne in eine breite Lichtung mündete, nahm sie auf einem Basaltfelsen Platz und behauptete, nur um eine Rast zu erzwingen, dass dieser Ort genau der richtige sei, um das Forschungslager aufzuschlagen.

Wohl, um ihr Zeit zum Verschnaufen zu verschaffen, diskutierte Alyette ein wenig mit Trägern und Wildhütern, bevor sie zu Dian sagte: »Komm schon, lass uns weitergehen. Der flache Bergsattel zwischen Visoke und Karisimbi eignet sich besser für deine Pläne. Noch anderthalb Stunden höchstens, dann hast du's geschafft.«

Zum Glück ließ der Regen allmählich nach und hörte irgendwann ganz auf. Die Bahutus begannen zu singen und zu lachen. Das Unterholz wurde dichter, das Gelände unwegsamer. Der Pfad führte nun durch einen Hohlweg aus Bambusstauden und nach dem Bambusdickicht durch einen kühlen, schwarzen Felstunnel, dessen Lavawände abbröckelten, so dass der Weg hier voller Geröll lag.

»Die großen Leiber der Elefanten scheuern das Gestein aus der Felswand, wenn sie zum Fressen in das Bambuswäldchen stapfen«, erklärte Alyette. Plötzlich blieb sie stehen und deutete in das Geröll vor ihren Stiefelspitzen. »Schau nur, Dian! Ist es nicht das, was du suchst?« Dian beugte sich hinunter und entdeckte Kot, der in Form, Farbe und Maserung Pferdeäpfeln ähnelte.

»Gorillakot!« Sie richtete sich auf. »Sie sind in der Nähe.« Die Vorfreude linderte ihre Erschöpfung und dämpfte sogar die Schmerzen in Knöchel und Knie.

Kurze Zeit nachdem sie den Tunnel durchquert hatten, blieb Alyette wieder stehen und hielt Dian fest. »Hörst du es auch?« Dian lauschte in den Wald hinein: Dumpfes Getrommel ertönte von fern. »Ein Silberrücken betrommelt seine Brust«, sagte Alyette. Dians Herz schlug schneller.

Sie schöpfte Mut und wurde zunehmend ungeduldig, denn auch die Berglandschaft ringsum mit all ihren Gewächsen schien ihr genau von der Art zu sein, wie Gorillas sie schätzten. Wann endlich würde sie ihren ersten zu sehen bekommen?

Je höher sie stiegen, desto lichter standen die Kosobäume. Obwohl sie schon wieder nach Luft schnappte, musste Dian lächeln, als ihr Blick auf einen besonders vermoosten und weit ausladenden Kosobaum fiel, denn sie erinnerte sich daran, dass George Schaller an einer Stelle seiner Bücher das Aussehen von Kosobäumen mit dem struppiger und freundlicher alter Männer verglichen hatte.

Das Brustgetrommel des Gorillas war nun deutlicher zu hören. Die Träger hatten längst aufgehört zu singen, wurden überhaupt immer stiller. In ihren Gesichtern glaubte Dian Furcht lesen zu können. Die wenigsten von ihnen waren je zuvor so tief in den Regenwald eingedrungen und dem Gipfel des Visokes so nahe gekommen. Machte ihnen die Nähe der Gorillas Angst?

Bald sickerte Sonnenlicht durch das Blätterdach, und dann, gegen halb fünf, lichtete sich der Wald, das Gelände wurde flacher und eine zusammenhängende Grasfläche erstreckte sich zwischen nun weit auseinanderstehenden Bäumen und bis hin zu einem plätschernden Gebirgsbach.

»Gratuliere, Dian«, sagte Alyette, die kein bisschen außer Atem geraten war. »Wir sind am Ziel.« Sie gab den Männern an der Kolonnenspitze ein Zeichen. »Das ist der Sattel, der die Gipfel miteinander verbindet. Laut Karte liegt er 3280 Meter über dem Meeresspiegel.«

Schwer atmend schaute Dian sich um: Unterschiedlichste Kräuter und Gräser bogen sich im Wind, blühender Klee und Wildblumen jeder Art übersäten die langgestreckte Wiese; wie stumme Wächter ragten in großen Abständen mächtige Kosobäume aus dem hohen Gras, aus deren Geäst wie geflochtene Bärte Lianen und Gestrüpp voller Moos und Orchideenblüten hingen. Die Landschaft lag im Gegenlicht der Abendsonne, was ihr einen unwirklichen, beinahe traumhaften Glanz verlieh.

»Wie schön«, flüsterte Dian ergriffen. »Wie wunderschön! Hier werde ich bleiben.« Dunst stieg aus den Waldhängen, die an die Wiese grenzten. Über die Baumwipfel hinweg schaute sie erst zum Visoke hinauf, danach zum Karisimbi. »Karisoke soll dieser Ort von nun an heißen«, sagte sie.

Alyette, die ähnlich ergriffen war wie Dian, nickte langsam. »Ein schöner Name – Karisoke.«

Zu ihrem großen Verdruss musste Dian bald feststellen, dass sie nicht die Einzigen auf dieser herrlichen Lichtung waren: Hirten trieben hunderte von Rindern über die Wiese und zum Bach hin. Und zwei mit Speeren und Pfeil und Bogen bewaffnete Wilddiebe schlenderten so entspannt durch das Gras, als wären sie hier seit Urzeiten zuhause und hätten nichts zu befürchten.

»Verdammte Wilderer!«, zischte Dian und lief zu ihnen, während Alyette und die Männer bereits erste Kisten auspackten und anfingen, ein Zelt aufzuschlagen. Die beiden Bewaffneten palaverten inzwischen lautstark mit den Wildhütern und dem jungen Fährtenleser Vatiri, und bevor Dian bei ihnen ankam, hatten sich noch ein paar Hirten um die Gruppe geschart.

»Sie können nicht glauben, dass jemand freiwillig die Nähe der schwarzen Bestien sucht«, erklärte Vatiri, als Dian gerade Luft holte, um die Wilderer zurechtzuweisen und zu vertreiben.

»Erst heute Mittag haben sie drei Tiere einer Horde gesehen«, versicherte einer der Wildhüter. »Der Hordenführer sei ein Koloss von zwei Metern Höhe und mindestens vier Zentner schwer. Sie sagen, sie könnten dich hinführen, wenn du unbedingt willst.«

»Wirklich?« Dian wand sich zuerst ein wenig, doch dann schob sie ihren Zorn auf die Wilddiebe fürs Erste beiseite, versuchte auch Hirten und Vieh zu ignorieren und akzeptierte das Angebot. Die Wilddiebe gingen voran, und Dian überließ es Alyette, die Träger bei der Errichtung eines provisorischen Nachtlagers zu beaufsichtigen.

Hinter den Wilddieben her und gefolgt von Vatiri, den Wildhütern und zwei Hirten stapfte Dian durch den Regenwald. Der Aufstieg hatte sie maßlos erschöpft, doch das Wissen um die Nähe der geliebten Gorillas elektrisierte sie regelrecht, so dass sie ihre Schmerzen kaum noch spürte und sogar die bald einsetzende Dunkelheit vergaß.

Nach nur einer halben Stunde etwa blieben die Wilderer abrupt stehen, denn plötzlich ertönte wieder das Brusttrommeln eines Silberrückens, und zwar so laut, dass Dian glaubte, er würde sich keine zwanzig Schritte entfernt auf einen Scheinangriff vorbereiten.

Einer der Bewaffneten bog lautlos das Geäst eines Busches zur Seite und im selben Moment konnte Dian den Hordenführer erkennen. Inmitten eines Hangs, der auf der anderen Seite einer schmalen Schlucht steil anstieg, stand er unter einem Kosobaum und bearbeitete seine breite Brust mit den Fäusten.

Dian setzte das Fernglas an die Augen und suchte im Gestrüpp rechts und links des Silberrückens nach den Mitgliedern seiner Sippe. Nur ein einziges schwarzes Gesicht konnte sie in den Büschen entdecken, doch darüber, im Geäst des Kosobaumes, kauerten zwei Weibchen mit ihren Jungen.

Ist das zu glauben?, dachte sie. An einem einzigen Tag finde ich einen Platz für mein neues Forschungslager und entdecke eine neue Gorillagruppe!

Eine Zeitlang beobachtete sie noch den trommelnden Silberrücken und seine Weibchen über ihm im Kosobaum. Dann setzte sie das Fernglas ab und wandte sich nach den Wilddieben und den Hirten um.

»Ich danke euch«, sagte sie und bedeutete den Wildhütern, ihre Worte zu übersetzen. »Doch hört gut zu: Das hier ist ein Schutzgebiet, und zwar nicht für euch, sondern für wilde Tiere. Von nun an ist Schluss mit Vieh weiden und Jagen im *Parc National des Volcans*, verstanden? Wen ich künftig dabei erwische, der wird angezeigt und bestraft.«

Diese Nachricht verbreitete sich wie ein Lauffeuer unter den Einheimischen in den ruandischen Virungahängen.

37

Gorillafrau

Karisoke, Oktober 1967

Zwischen Büschen lagen sie im Farn und beobachteten die Gorillas. Dian spähte durch ihr Fernglas: Ein Großteil der Horde weidete in dem dichten und hohen Kräuterfeld unterhalb des Kosobaumes, vier Gorillas jedoch hockten darüber im Geäst des Baumes und ließen sich die Köstlichkeiten schmecken, die sie dort fanden. Der Hordenführer, der älteste Silberrücken, riss einen Fladen aus Moos und blühenden Schmarotzerpflanzen vom Ast, lehnte sich an den Stamm und begann genüsslich, die Blüten abzuzupfen.

»Das ist er«, flüsterte Dian und reichte Sanweckwe das Fernglas. »Ich habe ihn Whinny genannt.« Der Fährtenleser setzte die Okulare an die Augen und richtete das Fernglas auf den alten Silberrücken. »Dem schmeckt's aber ganz besonders gut heute.«

»Beste Voraussetzungen, ihm ein bisschen näher auf die Pelle zu rücken, würde ich sagen.« Dian stemmte sich aus dem Gras auf die Knie hoch und deutete auf die Kamera. »Warte hier, schieß' ein paar Fotos und komm' mit der Kamera erst nach, wenn ich dir ein Zeichen gebe.« Sanweckwe nickte.

Wie aus dem Nichts war er wieder aufgetaucht: Eines Tages Anfang Oktober stand er plötzlich auf der Wiese. Dian war so froh, ihn wiederzusehen, dass sie ihn wie einen guten Freund in die Arme geschlossen hatte. »Gott sei Dank lebst du!«, hatte sie gerufen, während sie ihn festhielt. »Ich freu mich so.«

»Das kongolesische Militär ist hinter mir her gewesen, nachdem die Soldaten dich verhaftet haben«, hatte Sanweckwe ihr erzählt. »Doch zum Glück kenne ich die Wildpfade und Waldhänge des Mikenos besser als sie.«

Sanweckwe hatte seinen Verfolger entkommen und unverletzt die ruandische Grenze überqueren können. Von Verwandten aus Rose' Nachbarschaft hatte er gehört, dass Dian nun in den Wäldern des Visokes Gorillas beobachtete. Seit er wieder zu ihr gestoßen war, nahm sie ihn jeden Tag mit zu den Tieren.

Vatiri, dem blutjungen Fährtenleser, der vom holländischen Entwicklungshelfer für den Aufstieg zum Visoke verpflichtet worden war, hatte das ganz und gar nicht gefallen. Schmollend und ohne Abschiedsgruß war er zu seiner Familie hinabgestiegen – um zwei Tage später wieder in Karisoke aufzutauchen und gut Wetter zu machen. Dian hatte ihn fürs Erste dem Koch als Gehilfen zur Seite gestellt.

Wer unter den Fittichen des genialen Sanweckwe die Kunst des Spurenlesens perfektionieren wollte, musste erst einmal lernen sich unterzuordnen. Fand Dian.

Das Forschungslager nahm mit jedem Tag ein wenig mehr Gestalt an, was in erster Linie Alyette de Munck zu verdanken war. Als hätte die Belgierin ihr Leben lang nichts anderes getan, als Feldforschung zu betreiben und Forschungsstationen aufzubauen, machte sie Karisoke nach und nach zu einem bewohnbaren Ort.

Dian empfand dieses Stückchen Erde als ein Geschenk des Himmels und hatte sich schnell eingelebt in der neuen Umgebung. Alyette hatte ihr das Wohnzelt direkt neben dem Bachlauf aufgeschlagen, an einem Platz der Dian geradezu paradiesisch erschien: Hier konnte sie trinken, baden und waschen, und das Plätschern des Wassers half ihr beim Einschlafen und beruhigte sie, wenn sie am Bachufer hockte, und ihre Tagesberichte tippte.

Das Zelt der afrikanischen Helfer stand knapp fünfzig Meter entfernt in der Wiese. Dian mied allzu große Nähe zu diesen Leuten, denn seit ihren traumatischen Erfahrungen in der Gefangenschaft des kongolesischen Militärs verursachten schwarze Männergesichter ihr manchmal Beklemmungen.

Die vierzig Träger hatten sich darum gerissen, weiterhin für sie arbeiten zu dürfen. Mit Alyettes beratendem Beistand hatte Dian eine Handvoll davon angestellt: als Holzsammler und Koch, als Wasserträger und Fährtenleser, als Hüttenbauer und Fallensucher und -zerstörer. Die anderen waren noch vor Ende September wieder in ihre Dörfer hinuntergestiegen.

Dian hatte ihre Feldstudien sofort wieder aufgenommen. Heute begann der fünfzehnte Tag, an dem sie die Gorillahorde beobachtete, die sie dank der Wilderer gleich nach ihrer Ankunft auf dem Bergsattel entdeckt hatte.

Sie richtete sich zu voller Größe auf und ging auf den Kosobaum zu, in dem der Silberrücken sich die Blüten schmecken ließ. Langsam zwar, doch ohne zu schleichen oder Rascheln zu vermeiden. Die Gorillas sollten sie sehen, sollten wissen, dass sie auch den heutigen Tag in ihrer unmittelbaren Nähe verbrachte.

Anfangs hatte Alyette de Munck sie noch ein paar Mal zu den Gorillas begleitet. Aus dem Augenwinkel hatte Dian einmal beobachten können, wie Alyette lächelte, als sie die Menschenaffen durch ein Fernglas betrachtete. Dieser Moment hatte Dian so froh gemacht, dass ihr die Tränen kamen, denn es war das erste Mal gewesen, dass sie die Trauernde lächeln sah, seit Walter mit der Hiobsbotschaft auf Rose' Blumenplantage aufgetaucht war.

Nachdem Sanweckwe zu ihnen gestoßen war, kümmerte Alyette sich vor allem um den Aufbau der Forschungsstation und organisierte die Arbeit der afrikanischen Helfer. So vieles musste bedacht, so vieles gebaut und angelegt werden: Materiallager, Latrinen, Entwässerungsgräben, Wasch- und Kochstellen, Erdhöhlen für die Vorräte. Dian hatte den Eindruck, dass all diese Aufgaben der bedauernswerten Frau halfen, Schmerz und Trauer im Zaum zu halten.

Kaum vierzig Schritte trennten Dian jetzt noch von der Gorillahorde, doch keines der Tiere stieß einen Warnschrei aus oder ergriff gar die Flucht. Einige äugten zwar nach ihr, das sah Dian genau, doch ohne ihre Mahlzeit zu unterbrechen. Auch der alte Silberrücken da oben im Kosobaum mampfte seelenruhig seine Blüten und dachte gar nicht dran, aus dem Geäst zu springen und schreiend auf seine Brust zu trommeln.

Genau so hatte Dian sich das vorgestellt.

Von der Kabara-Wiese aus hatte sie insgesamt drei Gorillafamilien entdeckt, beobachtet und beschrieben. Also hatte sie diese Horde hier Gruppe 4 genannt. Dem Studium dieser Gruppe widmete sie seit zwei Wochen ihre gesamte Arbeitskraft.

Morgens, kurz nach Sonnenaufgang, wenn die Gorillas sich gerade anschickten, aus ihren Schlafnestern zu klettern, hatte Dian meistens schon ihren Beobachtungsposten bezogen. Und kurz vor Einbruch der Dunkelheit, wenn die ersten Tiere wieder auf ihre Schlafbäume kletterten, trat Dian den Rückweg ins Forschungslager an.

Während der Stunden, die sie tagein, tagaus bei den Gorillas verbrachte, vergaß sie alles, was hinter ihr lag – ihre Gefangenschaft, Alyettes Unglück, ihre amerikanische Heimat, die

Prices, die Freundinnen, sogar Alexie. Während dieser Stunden vergaß sie sich selbst und war einfach nur zufrieden, ja glücklich.

Außerdem hatte sie keine Zeit zu verlieren, denn wusste sie denn, ob diese Gruppe nicht eines Tages beschloss weiterzuziehen?

Also beobachtete Dian sie stundenlang, beschrieb ihre Schlaf- und Futterplätze, dokumentierte ihren Tagesablauf und skizzierte die kurzen Routen, die sie im Lauf eines Tages zurücklegte. Vor allem aber beschrieb sie jedes Mitglied der Horde und sein Verhalten und versuchte, die verwandtschaftlichen Beziehungen der insgesamt vierzehn Hordenmitglieder zu bestimmen.

Etwa zwanzig Schritte vor dem Kosobaum, unter dem die Gorillas fraßen und auf dem der Silberrücken und einige Schwarzrücken Blüten zupften, wölbte sich ein mit Moos bedeckter Fels aus dem Gestrüpp. Dian kletterte hinauf.

Die Gorillas sahen es, hörten aber nicht auf, sich mit Blättern und Blüten vollzustopfen. Auf dem Stein streckte Dian sich im Moos aus, schabte sich die Kopfhaut, kratzte sich an der Kehle, zupfte Laub aus einem Hypericumbusch, riss ein Stück davon mit den Zähnen ab und tat, als würde sie darauf herumkauen.

Es reichte Dian nicht, von den Tieren als fremder, unbeteiligter Beobachter wahrgenommen zu werden, sie wollte den Gorillas so nahe kommen wie irgend möglich. Also versuchte sie, sich den Tieren vertraut zu machen, so vertraut, dass die Horde sie als einen Teil von sich und ihre Gegenwart als selbstverständlich betrachtete.

Bei George Schaller hatte Dian gelesen, dass man Gorillas am besten beobachten könne, wenn man sich in ihrer Sichtweite unauffällig hinsetzte und sich weiter nicht rührte. Im

Regenwald des Mikenos hatte sie sich anfangs an diese Methode gehalten, doch schon bald merkte sie, dass die Gorillas ihr Verhalten änderten, wenn sie sich beobachtet fühlten. Sie benahmen sich dann nicht unbekümmert wie unter ihresgleichen, sondern wie beobachtete Gorillas. Ihr natürliches Verhalten hingegen, all das also, was sie unbeobachtet ganz selbstverständlich taten, war nur zu studieren, wenn man es schaffte, von der Gorillahorde als Mitglied akzeptiert zu werden.

Dian, die alles, was sie tat, mit Haut und Haaren tat, wollte nicht irgendeine Forscherin sein – sie wollte eine perfekte Forscherin sein. Also war sie bereits auf der Kabara-Wiese dazu übergegangen, die Tiere zu imitieren. Und das tat sie auch jetzt: Sie kratzte sich wie eine Gorillafrau, sie räkelte sich auf dem bemoosten Stein wie eine Gorillafrau, sie kaute Laub wie eine Gorillafrau.

Aus dem Kräuterfeld unter dem Kosobaum krabbelte ein junger, männlicher Gorilla mit dichtem schwarzem Fell. Dian kannte ihn bereits und hatte ihn *Digit* – Englisch für *Finger* – getauft, weil sein rechter Mittelfinger seltsam verkrümmt und verdreht wirkte. Wahrscheinlich hatte er ihn sich früher einmal gebrochen. Langsam schaukelte er auf ihren Stein zu.

Digit war ungewöhnlich neugierig, hatte große klare Augen und sah auf den ersten Blick aus wie ein riesiger schwarzer Wollknäuel. Dian hatte ihn von Anfang an ins Herz geschlossen. Sein Alter schätzte sie auf ungefähr fünf Jahre, was nach Gorillamaßstäben bedeutete, dass seine Kindheit sich bald dem Ende zuneigen würde.

Meistens hielt Digit sich in Whinnys Nähe auf, heute jedoch ließ er nicht nur die Horde im Kräuterfeld hinter sich, sondern entfernte sich auch ziemlich weit von dem Kosobaum, auf dem der alte Silberrücken schmauste. Ein gutes Zeichen, fand Dian.

Digit schaukelte näher, wagte sich bis auf ein knappes Dutzend Schritte an den Stein heran, auf dem Dian lag und kauend und sich schabend die Gorillafrau mimte. Neben einem jungen Hypericumbusch verharrte der junge Affe schaute zu ihr herüber. Er schien jede ihrer Bewegung zu beobachten, jede Einzelheit an ihren Kleidern und ihrem Körper zu betrachten. Dian kam es vor, als wäre der junge Gorilla dort drüben keine fünfzehn Meter entfernt der Forscher und sie das Studienobjekt.

Digit streifte um den Busch herum, rupfte eine Zeitlang Blätter und Blüten aus seinem Geäst und zog sich schließlich daran hoch, um sich auf den Hinterläufen aufzurichten. Dian kam es vor, als wollte er sie, die Menschenfrau, auf diese Weise noch genauer betrachten.

Dian sah ihm in die Augen. Ihre Brust strömte über von Glücksgefühlen, denn so nahe war sie noch keinem Gorilla gekommen.

Der alte Silberrücken im Kosobaum, sonst sehr streng und ganz auf Sicherheit bedacht, pfiff den neugierigen Jungaffen nicht zurück. Stattdessen griff er sich den nächsten Fladen aus Moos und Blüten und setzte seine Mahlzeit fort. Auch die Schwarzrücken über ihm in der Krone hatten offenbar keine Einwände gegen Digits Ausflug. Ein altes Gorillaweibchen allerdings, das Dian *Old Goat* getauft hatte, lugte misstrauisch aus dem Kräuterfeld herüber. Dian erwartete, dass sie jeden Moment loskreischen würde, doch das geschah nicht.

Einzelne Individuen voneinander zu unterscheiden hatte Dian bereits auf dem Mikeno gelernt, so dass sie die meisten Gorillas der Gruppe 4 schon seit dem dritten Beobachtungstag einigermaßen auseinanderhalten konnte, selbst wenn sie einander in Größe, Gestalt und Fellfärbung ähnelten. Schon am ersten Tag hatte sie begonnen, jedem Gorilla einen Eigennamen zu geben, unter dem sie in ihren Berichten seine Merkmale, Erkrankungen, Entwicklung und sein Verhalten festhielt.

Den ältesten der drei Silberrücken dieser Gruppe, den blütenmampfenden Hordenführer also, hatte sie Whinny getauft, weil er gepresste, krächzende Laute ausstieß, wie Dian sie noch nie von einem Gorilla gehört hatte. Dieses heisere krächzende Geschrei in seltsam hoher Stimmlage hatte sie entfernt an das Wiehern eines Pferdes erinnert; *wiehern* hieß im Englischen *to whinny*.

Das alte Weibchen, das noch immer misstrauisch zu Digit und Dians Stein herüberäugte, hatte bei der ersten Begegnung mit Gruppe 4 als Letzte den Rückzug angetreten und dabei eine Grimasse geschnitten, als hätte es gerade einen Schluck Essig getrunken. Mit gefletschten Zähnen hatte die Gorillagreisin ihre alten Glieder zu einem steifen Imponiergehabe aufgerichtet und Dian so herausfordernd angestarrt, als wäre sie die Chefin der Horde. Weil ihr Gesichtsausdruck Dian in diesem Moment an eine streitsüchtige alte Ziege erinnerte, hatte sie die Gorillagreisin auf den englischen Namen für Ziege – *goat* – getauft und nannte sie seitdem in Gedanken und in ihren Tagesberichten nur noch *Old Goat*.

Der zweite Silberrücken der Gruppe erinnerte sie in seiner behäbigen Art sich zu bewegen, an Tante Flossies Mann, also nannte sie ihn *Uncle Bert*. Der dritte und jüngste Silberrücken kam ihr nervös und unberechenbar vor. Nicht selten geschah es, dass er ohne erkennbaren Grund anfing zu kreischen oder herumzurasen. Dian gab ihm deswegen den Namen *Amok*. Sie hielt diesen hysterischen Affen für Whinnys Bruder und den ruhigeren Uncle Bert für Whinnys ältesten Sohn.

Digit stand noch immer knapp fünfzehn Meter von Dians Ruhestein entfernt neben dem Hypericumbusch und schien sich so gar nicht sattsehen zu können an ihr. »Und du?« Laut sprach sie ihn an. »Bist du Whinnys jüngster Spross?«

Langsam hob sie die Linke, um Sanweckwe zu bedeuten, dass er sich näher heranpirschen möge. Ob er Digit und sie zusammen auf ein Foto bannen konnte? Der große schwarze Wollball am Busch und die Forscherin nur ein paar Schritte entfernt auf dem Stein? Sie wünschte es sich so sehr.

»Ein paar Gesichtszüge eures Hordenbosses hast du ja, du süßer Wollknäuel.« Vor allem die Maserung in Digits Nasenpartie hatte starke Ähnlichkeit mit der in Whinnys schwarzem Gesicht. »Deine Mutter ist schon gestorben, du Ärmster?« Das vermutete Dian, weil Digit keine engen Beziehungen zu den älteren Weibchen seiner Gruppe pflegte. »Meine lebt noch, doch ich habe sie lange nicht gesehen. Werde sie wohl so schnell auch nicht wiedersehen. Sie heißt übrigens Kitty.«

Auf einmal tauchte Sanweckwe aus dem Unterholz nicht weit neben Digit auf; lautlos wie eine Wildkatze hatte er sich angeschlichen. Im selben Augenblick als er die Kamera hob, stimmte *Old Goat* ein Gezeter an, das Dian durch Mark und Bein ging. Und aus dem Kosobaum gellte fast zeitgleich der heisere Pfiff des alten Silberrückens. Digit trollte sich und sprang zurück zu seiner Horde.

»Und?« Fragend schaute Dian zu Sanweckwe hin, doch der ließ die Kamera sinken und schüttelte den Kopf. »Schade«, sagte Dian enttäuscht und rutschte vom Stein.

Sanweckwe zuckte bedauernd mit den Schultern. »Das nächste Mal.«

Im Baum hatte der alte Whinny zwar aufgehört zu fressen und spähte nun aufmerksam zu Sanweckwe herüber, doch er machte keine Anstalten, sich auf die Brust zu trommeln, geschweige denn einen Scheinangriff zu inszenieren. Dian wertete das als Fortschritt in der Vertrauensbildung zwischen

Whinnys Horde und sich selbst. Das tröstete sie ein wenig über das missglückte Foto hinweg.

Ein paar Stunden lang beobachtete sie die Gorillas noch, machte Notizen und zeichnete einige ihrer Laute mit dem Tonbandgerät auf. Sanweckwe hatte sich nun an Dians Stelle auf den Stein ins Moos gelegt, kratzte sich und tat, als würde er Laub fressen. Dian wollte, dass auch er der Horde nach und nach vertraut wurde.

Am späten Nachmittag, als die Gorillas sich tiefer in den Regenwald und zu ihren Schlafnestern zurückzogen, machten auch die Forscherin und ihr Fährtenleser sich auf den Heimweg ins Forschungslager.

Kaum hatten sie den Wald verlassen und die blühende Grasebene betreten, sah Dian, dass ein Fremder am Bachufer vor ihrem Zelt hockte, ein hochgewachsener Mann, jung und von weißer Hautfarbe. Als sie den ersten Kosobaum hinter sich gelassen hatte, erkannte sie ihn und blieb verblüfft stehen.

Es war Alexie Forrester.

38

Ringe

Im Himmel über Karisoke krächzten zwei Geierraben, hier unten auf der Wiese, neben Dians Zelt, gurgelte und plätscherte der Bach. Vier Schritte vom Ufer entfernt entzündete Alexie ein Feuer, denn er wollte Fleisch grillen, das er aus Ruhengeri mitgebracht hatte. Das Plätschern beruhigte Dian nicht wirklich. Sie schaute in die züngelnden Flammen und wünschte sich, Alexie wäre früher gekommen. Oder gar nicht.

Sie hockten auf Bücherkisten, die Dian noch nicht ausgepackt hatte und stießen mit englischem Gin auf ihr Wiedersehen an. Noch war es hell und Dian konnte sehen, wie Alyette und die Männer hin und wieder von ihrem eigenen Feuerplatz aus herüberlugten. Natürlich waren sie neugierig und hätten gern gewusst, was die Gorillaforscherin mit diesem jüngeren Mann verband, der alle Afrikaner um mindestens einen Kopf überragte. Dian aber hatte darauf bestanden, allein mit Alexie zu essen, denn sie vermutete, dass sie einander einiges zu erzählen hatten.

»Jetzt bist du also hier«, sagte sie, »ich kann es immer noch nicht glauben.«

»Als ich deinen Brief gelesen hatte, dachte ich, es könnte ein bisschen zu spät sein, erst an Weihnachten zu kommen.« Alexie schnippte ihr eine Zigarette aus seiner Schachtel. »Wie heißen die Kerle, die ich umbringen soll und wo finde ich sie?« Er langte einen brennenden Zweig aus dem Feuer.

Dian stutzte kurz, denn sie glaubte, seiner Stimme einen sarkastischen Unterton anzuhören. »Ich weiß es nicht einmal.« Sie beugte sich über die Flamme und zog an ihrer Zigarette. »Weder das eine noch das andere. Mein Brief hat dich geschockt, nicht wahr?«

Er zuckte mit den Schultern. »Man wird nicht jeden Tag aufgefordert, Leute zu töten.«

»Im Rückblick kommt er mir selbst ein bisschen hysterisch vor, das gebe ich zu.«

»Hysterisch?« Alexie sortierte die Fleischstücke auf einem Rost, das er neben das Feuer ins Gras gelegt hatte. »So kann man es auch nennen.«

»Ich war völlig fertig, als ich hörte, dass sie Alyettes Jungen gefoltert und getötet haben. Ich war außer mir, Alexie, verstehst du? Den Brief an dich habe ich in der ersten Aufwallung meiner Gefühle geschrieben, doch ich stehe dazu.«

»Was haben sie dir angetan, Dian?«

Dian nippte an ihrem Gin und blies den Rauch ins Feuer. »Ich hasse diese dreckigen Bestien!«, zischte sie und kniff die Augen zusammen. »Ich will, dass sie sterben, ja! Und ich will, dass sie noch viel langsamer sterben als Yves, Philippe und Xavier! Und danach sollen sie in der Hölle braten.«

Es tat nicht gut, über diese Dinge zur reden, denn heiß und bitter stiegen die schlimmen Empfindungen wieder in ihr hoch: Hass, Ohnmacht und Verzweiflung – Empfindungen, die sie seit dem Tod der drei Jungen unter der alltäglichen Arbeit zu vergraben suchte; und dennoch nur mühsam beherrschen konnte.

»Was haben sie mit dir gemacht, dass solche Wünsche dich umtreiben?«

»Muss ich das wirklich breittreten? Was ich dir geschrieben habe, muss reichen, Alexie. Lass uns einen Plan machen, wann und wie wir diese verfluchten Schweinehunde bestrafen.«

Eine Zeitlang musterte er sie schweigend und aus schmalen Augen. »Du wünschst anderen Menschen einen qualvollen Tod«, sagte er, während er sich ins Gras beugte, um ins Feuer zu blasen. Und als die Flammen hochschlugen und er wieder aufrecht saß, fragte er sie: »Hast du schon vergessen, dass es in der Bibel heißt ›Die Rache ist mein, spricht der Herr‹, und dass es eine Sünde ist, solche Mordwünsche zu hegen? So lange ist es doch noch nicht her, dass du getauft wurdest.«

»›Sünde‹!« Dian blies verächtlich die Wangen auf. »Komm mir bloß nicht damit! Komm mir bloß nicht mit Gott!«

»Liebet eure Feinde«, hat Jesus gepredigt, »vergebt denen die euch Unrecht getan haben.«

»Wo war Jesus denn, als ich diesen Scheißkerlen ausgeliefert war!?« Dian wurde laut, und von der anderen Feuerstelle her schauten sie schon wieder zu ihnen herüber. »Wo war Gott, als Yves, Philippe und Xavier unter der Folter nach ihm geschrien haben?! Warum hat er ihnen nicht geholfen?«

»Pater Raymond sagt …«

»Lass mich in Ruhe mit Pater Raymond!« Wütend blitzte sie ihn an. »Ich habe ihm geschrieben und ihm dieselben Fragen gestellt. Weißt du, was er geantwortet hat? Gottes Wille sei halt manchmal unbegreiflich für unsere beschränkten Menschenhirne, sein Ratschluss oft unerfindlich, Jesus habe all unsere Leiden am Kreuz getragen und solches Zeug.« Dian warf die Kippe ins Feuer. »Ist die Glut endlich so weit? Ich habe Hunger.«

Mit einem Ast zog Alexie die brennenden Holzscheite auseinander. In seiner betretenen Miene konnte Dian lesen, dass es ihm die Sprache verschlagen hatte und dass er nach

Worten suchte. Er richtete zwei Steine auf und schaute in die schrumpfenden Flammen. »Ist gleich so weit«, sagte er heiser.

»Wie kriegen wir diese Kerle, Alexie?« Das Feuer erinnerte Dian an die Todesumstände der drei Jungen. »Hast du dir Gedanken gemacht, wie du sie töten könntest?«

Statt zu antworten, nahm Alexie den Rost mit dem Fleisch und setzte ihn über der Glut auf die aufgerichteten Steine. »Du kannst hier nicht bleiben, Dian«, sagte er danach und nahm ihre Hand. »Ich bin gekommen, um dich abzuholen. Lass uns gemeinsam zurück in die Staaten fliegen, bitte.«

»Ich kann hier nicht bleiben?« Sie wollte ihm ihre Hand entziehen, doch er hielt sie fest. »Wieso das denn?! Ich bin glücklich hier, Alexie. Dank Alyette habe ich hier Gorillas gefunden und eine neue Forschungsstation. Meine Arbeit macht Riesenfortschritte!«

Sie erzählte ihm, dass sie schon mehr Beobachtungsstunden verbuchen konnte, als George Schaller, dass die *National Geographic Society* regelmäßig Schecks für sie schickte, dass Louis Leakey sie in Cambridge als Doktorandin ins Gespräch gebracht hatte, dass sie studieren, ein Buch schreiben und promovieren werde.

»Warum sollte ich denn zurück in die Staaten gehen? Nenne mir einen vernünftigen Grund, Alexie. Mir geht es gut hier.« Sie entzog ihm ihre Hand und füllte die inzwischen leeren Gingläser. »Lass uns darauf anstoßen, los!«

*

Am nächsten Tag nahm sie Alexie mit in den Regenwald. Sie zeigte ihm die Schluchten, die Pfade, die Futterstellen der Gorillas und ihre Schlafnester. Whinnys Gruppe fanden sie erst am Tag darauf wieder, denn die Gorillas waren inzwischen ein

Stück weiter zum Gipfel hinauf zu einem neuen Futterplatz gezogen.

Alexie zögerte, als Dian ihn hinter sich her zu dem Brennnesselfeld winkte, in dem sie fraßen, denn die schwarzen, massigen Menschenaffen waren ihm alles andere als geheuer. »Sie sind ziemlich groß, stimmt schon«, sagte Dian leise, und zog ihn hinter einen entwurzelten Baumstamm, wo schon Sanweckwe und Alyette kauerten und ihre Feldstecher auf das Brennnesselfeld richteten. »Manchmal, wenn sie in Angst geraten, können sie auch so tun, als wären sie gefährlich, doch im Grunde sind es sanfte Riesen.«

Sie ließ Alexie hinter dem entwurzelten Baum bei der Belgierin und dem Fährtenleser zurück, damit er von dort aus zuschaute, wie sie selbst sich der Gruppe 4 im Brennnesselfeld näherte. Zehn Schritte vor den Brennnesseln streckte sie sich im Gras aus und mimte die Gorillafrau, indem sie Blätter kaute, sich den Bauch schabte und Gorillalaute nachahmte.

Ihr Herz hüpfte vor Freude, als Digit aus den Brennnesseln schaukelte und sogar Uncle Bert mitbrachte. Der blieb am Rande der Brennnesseln stehen und beäugte sie neugierig, während Digit bis auf beinahe zehn Schritte herankam. Dort hockte er sich ins Riedgras, zupfte Blüten und Ähren von den langen Halmen und futterte sie so seelenruhig, als wäre es das Selbstverständlichste der Welt, so dicht bei einem Menschen zu sitzen. Whinny oder Old Goat machten keine Anstalten, ihn zurückzupfeifen.

Voller Stolz kehrte Dian später zu den drei Gefährten zurück. Als sie dort in Alexies staunende Miene blickte, war sie ziemlich sicher, dass er seinen Plan, sie zurück in die Staaten zu bringen, aufgegeben hatte. Wenn ihn diese Begegnung mit den Gorillas nicht überzeugt hatte, dass sie hierher in den Regenwald gehörte, was sollte ihn dann überzeugen?

Auch an seinem vierten Tag in Karisoke begleitete Alexie sie in den Regenwald. Diesmal nahm Dian außer Alyette und Sanweckwe auch Vatiri mit. Die Sonne schien aus einem wolkenlosen Himmel und löste die morgendlichen Nebelschwaden auf, so dass man sogar freien Blick auf den Gipfel des Visokes hatte. Schneller als am Tag zuvor erreichten sie das Brennnesselfeld, doch die Gorillas weideten nicht mehr dort. Auch an anderen Futterstellen im Waldhang fanden sie Whinnys Horde nicht. Dafür aber Abdrücke menschlicher Füße.

»Bahutus«, sagte Vatiri.

Sanweckwe nickte. »Nur sie gehen barfuß.«

»Also Wilderer.« Dian wusste inzwischen, dass es vor allem die Halbpygmäen waren, die sich verbotenerweise von Wildfleisch aus dem geschützten Wald ernährten.

Sanweckwe zuckte mit den Schultern und hielt mit Vatiri nach weiteren Spuren Ausschau. Dian folgte ihm und winkte die anderen hinter sich her. Die Fährte führte durch dichtes Unterholz und schließlich an einen kleinen Fluss, dessen Ufer von rot, weiß und blau blühenden Orchideen gesäumt war. Nach ein paar hundert Metern führte ein Brückensteg aus zwei Baumstämmen über das Flüsschen. Sie balancierten ans andere Ufer und stießen dort nach wenigen Schritten auf eine Ansammlung von Unterständen und Hütten, die an den gewaltigen Stamm eines riesigen Kosobaumes gebaut waren.

Aus einem Unterstand kroch ein dürrer Hund, dessen kurzes graues Fell von Flohstichen übersät war. Er knurrte und kläffte.

»Ein Lager von Wilddieben.« Sanweckwe deutete auf den ausgenommenen Kadaver eines frisch geschlachteten Duckers, den man an den Hinterläufen an einen Vorsprung des Hüttendaches gehängt hatte.

»Lange ist der noch nicht tot.« Alyette deutete auf das Blut, das unter dem geschlachteten Tier im Waldboden versickerte. »Wahrscheinlich haben die Wilderer uns gehört und sich aus dem Staub gemacht.«

»Verdammte Tiermörder!« Dian riss ein Bambusrohr aus einem Stapel von ungefähr sechzig solcher Stäbe, die alle noch jung und biegsam genug aussahen, um Fallen daraus bauen zu können. Dian zerbrach es über ihrem Knie.

»Was tust du da?« Alexie schaute sie fassungslos an.

»Das siehst du doch!« Voller Wut zerbrach sie das nächste Bambusrohr. »Ich zerstöre Fallen, bevor sie aufgestellt werden können. Düstere Blicke flogen zwischen Alexie und Alyette hin und her.

»Das da nehmen wir mit!« Dian scheuchte den Hund zur Seite, bückte sich in den Unterstand und warf Drahtschlingen und eine Rolle mit spezieller Schnur nach draußen. »Alles Zeug, mit dem sie ihre mörderischen Fallen bauen.« Auch einen großen Sack voller Hirse erwischte sie, trug ihn nach draußen und verstreute seinen Inhalt im Unterholz, indem sie die Enden des offenen Sacks festhielt und ihn ein paar Mal herumwirbelte.

Die anderen vier sahen schweigend zu – Alexie erschrocken, Alyette missbilligend.

Zurück am Bambusstapel zerbrach Dian das nächste Rohr. »Helft mir«, forderte sie Sanweckwe und Vatiri auf. »Ich schenke euch dafür den Ducker.« Die beiden Afrikaner gaben sich einen Ruck und packten mit an. Zu dritt zerbrachen sie nun ein Bambusrohr nach dem anderen.

»Mit welchem Recht zerstörst du fremdes Eigentum?«, brach Alyette auf einmal ihr Schweigen.

»Fremdes Eigentum?« Auf Kritik von der Freundin war Dian überhaupt nicht gefasst. »Das sind illegale Waffen,

Alyette! Die Wilderer töten Tiere damit! Es ist verboten im Schutzgebiet zu jagen. Folglich sind diese Rohre Werkzeuge von Verbrechern, verbotene Werkzeuge wohlgemerkt. Schaller berichtet von Gorillas, die durch solche Fallen verletzt wurden und starben.«

»Du bist Amerikanerin, lebst noch nicht mal ein Jahr in Afrika und nimmst dir das Recht heraus, über Afrikaner zu urteilen?« Alyette stemmte die Fäuste in die Hüften und musterte sie unwillig. »Das ist nicht in Ordnung, Dian.«

»Das Recht ist auf meiner Seite.« Alyettes Einspruch verunsicherte Dian, doch sie fuhr fort, die Rohre für die Fallen zu zerbrechen, tat es sogar noch energischer und schneller. »Noch einmal: Wilderei im *Parc des Volcans* ist verboten.«

»Wir sind in Afrika, Dian.« Alexie, der bisher nur staunend zugehört hatte, ergriff nun das Wort. »Und nicht in irgendeinem County Kentuckys oder Kaliforniens. Dieses Land gehört den Afrikanern, diese Bambusrohre gehören Afrikanern!«

»Wieso wollt ihr nicht verstehen?« Schwer atmend zerbrach Dian das nächste Rohr. »Die Wilddiebe verstoßen gegen geltendes Recht damit. Außerdem schütze ich die Gorillas, indem ich dieses Zeug kaputt mache!«

»Verdammt, Dian!« Alyettes Miene schwankte zwischen Wut und Fassungslosigkeit. »Was bleibt den Bahutus denn anderes übrig als zu wildern, wenn sie Hunger haben?«

»Sollen sie ihr Vieh essen. Aus lauter Geltungssucht halten sie zehnmal mehr davon als sie brauchen!« Das stimmte wirklich – je mehr Rinder einer besaß, desto angesehener war er.

»Irgendwie müssen sie doch ihre Familien satt kriegen!«, beharrte Alyette.

»Kein Grund, Gesetze zu brechen.« Auch Dian blieb unnachgiebig. »Wenn die Parkdirektion nicht in der Lage ist, geltendes Recht durchzusetzen, muss ich es eben selbst machen!«

Mit grimmiger Befriedigung sah sie, dass Vatiri und Sanweckwe schon die Hälfte der Bambusrohre zerbrochen hatten. »Wer Tiere tötet, bringt irgendwann auch Menschen um!«, schimpfte sie, und weil ihr das Knie weh tat, ging sie dazu über, die Rohre gegen den Kosostamm zu schlagen, bis sie zerbrachen.

Später, als sie am Fluss entlang wieder zur Senke hinunterwanderten, auf der die Forschungsstation lag, hielt Alexie sich dicht neben ihr. »Kann es sein, dass du die Wilderer mit jemandem verwechselst?«, fragte er.

»Was redest du da?« Dian wusste nicht, worauf er hinauswollte. »Mit wem denn?«

»Vielleicht mit den kongolesischen Soldaten, die dich misshandelt und die drei Jungen getötet haben?«

*

Am fünften Tag seines Besuches briet Alexie Eier und Schinken über dem Feuer, brachte Wasser für den Kaffee zum Kochen und weckte Dian dann mit einem Kuss. »Frühstück ist fertig, Darling, steh auf.« Sie zog sich an ihm hoch, blickte staunend an seinem lächelnden Gesicht vorbei zum Feuer, wo die Eier aus der Pfanne und der Kaffee aus der Blechkanne dampften.

Bester Laune wusch sie sich im eiskalten Bach und setzte sich danach zu Alexie ans Feuer. Sie sprachen nur das Nötigste während des Frühstücks, und Dian spürte auf einmal eine Anspannung, die sie beunruhigte.

»Was ist los mit dir, Alexie?« Sie legte den leeren Teller zur Seite und musterte ihn skeptisch. »Irgendetwas stimmt doch nicht.«

»Nichts ist los und alles stimmt mit mir – vorausgesetzt, du begleitest mich morgen nach Kigali.«

»Bitte?« Dian glaubte nicht recht zu hören.

»Du kannst hier nicht bleiben.« Alexie spülte den letzten Bissen mit Kaffee herunter. »Das hier ist kein Ort für dich, hier wirst du noch kränker, als du sowieso schon bist.«

»Ich bin nicht krank.« Dian schenkte sich Kaffee nach. »Meinen Lungen geht's nicht wirklich schlecht hier oben und meine Gelenkschmerzen halten sich in Grenzen. Meistens geht es mir sogar richtig gut im Wald und bei den Gorillas.«

»Und wie lange noch?« Er musterte sie mit schräg gelegtem Kopf, während er sich zwei Zigaretten in den Mund steckte und sie anzündete.

»Wie meinst du das?«

»Du bist hier nicht auf dem Sunset Boulevard, Dian, oder auf dem Times Square, du bist in Afrika.« Er reichte ihr eine der brennenden Zigaretten. »Hier herrschen andere Gesetze als bei euch in Amerika. Du kannst nicht einfach Fallen zerstören und einheimische Jäger wie Kriminelle behandeln. Ich weiß, wovon ich spreche, denn ich bin selbst Afrikaner.«

»Ich tue doch nichts Unrechtes, verdammt noch mal!« Dian brauste auf. »Die Regierung und ihre Gesetze sind auf meiner Seite! Wenn man die Wilderer gewähren lässt, werden die Gorillas in den nächsten Jahren aussterben!

»Stell dich dem Schnellzug von San Francisco nach Los Angeles in den Weg oder kämpfe gegen Wilddiebe, es kommt aufs Gleiche raus: Der Zug wird dich überrollen, die Wilderer werden dir irgendwann die Kehle durchschneiden.«

»Du mit deinem elenden Pessimismus!« Dian war mächtig gereizt. »Die ruandische Regierung steht hinter meinen Forschungsarbeiten, das habe ich schriftlich. Genug jetzt!«

»Als Forscherin willst du dir Respekt bei den Einheimischen verschaffen?« Alexie lachte spöttisch. »Vergiss es! Eine Hexe musst du werden, damit sie dich respektieren.«

»Was redest du da für einen Unsinn!«, rief Dian. »Hör endlich auf damit!«

»Respekt ist noch viel zu wenig, wenn du hier oben überleben willst, sie müssen dich fürchten. Rede wie eine Hexe, verhalte dich wie eine Hexe, dann werden sie dich fürchten …«

»Hör endlich auf!«, schrie sie ihn an.

»… lass deine Totems herumliegen, verfluche deine Feinde öffentlich und verprügle hin und wieder einen Schwarzen. Es muss sich herumsprechen, dass eine gefährliche Hexe hier auf dem Berg lebt, sonst bist du erledigt.«

»Und das ist jetzt christlich, oder wie?« Abrupt sprang Dian auf. »Du spinnst ja total.« Rauchend ging sie am Bachufer entlang.

Alexie kam hinter ihr her. »Das alles bringst du nicht fertig, nicht wahr?« Er fasste ihre Hand. »Bist ja jetzt schon mit den Nerven am Ende.« Er hielt sie fest und zog sie an sich. »Ich mach mir doch nur Sorgen um dich, Dian. Weil ich dich liebe.«

Dian schaute ihm in die Augen. Er meinte ernst, was er da sagte – dass sie sich wie eine Hexe benehmen sollte genauso wie seine Liebeserklärung. Sie fühlte sich entwaffnet und suchte nach Worten.

Plötzlich griff er in seine Hosentasche, holte eine kleine dunkelrote Schatulle heraus und klappte sie auf. Zwei goldene Ringe glänzten darin. »Lass uns heiraten, Dian, noch in diesem Jahr.«

Sie riss ihren Blick von den wunderschönen Ringen los. »Wie stellst du dir das vor, Alexie? Ich habe mich für zwei Jahre verpflichtet, Gorillas zu studieren.«

»Lass uns gleich morgen gemeinsam von diesem Berg und aus diesem verdammten Regenwald verschwinden, Dian, bitte! Wir fliegen in die Staaten und heiraten so schnell wie möglich.«

»Kommt nicht in Frage.« Dian trat einen Schritt zurück und wies auf die Zelte, die Kosobäume, die Feuerstellen, den Wald. »Das hier ist mein Arbeitsplatz, Alexie. Kapierst du das nicht? Hier habe ich eine wichtige Aufgabe und ich werde den Teufel tun, sie einfach im Stich zu lassen.«

»Morgen gehst du mit mir von diesem Berg und übermorgen fliegen wir von Nairobi aus in die Staaten.« Er klappte die Schatulle mit den Ringen zu, zog ein Taschentuch heraus und wischte sich die Tränen aus den Augen. »Wenn du bleibst, sind unsere Heiratspläne erledigt«, sagte er mit brechender Stimme. »Dann kannst du mich vergessen. Für immer.«

Dian blieb und Alexie packte noch am selben Vormittag seine Sachen und stieg vom Visoke.

Gegen Monatsende steckte Dian ihre Arbeitsberichte aus den ersten vier Wochen auf Karisoke in ein großes Kuvert und adressierte es an Louis Leakey in Nairobi. Dazu schrieb sie dem Professor einen Begleitbrief. *Ich hatte Besuch aus Amerika*, hieß es darin, *unangemeldet. Fünf Tage lang hat er mich von der Arbeit abgehalten.*

39

Kartoffeln und Whisky

Karisoke, Frühjahr 1968

Die Abendsonne bohrte ihre Strahlen durch das Laubdach, der Wald lichtete sich mehr und mehr, der Pfad wurde immer flacher, und dann hatte sie es geschafft – die Wiesen von Karisoke lagen vor ihr. Mit drei Trägern erreichte Alyette de Munck die Forschungsstation lange vor ihrem Haupttross.

Eine stille Freude erfüllte sie, als der Aufstieg hinter ihr lag und sie über die blühende Wiese schaute. Seit Wochen sehnte sie sich zurück an diesen paradiesischen Ort, an dem sie zum ersten Mal nach dem Tod ihrer Jungen wieder gelacht hatte – an diesen Ort, nach ihrer Freundin, nach den Gorillas.

Der Abendwind wehte ihr Schreibmaschinengeklapper entgegen. Schon von weitem sah sie die Gorillaforscherin an ihrem Tisch neben ihrem Zelt sitzen und tippen; wahrscheinlich schrieb sie schon ihren abendlichen Tagesbericht.

Tisch und Stühle hatten die Männer ihr aus dicken ungeschälten Ästen und Stämmchen gezimmert, genau wie das niedrige Podest, auf dem das Mobiliar stand, genau wie die Laube, die ihren Schreibplatz überdachte. Die allerdings sah noch maroder aus als bei Alyettes letztem Besuch hier oben: Die Kunststoffplane, die als Dach diente, war eingerissen, und die Pfosten, die sie trugen, standen schief.

Je näher Alyette der Laube kam, desto deutlicher offenbarte sich ihr das Chaos, das auf Dians Tisch herrschte: Stifte und lose Blätter lagen rings um eine Schachtel voller Laub, Blüten und Kräutern; Futterpflanzen der Gorillas, vermutete Alyette. Zwischen Tonbandgerät und Feldstecher stand eine Plastikschüssel voller Gorillakot, dahinter lagen ein Gorillaschädel und zwei andere Knochen. Aus einem Marmeladenglasdeckel qualmte eine Zigarette, daneben standen eine halbvolle Whiskyflasche und ein leeres Glas. Vor einem Salzstreuer häufte sich inmitten von Kartoffelschalen eine Handvoll Pellkartoffeln; einige waren angebissen, manche noch ungepellt. Mittendrin die Schreibmaschine und davor die Frau, die über das Durcheinander herrschte oder auch nicht. Ihr Haar war strähnig, ihr Gesicht bleich und hohlwangig, ihre Kleidung, nun ja.

Alyette bedeutete ihren Trägern zu warten und ging allein zu ihr. Während sie sich näherte, warf sie einen Blick auf Dians Zelt: Die Planen waren dreckig und von dem Moos eingedrückt, das sie teilweise bedeckte. Die Zeltschnüre, voller Spinnweben, hingen schlaff durch. Und täuschte sie sich, oder überzog wirklich Schimmel die Ränder der Eingangsplanen?

Alyette seufzte tief. Ausgeschlossen, dass Dian noch länger in diesem vermoderten Zelt hauste! Jeder normale Mensch würde darin krank werden.

Das Gehämmer der Schreibmaschine verstummte erst, als kaum noch fünf Schritte sie von Zelt und Schreibplatz trennten. Dian hob den müden Blick. »Du?« Ein Lächeln huschte über ihre ausgezehrte Miene. »Was für eine schöne Überraschung!«

Sie langte ihre Zigarette aus dem Glasdeckel, stemmte sich von ihrem Stuhl hoch und zwängte sich an ihrem Tisch vorbei aus der Laube. Dabei bewegte sie sich wie eine maßlos erschöpfte Frau: schwerfällig und gebeugt. Alyette umarmte sie und erschrak, weil Dians Kleider völlig durchnässt waren. Offenbar zog sie sich, wenn sie von der Affenbeobachtung aus dem nassen Gehölz kam, nicht einmal mehr um. Außerdem roch der große Frauenkörper nach altem Schweiß, Whisky und Rauch und fühlte sich noch knochiger und dürrer an als bei Alyettes letztem Besuch.

»Du hast abgenommen, Dian?«

»Schon möglich.« Die Gorillaforscherin deutete auf die Bank, die zwischen den Büschen am Bachufer stand. »War alles ein bisschen viel die letzte Zeit.« Sie langte die Whiskyflasche und das leere Glas vom Tisch. »Setzen wir uns doch an den Bach. Wie geht's dir, Alyette?«

»Ernährst du dich seit Neustem von kalten Kartoffeln?«, fragte Alyette mit besorgtem Blick auf den Tisch und folgte der Freundin zur Bank.

»Nicht nur.« Müde grinsend ließ Dian sich auf die Bank fallen. »Ich trink auch ein bisschen Whisky dazu.« Sie blies den Rauch über den Bach. »Und Zigaretten rauche ich auch genügend. Hast du mir zufällig eine neue Stange mitgebracht?«

Alyette nickte. »Kommt mit den anderen Trägern.« Sie schaute zu dem Männerzelt hin, neben dem inzwischen ein Unterstand die Lagerküche überdachte. Dort aber war kein Mensch zu sehen. »Kocht man dir denn keine warmen Mahlzeiten mehr?«

»Das Geld ist mir ausgegangen.« Dian grinste so verlegen wie müde. »Außerdem habe ich keinen Koch mehr.«

»Wie schade! Der Junge hat fantastisch gekocht, fand ich.«

»Schon, doch als ich mal über das kongolesische Militär gelästert habe, ist er frech geworden und hat rausgehängt, dass er aus dem Kongo stammt. Dort haben sie ein Kopfgeld auf mich ausgesetzt, behauptet er, und die Soldaten würden in den Bergwäldern nach mir suchen.« Dian zuckte mit den Schultern und inhalierte tief. »Klang wie eine Drohung, da habe ich ihn rausgeschmissen.«

»Wie leichtsinnig!« Alyette schlug die Hände über dem Kopf zusammen. »Leichtsinnig und gefährlich.« Schon der Klang des Wortes Kongo sorgte dafür, dass sich ihr Herz zusammenschnürte. »Was, wenn der nun in sein Land zurückgeht, um sich das Kopfgeld zu verdienen?«

»Hat er nicht den Mumm zu.«

Schon wieder musste Alyette seufzen, Kongolesen traute sie alles zu. Sie drehte sich um und ließ ihren Blick über das abendliche Gelände schweifen – abgesehen von ihren Trägern entdeckte sie keinen einzigen Afrikaner. »Und die anderen, wo sind die?«

»Vatiri und Sanweckwe sind für ein paar Tage zu ihren Familien hinuntergestiegen, und den Holzsammler habe ich auch rausgeschmissen. Hat mir zu viel Marihuana geraucht. Die zwei, die noch auf Karisoke geblieben sind, haben schon Feierabend gemacht und liegen in ihrem Zelt.«

Die Neuigkeiten gefielen Alyette nicht. Verstohlen betrachtete sie das Profil der Freundin – die gefiel ihr auch nicht. Sie wirkte noch ungepflegter als bei ihrem letzten Besuch, geradezu verwahrlost kam sie ihr vor. Und kränklicher außerdem. Zu ihrem großen Kummer bestätigte das ihren Verdacht: Der Neuanfang hier oben auf Karisoke überforderte die Amerikanerin. Alyette machte sich Vorwürfe, weil sie schon seit Ostern nicht mehr nach ihr geschaut hatte.

»Magst du Gulasch mit Reis? Habe ich dir mitgebracht.« Ohne Dians Antwort abzuwarten, stand sie auf. »Ich gehe mal eben in die Lagerküche und mache uns das Essen warm.«

»Lieb von dir, hast du auch meine Post dabei?« Alyettes neue Farm am Fuß des Visokes hatte sich als eine Art Basislager für Karisoke bewährt. Dorthin kam Dian Fosseys Post, dort lagerten Proviant und Ersatzteile für die Ausrüstung.

»Jede Menge.« Alyette öffnete ihren Rucksack, holte einen Stapel Briefe heraus und reichte ihn Dian. Danach winkte sie die drei Träger mit dem Essen heran, ließ sie die Blechbüchsen zur Küchenstelle tragen und schickte sie anschließend in den Wald, um Holz zu suchen.

Mit den Brennholzresten, die sie in der Lagerküche fand, entzündete sie schon mal ein Feuer, hängte den Rost darüber und sucht Töpfe für den Reis und das Gulasch. Sie hatte ihre Träger Essen für mindesten zehn Personen nach Karisoke hochschleppen lassen.

Später, als die Flammen unter dem Rost züngelten und Gulasch und Reis allmählich warm wurden, kam Dian mit der Whiskyflasche und zwei Gläsern zu ihr in die Lagerküche. Unter ihrem Arm klemmten die Briefe und sie sah ein wenig entspannter aus als noch vorhin bei Alyettes Ankunft.

»Entschuldige, ich habe dir gar nichts zu trinken angeboten.« Dian stellte die Gläser auf den Brettern ab, die neben der Feuerstelle auf zwei Böcken ruhten und schenkte Whisky ein. »Du hast mir allerhand Neuigkeiten mit heraufgebracht.« Sie stießen an und tranken.

»Gute Nachrichten, nehme ich an.« Diese Vermutung schien Alyette nicht ganz grundlos zu sein, denn Dian wirkte auf einmal ziemlich gut gelaunt.

»Kann man so sagen.« Dian stellte ihr Glas ab, nahm den Stapel Briefe hoch und ging ihn durch. »Ein amerikanischer Verlag schlägt mir zum Beispiel vor, über meine Erlebnisse auf der Kabara-Wiese und bei den Kongobestien zu schreiben. Die stellen sich so eine Art Abenteuerroman vor. Idioten! Weiß gar nicht, woher die von mir wissen.«

»Oder hier –« sie zog den nächsten Brief heraus – »eine

amerikanische Naturschutzgesellschaft hat mich zu einem internationalen Symposium über Menschenaffen nach Atlanta eingeladen. Würde ich gerne hinfliegen, wenn ich Zeit und Geld hätte.«

Ein erleichtertes Lächeln glättete ihre Miene, während sie den nächsten Brief entfaltete. »Besonders erfreulich ist das hier: Die *National Geographic Society* bietet mir einen Generalvertrag an. Jeder Bericht, den ich ihnen künftig schicke, wird im *National Geographic* veröffentlicht und bezahlt. Schätze, dass Louis Leakey vor Freude im Viereck herumgesprungen ist, als er das erfahren hat.«

»Gratuliere.« Alyette rührte den Reis um.

»Der Professor schreibt natürlich auch. Studieren soll ich, stell dir vor – Tierverhaltensforschung, an einer Universität in einem Städtchen namens Cambridge. Das liegt, glaub ich, in Südengland.«

»Ist ziemlich bekannt.«

»Die *National Geographic Society* drängt darauf, schreibt Louis, die wollen sogar, dass ich den Doktor mache, damit ich hier Studenten betreuen kann. Louis steht in Kontakt mit einem Professor, der sich für meine Arbeit interessiert. Ein gewisser Robert Hinde, der könnte sich vorstellen, mein Doktorvater zu werden. Verrückt, oder?«

»Ist doch großartig, Dian!« Alyette lüfte den Deckel vom Gulaschtopf, das Fleisch brauchte noch ein Weilchen. »Was willst du mehr?«

»Meine Gorillas studieren, und zwar in Ruhe. Ich habe übrigens eine neue Gruppe entdeckt, vielleicht sogar zwei – ganz sicher bin ich noch nicht.«

»So eine Feldstudie kostet viel Geld, und wenn Universitäten eines Tages ihre Studenten zu dir schicken sollten, habt ihr keine finanziellen Sorgen mehr.«

»Das schreibt Louis Leakey auch. Der Punkt ist nur: Ich kann hier nicht weg. Wer kümmert sich um das Forschungslager, während ich in England Bücher wälze und Vorlesungen besuche? Wer beobachtet meine Gorillas? Wer zerstört die Fallen der verdammten Wilderer?«

»Da wird sich schon jemand finden«, sagte Alyette leichthin.

»Das sagst du so.« Dian entfaltete einen Briefbogen. »Der Professor scheint ziemlich stolz auf mich zu sein …«

»Mit Recht.«

»… er gibt bei unseren Geldgebern mächtig an mit mir, habe ich den Eindruck. Und komisch – vor allem mein Scheitern in Kabara …«

»Du bist nicht gescheitert.«

»… und meine Gefangenschaft bei den verfluchten Kongobestien hat eine Menge Leute auf mich aufmerksam gemacht. Weiß auch nicht, ob ich mich darüber freuen soll.«

»Katastrophen und Skandale ziehen uns Menschen nun einmal mehr an als das Gewöhnliche und Unspektakuläre, so ist das eben.« Alyette tunkte einen Löffel ins Gulasch und kostete. Es war noch immer nicht heiß genug. »Akzeptiere es und mach das Beste draus.«

»So sieht Louis das auch. Er reist durch aller Herren Länder, hält Vorträge und erzählt den Leuten von mir und Jane Goodall, so dass die Dollars zurzeit wirklich üppig fließen.«

»Und wieso lebst du dann von kalten Kartoffeln?«

»Weil die Schecks sich auf dem Weg zu mir verdammt viel Zeit lassen.« Dian hob den entfalteten Briefbogen. »Hier zitiert mir Louis ein paar Zeilen aus dem Schreiben eines schwerreichen Gönners, der von meiner Gefangenschaft und Flucht gehört hat.« Sie las vor: »›Was ist das für ein neuer Menschentyp? Diese jungen Frauen …‹« Sie ließ den Brief sinken und sagte: »Er meint mich und Jane Goodall«, und las dann weiter: »›Diese jungen Frauen ziehen allein in abgelegene Gegenden hinaus und genießen die damit verbundenen Gefahren auch noch. Wollen sie womöglich beweisen, dass sie besser sind als wir Männer?‹« Sie faltete den Brief zusammen. »Arschloch, oder?«

»Jedenfalls bist du inzwischen ganz schön bekannt in den Staaten.« Alyette überhörte den Kraftausdruck. »Von deiner Familie und deinen Freunden gibt es keine Neuigkeiten?«

»Die beschweren sich alle, weil ich seit Monaten nichts mehr von mir hören lasse. Auch mein Vater George. Seine Frau liegt mit einem Schlaganfall im Krankenhaus, und beide fragen sich, ob ich überhaupt noch am Leben bin.«

»Das muss anders werden, Dian.« Alyette legte den Kochlöffel weg, drehte sich nach ihr um und langte nach ihrem Whiskyglas. »Du vernachlässigst nicht nur deine Freunde und deine Familie, du vernachlässigst auch dich selbst. Das muss schleunigst anders werden, Dian, sonst hältst du hier oben nicht durch.«

Eine Zeitlang schauten sie einander in die Augen, während sie an ihren Drinks nippten – bis Dian sich abwandte und ihre Zigaretten aus der Hemdtasche fischte. »Ja, das muss anders werden, da hast du wohl recht.« Sie zündete sich eine an.

»Ich soll dich übrigens von Walter grüßen«, sagte Alyette. »Er hat mir aus Österreich geschrieben.«

»Aus Österreich? Macht er Urlaub?«

»Nein, er wohnt jetzt wieder dort. *Traveller's Rest* hat er Anfang des Jahres verkauft. Das mit meinen Jungen hat ihm den Rest gegeben.« Seufzend drehte sie sich wieder zu Feuer und Töpfen um. »Wir können essen, wo habt ihr die Teller versteckt?«

»Was sind das für Leute?« Mit der Zigarette deutete Dian

auf eine Kolonne von Einheimischen, die aus dem Wald herauf auf die Lichtung liefen.

»Meine Träger. Sie mussten langsam machen, denn sie haben eine Menge zu tragen, wie du siehst.«

»Was schleppen denn die da alles aus dem Wald?« Die Zigarette zwischen den Lippen trat Dian aus der Lagerküche und staunte zu Alyettes Trägern hin. Die Männer trugen Bretter, Balken, Latten und Wellblechplatten in die Wiese, hievten sie dort von Schultern und Köpfen und stapelten das Baumaterial beim ersten Kosobaum im Gras. Dian drehte sich nach Alyette um. »Was um alles in der Welt haben die denn vor?«

»Du brauchst ein ordentliches Dach über dem Kopf, Dian«, sagte Alyette. »Vier Wände, in denen du es trocken und warm hast und dich zuhause fühlen kannst. Ich lass dir eine Hütte bauen.«

Ungläubig schaute Dian sie an. »Wirklich?« Sie warf die Zigarette ins Feuer, kam zu Alyette und schloss sie in die Arme. »Meine Güte«, flüsterte sie mit tränenerstickter Stimme. »Du bist so lieb! Was für ein Glück, dass ich dich getroffen habe.«

40

Ein Fremder

Karisoke, Spätsommer 1968

Bei ihrem übernächsten Besuch fand sie Dian im Regenwald bei den Gorillas. Sanweckwe, Vatiri und ein Weißer, den Alyette nicht kannte, waren bei ihr. Die drei Männer hockten oder lagen auf einer Anhöhe im hohen Gras, und beobachteten Dian, die etwa hundert Meter entfernt in einer Bodensenke voller Farn und Hypericumgestrüpp stand. Alyette winkte von weitem und ging zu ihnen; die feuchtkalte Luft roch nach Abschied und ihr war wehmütig zumute.

Erst, als sie durch ihr Fernglas schaute, entdeckte sie den Gorilla. Nur ein Dutzend Schritte von Dian entfernt pflückte das Jungtier Blüten aus einem Hypericumbusch. Mensch und Affe so dicht beieinander zu sehen, verschlug Alyette erst einmal die Sprache. Für Dian allerdings schien das noch nicht dicht genug zu sein, denn sie näherte sich dem Tier langsam Schritt um Schritt, doch der Gorilla zeigte keine Spur von Beunruhigung oder Scheu.

Unterdessen fotografierte der fremde Weiße das Tier und die Gorillaforscherin unentwegt, und Sanweckwe sagte: »Der Gorilla heißt Peanuts. Er gehört zur Gruppe 8. Die anderen Tiere fressen dort oben im Hang, wo der große Kosobaum steht.«

»Gruppe 8?« Alyette staunte, denn sie wusste nur von den

Gruppen 4 und 5. »Hat Dian noch weitere neue Familien entdeckt?«

»Nur eine neue«, flüsterte Sanweckwe ihr zu, »Dian hat falsch gezählt.« Alyette erfuhr, dass ihre Freundin abseits weidende Tiere, die zu den Gruppen 4 und 5 gehörten, nicht gleich erkannt und sie irrtümlich für Mitglieder neuer Horden gehalten hatte. Da hatte sie die Gruppe 8 schon nummeriert.

Der fremde Weiße setzte seine Kamera ab, um einen neuen Film einzulegen. Dabei schaute er Alyette an, lächelte scheu und nickte ihr zu. »Bob Campbell, ich bin Tierfotograf.«

Er trug ein dunkelgrünes Barett der britischen Armee, hatte weiche Züge und einen überraschend träumerischen Blick. Alyette schätzte, dass er einer der vielen ungebetenen Besucher war, die Dian seit einiger Zeit auf die Nerven gingen. Sie nannte dem Fremden ihren Namen und schaute wieder zu ihrer Freundin hinunter.

Dian hatte sich dem jungen Gorilla inzwischen schon bis auf ungefähr acht Schritte genähert. Nach jedem weiteren Schritt ließ sie sich auf die Knie sinken, zupfte ein Blatt aus dem Gestrüpp und tat, als würde sie davon abbeißen. Die letzten Meter kroch sie auf den Knien an den Gorilla heran. Obwohl das Jungtier sie aus den Augenwinkeln sehen musste, ließ es sich noch immer nicht stören, sondern fraß in aller Ruhe weiter.

Alyette spähte zu den anderen Gorillas der Horde hinauf, die im dichten Buschwerk des Hanges Kräuter und Brennnesseln fraßen. Unter dem Kosobaum hockte ein Silberrücken von beeindruckender Größe und ungewöhnlichem Aussehen. Der silbrig-weiße Schimmer seines Fells zog sich von seinen Wangen aus über Nacken und Schultern hinunter, umschloss seinen breiten Rücken und reichte bis zu den säulenartigen Oberschenkeln hinunter.

Alyette, die noch nie einen derart großen und massigen Gorilla gesehen hatte, schätzte sein Alter auf mindestens vierzig Jahre. Es schien diesen Methusalem nicht im Geringsten zu stören, dass eines seiner Jungtiere am Fuß des Hanges in unmittelbarer Nachbarschaft eines Menschen weidete.

»Dian hat ihn Rafiki getauft«, sagte Vatiri, der gemerkt hatte, wie aufmerksam Alyette den Hordenführer beobachtete.

»Ach!« *Rafiki* war Suaheli und hieß *Freund.*

»Unglaublich!«, entfuhr es dem Tierfotografen auf einmal. »Einfach unglaublich!« Er knipste ein Bild nach dem anderen. Alyette richtete ihr Fernglas wieder hinunter in die Senke, wo Dian keine fünf Schritte hinter dem jungen Gorillamännchen Peanuts hockte und so tat, als würde sie Blätter abzupfen und essen. »Er muss sie doch hören«, flüsterte der Brite. »So nahe ist noch kein Mensch einem wilden Gorilla gekommen.« Hektisch fuhr er fort, Foto um Foto zu schießen.

Plötzlich drehte der junge Gorilla sich nach Dian um, und Alyette stockte der Atem; auch die Männer hielten den Atem an, sie konnte es hören. Und sie konnte sehen, wie Dian unten in der Senke die Schultern hochzog und angespannt verharrte.

Peanuts hörte auf zu kauen und schaute Dian ins Gesicht. Etwa zwanzig Sekunden lang guckten der halbwüchsige Gorilla und die Menschenfrau einander einfach nur an. Der Affe musterte sie aufmerksam, ganz so, als wollte er sich das Gesicht eines Artgenossen einprägen, der neu zu seiner Horde gestoßen war. Schließlich wandte er sich wieder seinem Hypericumbusch zu und futterte so entspannt weiter, als sei nichts geschehen.

Alyette und die Männer atmeten hörbar auf, und der Brite sagte: »Das würde mir kein Mensch glauben, wenn ich es nicht fotografiert hätte.«

Später kletterte Dian zu ihnen herauf. »Habt ihr das gesehen? Habt ihr's gesehen?« Sie war völlig aufgekratzt und strahlte wie ein kleines Mädchen, das ein Puppenhaus unter dem Weihnachtsbaum gefunden hatte. »Er hat mich angenommen!« Sie begrüßte Alyette mit einer stürmischen Umarmung. »Hast du das gesehen, Alyette? Ich bin ihm noch näher gekommen als Digit neulich, und er ist nicht geflohen, er hat einfach weitergefuttert! Das heißt nichts anderes, als dass er mich als Hordenmitglied akzeptiert hat. Das muss ich noch heute Louis Leakey telegrafieren!«

Der Fotograf, der sich als Bob Campbell vorgestellt hatte, gratulierte ihr höflich, und Dian sagte: »Ihr habt euch sicher schon miteinander bekannt gemacht, oder?« Alyette und der Brite nickten. »Mr. Campbell ist ehemaliger Major der britischen Armee«, sagte Dian, »und zurzeit fotografiert er für das *National Geographic*-Magazin. Das sind doch allerbeste Voraussetzungen, hier in Karisoke für mich die Stellung zu halten, während ich in den Staaten meine Zähne reparieren lasse und in Cambridge mit meinem Studium anfange.«

Dian sah den Fotografen kein einziges Mal an, während sie das sagte. Überhaupt wirkte sie auffallend kühl im Kontakt mit ihm, so kühl, dass es Alyette stutzig machte. Unwillkürlich schielte sie nach den Händen des Mannes. Er trug einen Ehering, doch das konnte Alyette nicht wirklich beruhigen. Sie kannte Dian inzwischen ziemlich gut: Die temperamentvolle Frau mochte so kühl und gleichgültig tun, wie sie wollte – im Grunde war sie noch abenteuerlustiger als sie selbst.

Die Männer packten noch die Ausrüstung zusammen, als Dian und Alyette schon in den Pfad stiegen, der zum Forschungslager führte. Alyette suchte nach Worten – es wollte ihr nicht leichtfallen, Dians Hochstimmung mit ihrer Abschiedswehmut zu dämpfen. Doch es musste ja sein. »Hör mal, Dian …«

»Was glaubst du, wer hier war?«, fiel die Freundin ihr ins Wort. »Der großartige Alan Root. Und weißt du, wen er mitgebracht hat? Einen echten englischen Professor, ein Bild von einem Mann! Robert Hinde, den Namen musst du dir merken, denn bei ihm werde ich promovieren. Meine Forschungsarbeit hat ihn nämlich mächtig beeindruckt. Am liebsten hätte er mich gleich mit nach England genommen. Übrigens hat Alan mir Campbell empfohlen, um mich während meiner Abwesenheit zu vertreten.«

Sie redete ohne Punkt und Komma, so sehr hatte die Begegnung mit dem jungen Gorilla Peanuts sie euphorisiert. In schillernden Farben schilderte sie die Tage mit Alan Root und dem englischen Professor, verfluchte die Wilderer und Viehhirten, die vor ein paar Nächten hunderte von Rindern nach Karisoke hochgetrieben hatten und um ihre Hütte gesprungen waren, um sie zu provozieren; und natürlich schimpfte sie auf die Regierung in Kigali, bei der sie vergeblich gefordert hatte, die Parkgrenzen vor Watussie-Hirten und Bahutu-Wilddieben zu sichern.

»Weißt du, wie viele Parkwächter sie eingestellt haben, um den Park zu sichern?«, rief sie erbost. »Zwölf! Zwölf Wächter für über sechzig Meilen Parkgrenze, Alyette, und einer ist bestechlicher als der andere!«

»Das tut mir leid, Dian.« Alyette legte sich ein paar Worte zurecht und nahm den nächsten Anlauf.

»Und jetzt, wo es darauf ankommt, den Wilderen und Hirten die Stirn zu bieten, muss ich wegen meiner blöden Zähne in die Staaten, ist das nicht ein Jammer? Ausgerechnet jetzt, wo ich Digit und Peanuts so nahe gekommen bin, soll ich anfangen zu studieren! Eigentlich unverantwortlich.«

»Die Pause wird dir guttun, Dian, glaub mir das.« Alyette wandte sich nach den Männern um – sie marschierten hundertfünfzig Schritte hinter ihnen. »Hör mir mal zu, du, ich hab was auf dem Herzen.« Sie nutzte die Atempause der keuchenden Dian, um ihr zu sagen, was zu sagen war. »Ich werde auch verreisen.«

»Wirklich?« Dian drehte sich um und musterte sie erstaunt. »Wohin denn?«

»Durch ganz Ostafrika.«

»Wie lange denn?«

»Lange, sehr lange.« Nun blieb Dian stehen. »Vielleicht für immer.« Dians Schultern sanken hinunter, ihre Gesichtszüge erschlafften und sie sah auf einmal sehr unglücklich aus. »Meine Toten lassen mir keine Ruhe, weißt du, Dian?« Alyette nahm ihre Hand. »Ich muss weg hier, vielleicht finde ich Frieden, wenn ich unterwegs bin. Bitte versteh' mich.«

Wortlos zog Dian sie an sich und für einige stille Momente hielten sie einander fest. Bis die Gorillaforscherin sie wieder freigab, sich seufzend umdrehte und weiterging. Sie sprach nun kein Wort mehr, wirkte plötzlich müde und gebeugt, so dass Alyette anfing sich unbehaglich zu fühlen.

»Rose wird mich gewissermaßen bei dir ablösen«, sagte sie, als sie das Schweigen nicht länger aushielt. »Sie will künftig öfter zu dir hochkommen, hat sie gesagt. Rose wird dir warmes Essen und deine Post bringen und nach dir schauen. Und das Basislager verlegen wir in ihre Blumenfarm, okay?«

Dian antwortete mit keinem Wort, und so wanderten sie den Rest des Weges stumm durch die Hänge des Regenwaldes. Alyette hätte heulen können.

Kurz bevor sie Karisoke erreichten, hörten sie Geschrei, Geblöke und Hundegebell. Dian stand plötzlich wie festgewachsen und lauschte. »Das ist doch Cindy!« So hieß die junge Boxerhündin, die ein polnischer Graf ihr im Sommer geschenkt hatte. »Ich glaube es nicht!«, rief sie und rannte los.

Als Alyette wenig später aus dem Wald trat, traute sie ihren Augen nicht: An die dreihundert Rinder weideten auf Karisoke! Unweit ihrer Hütte stand Dian neben der kläffenden Cindy, fuchtelte mit den Fäusten und schrie eine Gruppe Hirten an. Die Männer lachten nur.

»Wir müssen ihr helfen«, sagte Alyette zu dem fremden Weißen, der plötzlich neben ihr auftauchte, zu Robert Campbell.

»Oder den Viehhirten!« Der Fotograf spurtete los. Da hatte Dian schon aufgehört herumzuschreien und war in ihrer Hütte verschwunden. Die Hündin, stämmig und goldbraun, bellte sich vor den Watussi-Hirten heiser.

Sanweckwe und Vatiri blieben unschlüssig stehen. »Zu den Hirten!« Alyette scheuchte sie auf die Wiese. »Macht ihnen Feuer unterm Hintern, damit sie ihr Vieh in den Wald zurücktreiben!«

In diesem Augenblick sah sie ihre Freundin aus der Hütte stürzen und eine Pistole auf die Viehhirten richten. Sofort begann Dian wieder zu fluchen und zu schreien – und schoss über Cindy hinweg den Hirten vor die Füße.

Wie eine Sturmböe ging es da durch die Rinderherde. Die Tiere hoben die Schädel und äugten zur Hütte hin. Dian schoss zweimal in die Luft. Die Hirten rannten brüllend davon, die Rinder warfen sich herum und begannen in Richtung Wald zu traben. Die nächste Kugel jagte Dian dicht über die Rücken der Herde hinweg – oder schoss sie gar gezielt auf die Tiere? Alyette hielt den Atem an.

Sanweckwe und Vatiri machten kehrt und brachten sich hinter einem Kosobaum vor der Rinderherde in Sicherheit, denn die preschte nun in wildem Galopp dem Wald entgegen.

41

Vater

Karisoke, September 1968

Der Brite war nicht Dians Fall – zu langweilig, zu distanziert, zu hölzern. Sie vermied es, mehr Zeit mit ihm zu verbringen als unbedingt nötig, doch an diesem Abend – dem vorletzten vor ihrer Abreise in die Staaten – war es nun einmal nötig. Sie musste ihm schließlich erklären, was er zu tun und zu lassen hatte, wenn sie weg und er für Karisoke verantwortlich war.

Wirklich beruhigt würde sie Campbell das Forschungscamp sowieso nicht überlassen können, doch wenn sie übermorgen den Berg hinunterstieg, wollte sie es in dem Gefühl tun, nichts vergessen zu haben. Also hatte Dian ihn für diesen Abend zu sich in die Hütte eingeladen – sonst kam er immer ungefragt – hatte ihm sogar ein Bier hingestellt und Feuer im Kamin gemacht.

In aller Ausführlichkeit erklärte sie Campbell noch einmal ganz genau, was er ihrer Meinung nach wissen musste, um Karisoke während ihrer Abwesenheit wenigsten halbwegs über die Runden bringen zu können. Alle wesentlichen Dinge hatte sie in der Nacht zuvor auf drei Schreibmaschinenseiten notiert, die sie jetzt Punkt für Punkt mit ihm durchging.

»Kcinc Rindcr im Nationalpark!«, schärftc sic ihm cin. »Und bloß den Watussi-Hirten gegenüber keine Schwäche zeigen! Es ist verboten, im Schutzgebiet Vieh zu weiden, und Punkt. Und jagen sowieso. Wenn Sie Fallen finden, Mr. Campbell – kaputt machen, sofort. Und verprügeln Sie ruhig mal einen Wilderer, falls Sie einen erwischen.«

»Wilderer verprügeln?« halb erschrocken, halb ungläubig schaute er sie an.

»Okay, okay.« Beschwichtigend hob sie die Hände. »Verhaften ist natürlich korrekter. Doch wenn wir zur Jahrhundertwende hier noch Berggorillas beobachten und filmen wollen, dürfen wir mit solchen Leuten nicht zimperlich sein.« Sie zeigte auf eine große, rot-schwarze Maske, die über ihrem Fimbo an der Wand neben der Tür hing. »Sie dürfen sich auch gern meine Abschreckungsfratze ausleihen, wenn Ihnen das lieber ist. Damit habe ich noch jeden Wilderer in die Flucht geschlagen.«

Campbell betrachtete die Maske und schüttelte staunend den Kopf. »Halb Vampir, halb Gorilla, halb Hexe – die legen Sie tatsächlich an, wenn Sie mit Wilderern zu tun haben?«

»Man muss sich den herrschenden Verhältnisse schon ein bisschen anpassen, wenn man auf einen grünen Zweig kommen will, Mr. Campbell.« Sie reichte ihm eine Liste mit den Namen sämtlicher Afrikaner, die für sie arbeiteten. »Vorsichtshalber habe ich Ihnen meine Leute aufgelistet«, sagte sie, »und hinter jedem Namen finden Sie Hinweise, die Sie im Umgang mit den Leuten beherzigen sollten.« Campbell nahm die Liste entgegen, zuckte kurz mit den Brauen, sagte aber kein Wort.

Was geht bloß hinter dieser glatten Stirn vor, fragte sich Dian. Amüsiert er sich etwa über die Gründlichkeit, mit der ich ihm meine Forschungsstation übergebe? Der Mann hat ja keine Ahnung!

Sie beschrieb ihm die Eigenarten ihrer Leute und warnte ihn vor deren Schwächen. »Die arbeiten in Schichten sozusagen, lösen sich alle drei Wochen ab. Und lassen Sie sich bloß auf keine plumpe Vertraulichkeit ein, Mr. Campbell. Wenn Sie meine Afrikaner nicht hart an die Kandare nehmen, tanzen die Ihnen irgendwann auf der Nase herum, das gebe ich Ihnen schwarz auf weiß. Einzige Ausnahme: Sanweckwe. Auf den können Sie jederzeit bauen.«

Campbell folgte ihren wortreichen Ausführungen aufmerksam und mit höflichem Nicken, aber schweigsam. Dass er ein wenig irritiert wirkte, störte Dian nicht groß. »Und jetzt noch mal zum wichtigsten Punkt, Mr. Campbell, zu den Gorillas.« Sie schenkte sich Whisky ein, zündete sich eine Zigarette an und schlug einen Aktenordner auf. »In diesem Ordner habe ich Ihnen Listen aller Mitglieder der drei Gorillagruppen angefertigt, die ich inzwischen entdeckt habe und beobachte.«

Damit er seine Beobachtungen möglichst lückenlos dokumentieren konnte, hatte sie ihm zusätzlich Blätter für jedes einzelne Individuum jeder Gruppe angelegt. Gruppe 4 – Whinny, Uncle Bert, Old Goat, Digit und so weiter; Gruppe 5 – Beethoven, Liza, Brahms, Bartok und so weiter; Gruppe 8 – Rafiki, Coco, Macho, Peanuts und so weiter. Sie konnte nur hoffen, dass er ihr Dokumentationssystem kapierte. Zur Sicherheit erklärte sie es ihm noch einmal und schob ihm dann den Ordner über den Tisch.

»Das meiste haben Sie mir in den letzten Tagen bereits erläutert, Miss Fossey, aber doppelt hält besser, nicht wahr?« Er lächelte höflich. »Das sehe ich genauso.« Er stand auf und ging zum Kamin. »Sie erlauben, dass ich ein wenig Holz nachlege?«

Er tat es, ohne ihre Antwort abzuwarten und bevor Dian sich entscheiden konnte, ob sie sich über seine Aufmerksamkeit freuen und über seine Eigenmächtigkeit ärgern sollte. »Einen wirklich brauchbaren Kamin hat Ihre Freundin Ihnen hier einbauen lassen, Miss Fossey, alle Achtung!« Mit einer

Mischung aus Befremden und Erstaunen beobachtete Dian, wie er das Holz aufschichtete und in die Glut blies.

Er erhob sich von den Knien, wusch sich an Dians Waschtisch die Hände und kam zurück zum Tisch. »Wie verhalte ich mich eigentlich Ihrem Hund gegenüber, Miss Fossey? Ich meine, welche Art von Pflege braucht er?«

»Es ist kein Hund, es ist eine Hündin.« Dian unterdrückte einen Seufzer und nahm einen Schluck Whisky. »Um Cindy brauchen Sie sich zum Glück nicht zu kümmern, Mr. Campbell, denn ob Sie es glauben oder nicht: Die nehme ich mit.«

Das müde Lächeln geriet ihr ein wenig spöttisch, das merkte sie selbst, doch sie hatte ihm schon mindestens dreimal erklärt, dass die Hündin mit auf die Reise gehen würde.

»Allerdings würde ich es begrüßen, wenn Sie die Hühner füttern.« Sanweckwe hatte ihr wieder zwei Hühner mit auf den Berg gebracht. »Spätestens, wenn Sie keine Eier mehr finden, wissen Sie, dass Sie es vergessen haben.« Sie schob ihm die Liste mit den abgehakten Punkten über den Tisch. »Und bitte legen Sie den Raben hin und wieder einen Leckerbissen vor die Tür, ich hoffe nämlich, dass sie demnächst irgendwo auf Karisoke brüten werden und ich eines ihrer Jungen zähmen kann.«

»Eine famose Idee, Miss Fossey.« Campbell heftete die Papiere in den Ordner, schlug ihn zu und erhob sich.

»Und wenn Sie mögen, dürfen Sie gern meine Schreibmaschine benutzen.«

»Sehr freundlich, Miss Fossey, danke.« Sein Bier trank er im Stehen aus. Es fehlte nicht viel, und er hätte strammgestanden und die Hacken zusammengeknallt, als er sich an der Tür noch einmal umdrehte, um sich zu verabschieden. »Ich wünsche Ihnen eine angenehme Nachtruhe, Miss Fossey.« Sprach's und ging in die Dunkelheit hinaus.

Dian blies die Wangen auf und schüttelte seufzend den Kopf, während sie ihr Glas füllte. Nein, dieser britische Exmajor war wirklich nicht ihr Fall! Seine korrekte Art, sein höfliches Getue, seine übervernünftigen Sprüche, und alles musste seine Ordnung haben – nichts für eine wie Dian. Und dann schien er so gar nichts mit sich anfangen zu können: Ständig rückte er ihr auf die Pelle, ständig wollte er reden, und nach einer Woche Karisoke hatte er immer noch nicht kapiert, dass sie nur für sich zu kochen pflegte und grundsätzlich allein essen wollte. Dieser Brite aus Nairobi aber war gewohnt, dreimal am Tag zu essen, und zwar in Gesellschaft.

Seine Frau tat ihr leid.

Dian würde drei Kreuze schlagen, wenn sie endlich unten in der Pflanzung hinter Lilys Lenkrad steigen und nach Kigali zum Flughafen fahren konnte. Sollte er doch sehen, wo er seine drei Mahlzeiten am Tag herbekam!

*

Früh am nächsten Morgen gingen sie noch einmal zusammen in den Regenwald, denn Gruppe 4 hatte sich zurückgemeldet und Dian wollte sich unbedingt von ihrem Liebling Digit verabschieden. Vatiri und Sanweckwe begleiteten sie. Und Cindy natürlich.

Nach anderthalb Stunden mühsamem Auf- und Abstieg erreichten sie den Hang, in dem Dian Digits Horde zwei Tage zuvor entdeckt hatte. Doch kein schwarzledernes Gesicht war im Geäst der Kosobäume dort zu sehen, kein silbrig schimmernder Rücken im Unterholz, und auch nach ihrem geliebten schwarzen Wollknäuel spähte Dian vergeblich. Aber die Gorillas waren in der Nähe, denn ihr typischer Duft nach Moschus, Pferdestall und Fell hing in der feuchten Luft.

»Riechen Sie die Gorillas, Mr. Campbell?«, fragte sie. Der Engländer blähte die Nasenflügel und zuckte dann mit den Schultern, während Sanweckwe und Vatiri lächelnd nickten. »Wetten, dass sie noch schlafen?« Sie setzten sich unterhalb des Hangs hinter die Büsche am Rand des Farnfelds, in dem die Gorillas vor zwei Tagen geweidet hatten und warteten. Ihre Hündin streckte sich neben ihr aus.

Dian und die beiden Fährtenleser verharrten reglos, während Campbell schon nach wenigen Minuten nervös hin und her rutschte, ständig seine Haltung änderte und sich irgendwo kratzen musste. Dian fragte sich, wie dieser Mann zu seinem Ruf als erfolgreicher Tierfilmer gekommen war, wo er doch kaum in der Lage war, eine lächerliche Stunde lang ruhig im Moos hinter einem Busch zu sitzen und auf Gorillas zu warten.

»Die Berggorillas sind nicht gerade Frühaufsteher«, sagte Dian leise. »Sie lieben es, nach Tagesbeginn noch eine Weile in ihren Schlafnestern zu faulenzen, bis der Hunger sie schließlich in den Wald treibt.«

»Kenne ich«, sagte Campbell. »Allerdings nur von jungen Männern, die nicht in der Armee gedient haben.« Dian wandte sich ab und verdrehte innerlich die Augen.

Dann, nach etwas mehr als einer Stunde, hörte sie die ersten Gorillalaute aus den Kosobäumen: schnarchartiges Grunzen, keuchendes Hecheln, knurrendes Brummen und heiseres Gebell. Das für den Silberrücken Whinny so charakteristische wiehernde Blaffen konnte Dian nicht heraushören.

Gespannt spähten alle vier zu den Kosobäumen hin. Bald schwankten dort die ersten Äste, dann raschelte Laub und splitterten Zweige. Und endlich kletterten zwei Jungtiere aus dem Baum. Der Brite packte seine Kamera aus.

»Der Größere ist Digit, der schwarze Wollknäuel.« Dian stand auf und ahmte das Gebrumm einer zufriedenen Gorillafrau nach, bis das Jungtier zu ihr herüberäugte. Sie lächelte wie jemand, der nach längerer Zeit einen guten Freund wiedersieht. »Sein Vater Whinny ist schwer krank und hat sich von der Gruppe getrennt«, erklärte sie Campbell. »Ich vermute, dass er sich zum Sterben zurückgezogen hat. Sehen Sie den Silberrücken, der gerade vom untersten Ast steigt, Mr. Campbell? Das ist Uncle Bert, er ist jetzt der ranghöchste Silberrücken der Gruppe 4. Ein bisschen reizbar, aber sonst ganz in Ordnung. Bin gespannt, wie er sich als Anführer macht.«

Campbell nickte stumm, während er ein Teleobjektiv auf seine Kamera montierte. Wenigsten kann er einigermaßen fotografieren, dachte Dian, und recht groß ist er auch.

Sie befahl Cindy liegen zu bleiben und verließ dann die Deckung des Buschwerks, wobei sie grunzte wie eine Gorillafrau und sich ein paar Blätter zwischen die Zähne schob. Vier schwarzpelzige Köpfe und Schultern sah sie inzwischen aus dem Farnfeld ragen. An seinem oberen Rand, einen Arm noch im Geäst des Kosobaums, verharrte der unberechenbare Amok. Dian hoffte, dass er noch eine Weile dortblieb.

Sie ließ die Büsche und die Männer hinter sich, ging auf das Farnfeld zu und streckte sich zwanzig Meter davor im Unterholz auf dem Rücken aus. Die Gorillas hatten längst von ihr Notiz genommen und es dauerte nicht lang, bis drei von ihnen am unteren Rand des Farnfelds auftauchten. Einer, der jüngste, schaukelte heraus und stieß Laute aus, die Dian in ihrem abendlichen Bericht irgendwo zwischen Jaulen und Grunzen ansiedeln würde.

»Begrüßt du mich so freundlich, mein süßer Digit?«, sagte sie und versuchte seine Laute nachzuahmen, während Digit bis auf fünfzehn Schritte herankam und sich dann im Gestrüpp niederließ. »Das ist wirklich lieb von dir.« Dian hörte das Klicken von Campbells Kamera. »Du erkennst mich schon von weitem, nicht wahr? Du glaubst gar nicht, wie ich mich darüber freue, Digit.«

Uncle Bert und Old Goat, die ihm gefolgt waren, blieben im Farnfeld. Der Silberrücken tat, als würde er sich ausschließlich für Farnsprösslinge interessieren und keinesfalls für Dian. Das alte Weibchen dagegen beobachte Dian – mit deutlichem Misstrauen, wie Dian in ihrer angewiderten Miene zu erkennen glaubte – und stieß hin und wieder ein hechelndes Knurren aus, das sich nach übellaunigen Fragen anhörte.

»Sie will wissen, was ich hier zu suchen habe, schätze ich«, sagte Dian. »Ich will mich von euch verabschieden, von dir vor allem Digit. Ich gehe eine Zeitlang weg, ziemlich weit weg sogar, würde ich sagen. Doch keine Sorge, ich komme wieder.«

Digit streifte eine Weile am Farnfeld entlang, wobei er Dian neugierig beäugte. Obwohl er ihr an diesem Vormittag nicht wesentlich näher kam, war Dian sicher, dass er sie wiedererkannt hatte, sie vielleicht sogar schon als vertraute Erscheinung betrachtete. Es schmerzte sie, Karisoke ausgerechnet in dieser Phase der Annäherung an Digit und Peanuts verlassen zu müssen. Andererseits würde es interessant sein zu sehen, wie die beiden Affen ihr nach ihrer Rückkehr begegnen würden. Wie einer guten Bekannten oder wie einer Fremden?

»Ich glaube, mir sind ein paar richtig gute Fotos gelungen«, sagte der Engländer, als sie sich um die Mittagszeit auf den Weg zu einem Futterplatz von Gruppe 8 machten. Auch von Peanuts und seiner Horde wollte Dian sich verabschieden.

»Das will ich doch hoffen.« Dian pfiff Cindy an ihre Seite.

»Gleich nächste Woche schicke ich sie nach Washington. Wenn das *National Geographic*-Magazin sie mir abkauft und veröffentlicht, dann werden Sie bald überall bekannt sein, wo das Magazin gelesen wird, Miss Fossey.«

»Was Sie nicht sagen, Mr. Campbell.« Dian legte keinen Wert darauf, bekannt oder gar berühmt zu werden. »Ich fürchte, davon werde ich mir nichts kaufen können.«

»Die Einheimischen schon«, entgegnete Campbell, »denn Ihre Arbeit mit den Gorillas wird eine Menge Europäer und Amerikaner anziehen.«

»Bloß das nicht!« Dian erschrak, denn daran hatte sie noch gar nicht gedacht. »Ich muss mich ja jetzt schon mit viel zu vielen Besuchern abgeben, die ich nicht eingeladen habe.«

Kein einziges Mitglied der Gruppe 8 entdeckten sie in den Kosobäumen des Hanges, in dem der Silberrücken Rafiki und seine Horde seit Wochen fraßen und schliefen. Missmutig trat Dian den Rückweg an – sie hätte den jungen Peanuts wirklich gern noch einmal gesehen vor ihrer Abreise.

Eine Zeitlang folgten sie den Gorillaspuren, die zum Teil aus breiigem und von Blut durchsetztem Kot bestanden. »Schauen Sie sich das an, Mr. Campbell, das ist typischer Angstkot. Die Tiere setzen ihn in großer Menge ab, wenn sie in Panik geraten und fliehen müssen.« Misstrauisch schaute Dian nach allen Seiten. »Außer Menschen haben sie keine natürlichen Feinde.«

Tatsächlich witterte Cindy Spuren von Menschen und lief voran. Sanweckwe folgte ihm und entdeckte wenig später kleine Fußabdrücke im Waldboden und kurz darauf zwei Fallen im Unterholz.

»Verdammte Wilddiebe streifen wieder durch den Wald«, sagte Dian, »dachte ich mir's doch.«

Campbell fotografierte Vatiri und Sanweckwe, während sie die Fallen zerschlugen. Dian beobachtete ihn dabei und sah, während er die Kamera auf die Fährtenleser richtete, den Ring an seiner Hand glitzern. Und wieder bedauerte sie seine Frau.

Seltsame Ehe, dachte sie, der Kerl fotografiert und filmt

monatelang in der Weltgeschichte herum, während sie zuhause in Nairobi sitzt und sich mit den Kindern abmüht. Wie kann das auf die Dauer funktionieren?

Am frühen Abend, gleich nach der Rückkehr ins Forschungscamp, setzte Dian sich an die Schreibmaschine, um den Tagesbericht zu tippen, den letzten für viele Wochen. Die Stimmen, die draußen vor dem Männerzelt laut wurden, fielen ihr zunächst gar nicht auf – bis sie merkte, dass da jemand redete, den sie nicht kannte.

Sie drückte ihre Zigarette aus, stand auf und schaute durchs Fenster: Vor Campbells Zelt palaverten Sanweckwe und der Brite mit zwei halbwüchsigen Watussi. Von weitem sah es nicht so aus, als würden sie streiten, doch Männer, die nur zwanglos übers Wetter plauderten, legten gewöhnlich eine andere Körperhaltung an den Tag und gestikulierten auch nicht so hektisch.

Irgendetwas stimmte nicht.

Eine große Unruhe befiel Dian auf einmal, so dass sie zur Tür ging und aus der Hütte trat; da waren Sanweckwe und Campbell schon mit den beiden Halbwüchsigen auf dem Weg zu ihr. Einer trug ein Stück Papier in der Hand, einen Brief wie es aussah. Dian ging ihnen entgegen.

»Mrs. Carr schickt die Burschen!«, rief Campbell. »Mit einer Nachricht für Sie, Miss Fossey. Keiner guten, fürchte ich.«

Dian zog ein Telegramm aus dem geöffneten Kuvert, dass einer der beiden Boten ihr mit gesenktem Blick reichte. Es war von Louis Leakey.

Sie musste es dreimal lesen, bis sie seinen Inhalt wirklich erfasste, vielleicht weil er sie wie aus heiterem Himmel traf, vielleicht, weil es im Grunde zwei Telegramme waren: Tut mir sehr leid folgendes Telegramm durchgeben zu müssen, telegrafierte der Professor, eingegangen am 18. Text: Vater

Selbstmord Bestattung morgen in Trauer und Liebe Kay Ende.

Wer um alles in der Welt ist Kay?, war ihr erster Gedanke und ihr zweiter, als sie sich erinnerte, dass so die Frau ihres Vaters hieß: Mein Daddy hat mich endgültig verlassen, und ich schaffe es nicht mal zu seiner Beerdigung.

Die Arme wurden ihr bleischwer, die Knie weich und das Innere ihres Schädels zur Wüste. Sie drehte sich um, sie wankte zurück zur Hütte, sie flüsterte »Meine Güte, Daddy«, und all das merkte sie kaum. Auch nicht, dass einer neben ihr ging.

Wie eine Aufziehpuppe stelzte sie zwar durch die offene Hüttentür, sie steht in Wirklichkeit aber in einer längst vergangenen Nacht hinter einem Fenster in San Francisco und schaut auf eine nächtliche Straße hinunter. Dort wankt ein Mann in weißem Matrosenanzug und mit einem Seesack auf dem Rücken schräg über eine große Straße. Autos bremsen und hupen, doch der Mann schaut weder nach links noch nach rechts, sondern geht immer weiter, immer weiter, immer weiter.

Ein paar Schritte vor ihrem Schreibmaschinentisch stürzte sie zurück in die Gegenwart. »Meine Güte, Daddy! Wie kannst du nur?!« Dian brach zusammen, warf sich auf den Hüttenboden und schluchzte: »Wie kannst du nur, wie kannst du nur?!«

Jemand legte ihr die Hand auf den Rücken, jemand streichelte sie, jemand sprach leise Worte, die sie nicht gleich begriff, die sie aber dennoch beruhigten.

Campbells Hand und Campbells Stimme.

»Traurig«, sagte der Brite leise, »mein aufrichtigstes Beileid«, und seine Hände halfen ihr, sich auf den Knien aufzurichten. »Kommen Sie, Miss Fossey, trinken Sie das hier.«

Er setzte ihr ein Glas an die Lippen. Dian schaute in sein bekümmertes Gesicht und das Mitgefühl in seinem Blick gab ihr den Rest. Sie schob seine Hand mit dem Glas beiseite, warf sich an seine Schulter und weinte und weinte und weinte.

42

Nach Hause

Oktober und November 1968

Drei Wochen später in Atlanta kam nach ihrem Vortrag ein Mann auf sie zu, hielt ihr eine aufgeschlagene *National Geographic*-Ausgabe unter die Nase und reichte ihr einen Stift. Dian schaute den Fremden erst verständnislos an, schaute dann ins Magazin und sah einen Gorilla und eine Frau auf einem Foto: Peanuts und sie selbst. Endlich begriff sie und setzte ihr Autogramm unter das Foto, das Robert Campbell von ihr und Peanuts geschossen hatte.

Die neuste Nummer des Magazins war erschienen, Campbells Fotos in der Welt und Dian samt ihren Gorillas in ganz Amerika bekannt. Von diesem Abend an verging kaum noch ein Tag ihrer USA-Tour, an dem nicht irgendjemand sie auf Digit und Peanuts ansprach oder sie bat, Campbells Bilder mit ihrem Namen zu unterzeichnen.

Man nahm sie wahr in ihrer Heimat, man sprach über sie, man schätzte, ja bewunderte ihre Arbeit. Einerseits schmeichelte ihr das, überwältigte sie manchmal sogar, wenn sie wieder einmal vor einem überfüllten Vortragssaal von ihrer Feldforschung berichtete und von ihren Freunden, den Gorillas, schwärmte.

Andererseits verursachte es ihr Beklemmungen. Wer war

sie schon? Was tat sie schon Besonderes? Und vor allem: Was, wenn Campbell recht behalten würde und die Virungas sich durch ihre Arbeit mit den Gorillas in eine touristische Sehenswürdigkeit verwandelten? Ein derartiges Szenario konnte Dian sich nur als Bedrohung für ihre tierischen Freunde vorstellen.

Sie tröstete sich mit dem Gedanken, dass ihre Bekanntheit Geld in Louis Leakeys Forschungskasse spülen würde. Sie hatte einfach keine Lust mehr, wochenlang von Kartoffeln zu leben und sparsam mit Schreibmaschinenpapier und Zigaretten umgehen zu müssen.

Eine Woche lang logierte sie mit Cindy im *Hotel Henry*, denn auch an der Universität von Louisville und an einigen Schulen und in Vereinen der Stadt stellte sie ihre Arbeit vor. Wie vereinbart, schickte Campbell ein Telegramm für Dian an die Adresse der Henrys. Sein Zwischenbericht fiel denkbar kurz aus: Keine besonderen Vorkommnisse alles geht seinen geordneten Gang Herzlich R Campbell.

»Idiot!«, zischte Dian und schleuderte das zusammengeknüllte Telegramm gegen die Wand. »Zwei Sätze zu den Gorillas hätten dich nicht umgebracht!« Ihre Hündin sprang vom Bett, schnappte nach dem Knäuel und brachte es zurück zu Dian.

Gaynee Henry und ihre Töchter veranstalteten eine Dinnerparty zu ihren Ehren. Alle Freunde kamen, um sie wiederzusehen – unter vielen anderen auch Georgie Long, Pater Raymond, Pater François, die Coys und einige Kolleginnen aus dem Cosair Kinderkrankenhaus. Dian berichtete von ihrer Arbeit und ihren Erfahrungen in Afrika. Die düsteren Tage der Gefangenschaft allerdings erwähnte sie mit keinem Wort.

In den Gesprächen danach am Kamin und am Büfett

spürte sie, wie weit sie sich in diesem einen Jahr von dem bürgerlichen Leben entfernt hatte, das ihre alten Freunde führten.

Als der Rosenkranz gebetet wurde, kam Dian über die erste Perle nicht hinaus. Bilder der Erinnerung sprangen sie an: die kongolesischen Soldaten, der Käfig, die Schreie, Yves, Philippe und Xavier. Sie konnte nicht mitbeten und mitsingen, nicht einmal zum Schein die Lippen bewegen konnte sie. Gaynee schaute traurig zu ihr herüber, Pater Raymond vermied jeden Blickkontakt.

Drei Tage lang ertrug sie Mutter und Stiefvater in Atherton. Nachbarn hatten die Prices auf den Artikel im *National Geographic* aufmerksam gemacht, und ihre Mutter, die jedem, den sie kannte, davon erzählte, machte Dian gegenüber kein Geheimnis daraus, wie stolz sie auf sie war. Leider auch nicht aus ihrer Abneigung gegen Cindy. Täglich ließ sie Dian wissen, was für ein Opfer es für sie bedeutete, die Hündin auf ihrer Veranda zu beherbergen und welche Gnade zugleich.

Mr. Price vermied es immerhin, Louis Leakeys Forschungsprojekte zu kritisieren und schaffte es sogar, aufmerksam zuzuhören, wenn Dian von Karisoke erzählte; oder zumindest so zu tun, als höre er aufmerksam zu. Mit keinem Wort erwähnte er Alexie Forrester und die dreitausend Dollar, mit denen er dessen Reise nach Ruanda finanziert hatte. Dian rechnete es ihm hoch an.

An einem trüben Freitagnachmittag, zwei Stunden bevor sie ihre Forschungsarbeit und ihre Gorillas in einem Hörsaal der zoologischen Fakultät der Universität von San Francisco vorstellte, stand sie mit der Hündin auf einem großen Friedhof der Stadt vor dem Grab ihres Vaters.

»Zweimal hast du mich verlassen, Daddy«, murmelte sie,

während sie leise in sich hineinweinte. »Wie konntest du nur? Hast du denn auch beim zweiten Mal überhaupt nicht an mich, deine einzige Tochter, gedacht?«

Von diesem Besuch an George Fosseys Grabstätte erzählte sie später nur Rose Carr, sonst niemandem; schon gar nicht ihrer Mutter Kitty.

Einen Tag bevor sie nach London weiterflog, rief Robert Campbell sie von Rose Carrs Blumenplantage aus in Atherton an. Dazu hatte Dian ihn per Telegramm aufgefordert. Das Telefon der Prices läutete pünktlich und zu ihrer eigenen Überraschung machte es Dian froh, seine Stimme zu hören.

Weil es eine Stimme aus Ruanda ist, erklärte sie diese Empfindung sich selbst.

Campbell glaubte, Dian mit einem knappen sachlichen Bericht abspeisen zu können, doch sie löcherte ihn mit hundert Fragen. Sie wollte wissen, wie es Sanweckwe und ihren Mitarbeitern ging, fragte nach Digit und Peanuts und nach den neuesten Entwicklungen in den einzelnen Gorillagruppen; sie erkundigte sich nach den Hühnern, den Raben, den Wilddieben und Viehhirten und fragte Campbell, wie viele Fallen er schon gefunden und zerstört hatte und ob er mit der Dokumentation zurechtkam.

Der Brite beantwortete jede Frage geduldig und in größter Ruhe, was Dian schon wieder nervös machte. Freundlich, aber bestimmt beendete Campbell das Gespräch nach fast einer halben Stunde. Dian knallte den Hörer in die Gabel und stieß einen Fluch aus. Immerhin hatte sie den Eindruck gewonnen, dass Campbell täglich viele Stunden draußen bei den Gorillas verbrachte. Das beruhigte sie nicht nur, das gefiel ihr.

Der Abschied von Atherton fiel ihr leicht, und das nicht zuletzt, weil jetzt nur noch zwei Wochen sie von dem Tag trennten, an dem sie Karisoke wiedersehen würde. Diese zwei

Wochen in Cambridge jedoch zogen sich hin und erschienen ihr im Rückblick wie zwei Monate.

Weiter entfernt von Karisoke konnte ein Ort gar nicht sein als die altehrwürdigen Gemäuer von Cambridge. In der Grabesstille der Universitätsbibliothek, in der es nach Staub, Bohnerwachs und altem Papier roch, sehnte Dian sich nach den Tierlauten und dem Blätterrauschen des Regenwaldes und seinen Düften. Unter den braven, etwas steifen und viel jüngeren Studenten im Hörsaal fühlte sie sich fehl am Platz, und wenn sie mit Cindy durch die langweilige Stadt schlenderte, glaubte sie sich von hundert abschätzigen Blicken beäugt.

Wann immer sie konnte, zog Dian sich in diesen Tagen in den botanischen Garten der Universität zurück. Dort gelang es ihr zu vergessen, dass es sie an eine englische Universität verschlagen hatte: Umgeben von exotischen Pflanzen, süßlich-herben Düften und plätschernden Wasserspielen dachte sie an Karisoke und die Vulkangipfel, an Digit und Peanuts und ihre Gorillafamilien, an Rose und Alyette und an ihren toten Vater.

Und manchmal auch an den britischen Tierfotografen mit dem dunkelgrünen Barett.

Immerhin gab es neben diesem unsagbar schönen Ort noch einen weiteren Lichtblick in diesen zwei Wochen: Robert Hinde. Der Verhaltensbiologe und Zoologieprofessor lud sie zum Tee ein, um sie seiner Familie vorzustellen. Während im Kamin seines Salonzimmers das Feuer prasselte, besprachen er und Dian die Grundzüge ihrer Doktorarbeit.

Professor Hinde war ein einfühlsamer, gut aussehender Mann, der Dians Gorillaforschung rückhaltlos bewunderte. »Dass ich Sie als Doktorandin unter meine Fittiche nehmen werde, war mir schon klar, als ich nach dem Besuch bei Ihnen in Nairobi ins Flugzeug stieg, Miss Fossey«, sagte er beim

Abschiedsessen, zu dem er sie in sein Haus lud. »Die Frage ist lediglich: Wer finanziert Ihre Doktorarbeit? Die *National Geographic Society* hält sich noch bedeckt.«

»Professor Leakey ist ein findiger Mann«, antwortete Dian. »Dem wird schon etwas einfallen.« Dass ihr in den zwei Wochen Cambridge die Lust auf einen akademischen Grad vergangen war, verschwieg sie ihrem wohlwollenden Gastgeber lieber.

Ende November stieg sie mit ihrer Hündin in London in eine Maschine nach Nairobi. »Endlich nach Hause«, seufzte sie, als das Flugzeug von der Startbahn abhob.

*

Zurück in Karisoke inspizierte Dian das Forschungslager, sprach mit Sanweckwe und den anderen Mitarbeitern und blätterte den Ordner durch, den sie für Campbell angelegt hatte. Zelte, Kochstellen und sanitäre Anlagen waren in Schuss und an seinen Aufzeichnungen fand sie nichts zu beanstanden.

Als sie an seinem vorletzten Tag gemeinsam in den Regenwald gingen, um nach Gruppe 4 zu schauen – diesmal war es Campbell, der sich von Digit verabschieden wollte – sagte Dian: »Danke, Mr. Campbell.«

»Wofür?« Verwundert schaute er sie an.

»Dafür, dass Sie sich so gründlich um meine Forschungsstation gekümmert haben. Ich bin sehr zufrieden, denn Sie haben das wirklich gut gemacht.«

»Ich bitte Sie, Miss Fossey!« Beinahe unwillig winkte er ab. »Alan hat mich gebeten, zu Ihnen auf den Berg zu gehen und Ihr Camp zu betreuen. Das habe ich getan, da brauchen Sie sich nicht bedanken.« Er zuckte mit den Schultern. »Ich bin

Soldat, für mich ist es selbstverständlich, Aufgaben zu erledigen, mit denen man mich betraut.«

Innerlich verdrehte Dian die Augen, denn der Mann ging ihr schon wieder auf die Nerven mit seinem förmlichen Gerede. Warum konnte er nicht einfach sagen: *Habe ich gern gemacht* oder *War schön hier* oder einfach nur *danke*. Zugleich aber ahnte sie, dass sie es mit einem Menschen zu tun hatte, der alles, was er tat, mit Haut und Haaren tat. Arbeiten, die ihm nicht perfekt gelangen, würden einen wie Campbell niemals zufrieden stellen.

Das fand Dian auch eine Stunde später bestätigt, als sie Gruppe 4 im dichten Gestrüpp eines Hypericumwäldchens entdeckten. Campbell packte seine Filmkamera aus und näherte sich wie selbstverständlich dem Silberrücken Uncle Bert bis auf zwanzig Schritte. Kein Imponiergehabe, kein Zähnefletschen, kein Brusttrommeln, nichts – der Gorilla beäugte den Briten, als hätte er ihn schon erwartet und fraß seelenruhig weiter.

Auch die anderen Hordenmitglieder zeigten keine Spur von Erregung oder gar Angst, als sie den filmenden Briten auf sich zukommen sahen, nicht einmal Amok oder Old Goat. Und Digit stieß sogar Freudentöne aus, während er herbeisprang, um sich nur wenige Schritte von Campbell entfernt ins Moos fallen zu lassen. Der Brite filmte Digit, während er Blüten aus den Büschen zupfte.

Obwohl der junge Gorilla sie sofort wiedererkannte und auch ihre Nähe tolerierte, wurde Dian eifersüchtig auf Campbell. Das trübte ihre eigene Freude über das Wiedersehen mit dem geliebten Digit ein wenig.

Früh am nächsten Morgen stand Campbell vor ihrer Hüttentür und reichte ihr die Hand. »Leben Sie wohl, Miss Fossey.«

»Wenn Sie mögen, nennen Sie mich Dian. Immerhin gehören wir jetzt beide zu Digits Freunden.«

»Ist mir eine Ehre.« Er machte eine Art Diener. »Bob.«

»Ich werde Ihnen schreiben Bob. Ich korrespondiere mit jedem, der sich für meine Arbeit interessiert – nur, damit Sie sich nichts einbilden.«

Er nickte nur wortlos, drückte ihr die Hand, machte kehrt und marschierte zu den zehn Trägern, die ihm sein Gepäck vom Visoke hinunterschleppen würden. Allein drei hatten sich zusammengeschnürte Stapel aus Filmrollen auf die Köpfe gesetzt. Dian schätzte, dass er mindestens tausend Meter Film gedreht hatte.

Sie winkte nicht, während er inmitten der Träger zum Waldrand marschierte, und Campbell drehte sich nicht um. Es war ein Abschied für immer, das war ihr völlig klar, sie würde diesen Mann nie wiedersehen.

Zum Glück, dachte sie.

Schade, dachte sie.

43

Ultimatum

Frühjahr 1969

Aus dem noch offenen Dach des neuen Küchenhauses ragten die schwarzen Gesichter und Oberkörper Vatiris, seines Bruders und seines Neffen. Die jungen Männer sägten Rundhölzer für das Dachgebälk zurecht und nagelten sie an den Tragbalken fest. Alyette de Munck schritt um den Hüttenneubau herum, reichte Rundhölzer und Latten hinauf, gab Anweisungen.

Etwas abseits saß auf einem Bretterstapel ein Weißer, dessen Name Alyette vergessen hatte, und filmte Baustelle und Bauleute. Hinter ihm, auf der großen Lichtung zwischen Feuerstelle und Sumpf standen acht Zelte, die Alyette bei ihrem letzten Besuch vor zehn Tagen noch nicht dort gesehen hatte. Besucher des Forschungscamps, vermutete sie.

Geschrei, Getrampel und Geblöke am Ostrand von Karisoke erregten Alyettes Aufmerksamkeit. Sie wandte sich um und sah, dass Männer ein paar Rinder aus dem Waldweg trieben, der vom Fuß des Visokes und der Pyrethrumpflanzung ins Forschungslager heraufführte. Alyette traute ihren Augen nicht: Die Watussi-Hirten wagten sich tatsächlich noch ins Lager ihrer weißen Feindin? Trieben sogar wieder Vieh auf die Wiesen ihres Camps?

Wenn das Dian erfährt, dreht sie durch, dachte Alyette und

schaute sich besorgt nach der Freundin um. Doch die war noch nicht zurück von ihrer täglichen Gorillatour. Der Weiße auf dem Bretterstapel filmte jetzt die Rinder und ihre Hirten.

Ein halbes Jahr lang war Alyette de Munck durch Ostafrika gereist, um zu vergessen. Sie hatte sich ins Menschengetümmel der großen Städte gestürzt, hatte in der Einsamkeit der Serengeti die Nähe von Löwen, Nashörnern und Geparden gesucht, war auf Motorbooten über Seen und Dschungelflüsse gefahren. Kein Reisetag verging, an dem ihre Toten sie nicht begleiteten.

Die Sehnsucht nach ihren Freundinnen hatte sie schließlich zurück nach Ruanda und zu ihrer Farm getrieben. Würde sie bleiben? Würde sie bald auf Reisen gehen? Alyette wusste es selbst nicht. Sie hatte einen Plan für die neue Hütte, aber keinen für ihr Leben.

Sie reichte Vatiri und seinen Helfern Bauholz zum Dach hinauf. Vor anderthalb Wochen war sie zum ersten Mal seit langem wieder auf Karisoke gewesen, um Dian zu begrüßen und ihr den Bauplan für das neue Küchenhaus zu schenken, das sie sich ausgedacht hatte. Da hatte sie den Weißen mit der Kamera noch nicht hier oben gesehen. Vor wenigen Stunden erst war sie erneut heraufgestiegen und siehe da: Dians Männer hatten das Häuschen exakt nach ihren Anweisungen aufgebaut. Nur das Dach fehlte noch.

»Gott behüte!«, rief der Filmer. »Sie fuchtelt schon wieder mit einer Pistole herum!«

Alyette erschrak, lief zu ihm, und wirklich: Inmitten der Hirten lief die bewaffnete Dian und scheuchte an ihrer Seite die Rinder zu einem Verschlag unter einem Kosobaum. Alyettes Verwirrung war komplett, als sie Sanweckwe unter den Hirten erkannte. Was um alles in der Welt ging da vor sich?

»Einer von euch muss heruntersteigen und die Latten anreichen!«, rief sie den Männern auf dem Dach zu. »Ich will Dian begrüßen.«

Vom neuen Koch wusste sie, dass ihre Freundin kurz nach Sonnenaufgang mit einer Besuchergruppe in die Waldhänge gestiegen war. Seit Tagen suchte sie vergeblich nach Spuren ihrer Gorillagruppen. Es hatte lange nicht geregnet und Trockenheit herrschte bis in die Höhenlage von Karisoke herauf, so dass die Gorillas in die Gipfelregionen des Karisimbis und Visokes gezogen waren, wo Boden und Pflanzen noch die Feuchtigkeit hielten.

Und Vatiri hatte ihr erzählt, dass Nyirmachabelli zurzeit extrem schlecht gelaunt war und jeder drei Kreuze schlug, wenn sie morgens in den Wald ging. Ausgerechnet jetzt, wo ihre Gorillas sich rar gemacht hatten, waren der amerikanische und der französische Botschafter mit einigen Mitarbeitern den Visoke heraufgestiegen, um sie endlich mit eigenen Augen zu sehen, die Menschenaffen über die man seit Monaten in allen Zeitungen las und von denen auf allen Radiosendern die Rede war.

Außerdem, so Vatiri hinter vorgehaltener Hand, bereitete ihr die Anwesenheit des weißen Filmers wenig Freude. Auch würden Wilderer und Viehherden ihr wieder das Leben schwer machen. Gestern erst habe die Gorillaforscherin Rinder aus dem Schutzgebiet verjagt, indem sie die Tiere mit grüner Farbe besprühte.

Alyette war entsetzt gewesen, als sie davon erfuhr. Sie fragte sich, was wohl die Botschafter von derartigen Naturschutzmethoden hielten. Doch die Amerikaner und Franzosen hatte Dian wohl im Wald zurückgelassen, jedenfalls sah Alyette nur Schwarze unter den Männern, die den Verschlag verriegelten, nachdem sie das Vieh hineingetrieben hatten. Das waren gar keine Watussi-Hirten, wie Alyette überrascht feststellte – sie erkannte nur Männer, die für die Forschungsstation arbeiteten.

»Alyette?« Dian nahm sie erst wahr, als sie in den Schatten des Kosobaumes trat. Sie drehte sich nach ihr um. »Ich dachte, du kommst morgen?« Um ihren Hals hing die scheußliche Dämonenmaske, die sie vor ein paar Monaten einem Voodoo-Priester auf dem Markt von Ruhengeri abgekauft hatte.

»Dann hast du mir nicht richtig zugehört.« Alyette umarmte sie und deutete auf die zehn Rinder, die voller Angst aus dem Verschlag heraus blökten. »Steigst du jetzt in die Viehzucht ein?« Mit der Filmkamera auf der Schulter mischte sich der Weiße unter die Männer und hörte schweigend zu.

»Unsinn!« Dian hielt sich die Dämonenmaske vors Gesicht, hob ihre Pistole und richtete sie auf die kleine Viehherde. »Im Gegenteil: Ich werde zur Kuhmörderin, wenn Cindy bis morgen Abend nicht wieder in Karisoke auftaucht.«

»Cindy?« Alyette schwante Böses. »Wo steckt sie denn?«

»Wilderer haben sie entführt. Verfluchtes Pack!« Dian erging sich in wüsten Flüchen, Sanweckwe und die Männer redeten alle auf einmal, und Alyette musste ein paar Mal nachhaken, bis sie erfuhr, was geschehen war.

Kurz nach den letzten Regentagen hatte Dian in einer dicht bewaldeten Senke am Westhang des Visokes eine neue Gorillagruppe entdeckte. Als sie am Tag nach der Entdeckung wieder in die Senke hinabgestiegen war, um die Tiere zu beobachten, hetzte eine Gruppe Wilderer mit Hunden ein paar Büffel mitten durch ihren Futterplatz. Die Gorillas zerstreuten sich daraufhin fluchtartig in alle Richtungen. Dian, voller verzweifelter Wut, hatte sich ihre grässliche Hexenmaske aufgesetzt, in der sie aussah wie eine zähnefletschende Gorillafrau mit roten Augen und blutiger Nase, und die Wilderer verfolgt, wobei sie mit einer Wasserpistole gedroht und Tränengas versprüht hatte.

»Die sind gerannt wie die Hasen, Alyette, das hättest du sehen müssen!« Dian gestikulierte wild, während sie erzählte, und in ihrer Miene leuchtete grimmige Freude. »Und geschrien haben sie wie kleine Jungen, denen der Leibhaftige mit Bratenspieß und Schürhaken auf den Fersen ist. Doch der Schaden, den sie angerichtet hatten, war nicht mehr gutzumachen.« Resigniert ließ sie die Arme sinken. »Die Gorillas haben sich nicht mehr blicken lassen seitdem.«

»Und du glaubst, sie haben Cindy entführt, um sich zu rächen?«

»Ich weiß es.«

»Und was willst du jetzt tun?«

»Ich habe ihnen diese zehn Kühe hier geklaut und ihnen ausrichten lassen, dass ich jeden Abend, an dem Cindy noch nicht wieder bei mir ist, eine erschießen werde.« Dian zielte auf die Kühe, so dass Sanweckwe und die Männer erschrocken zur Seite sprangen. »Morgen fange ich an.«

»Um Himmels willen, Dian!« Alyette schlug die Hände über dem Kopf zusammen. »Bist du verrückt geworden?!« Ihr ratloser Blick suchte den des Filmers, doch der hob nur die Brauen.

»Wenn du eine Frau, die ihre Arbeit liebt, verrückt nennen willst? Man muss diesen Kerlen die Stirn bieten, Alyette! Sonst führen sie sich hier auf wie die Könige der Virungas, schießen und jagen, wie und was sie wollen. Und wer badet es am Ende aus? Meine Gorillas!«

Alyette redete mit Engelszungen, um Dian von ihrem wahnwitzigen Plan abzubringen. Noch während des gemeinsamen Abendessens – es gab gebratene Eier mit Schinken zu Kartoffeln – beschwor sie die Freundin, die Rinder wieder freizulassen. Vergeblich.

Seufzend gab sie auf und widmete sich ihrem vollen Teller und dem Bier, das Dian ihr hingestellt hatte. Alle flehenden Bitten, alle vernünftigen Argumente, alle beschwörenden Worte – Alyette hätte sie sich sparen können, schließlich kannte sie Dian nicht erst seit gestern: Was die Gorillaforscherin sich einmal in den Kopf gesetzt hatte, das zog sie auch durch.

Ständig klopfte jemand an der Tür während des Essens. »Später!« oder »Morgen wieder!«, rief Dian jedes Mal, ohne nachzuschauen oder auch nur zu fragen, wer draußen stand.

»Und wenn es nun die Botschafter waren?«, fragte Alyette vorsichtig. »Diese Leute sind ja nicht ganz unwichtig für deine Reputation in Washington und Paris.«

»Die haben mich heute schon genug Nerven gekostet. Je früher sie wieder von Karisoke verschwinden, umso besser.«

Eine Zeitlang aßen sie schweigend. »Der Fotograf ist ja wieder hier«, sagte Alyette irgendwann. »Dieser Brite. Wie hieß er gleich?«

»Campbell? Ich hatte auch nicht erwartet ihn jemals wiederzusehen, doch die *National Geographic Society* wollte unbedingt einen Fotografen unter Vertrag nehmen, der für längere Zeit hier oben in Karisoke bleibt, um meine Arbeit zu filmen und zu fotografieren. Ursprünglich hatten sie den zurzeit besten Tierfilmer der Welt dazu ausersehen, doch den armen Alan Root hat eine Puffotter gebissen, und er ist immer noch nicht überm Berg. Also haben sie den zweitbesten verpflichtet: Bob Campbell.«

»Und? Kommst du zurecht mit ihm?« Ihre unberechenbare Freundin und der besonnene Brite – wirklich vorstellen konnte Alyette sich das nicht.

»Ein Trampeltier erster Güte der Mann, und eine Nervensäge dazu. Mindestens zweimal war er es, der eben geklopft hat, wetten? Doch er hat auch angenehme Seiten.«

»Wundert dich das?« Alyette schob ihren leeren Teller zur Seite. »Die hast ja sogar du.«

Für einen Moment saß Dian wie festgefroren. Halb verblüfft, halb beleidigt schaute sie Alyette in die Augen – bis sie mit der Gabel zur Tür zeigte. »Raus mit dir, aber auf der Stelle!«

»Danke für das Abendessen.« Lächelnd stand Alyette auf und ging zu ihr. »Gute Nacht.«

»Warte!«, rief die grinsende Dian. »Wir trinken erst noch einen Whisky zusammen.« Alyette lachte, machte kehrt und ging zurück zum Tisch.

*

Schlaflos lag Alyette später in ihrem Zelt, das sie nur wenige Meter neben der Baustelle aufgeschlagen hatte. Nebenan, vor den Zelten auf der großen Lichtung, wurde gefeiert. Gläser klirrten, Gelächter zerriss die Abendstille und der Wind wehte französische Trinksprüche und amerikanische Volkslieder herüber.

Sorgen um Dian raubten Alyette den Schlaf. Deren kompromisslose Haltung den einheimischen Jägern und Hirten gegenüber gefiel ihr nicht. Sie schien ihr sogar gefährlich zu sein, denn irgendwann würde die Furcht vor Dian in Hass umschlagen. Dass ihre Freundin dann noch erfolgreich hier arbeiten konnte, bezweifelte Alyette.

Draußen wurde es nach und nach ruhiger. Bis gegen Mitternacht die Waldelefanten trompeteten. Die trieb es zum Bach am Südrand von Karisoke, denn die Wasserlöcher im Regenwald waren ausgetrocknet. Alyette spürte den Boden unter ihren stapfenden Tritten erbeben.

»Mademoiselle Fossey!« Drüben auf der Lichtung rief der

französische Botschafter um Hilfe. »Die Kolosse sind wieder da! Diesmal kommen sie, um alles zu zertrampeln, oder?«

»Zum Glück nur Ihr Zelt, Exzellenz!« Das war Dians spöttische Stimme. Sie mitten in der Nacht so weit außerhalb ihrer Hütte zu hören, überraschte Alyette. Sie fuhr hoch und lauschte. »Das steht leider auf dem Pfad, der zum Bach führt, Exzellenz, und die Rüsselchen haben mächtig viel Durst zurzeit.« Gelächter ertönte von den Zelten der anderen, während der Botschafter seiner Angst auf Französisch Luft machte.

Alyette kroch zum Zelteingang und öffnete die Eingangsplane ein wenig. Rechts schaukelten die Konturen der Elefanten vorüber, rechts huschte eine große Gestalt nicht weit entfernt am neuen Küchenhaus vorbei – Dian. Was um alles in der Welt hatte sie um diese Zeit hier draußen zu suchen?

Alyette streckte den Kopf aus dem Eingang und beobachtete, wie Dian vor dem Militärzelt in die Hocke ging, das Bob Campbell sich hundert Meter weiter unter den Kosobäumen vor dem Bach aufgeschlagen hatte. Dian schlüpfte hinein und der Reißverschluss wurde wieder zugezogen.

»Schau einer an.« Staunend schüttelte Alyette den Kopf. »So also genießt du die guten Seiten deiner Nervensäge.« Lächelnd zog sie sich in ihren Schlafsack zurück.

Am nächsten Morgen weckte sie Hundegebell. Erleichterung und Freude weiteten Alyettes Brust, während sie ihm lauschte: Cindy war wieder da!

44

Glück

Karisoke, Frühjahr 1970

Der Mann duckte sich tief, sprang hoch und erwischte den untersten Ast des alten Vernoniabaums. Er musste ein paar Mal hin und her schwingen, bis er endlich die Stiefelsohlen gegen den Stamm stemmen konnte. Es kam Dian vor, als würde das gesamte Vernoniawäldchen ins Schwanken geraten, während achtzig Kilogramm Mensch sich ins untere Geäst seines größten Baumes hinaufarbeiteten. Laub regnete auf sie herunter, ein morscher Ast brach ab und prallte dicht neben ihr in die Disteln. Sie verdrehte die Augen.

Sämtliche Gorillas auf der anderen Seite des Hangs hörten auf zu fressen und äugten herüber. Rafiki, der sich im Moos zwischen Farnbüscheln aufrichtete, stieß heiseres Gebell aus, und weil Dian fürchtete, er könnte jeden Moment sein Warngebrüll anstimmen und die gesamte Gruppe 8 zurück in den Regenwald scheuchen, trat sie zwischen den Vernonias heraus ins Freie, zupfte ein Distelblatt ab und mimte die futternde Gorillafrau. Die Distel stach in ihre Hände und Lippen, doch Rafiki beruhigte sich und ließ sich wieder ins Moos fallen. Alle anderen Hordenmitglieder wandten sich den Brennnesseln und Disteln zu und fraßen weiter. Alle außer Peanuts – der schaukelte durch das dichte Kräutergestrüpp den Hang herunter.

Dian wandte sich um. »Trampeltier!«, zischte sie zu Bob Campbell hinauf, der inzwischen sicher im unteren Geäst des alten Vernonias hockte und gegen den Stamm lehnte. »Fast hättest du sie wieder verscheucht!«

Er verzog keine Miene, machte nur eine fordernde Geste, woraufhin Dian wieder unter seinen Baum trat und ihm auf Zehenspitzen und mit ausgestreckten Armen die Filmkamera hinaufreichte. »Wenn du herunterfällst, tue es wenigstens leise«, sagte sie genervt.

Seit über einem Jahr beobachteten sie nun schon gemeinsam Gorillas und noch immer nicht hatte es sich Dian erschlossen, wieso Bob ständig auf Bäume klettern musste, um zu filmen oder zu fotografieren. Sie wandte sich ab und machte sich auf den Weg hinunter zu den moosbedeckten Basaltbrocken, die sich in der Senke zwischen den beiden Hängen aus Farn und Gestrüpp erhoben.

Alle drei Schritte blieb sie stehen und schaute zu Peanuts hinüber, der bereits den halben Hang hinter sich gebracht hatte. Falls er in der Richtung weiterlief, würden sie sich unten bei den Steinen treffen. Dian freute sich darauf und zugleich nagte die Furcht an ihr, er könnte sie zurückweisen. Gruppe 8 verhielt sich nämlich ungewöhnlich ängstlich und aggressiv in letzter Zeit. Eines ihrer jungen Weibchen war in eine Falle der Wilddiebe geraten, und die Drahtschlinge hatte es so schwer verletzt, dass es an einer Sepsis gestorben war. Dian hatte wochenlang um das Gorillamädchen getrauert.

Letzte Woche endlich hatten sie Rafikis Gruppe wieder entdeckt und eben erst waren die Gorillas aus ihren Schlafnestern gekrochen. Zwischen zwei Büschen blieb Dian stehen und schaute hinüber zu ihnen. Ein Schwarzrücken und ein junges Weibchen fielen Dian auf, die sich ein Stück von der

Horde entfernt hatten und oberhalb des Hangs einander lausten.

»Lasst euch bloß nicht von Rafiki erwischen«, murmelte Dian, während sie das letzte Buschwerk zur Seite bog, das sie noch von den Steinen in der Senke trennte. »Der miesepetrige alte Sack kann es nicht leiden, wenn seine Damen sich von anderen Kerlen anfassen lassen.« Sie hoffte, dass Bob die Szene filmte.

Nicht nur Gruppe 8 hatte ein Mitglied verloren, auch in Gruppe 5 vermisste Dian mindestens zwei Tiere. Und neun Gorillas zweier ihr bisher unbekannter Gruppen hatte man tot und verstümmelt am Südwesthang des Visokes gefunden. Wahrscheinlich würden die abgeschlagenen Schädel und Hände bald irgendwo in Riad, Johannesburg oder Moskau als Aschenbecher auf Salontischen oder als Jagdtrophäen an den Wänden irgendwelcher Herrenzimmer auftauchen. Gewiss war nur, dass man die Gorillafamilien hauptsächlich wegen ihrer Babys massakriert hatte. Der Hamburger Zoo hatte den Fang zweier Jungtiere in Auftrag gegeben.

Dian musste es wissen, denn sie hatte die gefangenen und verletzten Gorillababys wochenlang gepflegt, um sie gesund wieder in die Freiheit zu entlassen. Doch am Ende hatte die Parkdirektion sie erpresst: Entweder gab sie Karisoke auf oder sie lieferte die Jungtiere zum Einschiffen nach Hamburg aus.

Die Stunde, in der die Parkwächter die genesenen Kleinen abgeholt hatten, gehörte zu den viel zu vielen Stunden des vergangenen Jahres, an die Dian nicht denken konnte, ohne dass ihr die Tränen kamen.

Peanuts hockte bereits auf einem der größeren Basaltsteine, als sie die letzten Büsche hinter sich ließ. Neugierig äugte er zu ihr herauf. Dian sah mit Erleichterung, dass er auf sie wartete. Dennoch blieb sie stehen, denn oben am Hang nahm sie ungewöhnliche Bewegungen wahr: Der Schwarzrücken richtete sich hinter der jungen Gorillafrau auf und schob sich über sie.

»Ihr werdet doch nicht?« Dian drehte sich nach dem Vernoniawäldchen um und winkte zu Bob Campbell hinauf, doch der hatte die Szene längst entdeckt und hielt mit der Kamera drauf.

Und Rafiki? Dian befürchtete das Schlimmste: Sollte der Silberrücken mitbekommen, dass ein paarungswilliger Schwarzrücken sich Rechte anmaßte, die nur ihm zustanden, dann würde in diesem Kräuterhang gleich der Teufel los sein. Schon drehte der Alte sich zur Seite und machte Anstalten, zum Hang hinaufzuäugen, wo das junge Affenpaar den Liebesrhythmus zu tanzen begann.

Doch da krabbelte auf einmal ein Gorillababy, noch kein Jahr alt, zu dem Hordenführer hin, lehnte sich an dessen mächtigen Brustkorb und rieb seinen Rücken daran. »Armes Würmchen.« Das Baby tat Dian leid, denn es brauchte jetzt ganz viel Glück, um von dem Silberrücken lediglich angeblafft und weggestoßen zu werden. Dian jedoch war sicher, dass Rafiki – der »mürrische alte Bock«, wie sie ihn in einem Artikel für den *National Geographic* genannt hatte – das Baby gleich anbrüllen, beißen und verprügeln würde. Und so verschlug es ihr erst einmal die Sprache, als der Alte stattdessen eine vertrocknete Blume pflückte und das Junge damit kitzelte.

Der kleine, schwarze Wollknäuel wälzte sich kreischend im Moos, flitzte hin und her wie ein junges Hündchen und konnte nicht genug bekommen von den Kitzelattacken des Silberrückens. Der alte Rafiki aber legte sich auf die Seite, stocherte mit dem Kitzelhalm nach dem Baby und schnitt eine überaus zufriedene Grinsegrimasse. Ganz offensichtlich genoss er das quiekende und zappelnde Fellbündel. Währenddessen genoss über ihm im Hang das junge Gorillapaar ganz ungestört die Liebe.

Dian lachte leise und drehte sich nach dem Tierfilmer im Vernoniabaum um – Bob winkte lächelnd zu ihr herunter. »Was für ein Gefühlsausbruch aber auch«, sagte Dian spöttisch.

Das vergangene Jahr war hart gewesen für sie – ihre vereiterten Zähne, die Trauer um ihren Dad, die ermordeten Gorillas, die gefangenen Gorillababys, der Dauerkrieg mit den Wilderern, und dann hatte sie auch noch ein tollwütiger Hund gebissen.

Dian Fossey an der Tollwut gestorben – das wäre der krönende Abschluss dieser schlimmen Zeit gewesen!

Sie hatte sich schon damit abgefunden, ihrem Vater in die ewigen Jagdgründe folgen zu müssen, doch irgendwie schaffte sie es dann doch, die mörderische Krankheit zu überleben.

Irgendwie? Ohne Bob hätte sie es niemals geschafft.

Keine dieser Krisen hätte sie überwunden, wenn er nicht gewesen wäre. Er hatte ihre hysterischen Anfälle ertragen, als die *National Geographic*-Redaktion wieder und wieder Änderungen an ihrem Artikel verlangte; er hatte sie gehalten, als nach der Trennung von den Gorillababys Weinkrämpfe sie schüttelten; er hatte sie auf den Boden der Realität geholt, als sie vor Wut schäumend Mordpläne gegen die Wilddiebe ausheckte; er hatte den Whisky versteckt, als sie sich vor lauter Verzweiflung dem Suff hingeben wollte.

Er, Bob Campbell, gab ihr Halt und Geborgenheit – mit seiner ruhigen, linkischen, sachlichen, nervenden Art. Hätte ihr jemand das vor einem Jahr prophezeit, Dian hätte ihn für verrückt erklärt. Und was sie Bob besonders hoch anrechnete: Er küsste sie, obwohl er Zigarettenrauch verabscheute.

Es durchperlte sie warm, und grinsend winkte sie zu dem Mann hinauf, der dort oben im Baum saß und sie filmte. »Mit dir ist das Glück in mein Leben gekommen«, flüsterte sie so leise, als fürchtete sie, er könnte es hören. Laut würde sie so einen Satz niemals aussprechen, schon gar nicht ihm gegenüber.

Lächelnd und überströmend von Glücksgefühlen drehte sie sich um und ging weiter. Das Leben konnte so schön sein! Unten, im Moos des Basaltblocks, räkelte sich Peanuts.

Vielleicht spürte der junge Gorilla ihre guten Gefühle, jedenfalls verhielt er sich zutraulicher, als Dian es erwartet hätte nach den eher enttäuschenden Erfahrungen der letzten Tage. Er kletterte sogar vom Stein und kam ihr ein paar Schritte entgegen. Als nur noch ungefähr zehn Meter sie voneinander trennten, sprang er auf den von Moos überzogenen Stamm eines entwurzelten Kosobaumes, bog die Zweige einer Schmarotzerpflanze zu sich herunter, die auf dem Stamm wuchs, und riss Blätter aus ihr.

Während er kaute und schmatzte, schaute er neugierig auf die näherkommende Dian und machte ein Gesicht, als fände er ihre Nähe recht unterhaltsam und wartete nun gespannt ab, was noch alles geschehen würde.

Genauso ging es Dian auch, die Peanuts bewusst anlächelte, während sie sich Schritt für Schritt seinem Baumstamm näherte. Sie ahmte zufriedene Gorillalaute nach, steckte sich Blätter in den Mund und tat so, als würde sie darauf herumkauen. Peanuts sollte ganz sicher sein, dass sie ihm nichts Böses wollte. Als sie den verrottenden Stamm erreicht hatte, ließ sie sich darauf nieder.

Peanuts hellwache Augen lugten durch das Geäst der Schmarotzerpflanze. Er beobachtete sie aufmerksam, bis er auf einmal seine Deckung verließ und zu ihr balancierte. Ehe Dian sich versah, ließ er sich neben ihr im Moos des Baumstammes nieder und schaute zu, wie sie sich Blätter in den Mund steckte. Dians Herz schlug schneller und ihr Atem flog, denn höchstens zwei Meter trennten sie noch voneinander. War jemals ein Gorilla ihr so nahegekommen?

Nach einiger Zeit kam es ihr vor, als würde ihre vorgebliche Nahrungsnahme Peanuts allmählich langweilen. Also stand sie auf und kratzte sich am Kopf, woraufhin der junge Gorilla sich ebenfalls erhob und sein Schädelfell schabte. Dian unterdrückte das Bedürfnis, laut zu lachen, ging in die Hocke und war kein bisschen überrascht, als Peanuts vom Stamm zu ihr herunterkletterte. Sie legte sich neben dem Stamm ins Laub und streckte langsam die rechte Hand mit der Innenfläche nach oben aus und ließ sie so im Laub liegen.

Was danach geschah, würde sie ihr Leben lang nicht mehr vergessen: Peanuts setzte sich neben sie und schaute ihre Hand an. Er betrachtete sie nicht einfach nur, sondern studierte sie geradezu; als wollte er die Linien ihrer Handflächen mit seinem Blick nachziehen, beugte er sich sogar über sie. Schließlich richtete er sich auf und streckte seine Hand nach ihrer aus, langsam, zögernd, behutsam – bis seine Finger ihre Finger berührten.

Dian bis die Zähne zusammen, denn die Tränen kamen ihr, so heftig erschütterte sie dieser Augenblick. Und der junge Gorilla guckte ebenfalls reichlich verstört. Fast sah es aus, als hätte er Angst vor seiner eigenen Waghalsigkeit bekommen, denn rasch zog er seine Hand wieder zurück. Schließlich sprang er auf und machte seiner Erregung durch hektisches Brusttrommeln Luft, bevor er sich trollte und zurück ins Kräuterfeld zu seiner Horde sprang.

Lange blieb Dian noch im Schatten des entwurzelten Baumstammes liegen und versuchte zu fassen, was sie da gerade erlebt hatte. Die Hand eines freilebenden Gorillas hatte die Hand eines Menschen berührt! Sie war überwältigt und genoss den Augenblick in vollen Zügen.

Später, als sie wieder oben beim Vernoniawäldchen ankam, war Bob Campbell bereits vom Baum geklettert und empfing sie mit ausgebreiteten Armen. »Gratuliere!«, sagte er.

»War das nicht unglaublich?« Sie sank an seine Brust. »Hast du es gefilmt?«

»Fotografiert, die Filmrolle hat nicht gereicht.«

»Wie schade! Doch es war einfach unglaublich, oder?«

Sie setzten sich ins Moos und redeten über das Erlebte. Dian ahmte Peanuts Gesichtsausdruck nach, berührte Bobs Hand in gleicher Weise, wie der Gorilla ihre Hand berührt hatte, und versuchte zu beschreiben, wie Gorillafinger sich anfühlten. So ließen sie noch einmal jede Einzelheit Revue passieren und freuten sich wie die Kinder.

»Es sind wunderbare Geschöpfe, oder?«, sagte Dian. »Sie gehören zu den verrufensten Tieren dieses Planeten, gelten vielen sogar als aggressive Bestien, dabei sind sie in Wirklichkeit friedliche, in sich gekehrte Vegetarier.«

»Ohne dich hätte ich diese Tiere so nicht kennengelernt«, sagte Bob, und begann von Digit zu schwärmen, mit dem er während Dians Aufenthalt in Cambridge Ähnliches erlebt hatte, wie sie gerade mit Peanuts. »Das sind einzigartige Erfahrungen«, sagte er, »und du hast sie mir ermöglicht. Ich danke dir.« Er schloss Dian in die Arme und küsste sie.

Als er sich wieder von ihr lösen wollte, hielt sie ihn fest. »Langsam, Mr. Campbell«, sagte sie. »Wir haben Zeit und kein heimwehkranker Student wird an die Tür klopfen und uns stören.«

Seit Anfang des Jahres musste sie einige Studenten bemuttern, die bei ihr in Karisoke erste Erfahrungen in der Feldforschung machten und bei der Gelegenheit den aktuellen Gorillabestand der Virungas zählen sollten.

»Hier gibt's nicht mal eine Tür, an die man klopfen könnte.« Dian zog Bob ins Moos hinunter. »Hier gibt's nur uns und die Gorillas. Gönnen wir ihnen doch den Anblick nackter Menschenkörper. Sie sind unseren Blicken ja auch ungeschützt ausgesetzt, und das Tag für Tag.«

Bob lachte und winkte hinüber zu den Gorillas, bevor er Dian wieder in die Arme schloss. Er vergrub seinen küssenden Mund in ihrer Kehle, und sie zog ihm das Hemd aus der Hose, um seine Haut spüren zu können. Unter seinen zärtlichen Berührungen und Küssen blieb für Dian die Zeit stehen. Sie vergaß den Wald, die Gorillas, sich selbst und überließ sich ganz und gar der Wildheit ihres Verlangens und der unbändigen Kraft seiner Lust.

Hinterher, nachdem sie sich gegenseitig wieder in die Kleider geholfen hatten, setzte Dian sich auf und zündete sich eine Zigarette an. Bob streckte sich neben ihr aus und streichelte ihren Schenkel. Dian dachte an das vergangene Jahr zurück, während ihr Blick nicht von dem Ring an seiner streichelnden Hand lassen konnte. Noch wusste seine Frau von nichts. Sie hieß Heather, Dian hatte Briefe von ihr gelesen. Ob sie es ahnte?

Seit April letzten Jahres war Bob fast ununterbrochen mit ihr, Dian, zusammen gewesen – abgesehen von den sechs Wochen, die sie Anfang des neuen Jahres in Cambridge mit ihrer Doktorarbeit verbracht hatte, und abgesehen von den drei Wochen, die Bob im vergangenen Sommer in Nairobi bei seiner Familie gewesen war.

Ansonsten hatten sie fast jeden Tag miteinander verbracht. Meistens hier draußen im Regenwald bei den Gorillas. Im Forschungscamp hielten sie ihre Beziehung so gut es ging geheim, grüßten einander höflich und taten kühl, wenn die anderen dabei waren. Doch sobald die Dunkelheit auf Karisoke fiel, schlich Bob gewöhnlich zu Dian in die Hütte. Kaum eine Nacht, in der sie sich nicht liebten.

»Was soll werden aus uns beiden, Bob?«, fragte Dian und blies den Rauch in die feuchte Waldluft. »Wie sieht unsere Zukunft aus?«

»Ist das wirklich wichtig?« Bob setzte sich auf. »Müssen wir wirklich nach der Zukunft fragen, wenn wir derart schöne Augenblicke erleben wie heute?« Er zog sie an sich. »Lass uns die Gegenwart genießen, statt nach morgen zu fragen.«

»Wie recht du mal wieder hast.« Dian seufzte. »Außerdem ist es viel zu kompliziert, an die Zukunft zu denken. Du bist mit Heather verheiratet, ich mit Karisoke und den Gorillas – Zukunftspläne würden uns das Leben nur unnötig schwer machen.«

Dian fand, dass sie von dem ach so sachlichen und vernünftigen Bob gelernt hatte, und war stolz auf sich, sachlich und vernünftig mit ihrer Beziehung umgehen zu können. Und war es nicht vernünftig, einfach nur dankbar für die glücklichen Augenblicke zu sein, mit denen das Leben sie und Bob so unverhofft beschenkte? War es nicht vernünftig, sich damit zu begnügen, ohne nach morgen zu fragen?

Sicher, das war es: vernünftig.

Doch was hatte die Wirklichkeit mit Vernunft und Sachlichkeit zu tun? Zumal die Wirklichkeit eines liebesbedürftigen und sehnsüchtigen Herzens, wie in Dians Brust eines schlug?

In Wirklichkeit wünschte Dian sich, Bob würde für immer in Karisoke bleiben und bis ans Ende der Zeiten mit ihr die Gorillas erforschen. In Wirklichkeit war sie mit jeder Faser ihres Herzens verliebt in diesen Mann, und tief in ihr brannte längst eine verzweifelte Hoffnung.

Natürlich wird er seine Frau verlassen, flüsterte diese Hoffnung ihr ein, natürlich wird er bei dir bleiben, und natürlich für immer.

45

Tränen

Karisoke, März 1972

In Karisoke brannte bereits das abendliche Lagerfeuer. Von weitem winkte Alyette den Studenten und Einheimischen zu, die dort grillten, Musik machten und die Meerkatze Kima fütterten, die seit einiger Zeit das Forschungscamp aufmischte. Dian hatte das Äffchen unten in Gisenyi einem Wilderer weggenommen, der das Pech hatte, es ausgerechnet ihr verkaufen zu wollen. Sie selbst saß nicht in der munteren Runde am Feuer, doch das hätte Alyette auch gewundert. Ob ihre Freundin schon in ihrer amerikanischen Heimat eine Einzelgängerin gewesen war, wusste sie nicht, hier in Karisoke jedenfalls war sie es; und sie würde es wohl immer bleiben.

Alyette bog in den Weg ein, der zu Dians Hütte führte. Die Blicke der Leute am Feuer verfolgten sie, das musste sie nicht sehen, das spürte sie. Zufrieden registrierte sie, dass Rauch aus dem Schornstein von Dians Hütte quoll. War die Freundin also schon zurück aus dem Wald.

Alyette hatte sich nicht angekündigt, war erst gestern von einer langen Reise heimgekehrt und heute einer Eingebung gefolgt und den Visoke hochgestiegen. Und nun stand sie vor der Hüttentür der Gorillaforscherin und klopfte.

»Ich will meine Ruhe!«, blaffte Dian hinter der Tür. Ihre

dunkle Stimme klang unglücklich. Alyette schlug mit ihrem Fimbo gegen die Tür, nannte ihren Namen, klopfte erneut.

Dann schlurfende Schritte in der Hütte, und endlich öffnete sich die Tür. Dian riss sie an ihre Brust, umarmte sie so fest, dass es Alyette die Luft aus dem Brustkorb presste – und weinte. So standen sie ein paar Augenblicke lang, und Alyette spürte, dass die Kleider der Freundin noch nass waren vom Regenwald und dass sie zitterte.

»Du bist komisch«, schluchzte Dian, »immer dann, wenn ich dich am dringendsten brauche, tauchst du auf einmal auf.« Die hochgewachsene Gorillaforscherin legte ihre Stirn auf Alyettes Schulter und heulte wie ein kleines Mädchen, dessen Puppe man den Kopf abgerissen hatte.

»Lieber Himmel, Dian!« Alyette ließ ihren Fimbo fallen, schob Dian in die Hütte und trat die Tür hinter sich zu. »Was ist denn schon wieder los?« Dian roch nach Whisky und Zigaretten.

»Nichts«, schluchzte Dian, und weil Alyettes unerwartete Gegenwart sie offenbar überwältigte, ließ sie auch die letzten Reste Selbstbeherrschung fahren und schrie heulend: »Gar nichts ist los, alles ist in Ordnung! Alles ist gut!«

Alyette schob sie zum Sofa hin. »Bist du betrunken?« Die fast leere Whiskyflasche auf dem Salontisch konnte man gar nicht übersehen. Und den überquellenden Aschenbecher sowieso nicht. Fotos, Papierschnipsel und Magazine lagen um ihn herum, und über dem Tisch schwebten Rauchschwaden.

»Was denkst du denn?« Dian ließ sich aufs Sofa fallen und wischte sich die nassen Augen mit dem Hemdsärmel aus. »Keine normale Frau kann so viel Scheißdreck nüchtern ertragen!« Ihre Zunge bewegte sich unrund. »Natürlich bin ich betrunken! Sie langte die Zigarettenschachtel vom Tisch und steckte sich eine verkehrt herum zwischen die Lippen. »Ich bin so froh, dass du da bist, Alyette, so gottfroh. Wo zum Teufel ist mein Feuerzeug?«

»In Nairobi erzählen sie, dass einer deiner Studenten zwei Wilderer angeschossen hat.« Alyette hob das Feuerzeug vom Boden auf, zog ihr die Zigarette aus dem Mund und steckte sie ihr mit dem Filter voran zwischen die Lippen. »Hat dein Kummer damit zu tun?« Sie gab ihr Feuer.

»Dieser Idiot!« Dian hielt sich an ihr fest, denn sie schwankte bedenklich, während sie die Zigarette in die Flamme hielt. »Ist passiert, als ich in Cambridge war. Seitdem ist hier die Hölle los – die Wilderer haben mir den Krieg erklärt, die *National Geographic Society* schickt kein Geld mehr, und die Parkdirektion will mich loswerden. Doch was bedeutet das alles schon gegen das hier …?« Tränen erstickten ihre Stimme, während sie auf den Salontisch deutete.

Alyette wusste nicht, was genau sie meinte, hob ein *National Geographic*-Magazin vom Tisch, auf dessen Cover Dian mit Peanuts zu sehen war und zog fragend die Brauen hoch.

»Das hat er fotografiert«, schluchzte Dian, griff nach den Schnipseln einer zerrissenen Fotografie und schmiss sie in Richtung Kaminfeuer. »Und das hab ich gemacht.« Die Schnipsel segelten zwischen Tisch und Feuer auf den Boden, während Dian sich laut heulend gegen die Couchlehne warf.

Alyette streifte Rucksack und Jacke ab, ging zum Kamin, las die Fetzen des Fotos auf und schob sie auf dem Tisch zusammen wie Teile eines Puzzles. Auf dem Bild, das so entstand, erkannte sie die Schultern und den Schädel eines Gorillas und die Schultern und den Kopf eines Mannes. Beide lagen Stirn an Stirn im Unterholz. Bob Campbell und Digit.

Konnte das wahr sein? Alyette schüttelte fassungslos den Kopf. Mensch und Gorilla so nah – war das wirklich möglich? Musste es wohl, denn sie mochte das Foto so kritisch betrachten, wie sie wollte – es blieb dabei: Ein Gorilla schaute sie aus großen Augen über seine wie schwarzer Lack glänzende Nase hinweg an, und ein lächelnder weißer Mann mit dunkelgrünem Barett lehnte seine staunend in Falten gelegte Menschenstirn gegen die schwarze Gorillastirn und schaute sie, die Betrachterin, ebenfalls an.

»Das hast du mit eigenen Augen gesehen?« Alyette hob den ungläubigen Blick. Die Gorillaforscherin drückte ihren Nacken auf die Kante der Couchlehne und heulte die Hüttendecke an. »Dieses Foto hast du geschossen?« Dian nickte, warf den Oberkörper über die Knie und wurde von Heulkrämpfen geschüttelt.

Alyette setzte sich neben sie und nahm ihr die brennende Zigarette aus den Fingern, um sie in den vollen Aschenbecher zu legen. Dann schloss sie die unglückliche Freundin in die Arme und hielt sie fest. Erbarmen hatte sie gepackt, denn sie ahnte, was geschehen war. Rose hatte ihr geschrieben, dass Dian unsterblich verliebt, dass ihr das Leben Spaß mache, dass sie glücklich sei. Und schwanger sei sie gewesen, und abgetrieben habe sie, und Hoffnungen auf eine Ehe mit Bob Campbell habe sie sich gemacht.

Das alte Lied, dachte Alyette, immer wieder das alte Lied. Was für ein Jammer!

Ihr Blick fiel auf die leeren Whiskyflaschen neben dem Kamin. In Gedanken zählte Alyette sie – sieben. Sie biss sich auf die Unterlippe, während die Sorge um die Freundin ihr das Herz zusammenschnürte.

Lange hielt sie die weinende Dian fest, so lange bis die unglückliche Freundin sich nach und nach beruhigte. »Er ist gegangen, habe ich recht?«, fragte sie irgendwann.

Dian schüttelte schluchzend den Kopf. »Ich habe ihm verboten, jemals wieder nach Karisoke zu kommen.« Sie wischte sich die Tränen ab. »Er konnte sich nicht entscheiden, weder für mich noch gegen seine Frau. Wahrscheinlich wollte er es auch nicht.« Sie begann zu erzählen, stockend und von Schluchzern unterbrochen zunächst, doch bald immer flüssiger. »Du glaubst nicht, wie viele Stunden wir im vergangenen Jahr gemeinsam bei den Gorillas verbracht haben. Ganze Tage und Nächte haben wir uns mit ihnen beschäftigt, vor allem mit Digit. Er ist so unglaublich sanft und zutraulich.«

Alyette hörte schweigend zu. So erfuhr sie von der Freundschaft, die sich zwischen dem verspielten Digit und dem verliebten Menschenpaar entwickelt hatte; von traumhaften Stunden im Regenwald und hier in der Hütte; aber auch von sechs toten Gorillas, die laut Parkdirektion von verängstigten Dorfbewohnern gesteinigt, in Wahrheit jedoch von Wilderern abgeschlachtet worden waren, um sich ihrer Babys zu bemächtigen. Dian und Bob Campbell hatten das gemeinsam herausgefunden. Alyette erfuhr von Sponsoren, die sich wegen des schießwütigen Studenten von Dian abgewandt hatten und von Bob Campbells neuem Filmprojekt in Nordkenia, das seine Zeit hier in Karisoke endgültig beendet hatte.

»Es ist vorbei.« Dian sprach nun sehr leise und ihr Blick ging ins Leere. »Er wollte noch einmal kommen, um sich zu verabschieden, doch das habe ich ihm verboten. Ich will ihn nicht mehr sehen, ich werde ihn aus meinem Herzen reißen.« Sie schloss die Augen, neigte den Kopf und biss sich in die Faust.

Die Gorillaforscherin weinte jetzt lautlos, doch Alyette sah ihre Tränen über ihre Faust rinnen und auf ihre Hose tropfen. Sie legte wieder den Arm um sie, zog sie an sich und dachte an die Gespräche, die sie mit Rose über Dian und ihren Geliebten geführt hatte. Beide hatten sie das Ende seit langem kommen sehen.

Campbell war Dian die ganzen drei Jahre über ein treuer und fürsorglicher Freund gewesen, das konnte jeder sehen, der Augen im Kopf hatte. Zusammen waren die beiden den Gorillas so nahegekommen wie kein Mensch jemals zuvor. Auch das hatte sich überall herumgesprochen. Doch Campbell war verheiratet. Und er hatte nie auch nur angedeutet, dass er seine Familie um Dians willen verlassen würde.

Alyette hatte der Freundin wegen dieser Liebesaffäre kein einziges Mal ins Gewissen geredet. Verliebten Frauen Ratschläge zu geben oder sie gar mit Mahnungen bremsen zu wollen war nach ihrer Erfahrung reine Zeitverschwendung. Von Rose jedoch wusste Alyette, dass sie Dian eindringlich davor gewarnt hatte, ihr Herz an einen Mann zu hängen, der einer anderen Frau verpflichtet war.

Selbstverständlich hatte Dian diese Warnungen in den Wind geschlagen. Das Ergebnis hielt Alyette nun in den Armen: eine betrunkene, tief verletzte, zitternde, weinende Frau.

»Es war so schön mit ihm«, flüsterte Dian in ihre nasse Faust. »Trotz seiner Besuche zuhause, trotz der Abtreibung, und obwohl er sich nie entscheiden wollte – es war wunderschön mit Bob.« Sie hob den Kopf und schaute Alyette mit tränennassem Blick an. »Mit ihm und Digit. Es waren die drei glücklichsten Jahre meines Lebens. Und nun sind sie vorbei.«

46

Zerbrechen

Karisoke, Dezember 1977

Das junge Paar hockte auf der anderen Seite der Schlucht zwischen den Büschen. Doktoranden – sie hieß Kelly, er Sandy; Dian hatte sie aufgefordert, dort drüben zu bleiben, denn sie wollte allein sein mit Gruppe 4. Sie war die Chefin, also saßen die beiden Jungforscher nun brav zweihundert Meter Luftlinie entfernt im Gestrüpp, machten sich Notizen, fotografierten und hoben von Zeit zu Zeit die Feldstecher, um zu ihr und den Gorillas herüberzuspähen.

Früher, als Studenten, hatten Kelly und Sandy für Dian Gorillas gezählt; da war sie noch gut befreundet gewesen mit den beiden, doch heute konnte Dian sie nicht mehr leiden. Vor allem ihn, Sandy, nicht. Er war ein unerträglicher Besserwisser, der glaubte, die Weisheit mit Löffeln gefressen zu haben.

Dian fühlte sich gut hier drüben, so ganz allein mit der Gruppe 4, als wäre sie angekommen, als wäre sie endlich zuhause. So ging es ihr jedes Mal, wenn sie allein unter Gorillas sein konnte. Wie weggeblasen waren dann alle dunklen Gedanken, alle Sorgen. Sogar die Schmerzen in den Gelenken und den gebrochenen Rippen vergaß sie, wenn ihre schwarzpelzigen Freunde um sie herum spielten, fraßen, balgten und dösten.

So wie jetzt: Die halbwüchsigen Gorillas und die ganz jungen jagten einander an Dian vorbei und den Hang hinauf und herunter, die Gorillamütter lagen im Gras und säugten ihre Babys, die geschlechtsreifen Weibchen und Schwarzrücken weideten im Farn und dem angrenzenden Brennnesselfeld und beäugten einander mit unverhohlenem Interesse, und über allen thronte der Silberbrücken Uncle Bert auf dem untersten Ast eines Kosobaumes und ließ sich von seiner aktuellen Favoritin das Rückenfell lausen.

Digit war sofort herbeigeschaukelt, als Dian auftauchte, hatte sie begrüßt, indem er so dicht an ihr vorüberstreifte, dass seine Flanke ihre Schulter berührt hatte. Jetzt hockte er eine Armlänge neben ihr, kaute Farn und hatte nur Augen für das junge Gorillaweibchen, das Dian auf den Namen Simba getauft hatte.

Früher, zu Bob Campbells Zeiten, hatte Digit sich auf den Rücken geworfen und gestrampelt und sie so zum Spielen aufgefordert, wenn Dian zur Gruppe 4 kam. Oder er hatte ihre Thermoskanne versteckt oder ihr Suaheli-Wörterbuch aus dem Rucksack gekramt und drin geblättert, als könne er lesen. Wenn sie jemanden mitbrachte, den Digit noch nicht kannte, hatte er ihn beschnüffelt, an seiner Kleidung gezupft und sein Haar begrapscht. Und wenn es ein Mann gewesen war, wie Bob, Vatiri oder ein Student, dann hatte Digit ihn aus Spaß angegriffen und zum Raufen herausgefordert.

Bob Campbell hatte ihn oft gefilmt in solchen Situationen, und die Bilder gingen noch heute um die Welt. Digit war der Star eines Fernsehfilms, den die *National Geographic Society* produziert hatte.

Inzwischen empfing Digit sie wie eine alte Freundin und musste nicht mehr all die seltsamen Dinge betrachten und betasten, die sie aus ihrem Rucksack packte; inzwischen war ein kolossaler Schwarzrücken aus ihm geworden, der in der Horde für den Schutz der Weibchen und der Jungen zuständig war und der sich mehr für geschlechtsreife Gorilladamen interessierte als für Bücher, Thermoskanne, Brillen oder Feuerzeuge.

Zwei andere, etwas jüngere Schwarzrücken tobten vor Simba herum, um Eindruck zu schinden. Dabei äugten sie ständig zu Digit hin, um zu schauen, wie er reagierte. Digit blaffte sie an, fletschte die Zähne und rückte von Dian weg und näher an Simba heran. Es war klar, was sich hier anbahnte.

Zum Glück war Uncle Bert nicht halb so eifersüchtig wie der alte Rafiki von Gruppe 8, so dass Dian auf baldigen Nachwuchs in der Gruppe 4 hoffen durfte. Das war auch dringend nötig, denn der Gorillabestand in den Virungas schrumpfte von Jahr zu Jahr weiter.

»Warte nicht mehr zu lange!«, rief sie Digit zu. »Nicht, dass Uncle Bert dir das Mädel noch wegschnappt. Dem alten Sack ist alles zuzutrauen, das weißt du doch, Digit.«

Digit wandte ihr sein schwarzes Gesicht zu, und als hätte er jedes Wort verstanden, schnitt er eine Grinsegrimasse. Dian wünschte, Bob Campbell könnte ihn so sehen.

Ob Digit Bob noch wiedererkennen würde nach so langer Zeit? Dian zweifelte eigentlich nicht daran, doch den Beweis, dass Gorillas ein Langzeitgedächtnis für menschliche Gesichter besaßen, hatte sie noch nicht erbringen können.

Der Gedanke an Bob schmerzte wie eine alte Wunde bei Wetterwechsel. Schlimmer noch: wie eine alte Wunde, die ständig ohne Vorwarnung wieder aufbrach – etwa, wenn sie ein Foto im *National Geographic*-Magazin entdeckte, das er geschossen hatte, oder wenn sie im Regenwald an Stellen vorüberwanderte, an denen sie sich geliebt hatten, oder wenn ihr ein Geschenk von ihm in die Hände kam – ein Buch, ein Taschenmesser, ein Glas.

Wie zerbrochen kam ihr die Welt vor seit der Trennung von Bob. Zerbrochen, ja: Die Welt, die Zeit, ihr Herz – alles fühlte sich irgendwie zerbrochen an. Und zerbrachen die Dinge nicht immer weiter, seit er gegangen war?

Louis Leakey etwa. Im Oktober 1972 hatte er seinen zweiten Herzinfarkt erlitten und war daran gestorben. Vorher hatte er sie noch zu einem gemeinsamen Safari-Urlaub eingeladen und um sie geworben. Dian lächelte halb spöttisch, halb wehmütig, als sie sich daran erinnerte. Louis' Ehe mit Mary war gerade gescheitert, und trotzdem hatte sie die Avancen des weißhaarigen Professors zurückgewiesen. Leider auch den Smaragdring, den er ihr schenken wollte. Das bereute sie bis zum heutigen Tag.

Im Jahr darauf hatte eine Giftspinne sie gebissen, so dass sie für Wochen das Krankenbett hüten musste und nicht arbeiten konnte. Und als wäre das noch nicht genug des Unglücks, hatte sie kurz darauf auch noch die wilde Kima angegriffen und gebissen, ihr Hausaffe.

Zerbrochen waren ihr neulich auch drei Rippen, als an einem Steilhang die alte Höhenangst sie packte und sie abstürzte und drei Meter tief auf einen Felsvorsprung prallte.

Manchmal kam es ihr vor, als wäre ihr Leben ins Stolpern geraten, seit Bob sie verlassen hatte.

Neben ihr streckte nun Simba sich im Farn aus, räkelte sich und grunzte behaglich. »Mach schon, Digit«, sagte Dian und grinste. »Lass dich nicht zweimal bitten.« Digit beugte sich über die junge Gorillafrau und begann, ihr das Rückenfell zu lausen. Dian sah es gern. »Das ist schon mal ein guter Anfang«, sagte sie.

In den letzten Monaten zerbrach auch ihre Vorstellung von einem Naturschutzpark, wie sie ihn für nötig hielt, um die Berggorillas vor dem Aussterben zu bewahren. Die Regierung und die Parkdirektion wollten die Virungas zu einem touristischen Zentrum machen und mit den Einnahmen den Schutz der Gorillas finanzieren.

Ein entsprechendes Werbeplakat hing längst in zahlreichen Reisebüros der westlichen Welt. Und wer prangte darauf in seiner ganzen Schönheit und forderte den Betrachter auf, ihn in den Virungas zu besuchen? Digit.

Dian hasste dieses Plakat.

Das Konzept für den Gorillatourismus hatten einige ihrer ehemaligen Studenten ausgebrütet, Sandy zum Beispiel, dieser Doktorand drüben in den Büschen auf der anderen Seite der Schlucht, dieser Besserwisser. Junge Leute ohne Berufserfahrung waren das, Jungakademiker, die scharf auf Titel, Posten und Reputation waren. Eine wie sie störte da nur, eine wie sie wollte man so schnell wie möglich loswerden.

Das hatte Dian sich nicht ausgedacht, das hatte ihr ein Vertrauter der US-Botschaft in Kigali hinter vorgehaltener Hand erzählt.

Touristenschwärme in den Hängen der Virungas? Nur über ihre Leiche! Da verstand Dian keinen Spaß. Ihre eigene Reputation bedeutete ihr nicht viel mehr als der Doktortitel, den ihr die Universität Cambridge vor drei Jahren verliehen hatte: nichts.

Und zerbrach nicht unaufhaltsam auch eine Gorillagruppe nach der anderen? Schrumpfte nicht die gesamte Gorillapopulation im Vulkangebirge der Virungas? George Schaller war zuletzt von noch fast vierhundert Tieren ausgegangen. Nach der Zählung, die Dian zwischen 1971 und 1973 von ihren Studenten hatte durchführen lassen, stand fest, dass es höchstens zweihundertsiebzig waren. Dian mochte lieber nicht daran denken, wie viel weniger Gorillas heute, vier Jahre später, in den Virungas lebten.

»Meine Schuld«, sagte sie leise und an Digit gewandt. »Ich habe euch nicht genügend beschützt.« Als hätte er ihre Worte verstanden, schaute er zu ihr herüber und musterte sie mit dem neugierigen Blick seiner großen klaren Augen. »Ach du«, seufzte Dian. »Wenn ich dich nicht hätte.«

*

Jahr für Jahr grauste es Dian vor der Weihnachtszeit, denn bis Ende Dezember fielen gewöhnlich Völkerscharen von Touristen in den ruandischen *Parc des Volcans* ein. Leute aus aller Herren Länder wollten den stattlichen Gorilla sehen, den sie vom Werbeplakat ihrer Reisebüros kannten; und wenn nicht Digit, dann wenigstens einen seiner Verwandten, der ähnlich groß und schön war.

Wenn der Rummel sich zum Jahresende hin wieder legte, fand man kaum noch Gorillagruppen in den Hängen von Visoke und Karisimbi, weil die aufgescheuchten Menschenaffen sich tief in den dichten Regenwald zurückzogen oder sich hoch oben in den Gipfelregionen vor den Touristen versteckten.

Dian ignorierte auch in diesem Jahr die Bitte der Parkdirektion, den Touristen die Gorillaführerin zu geben. Sie verkroch sich im Forschungscamp, um ihre Datensätze auszuwerten und an ihrem Buch zu arbeiten.

Natürlich besuchten tagtäglich wieder Dutzende von Touristen Karisoke, um die berühmte Gorillaforscherin zu sehen und möglichst auch zu fotografieren, doch die verweigerte sich ihnen standhaft. »Ich bin für niemanden zu sprechen«, hatte Dian ihren Mitarbeitern und Studenten eingeschärft und sich in ihrer Hütte eingeschlossen.

Ihre Stimmung war nicht allzu schlecht in diesen letzten Dezembertagen des Jahres 1977, denn ihre Wildererpatrouillen, die sie aus eigener Tasche bezahlte, hatten im Laufe des Monats zahlreiche Fallen zerstören können und sogar ein Waffenlager der Wilddiebe ausgehoben. Zu Beginn des Jahres jedoch sank ihre Laune wieder gegen den Nullpunkt, denn wie erwartet, hatten ihre Gorillagruppen sich vor den Touristen aus dem Staub gemacht.

Und dann kam der Tag, der sie so tief in ein düsteres Labyrinth aus Verzweiflung und Trauer stürzte, dass sie nie wieder richtig herausfinden sollte.

Gegen Abend entdeckten Dian und ihre Fährtensucher Spuren von Büffel-, Antilopen- und Elefantenhufen, in die sich Abdrücke von Hundepfoten und kleinen Fußsohlen mischten. »Wilderer.« Sanweckwe sprach aus, was für jeden sichtbar war. »Sämtliche Tiere des Waldes scheinen vor ihnen auf der Flucht zu sein.«

Dian stieß einen wüsten Fluch aus, denn es stimmte: Eine breite Schneise aufgewühlten Waldbodens und zertretenen Unterholzes zog sich den Waldhang hinauf. Sie folgten ihr noch etwa eine knappe Stunde lang und entdeckten dünnflüssigen Gorillakot und große Mengen Blut auf ihr.

»Angstschiss«, sagte einer der Studenten, und Dian flehte im Stillen: bitte nicht schon wieder!

Weil die Dunkelheit einbrach, mussten sie umkehren. Dian tat die ganze Nacht kein Auge zu, denn alle getöteten Gorillas, die sie jemals gesehen hatte, hatten sich um ihr Bett versammelt.

Beim ersten Tageslicht stand sie angezogen vor ihrer Hütte und rief nach ihren Studenten und Fährtensuchern. Bevor der Erste sich blicken ließ, machte sie sich schon allein mit Cindy auf den Weg in den Regenwald und nahm die schreckliche Fährte wieder auf.

Ohne Rücksicht auf ihre Gesundheit – sie hatte gerade erst eine schwere Lungenentzündung auskuriert – folgte sie der Spur bergauf, bergab und wieder bergauf. Irgendwann, als sie sich nur noch keuchend und mit schmerzenden Gelenken voranschleppen konnte, überholte sie einer ihrer Studenten und verschwand über ihr im dichten Unterholz des Visokehangs.

»Weiter, Cindy, immer weiter«, keuchte Dian. Doch es war nicht die Hündin, die kaum den Berg hinaufkam, es war sie, die sich zu jedem weiteren Schritt zwingen musste. Ihr Herz schlug wie verrückt, ihr Atem flog und blutige Schreckensbilder von toten Gorillas lähmten ihre Schritte.

Irgendwann entdeckte sie den Studenten einen Steinwurf weit über sich zwischen Vernoniabüschen. Er stand so reglos da, als wäre er mit dem Waldboden und dem Gestrüpp verwachsen. Als sie ihn keuchend erreichte, hob er abwehrend die Hände. »Gehen Sie lieber nicht weiter, Doktor Fossey, bitte.«

»Aus dem Weg!« Sie schob ihn einfach zur Seite, brach durch die Büsche und fand sich am Rand einer kleinen Lichtung wieder. Zwei tote Wildererhunde lagen mit gebrochenem Genick und zerbissenem Hals zwischen Speeren und Pfeilen, die überall im zerwühlten und mit Blut getränkten Boden steckten.

Mit weichen Knien stelzte Dian an den Kadavern vorbei zu dem Torso des toten Gorillas, der auf der anderen Seite der Lichtung gegen einen entwurzelten Baum lehnte. Obwohl man ihm die Hände und den Kopf abgeschlagen hatte, erkannte Dian ihn auf den ersten Blick.

Es war Digit.

Sie spürte, dass irgendetwas in ihr endgültig zerbrach.

*

Zwei Tage später schleppten drei ihrer einheimischen Helfer einen gefesselten Bahutu vor Dians Hütte. »Wir haben eine Gorillahand in seinem Unterschlupf gefunden«, erklärten sie. »Seine Komplizen konnten abhauen.«

Eine Woge des Hasses flutete Dians Brust, während sie den kleinen Mann unter zusammengekniffenen Lidern belauerte. »Ich hab nichts gemacht«, jammerte der, »hab wirklich nichts gemacht.«

»Und die Gorillahand?«

»Waren die anderen.« Der Mann war nicht schwarz, er war grau; und er zitterte am ganzen Körper.

»Wie heißen die?«

»Weiß nicht, weiß wirklich nicht.«

Je länger Dian ihn fixierte, desto grauer wurde seine Haut und desto heftiger zitterte er. Kein Wilddieb in den Virungas, der noch nie von Nyirmachabelli gehört hatte, von der Hexe, die einsam im Wald lebte, mit den Gorillas verbündet war und allen Wilderern den Tod wünschte.

Inzwischen hatte sich fast die gesamte Belegschaft von Karisoke um Dian und den Gefangenen versammelt. »Bringen wir ihn hinunter zur Parkdirektion«, schlug jemand vor. »Die sollen ihn verhören.«

»Damit er sich freikaufen kann?« Ohne den Mann auch nur einen Moment aus den Augen zu lassen, schüttelte Dian den Kopf. »Ich bringe ihn selbst zum Reden. Schafft ihn in meine Hütte und hängt ihn mit den Füßen an den Deckenbalken.«

Vier ihrer Helfer zerrten den jämmerlich schreienden Bahutu in Dians Hütte und taten, was sie verlangt hatte. Dian folgte ihnen, griff sich einen Stock und ein Messer und betrachtete den kopfüber hängenden Wilddieb mit kaltem Blick. »Lasst mich allein mit ihm«, verlangte sie, bevor sie die Hüttentür schloss und ihre Hexenmaske aufsetzte.

47

Goldfisch

Atherton, Kalifornien, Herbst 1943

Mein Goldfisch ist tot. Er treibt auf der Wasseroberfläche seines kleinen Aquariums und rührt sich nicht mehr. Ich habe ihn ein paar Mal mit dem Finger unter Wasser gedrückt, doch es hat nichts genützt. Er hat sich einfach nicht mehr bewegt, ist einfach nicht mehr geschwommen.

Er ist tot, richtig tot.

Jetzt sitze ich vor seinem Glas und weine.

Mom muss es gehört haben, denn auf einmal steht sie neben mir. Hör schon auf zu heulen, sagte sie, ist doch nur ein Fisch.

Ich hab ihn aber lieb gehabt, antworte ich und muss noch schrecklicher weinen.

Zu Weihnachten kaufen wir dir einen neuen, sagt Mom und geht wieder hinaus. Und ich weine.

Später kommt Mr. Price in mein Zimmer. Der Goldfisch ist verendet?

Ich dreh mich nicht nach ihm um, denn ich will ihm meine Tränen nicht zeigen.

Hättest ihn halt besser pflegen müssen, sagt er von der Türschwelle aus, und dann höre ich die Tür ins Schloss fallen. Mr. Price ist wieder gegangen. Ein Glück.

Ich weine, bis es dunkel wird vor den Fenstern. Dann wische ich mir die Tränen ab und schaufele ein kleines Grab im Topf des Gummibaums. Der steht nahe genug an meinem Bett, denke ich, dann habe ich meinen Goldfisch ganz nah bei mir, wenn ich schlafe.

Als das Grab fertig ist, gehe ich zu dem Tischchen mit dem kleinen Aquarium, lange ins Wasser und hole meine toten Goldfisch heraus. Ich halte ihn über dem Glas, damit das Wasser aus meiner Hand ablaufen kann, und dann tue ich etwas, was ich noch nie getan habe, aber schon immer gern tun wollte: Ich beuge mich über meinen Goldfisch und küsse ihn.

Danach begrabe ich ihn im Blumentopf des Gummibaums. Und dann lege ich mich ins Bett und weine. Und weine und weine.

48

Frau mit vielen Gesichtern

Kigali, Ruanda, 1978

Ihr Anwalt hatte angerufen, er müsse sie in einer dringenden Erbschaftssache sprechen, und telefonisch sei das nicht zu regeln, denn er brauche drei Unterschriften von ihr. Also setzte Rose sich in ihren Wagen und fuhr in die Hauptstadt.

Hätte sie gegen Mittag des nächsten Tages nicht im Wartezimmer ihres Anwalts gesessen, hätte sie nicht in der Tageszeitung geblättert und die Anzeige der US-Botschaft gelesen: Der Botschafter veranstaltete einen Empfang mit Filmvorführung für den ruandischen Präsidenten und sein Kabinett, und zwar noch am heutigen Abend.

Die Anzeige kündigte den *National Geographic*-Film *Gorilla* als Höhepunkt des Abends an. Amerikanische Staatsbürger seien willkommen. Thema des Abends: Naturschutz in den ruandischen Virungas. Hauptrednerin: Dr. Dian Fossey, Gorillaforscherin.

Rose verschob ihre Heimreise und fand sich am Abend in der US-Botschaft ein. Sie wusste, dass der Botschafter ein großer Bewunderer von Dian war und ihre Arbeit förderte, wo er nur konnte. Es lag auf der Hand, dass er mit dieser Veranstaltung ruandische Regierungsmitglieder für Dians Forschungsprojekt in Karisoke gewinnen wollte. Es gab

Häppchen mit kaltem Hühnerfleisch, belgisches Bier und Nüsse.

Die Veranstaltung begann um acht Uhr, um Viertel nach acht liefen die ersten Regierungsmitglieder ein, gegen halb neun setzte man sich in die Stuhlreihen vor der Leinwand, um den Film zu sehen und der Rednerin zu lauschen. Um zwanzig vor neun waren nur noch wenige Plätze frei und Dian immer noch nicht da. Die Leute palaverten, lachten, lasen Zeitungen, machten Geschäfte. Kurz nach neun kam Dian in den Empfangssaal und alles Stimmengewirr verstummte und alle Blicke richteten sich auf sie.

Rose senkte beschämt den Blick, denn die Freundin sah verboten aus: Ein zerschlissener Rucksack hing über ihre Schultern und ein speckiger Hut bedeckte den Scheitel ihres strähnigen Haares; sie trug ein altes Holzfällerhemd, fleckige Jeans und schmutzige Stiefel. Die Leute rümpften die Nase und begannen zu tuscheln.

Der US-Botschafter eilte zu ihr, sie flüsterten, und während Dian in einer Toilette verschwand, erklärte der Botschafter den wartenden Gästen, dass Frau Dr. Fossey eine Panne gehabt habe und noch ein wenig Zeit brauche, um sich frisch zu machen. Palaver und Gelächter wurden wieder laut, Visitenkarten ausgetauscht, die neusten Nachrichten breitgetreten.

Rose, die Dian seit Wochen nicht gesehen hatte, geriet ins Grübeln. Alyette hatte ihr zwar erzählt, dass es Dian nicht gut ging, doch dass die Freundin sich derart vernachlässigte, hatte sie nicht geahnt. Und dass sie dem für ihre Arbeit so wichtigen Präsidenten von Ruanda und seinen Ministern nahezu verwahrlost unter die Augen trat, erschütterte sie regelrecht.

Das hat Karisoke nicht verdient, dachte sie, und der amerikanische Botschafter auch nicht.

Plötzlich verstummte jedes Gespräch: Dian war in den Saal

getreten, und erneut richteten alle Blicke sich auf sie. Rose stockte der Atem, denn ihre Freundin war nicht wiederzuerkennen: Sie hatte sich geschminkt und frisiert und trug einen langen, fließenden Rock aus schwarzer Spitze, ein weißes Seidenhemd, hohe Schuhe und eine Perlenkette im Dekolletee und Perlenclips an den Ohren.

Dian sah hinreißend aus! Rose war stolz auf sie.

Bewundernde Blicke begleiteten die Forscherin zum Rednerpult neben der Leinwand, die Leute klatschten voller Hochachtung, nachdem der US-Botschafter sie offiziell begrüßt und vorgestellt hatte.

Und dann begann sie zu reden – über die Virungas, über Karisoke, über die Gorillas. Rose staunte über die leidenschaftliche Art ihres Vortrages und ihre kraftvolle Stimme. Und das Publikum begriff schnell, dass eine Frau vor ihm auf dem Rednerpult stand, die jeden ihrer Sätze mit Herzblut unterschreiben würde.

Nach etwa zehn Minuten nahm Dian Platz. Das Licht wurde gelöscht, der Film begann. Rose hatte ihn schon zweimal gesehen – ein bisschen zu viel Naturromantik nach ihrem Geschmack, ein bisschen zu viel Rummel um den Gorilla Digit.

Sie schätzte, dass sie die Einzige im Saal war, die wusste wie krank, traurig und erschöpft die Gorillaforscherin war. Die alte Dian, die sie zehn Jahre zuvor nicht weit von hier in jenem Straßencafé kennengelernt hatte, die gab es nicht mehr. Der alten Dian, wie Rose sie kannte, hatte die Trennung von Bob Campbell das Herz gebrochen und der Tod ihres Lieblings Digit den Rest gegeben.

Gewiss, eine gewöhnliche Frau war Dian noch nie gewesen. Schon nicht, bevor sie nach Ruanda gekommen war. In ihrem Leben – das wusste Rose – hatte es Brüche und Erschütterungen gegeben, die es ihr gar nicht erst gestattet hatten, eine gewöhnliche Frau zu werden. Niemand wählte aus Versehen das einsame Dasein als Feldforscherin auf einem Berg am Ende der Welt.

Rose bewunderte und liebte Dian und dachte viel über sie nach. Doch ihre schillernde und unberechenbare Persönlichkeit war ihr immer ein Rätsel geblieben. Aber musste man einen Menschen unbedingt verstehen, um ihn bewundern und lieben zu können?

Rose war nicht dieser Meinung – und hatte den Versuch zu verstehen trotzdem nicht aufgegeben. So hatte sie sich erst kürzlich eine Studie von Dians Doktorvater besorgt, in der Professor Hinde untersuchte, wie die notgedrungene Einsamkeit und zeitweilige Isolation eines Feldforschers sich auf dessen Persönlichkeit auswirkten.

Ergebnis: Ein Wissenschaftler, der über längere Zeit niemanden hat, mit dem er über seine täglichen Erfahrungen reden kann, wird häufig misstrauisch, reizbar, ängstlich, eifersüchtig und neigt zu einer verzerrten Wahrnehmung der Wirklichkeit.

Seitdem sie das gelesen hatte, warf Rose sich vor, die Freundin nach der Trennung von Robert Campbell nicht öfter in ihrem Forschungslager besucht zu haben.

Applaus riss Rose aus ihren Gedanken – der Film war zu Ende, das Deckenlicht flammte auf. Der Botschafter bat Dian – neben Digit die Hauptdarstellerin des Films – zum Rednerpult. Der Beifall wurde noch lauter, der Präsident von Ruanda und seine Minister erhoben sich sogar, um zu applaudieren. Rose' Wangen glühten vor Freude – was für ein Erfolg! Sie zeigte der Freundin den hochgereckten Daumen, als ihre Blicke sich trafen.

Dian ging zum Rednerpult und stellte sich den Fragen des

Publikums. Es ging um das Verhalten der Gorillas, um Dians persönliche Erfahrungen in der Einsamkeit des Regenwaldes, um die Zusammenarbeit mit den Studenten und um Touristen. Dian beantwortete alle Fragen wortreich und in bester Laune, und obwohl sie mit Kritik an der Parkdirektion und am neuen Tourismuskonzept der Regierung nicht sparte, erfuhr sie an diesem Abend viel Zustimmung, sogar Zwischenapplaus.

Rose ließ sich davon nicht täuschen, zu gut wusste sie Bescheid. In der westlichen Welt galt Dian zwar als Retterin der Gorillas, doch hier in Ruanda, betrachteten viele sie als Störfaktor in der Wirtschafts- und Tourismuspolitik. Rose wusste, wer sie loswerden wollte: einflussreiche Minister, die Parkdirektion, die *National Geographic Society* und ehemalige Studenten, die sich inzwischen für die Rettung der Berggorillas starkmachten.

An diesem Abend war nichts von dem Gegenwind zu spüren, der Dian ins Gesicht blies; bis jetzt. Das Publikum stöhnte auf, als die Gorillaforscherin mit heiserer Stimme Digits Tod schilderte, es stieß Laute des Bedauerns aus, als sie den Rückgang der Gorillapopulation in düsteren Farben malte, und es unterbrach Dians Schilderungen mit Applaus, als sie von neugeborenen Gorillas berichtete, denen sie sich in stundenlanger Arbeit widmete, damit sie überleben konnten.

Ob es stimme, dass sie manchmal Wilderer verprügele oder sie gar foltere, wollte plötzlich jemand wissen, und Rose hielt den Atem an. »Nein«, antwortete Dian kühl, »ich verpasse ihnen mitunter einen kleinen Denkzettel, mehr nicht.«

Doch sie sei dankbar, dass der Fragesteller das Thema anspreche, fuhr sie fort, denn es brenne ihr unter den Nägeln. Dann berichtete sie von den Schäden, die Wilderer Woche für

Woche im Schutzgebiet anrichteten und wandte sich schließlich an das anwesende Regierungskabinett.

»Verehrter Herr Präsident, verehrte Herren Minister«, sagte sie, »es gibt nur einen Weg, das Aussterben der Berggorillas zu verhindern: Härteste Strafen für Wilderei.« Rose fuhr der Schreck in die Glieder, als Dian sich bei diesen Worten in einer abrupten Bewegung mit der Handkante über den Kehlkopf fuhr. »Deswegen fordere ich Sie auf, ein Gesetz zu verabschieden, das es gestattet, Wilderer, die Gorillas jagen, künftig auf der Stelle hinzurichten!«

Schlagartig herrschte Totenstille im Saal.

Weitere Fragen gab es nicht, der Beifall klang verhalten, kein einziges Regierungsmitglied suchte das Gespräch mit ihr und der US-Botschafter wirkte verzweifelt.

Kurz darauf ging die Veranstaltung zu Ende und Rose stieg mit Dian in ein Taxi, das sie zum Hotel bringen sollte.

»Das hättest du nicht sagen dürfen, Dian, das war ein Fehler.«

»Ich musste es sagen. Die Todesstrafe für Wilderer ist der einzige Weg, die Gorillas zu retten.«

*

Ein Jahr danach hört Rose, dass man Dian den Abschied von Karisoke durch eine Gastprofessur in Ithaka, NY, erleichtert hatte. Freiwillig ging sie nicht, das merkten die meisten, die an ihrem Abschiedsfest teilnahmen. Dort wurde gegessen, getrunken, gesungen, gelacht und alle waren bester Laune – nur Dian blieb ungewohnt wortkarg, und ihre bleiche Miene glich einer Totenmaske aus Kalkstein. Rose hielt ihre Hand so lange, bis ihr die Finger taub wurden, denn Dian drückte sie krampfhaft zusammen.

Sie blieben in Kontakt, natürlich, schrieben einander regelmäßig, telefonierten auch hin und wieder. Und irgendwann Anfang 1983 rief Dian an und verkündete jubelnd: »Stell dir vor, Rose – ich komme zurück nach Karisoke!«

Ja, sie kehrte tatsächlich zurück – doch zu welchem Preis!

49

Das Ende IV

Karisoke, Ruanda, 26. Dezember 1985

In jener Nacht träumte Wayne McGuire von Dr. Fossey, seiner Studienbetreuerin, und von Ziz, dem Silberrücken der Gruppe 5. Wayne McGuire war ein intensiver Träumer, wofür er sich nach manchen Nächten ehrlich bedauerte. Zum Glück hielten sich bei ihm die guten und schlechten Träume einigermaßen die Waage, und das war auch in jener Nacht so, die das Leben in Karisoke auf den Kopf stellte.

Den Silberrücken Ziz betrachtete Wayne als sein wichtigstes Forschungsobjekt. Das Thema seiner Doktorarbeit lautete nämlich *Die Rolle des männlichen Elternteils bei der Aufzucht von Jungen in den Gemeinschaftsverbänden der Berggorillas*, weswegen Wayne, seit er bei Dr. Fossey in Karisoke forschte, vor allem beobachtete, wie Ziz sich den jungen Gorillas gegenüber verhielt, die er gezeugt hatte.

In seinem Traum nun sah er zwar so aus, wie er, Wayne McGuire, nun einmal aussah – bärtig, groß, struppig und stämmig – war aber dennoch ein Gorillajunges. Und Ziz, der Silberrücken, packte ihn mit seinen Gorillahänden, die so groß waren wie die Handschuhe eines Eishockey-Torwarts, nahm ihn auf die Arme und trug ihn zum kleinen Kratersee hinunter, in dem Wayne manchmal badete. Dabei kitzelte er ihn, wie

Väter ihre Söhne manchmal kitzelten, raunte ihm väterlich-zärtliche Sprüche ins Ohr und nannte ihn nicht McGuire, wie Dr. Fossey das zu tun pflegte, sondern Wayne, und zwar mit einem zärtlich-stolzen Unterton in der Gorillastimme. Am Ufer des Kratersees setzte Vater Ziz ihn im Gras ab und deutete aufs Wasser hinaus, und siehe da: Eine nackte Schöne schwamm auf dem See. Wayne sprang ins Wasser und tauchte zu ihr.

Im zweiten Traum bückte er sich nach Dr. Fosseys Hahn, um ihn zu streicheln, und brach ihm dabei das Genick. Das Blut gefror ihm in den Adern, und zwar nicht schon, als er die Bescherung sah, sondern erst, als Dr. Fossey herbeieilte und zu toben begann. Wayne senkte den Kopf und machte den Gandhi. So nannten sie es im Lager, wenn man still abwartete, bis ein Wutanfall von Dr. Fossey vorüber war – den Gandhi machen. Als Dr. Fossey im Traum auf einmal verstummte, hob Wayne den Blick – und sah sie vor ihrem toten Hahn knien und weinen. In diesem Augenblick tat sie ihm unendlich leid, und er wachte auf.

Sofort merkte er, dass nicht seine Gefühlsaufwallung ihn aus dem Traum gerissen hatte, sondern Geschrei draußen vor der Hütte. »Kufa, kufa«, schrie da jemand. Wayne sprang aus dem Bett, stieg in Hose und Stiefel und riss die Hüttentür auf. Vatiri war es, der da draußen herumschrie – der Fährtenleser rannte den Hauptweg herunter, fuchtelte mit den Armen und schrie: »Dian kufa, kufa!«

Wayne stand steif vor Schrecken, denn er konnte ein wenig Suaheli: *Kufa* bedeutet *tot.*

Er dachte keinen Augenblick nach, sprang sofort aus seiner Hütte und rannte zu Dr. Fosseys Hütte, so schnell er konnte. Dort stand die Eingangstür sperrangelweit offen. Einen Atemzug lang zögerte Wayne, denn mit seiner Studienbetreuerin war nicht zu spaßen, wie gesagt, doch dann überwand er seine

Hemmungen und machte einen großen Schritt hinein in Dr. Fosseys Hütte.

Drinnen herrschte ein gewaltiges Tohuwabohu: Der Weihnachtsbaum hing schräg über dem Schreibtisch, sämtliche Schubladen waren aus Tischen und Schränken gezogen, Bücher und Aktenordner aus den Regalen gerissen und Papiere, Fotos, Wäsche und Glasscherben überall auf dem Boden verstreut.

Entsetzen packte Wayne und schnürte ihm die Luft ab. Mit steifen Beinen stelzte er über das Durcheinander hinweg und ging in Dr. Fosseys Schlafzimmer, wo er nie zuvor gewesen war. Der Schrecken trieb ihm die Tränen aus den Augen, als er vor ihrem Bett stand.

Sie lag auf dem Rücken und war nur mit einer langen Unterhose bekleidet. Blutspritzer bedeckten Oberkörper und Schultern und ihr Kopf und ihr Haar waren ein einziger blutiger Klumpen.

Wayne beugte sich über sie, um ihr mit zitternden Fingern den Puls zu fühlen, da sah er, dass in ihrem Gesicht und ihrer Stirn ein breiter, schwarzroter Spalt klaffte. Wayne konnte keinen Puls an ihrem Handgelenk tasten. Nur kalte, feuchte Haut spürte er.

Er richtete sich auf, lehnte sich in den Türrahmen und kämpfte gegen den Brechreiz an, der ihn auf einmal würgte. Dabei fiel sein Blick auf den Boden – Fotos lagen dort zwischen Scherben und Büchern, Fotos vieler Männer und eines Gorillas.

Von den Männergesichtern erkannte Wayne nur zwei: das von Bob Campbell, dem bekannten Tierfilmer, und das von dem berühmten Anthropologen Louis Leakey. Den Gorilla kannte er. Den kannte jeder – hier im Lager, in Ruanda, in Waynes Fakultät in Boston, in ganz Amerika. Digit hieß er, Dr. Fossey hatte ihn so getauft.

Epilog

Nyirmachabelli

Einige Leute verlangten, dass man Dians Leichnam in die Staaten schicken müsse, damit sie in Atherton, Kalifornien, beerdigt werden könne. Rose und Alyette jedoch setzten sich durch: Dian gehörte in afrikanische Erde, gehörte in ein Grab, in dem sie neben ihren toten Gorillafreunden ruhen konnte; neben Digit, Uncle Bert, Macho und all den anderen.

Niemand kannte einen katholischen Priester weit und breit, also bat Rose den Reverend einer Freikirche, Dian zu bestatten. Mit einem Strauß weißer Rosen in den Armen, hinter dem sie beinahe verschwand, stand sie unter einer Handvoll Freunden, Studenten und Einheimischen am offenen Grab, während der Reverend betete und predigte. Rose sog den Duft der Rosen ein und versuchte vergeblich zu verstehen, dass die geliebte Freundin nun tot in dieser schlichten hellen Holzkiste dort lag.

Sie dachte an die Weihnachtsfeier und daran, wie Dian die Puffotter ins Feuer geworfen hatte. Und sie sah ihr lachendes Gesicht vor sich, als sie erzählte, dass man ihr Visum um überraschende zwei Jahre verlängert hatte.

War dieses verlängerte Visum womöglich schon ihr Todesurteil gewesen?

Rose hörte dem Reverend nicht zu, dachte die ganze Zeit an Dian und an so viele Begegnungen und Gespräche mit ihr.

Und dann, als der Reverend ein frommes Lied anstimmte und sie nachdenklich den Sarg betrachtete, fiel ihr ein ruandisches Sprichwort ein: *Davonlaufen kannst du vor dem, was hinter dir her ist, doch was in dir ist, holt dich irgendwann ein.*

Einmal hob sie den Kopf und ließ ihren verstohlenen Blick über die schwarzen und weißen Gesichter gleiten. Stand er womöglich auch hier an ihrem Grab, Dians Mörder?

Rose nahm nichts von dem auf, was der Reverend predigte und betete. Nicht einmal das Schlussgebet und den Segen. Am Ende versenkten Sanweckwe, Vatiri und die anderen den Sarg in der Erde. Einer nach dem anderen trat danach an die schlimme Grube, sagte irgendetwas, betete, oder schwieg einfach nur. Manche griffen auch in den Erdhaufen und warfen Erde auf den Sarg.

Rose beugte sich über die Grube und ließ die weißen Rosen hineinfallen. Ihren Duft noch in der Nase richtete sie sich auf, wobei ihr Blick auf die Holztafel fiel, die Sanweckwe am Kreuz befestigt hatte. Mit bebenden Lippen las sie die Grabsteininschrift:

Hier ruht
Nyirmachabelli
Dian Fossey
16. Januar 1932 – 26. Dezember 1985
Niemand hat die Gorillas mehr geliebt
Ruhe in Frieden, liebe Freundin
Auf ewig im Schutz dieses heiligen Bodens
Denn jetzt bist du da, wo du zuhause warst

Nachwort und Dank

Mutmaßungen, wer Dian Fossey ermordet haben könnte, gibt es so viele wie Bäume rund um Karisoke. Und genauso viele Zweifel gibt es an dem Urteil des ruandischen Richters, der einen einheimischen Mitarbeiter der Gorillaforscherin und ihren Studenten Wayne McGuire des Mordes an ihr schuldig sprach. McGuire konnte sich rechtzeitig absetzen, der einheimische Mitarbeiter nicht.

Am 16. Januar dieses Jahres wäre Dian Fossey 90 Jahre alt geworden. Als sie starb, lebten noch ungefähr 200 Berggorillas in den Virungas. Dass es heute wieder um die 1000 Tiere sind, ist nicht zuletzt ihrer kämpferischen Arbeit zu verdanken.

Ich stelle mir vor, sie würde noch leben und Interviews geben, wie erst vor wenigen Monaten ihre über neunzigjährige Kollegin Jane Goodall einer großen deutschen Tageszeitung. Ich stelle mir vor, sie würde sich darin wie die Schimpansenforscherin Jane Goodall noch immer voller Idealismus und trotz beschränkter Kraft für Klima- und Artenschutz starkmachen. Ich stelle mir vor, sie würde ihre kritische und mahnende Stimme noch heute an vorderster Front der globalen Naturschützer erheben.

Wie traurig, dass sie so früh sterben musste, wie traurig, dass ihre Stimme und Erfahrung heute dort fehlen, wo wir sie so dringend bräuchten.

Wie würde Dian Fossey ihren unnachgiebigen und konfliktfreudigen Einsatz für die Berggorillas wohl heute beurteilen? Wir wissen es nicht. Was wir aber wissen: Die Zahl der aktuell lebenden Gorillas hat sich seit ihrer Arbeit in Karisoke verfünffacht.

Unzählige Bücher und Artikel über Dian Fossey sind seit ihrem Tod erschienen, auf einige habe ich dankbar zurückgegriffen: Etwa auf Farley Mowats »Ende der Fährte«, oder auf Camilla de la Bédoyères »Briefe aus Afrika« oder natürlich auf Dian Fosseys eigenes Werk »Gorillas im Nebel«. Zu besonderem Dank verpflichtet fühle ich mich vor allem Harold Hayes gegenüber, dessen bewundernswert gründlich recherchiertes Buch »Dian Fossey« mir bei der Arbeit an dieser Erzählung eine unschätzbare Hilfe war.

Danken möchte ich darüber hinaus meiner Familie und meinen Freunden und Freudinnen fürs Probelesen und so viel Ermutigung, und meiner großartigen Lektorin Judith Mandt, die dieses Buch betreut und möglich gemacht hat.

Susanna Leonard, Straßburg im Mai 2022

Zeittafel

1932 – 16. Jan., Dian Fossey wird in San Francisco, Kalifornien, als Tochter von George und Kitty Fossey geboren

1938 – Scheidung der Eltern, die Mutter heiratet den Unternehmer Richard Price; Umzug nach Atherton, Kalifornien

1950 – gegen den Willen des Stiefvaters schreibt Dian Fossey sich an der Universität von Kalifornien für Tiermedizin ein

1952 – wegen schlechter Noten muss Dian Fossey den Traum von der Tiermedizin aufgeben

1954 – Abschluss als Beschäftigungstherapeutin am San José State College

1955 – Dian Fossey beginnt im Kosair Kinderhospital, Louisville, Kentucky, als Ergotherapeutin zu arbeiten

1963 – Herbst, erste Afrikareise u. a. zu Louis Leakeys Ausgrabungen in der Olduvai-Schlucht, Tansania, und nach Kabara, Kongo; hier erste Gorillabegegnung

1964 – Dian Fossey und Alexie Forrester planen gemeinsame Zukunft und Hochzeit

1966 – 3. April, die zweite Begegnung mit Louis Leakey in Louisville, Kentucky, stellt die entscheidende Weiche für Fosseys berufliche Zukunft

1966 – Dez., Dian Fossey siedelt nach Afrika über

1967 – Jan., Forschungsstation auf der Kabara-Wiese im Gipfelhang des Mikenos in den kongolesischen Virungas; Beginn der Feldforschung zu Verhalten und Anzahl von Berggorillas

1967 – Juli, Unruhen im Kongo, Soldaten vertreiben Dian Fossey von der Kabara-Wiese; Gefangenschaft und Flucht

1967 – 24. Sept., Neubeginn in Karisoke

1968 – Suizid des Vaters George Fossey; der Tierfotograf Robert Campbell kommt nach Karisoke

1968 – in Cambridge, UK, beginnt Dian Fossey sich auf ihre Promotion bei Professor Robert Hinde vorzubereiten

1969 – April, Dian Fossey und Robert Campbell beginnen eine Liebesbeziehung

1970 – die ersten Studenten kommen nach Karisoke, um den Gorillabestand in den Virungas zu zählen und bei Dian Fossey zu studieren

1971 – Dian Fossey und Bob Campbell verbringen viel Zeit mit dem Gorilla Digit

1972 – März, Bob Campbell trennt sich von Dian Fossey

1972 – Oktober, Louis Leakey stirbt

1974 – Dian Fossey reicht ihre Doktorarbeit bei Robert Hinde in Cambridge, UK, ein

1976 – Dian Fossey wird promoviert

1977 – 31. Dez., Digit wird ermordet

1980 – März bis Juni 1983, Gastprofessur an der Cornell University in Ithaka, NY

1983 – Dian Fosseys Buch »Gorillas in the mist« erscheint

1985 – 26. Dez., ein Unbekannter ermordet Dian Fossey in ihrer Hütte auf Karisoke

Glossar

Appaloosa – Pferderasse

Bahutu – auch Hutu; Ethnie, die zu den Bantu gehört und in Ruanda unter den Bauern dort die Bevölkerungsmehrheit bildet; die Bahutu sind Halbpygmäen
Bantu – Oberbegriff für zahlreiche Ethnien in Zentral- und Ostafrika

Ducker – kleine, im südlichen Afrika verbreitete Waldantilope

Fimbo – Wanderstab

Habit – geistliche Ordenstracht
Hagenia – Kosobaum
Hypericum – Johanniskrautgewächse; in Mittelafrika erreicht die Pflanze stellenweise die Höhe eines kleinen Baumes

Kigali – Hauptstadt von Ruanda
Kosobaum – Hagenia

National Geographic – Magazin der *National Geographic Society*, die Dian Fosseys Forschungsarbeit finanziell unterstützte und ihre Artikel samt Bob Campbells Fotos von ihr und Digit veröffentlichte, wodurch Fossey weltberühmt wurde

Ngorongoro – ausgedehnter Krater am Rande der tansanischen Serengeti, in dem nahezu die gesamte Fauna Afrikas zu beobachten ist.

Nyirmachabelli – Dian Fosseys afrikanischer Name; Bedeutung etwa: »die Frau, die einsam im Wald lebt«

Paläontologie – Wissenschaft von den Lebewesen vergangener Erdzeitalter

Panga – Buschmesser, ca. 50 cm lang

Priestermönch – ein zum Priester geweihter Mönch

Pygmäen – zwergenhaftes Volk von Buschleuten

Pyrethrum – Wucherblume

Ruhengeri – Provinzstadt am Fuße der ruandischen Virungas

Schwarzrücken – junger, aber geschlechtsreifer männlicher Gorilla

Silberrücken – erwachsener männlicher Gorilla mit teils silbergrauem Rücken- und Kopffell, der eine Horde Gorillas anführt

Sinanthropus – prähistorischer Mensch

Sumu – *neutr.*, in Suaheli wörtlich: Gift; in Zentralafrika wird der Begriff allgemein für schwarze Magie gebraucht

Trappisten – Mönchsorden, der zu den Zisterziensern gehört

Umuduri – einfaches Saiteninstrument aus einem ca. 130 cm langen biegsamen Holzstab und einem Kürbis als Resonanzkörper

Vernonia – Gewächs aus der Ordnung der Asternartigen, das in tropischen Regionen die Ausmaße von Bäumen erreichen und zehn bis zwanzig Meter hoch werden kann

Watussi – 1. alte Bezeichnung für die in Ruanda, Burundi und im Grenzgebiet des Kongos lebende Volksgruppe der Tutsi; auch *Watutsi*, *Batusi* oder *Tussi* genannt; 2. das Watussirind, eine in Ostafrika verbreitete Hausrindrasse